2023
铸牢中华民族共同体意识
中国少数民族文学之星丛书

永恒的刻度

瑞朵·海瑞拉 著

作家出版社

编委会名单

主　任：邱华栋
副主任：彭学明　黄国辉
编　委：赵兴红　郑　函

以民族的情意，打造文学的星辰

——"中国少数民族文学之星"丛书总序

邱华栋　彭学明

"铸牢中华民族共同体意识——中国少数民族文学之星"丛书是中国作家协会少数民族文学发展工程的项目之一，于2018年开始实施，由中国作家协会创作联络部具体组织落实。出版这套丛书的初衷，是在少数民族文学创作领域贯彻落实习近平文化思想，不断夯实铸牢中华民族共同体意识的文学责任，培养少数民族文学中青年作家，打造少数民族文学精品，为那些已经在少数民族文学界和全国文学界成绩斐然、广有影响的少数民族中青年作家再助一力，再送一程，从而把少数民族文学最优秀的中青年作家集结在一起，以最整齐的队伍、最有力的步伐、最亮丽的身影，走向文学的新高地，迈向文学的高峰，让少数民族文学的星空星光灿烂，少数民族文学的长河奔流不息。以文学的初心，繁荣民族的事业；以民族的情意，打造文学的星辰。

入选"中国少数民族文学之星"丛书的作家，必须是年龄在50岁以下的、在少数民族文学界和全国文学界广有影响的少数民族作家。不管是否出版过文学书籍，只要其作品经过本人申请申报、各团体会员单位推荐报送、专家评审论证和中国作协书记处审批而入选的，中国作协将在出版前为其召开改稿会，请专家为其作品望闻问切，以修改作品存在的不足，减少作品出版后无法弥补的遗憾。待其作品修改好后，由中国作协统一安排出版，并进行广泛的宣传推广。

中国是一个多民族的大家庭。每一个民族都沐浴着党的民族政策的光辉、感受着党的民族政策的温暖，都在党的民族政策关怀下，蓬勃发展，欣欣向荣。在这个伟大的新时代，我们正创造着中华民族的新辉煌。每一个民族的发展与巨变，每一个民族的气象与品质，都给我们提供了生生不息的创作源泉。我们每一个民族作家，都应该以一种民族自豪感，去拥抱我们的民族；以一种民族责任感，为我们的民族奉献。用崇高的文学理想，去书写民族的幸福与荣光、讴歌民族的伟大与高尚；以文学的民族情怀，去观照民族的人心与人生、传递民族的精神与力量。

我们期待每一位少数民族作家，都能够到火热的生活中去，到广大的人民中去，立心，扎根，有为，为初心千回百转，为文学千锤百炼，写出拿得出、立得住、走得远、留得下的文学精品。不负时代。不负民族。不负使命。

目 录

撕裂与痴恋的呈现　　王族　/1

绿灯和钱箱子　/1
在池塘边的榕树上　/30
少年与爱　/82
不完美的生活　/180
永恒的刻度　/225

撕裂与痴恋的呈现

王 族

最早认识维吾尔族女作家瑞朵·海瑞拉时,她不到三十岁,大大方方地拿来她的第一部长篇小说,我当时在出版社工作,与她以文结识后开始来往。她自小学习汉语,写作使用的是汉语,且一出手就像很多年轻写作者一样是长篇小说,她在语言和题材方面都颇具先锋意识,其浓稠的故事密度、复杂的人物关系、叙述的紧迫感、独特的表现个性等等,让人读来应接不暇。在新疆经常能见到像瑞朵·海瑞拉这样虽然是少数民族,但谈吐和生活却很洋气,身上汉文化和少数民族文化完美融合的女孩子。如果这种优势体现在写作中则显得更加独特,犹如别人只有一个舌头说话,而她却有两个舌头,在你面前说出你说不出的话,而文学大概就如同谚语"多说一种语言,便犹如多一个世界"说的一样,一定会呈现出更具体的故事。

瑞朵·海瑞拉的长篇小说,其故事情节和语言节奏之独特,给人一个非常明显的感觉——别人在行走,她已经在奔跑或飞翔。尤其是小说中充满了激情和梦幻,而正是因为她写出了这种异化氛围,她小说的故事和语言才变成了独特的呈现——人物犹如中世纪骑士,名字更是像古老国度的使者,而故事也在独特场景中展开,让人无法回避扑面而来的异域风情。记得我当时对瑞朵·海瑞拉说，你的小说受西方文学的影响太大了，如果遮去作为作者的你的名字，会让人以为是翻译过来的国外小说。在编辑她的某部长篇小说过程中，我一次次强烈感觉到她的这部小说并不是因为太好，而是因为节奏太快，叙事方式太独特，你只能被她的风格带着走，几乎没有停顿或质疑，直到戛然而止，才能舒口气结束阅读。好作品是会裹挟阅读者的，尤其是在陌生和异质的文字密林里，这样的"被裹挟"带来的独特体验，往往出乎意料而又迅猛无比，让人能够体验到阅读的刺激。

2016年，我给瑞朵·海瑞拉列出几个媒体界的朋友，对她说"年轻人大胆去闯闯吧"！她逐一联系并相继举行了一些读书会，有一场读书会还是在她婚礼的前一天，年轻人的操作方式让我时常连连惊叹！

之后那些年，与她谈文学便越来越多，我劝她不要只写长篇小说，适当地写一些短篇小说和中篇小说，借此验证一下自己在不同规模和题材方面的功力。她在回去的路上发来微信谈了自己的认识和感受，之后创作出几个中篇小说，看得出依然摆脱不了她长篇小说的风格，有"放得开"的优势，但"收起来"却欠佳，明显缺少中短篇小说的艺术性，而这期间她作品的发表和出版都不顺利。我想，这姑娘的勤奋和思考都不可置疑，就让她多摸索和磨炼吧，走一些弯路也许对她的写作提升有益。

现在，收入这部《永恒的刻度》中的五个中篇小说，是从她的小说中精选而出的，虽然因为题材和艺术风格迥异不一而无法定论，但却是瑞朵·海瑞拉众多小说中的精选。首篇《绿灯和钱箱子》中的慕娅瑟，以一种非常独特的方式出场，瑞朵·海瑞拉将慕娅瑟的身份和年龄都隐藏了起来，给人强烈的感觉是瑞朵·海瑞拉并不急于讲故事，而是让主人公慕娅瑟急骤陷入"难题"——她偷了家里的钱要潜出小商店（自家经营），但一个铁珊栏却颇具戏剧性地卡住了她，她既出不来又退不回去。这个小女孩的命运在这一刻似乎已昭然若揭，预示着她的青春、家庭、爱情和将来的生活正如那个铁栅栏，让她既无可奈何又不能自拔。铁栅栏是一个巨大的生命隐喻，瑞朵·海瑞拉由此展开的叙述，因此凸显出与众不同的魅力，让人不由得惊叹她讲故事的技艺高超和对西方先锋文学的吸收和消化。同时，那只绿色钱箱的处理也同样精彩，慕娅瑟准备从小商店潜出时，是怀有躲避和遗忘那只钱箱心理的，但接下来的她却变成了一个"被追赶的人"，她的命运和情感都犹如那只钱箱，被冒犯一次便永不可救赎，且一次次重复磨难和坎坷，而这时候的自我救赎便显得弥足珍贵，慕娅瑟正是在不断的自我认知中找到了精神平衡，化哭泣为微笑，走上了属于她的生命之路。

"问题少年"是瑞朵·海瑞拉众多小说的普遍主题，虽然她写得漫不经心，但小说故事却始终弥漫着少年们的彷徨、徘徊、挣扎和忐忑，因为人物的个性使然，就显示出人性反应大于社会、年龄（青春）、命运的种种迹象，小说中的"少年"在急于寻找和确认社会位置时，遭受到猝不及防的伤害和折磨，并深陷于个人命运越来越激烈，但世界却越来越小的扭结之中。即便是这样，瑞朵·海瑞拉写的也并不是普通意义上的青春小说，可以看得出她深受川端康成影响，把故事和人物写得不动声色，我们在阅读时明显感觉到故事情节已涌起波澜，但瑞朵·海瑞拉却好像一直死死按着，不让人物和故事蹦跶起来。《在池塘边的榕树上》中的阿乐苏就是这样一个人物，她的执着、爱情、伦理道德观等等，都犹如大雾一样挟裹着她，让她向着不可知的方向迷迷糊糊行进，在这过程中，她得到或承受的均不是她想要的，她过早洞视了世界的大门，但是永远看不见答案，而最后她与世界和自己的和解，才显得弥足珍贵和深刻。瑞朵·海瑞拉擅长刻画人物命运，并使人物在命运起伏中凸显出本性，并由此增强小说的叙事魅力。

《少年与爱》的主题则更加明确，瑞朵·海瑞拉从一开始就告诉我们，这是一个沉沦和自我救赎的故事。妮鲁、歇尔两个主人公在瑞朵·海瑞拉的精心安排下不停地变换视角和身份而交叉叙述，让小说故事越来越紧凑和深刻，由此展示的不同人物的心理和行为，显得真实而生动，淋漓尽致地展现出人为情而迷茫、情为人而一波三折的冷峻爱情故事。这个中篇小说是写爱情的，开头的挣扎和自我怀疑是瑞朵·海瑞拉的常见写作方式，但是在故事以"回溯"方式推进的过程中，无论人物还是故事情节都显得紧张而迷茫，让人觉得作者举着一面镜子让你观照，必须要从中看出人之复杂并不是内心或个性的复杂，它时时会影响或改变他人的心灵和精神，而被影响和改变的他人，其人性反应则变得更加复杂。与其说歇尔和妮鲁在相爱，不如说他们二人在寻找，他们寻找心中的梦想，且以为梦想的爱情就在对方身上，但历经波折后才发现真正的爱情遥不可及，有时候甚至已拥有对方，转瞬却两手空空。小说最后，几个人物都从爱情的迷茫中挣扎了出来，爱过的人变得陌生和无以言说，而他们已不再幻想，各自走向命运的安排。

　　《不完美的生活》中，人物形象与其他几个中篇小说中的人物截然不同，迪里和亚特从一开始就爱憎分明，是那种典型的"青春就是世界，年轻就是中心"的少男少女。但是亚特对迪里的爱情摇摆不定，故而导致迪里心理扭曲，并进而做出非理智的报复行为。但是亚特对爱情的"表演"性的转变，再次让迪里陷入困惑（爱情魔力）不可自拔，即便是犹如改变她命运的凯萨伴着神奇之光出现，也只是让迪里作了短暂的对亚特的报复，继而又飘摇不定地陷入了扭结繁复的挚爱之中。小说中的红宝石戒指是很微妙的意象，迪里在红宝石戒指里看到的倒影，映衬出亚特和她的命运，然而迪里却急于想从中找到答案，确认爱情的走向和结局。最后，迪里执着地遵从内心感觉，嫁给了对爱情并不忠贞的亚特，等到她发现自己陷入爱情泥淖时已无力自拔，她甚至产生了计划极端伤害亚特和另一个女人的想法，但是事情并没有向她丧失理智的方向发展，她犹如一条被大海抛弃在沙滩上的鱼，只能艰难呼吸和挣扎，对前行的道路依然不知方向。但庆幸的是她放下了菜刀，在那一刻她也宽恕了自己，她拧开水龙头长久洗手。洗手是富有特色和具有深刻隐喻的细节，瑞朵·海瑞拉擅长创作这样的细节，往往不动声色地在轻松自然中就写出这样的细节，这是她的拿手好戏。

这本小说集的五部中篇小说中，《永恒的刻度》写了一个难题：世界太大、人生际遇又那么骤然紧张，但"我"却始终是我，即便是面对像影子一样捉摸不定、对爱情模棱两可的海博，依然"我"爱故我在，只有在错误扭结的境遇中被碰得头破血流，才体会到躲避不及的痛感，但因为"我"鲜明而倔强的挚恋，以及对爱情的任性，才有了"我"挺下去的底气与根基。当然，这个小说展示的难题并不仅限于此，结尾的想象空间窄小而清晰，不再体现出"我"的执迷，一种既定的人生结局，无外乎在告诉我们，时间漫长得足以装得下一切，所有的人都在故事一样的世界中活着，也许瞬间的变化就会让你我变得形同路人，但唯一不变的是善良，它可以让人坦然面对并接受一切。

2023 年 8 月 2 日写于乌鲁木齐

绿灯和钱箱子

慕娅瑟匆忙地离开了那只绿色的钱箱子，一只橘色的猫还躺在那些零钱的上头，那只猫似乎有一种看透一切的智慧。她奋力登上窗台，试图钻出商店窗户外那生了锈的护栏，她的上半身才刚刚钻出护栏，她还未发育的前胸和后背上便沾染上了铁锈和尘土。她艰难地把身体从护栏里挤了出去，那模样显得有点狼狈，等在店外的孩子便抬起手，指着她喊道："你在干什么？你在偷东西吗？"那小孩的旁边站着慕娅瑟的好朋友杨倩，在她钻进店里以前，外头还只有杨倩一人，怎么现在又多了一个目击者。慕娅瑟的脸瞬间变得通红，但嘴里却倔强地争辩着："才不是，这是我家的店，我只是拿了点东西，你管不着。"

在这以前，慕娅瑟家的店也遭到过盗窃，那个小偷是爸爸的手下，他在店里工作了三年之久，深得爸妈的喜爱和信任，但那是在那件丑事被曝光以前。"家贼难防啊！"爸爸的话时而在慕娅瑟的耳畔回荡。然而，爸妈却不知道，她，才是这个家里真正的家贼。那个男孩只偷过一次，偷走了几条名贵的烟和几瓶好酒，他甚至可能都没有拿过那只绿色钱箱子里的钱。有时候，慕娅瑟心想：那只钱箱子的颜色可能是注定的，它就犹如一盏绿灯，默许着慕娅瑟的偷窃行为，它为什么不是红色的呢？或者是可怕的黑色也好啊！可它的颜色却偏偏是绿色的，那样宽容的颜色——绿色。那个小偷倒是间接地帮助了慕娅瑟，因为无论之前她从店里偷过多少钱，那些钱都被算在了那个小偷的头上。她的内心因此得到了些许的平静和安抚，她心想：所以，在那个小偷被抓到以前，店里所丢掉的所有的钱，无论是不是慕娅瑟偷的，都可以算在那个小偷头上。如果有一天东窗事发，她偷钱的事儿被爸妈发觉了，她就可以这么说了。然而，她担心的事却从未发生过，因为家里的大人们从来就没有记账的习惯，不知道是因为那些年店里生意太好，还是因为慕娅瑟盗窃手段高明，总之，慕娅瑟的爸妈就没发现过店里丢钱的事。不，也许是她的父母相信自己的孩子，相信孩子不会那么做，甚至从未想过自己的孩子会偷拿家里的钱财出去挥霍。

在我们的一生当中，究竟会有多少人、多少事是不请自来的。在毫无防备下，它们会突然闯入我们的生活，无论我们多么抗拒都无济于事。最终，驱使我们被迫去接受它们，接纳它们，迎合它们带给生命的巨变。

小道上布满了水坑，远处是蘸饱了水的高高的青草，还有新近绽放的蒲公英和白色的野花，雨正一点点地歇住，春天的云从天空飞掠而过。那个小婴儿出生的早上，空气里飘着雨后泥土的味道，慕娅瑟永远都不会忘记那一天，她永远也忘不了那天早上，她和外婆站在住院楼外，守门人看着她脏兮兮的小脸，告诉她小孩子是不可以进产科看望产妇的，无论慕娅瑟的理由多么充足。

那个吹口风琴的守门人并不知道那天是慕娅瑟的生日，而她的妈妈正躺在病床上等她。慕娅瑟发现外婆正在妥协，她预备留慕娅瑟一人在这里，自己上楼去探望妈妈，慕娅瑟必须见到妈妈。从出生以来，她的每一个生日妈妈都会为她换上漂亮的公主裙，为她梳头，然后把她交给爸爸，让爸爸带她去公园过生日。她必须见到妈妈，她要问问妈妈昨晚为什么没有回家，为什么没有从夜市带回答应她的彩虹生日蛋糕。她奋力地推开了那个守门人，冲上了楼梯，现在，无论守门人和外婆在她身后喊什么她都听不见了，因为她正在焦急地找妈妈住的那间病房。

"妈，您都没有给慕娅瑟洗把脸吗？您看看她，我才一个晚上没有回去，她就跟没妈的孩子似的。"妈妈显得有点虚弱，她经历了一场战争，慕娅瑟发现妈妈并没有提到自己的生日，便提醒她。

"妈妈，今天是我的生日。"她的语气里带着些许的自豪。

"我告诉过你，你妈妈今天给你准备了一个大礼物，她给你生了一个妹妹。"外婆显得有点兴奋。

一切是从慕娅瑟的妹妹出生那天开始改变的。她多么希望自己也能跟妹妹一样，是个体弱多病、备受关注的孩子，这样她就能够让妈妈在她生病的时候，背着她、拥抱她，用担忧关怀的眼神注视着她。

那个小婴儿，她做什么大人都觉得有趣，连放屁声音大点，都会被赞扬，慕娅瑟觉得这实在是太蠢了。她站在卧室门外，望着屋里的两个快乐的大人和那个幸福的孩子，那两个大人正是她的爸爸和妈妈，然而，她却像是一个被人弃置一旁的旧花瓶，她觉得自己根本不像是他们的孩子，她融入不到他们的生命里，仿佛这个家与她无关。久而久之，慕娅瑟心中的妒火越烧越旺了，她被父母忽视，想要开始报复父母的想法也渐渐萌生，她得找一个出口，一个能够让自己发泄的出口。"你们不是不让我玩儿吗？即便是周末和假期，你们不是也要让我帮你们看店挣钱吗？"她选择去偷父母的血汗钱，那些偷窃的行为，不仅仅是她幼小的虚荣心在长期得不到满足之后的瞬间爆发，而且还有她在自己父母身上所无法得到的爱和关怀，她需要那个出口，她太需要弥补那些情感的缺憾，所以她得到外面去寻找，她要用那些偷来的钱买朋友，买很多很多朋友，她要用钱获得其他孩子的忠诚和友谊。

在偷拿过几次钱以后，她曾站在店门口，以一种观察者的角度观望过，甚至在脚底下垫上矮板凳，以父母的身高所能看到的视阈观望过，这样她就能知道如果有一天，当她躲在柜台后面拿钱时，爸妈突然出现，他们能看到的是什么，她试验过，如果她的脑袋能够再往里一点，就可以不被人第一时间瞥见她在做什么。柜台里陈设的杂货会帮她的忙，那些打火机和大大泡泡糖的盒子被杂乱地丢在柜台的三层玻璃板上，那些杂物足以为她掩饰了。她也想象过，如果大人们走进来时没有看到她的身影，而几秒钟以后她突然站起身、探出头时，父母问她在做什么，她会怎样回答，她会佯装系鞋带的样子，提鞋的样子，甚至是整理柜台的样子。总之，她想好了所有可能发生状况的解决方式，她有信心对付。她把偷来的钱塞进白球鞋的鞋垫底下，夹进某一本课本里，藏进铅笔盒里，甚至放到她的小背心和内裤里。夏天偷钱可不是一件容易的事，但到了冬天情况就会变得容易许多。她拿着那些偷来的钱，请同学们吃饭，给她们买礼物，为了收买小伙伴们的友谊和她们对她的忠心，她心甘情愿成为一个小偷。她的那些"好伙伴""知心朋友"也知道她的钱是偷的，但没有一个人阻止过慕娅瑟，没有一个朋友站出来，对她说那种行为是不对的，因为如果慕娅瑟不再偷家里的钱，她的那些小伙伴和那些所谓的知心朋友，便不能再得到那些迷人的小礼物和好吃的零食了。也因为，她们都还是孩子。所以，她们不会制止她。

有时，慕娅瑟会紧张，当妈妈走到摆放在柜台里面的绿色钱箱子跟前，扒拉着里面的零钱疑惑"怎么今天的生意不好吗？"，慕娅瑟就会觉得自己今天"拿"的钱有点多了，会不会被妈妈发现呢？妈妈会不会突然走过来，翻看她的口袋。

爸妈不该让慕娅瑟待在这里做童工，不该在她说她不想要弟弟妹妹后，还仍然强塞给她一个小婴儿做她的妹妹，更不该让她没有童年，剥夺她写完作业以后出去玩儿的时间，剥夺她的寒暑假，强迫她照看店里的生意。不该对她的痛苦和妒忌视而不见，让从前少得可怜的关注度彻底消失，把所有的关怀都给了她刚出生不久的妹妹。她的妈妈不该总拉着她去火车头进货，让她拎着沉重的装满货物的黑色塑料袋，在拥挤的公交车里被推来搡去，遭受他人的白眼。

"妈妈，那盒巧克力是浦拉提叔叔奖励我的。"慕娅瑟看着摆在柜台里的金黄色巧克力盒，那是她背诵《井底之蛙》和乘法口诀时，浦拉提叔叔奖励她的。

"你放在柜台里，慢慢吃，都吃掉了，你会上火会流鼻血的。"

"我想自己拿着，不想放到柜台里。"

"你不能吃那么多巧克力。"他们从来不会蹲下来，听听她的。她在说什么？她想要通过这种行为告诉他们什么？她有什么想法？她究竟想要做什么？她内心中真正想得到的是什么？他们很少关心、满足她的需求。

不只奖励她的巧克力会被拿走，就连过年的压岁钱也会被全数夺走。每一年，她都能拿到将近一百块钱的压岁钱。可是，妈妈只会给她固定的五块做零花钱，剩下的都会被收走。如果慕娅瑟拒绝把压岁钱交给妈妈，妈妈便会提醒她平常的花费，还有她穿在身上的衣服的来处，告诉她，那些都是用钱买来的，所以那些压岁钱是属于爸妈的。还有一个理由是慕娅瑟的妈妈也会给别人家的孩子压岁钱，所以，这只是大人之间一种礼貌的交易。

虽然家庭条件不错，但父母给慕娅瑟的零花钱从来没有很多。在一次秋季运动会时，她听到李婉说她的父母会给她很多钱，那笔钱支配不完的话都不许她回家，她非常羡慕，她真想把自己的父母换掉，换成李婉的父母。她真想见见李婉的爸爸妈妈，她想看看究竟那两人的脖子上头长着怎样的脑袋，竟和她自己父母脑袋里的想法完全相反。李婉是慕娅瑟的同学，是个人见人爱的三好学生，还是学校的大队委，是乐团的总指挥，她的右手臂上别着一枚三道杠的牌子，头上梳着漂亮的马尾辫，她的妈妈还会用彩色的头绳给她编麻花辫，可好看了。每周一，李婉都会站在人人敬仰的主席台上指挥全校师生唱国歌，她多羡慕她啊！有时，她甚至想象着自己能够和李婉交换人生，如果真的能那样就好了。她自己呢？她的头上始终都绑着一条难看的黑头绳，一头永远不变的发型，最糟糕的是，外婆还要用口水帮她沾湿头发，再用一把齿缝很小的木头梳子给她梳头发，用力之大差点就要把慕娅瑟的头皮给扯下来，每天早上，这一系列梳头的动作都会在慕娅瑟的尖叫声中完成，五分钟后，一头死板的、一成不变的马尾辫会呈现在镜子中，没新发型，从来没有，并且永远也不会有。

小时候，慕娅瑟并没有觉得用口水沾湿头发有什么不妥，但随着年龄的增长，她突然发现这是一种很不卫生的习惯。她想象着某天早上，如果她的好朋友来家里找她，发现外婆正用口水给她沾湿头发，该怎么办呢？多丢脸、多恶心啊！于是，有一天，她冲外婆发了一顿脾气，结束了用口水沾湿头发，再梳头的日子。

家里没有玩具，也没有布娃娃，更没有毛茸茸惹人爱的小熊布偶。从记事以来，慕娅瑟就没有拥有过那些东西。不是家里没钱，而是爸妈觉得玩具都是些多余的玩意儿，对慕娅瑟没有任何帮助。于是，她拿着从家里偷来的钱给自己买了一个又一个的芭比娃娃，那种有着很长的金色头发的芭比娃娃,她替她梳头,帮她用布角做衣服。只要小卖铺里出现新的小玩具,她就会第一个把它们买下来,然后和小伙伴们一起玩耍。下课后,她会把那些玩具寄存在别人家里,她不能把它们带回家去,因为如果家里人发现便会质问她那些玩具的来历,她不能让自己陷入那种险境里。

> 这世上只有一种罪,那便是偷窃。正如你说谎时,你便会偷走真相那样。——《追风筝的人》

七月的一个星期天,她得到了允许去小伙伴家和她们一起写暑假作业,这种对其他孩子来说再平常不过的事,对慕娅瑟来说却是一种恩赐。

夕阳正缓缓地靠近地平线,四个姑娘围坐在一张正方形的木桌旁,慕娅瑟坐在面朝窗户的位置,望着天边橙色的火烧云,暗暗希望时间能过得慢一点,黄昏代表天就要黑了,她不想回,她只想无忧无虑地和她的好朋友们待在一起,她讨厌回到那个令人窒息的家。

慕娅瑟放下手中的笔,站起身走到窗前。她想起外婆说过的传说:"人活着的时候,要是偷一根针,死后就要被上帝用棍棒打进针眼里,一遍一遍地打,直到惩戒结束为止。"她趴在窗户上,俯视沐浴在琥珀色光辉里的街道,眼里满是忧伤,她心想,自己偷的不是针,而是钱,那么,上帝会不会因此而剁了她的手呢?她又安慰自己说那是她自己家里的钱,是她帮父母看店挣的钱,所以她拿走的那部分,就算是她的辛苦费。但即便她有千万个理由,她也深知自己过不了心里的坎。"你们听过那个故事吗?说是古时候有个小偷,他从小就偷别人家的东西,还总把偷回来的战利品拿回家,但是他的妈妈从不阻止他偷盗。有一天,他溜进了国王的宫殿,偷了很多金银财宝,但还没等他逃出去,就被侍卫抓住了,他以为国王会剁了他的双手,却不料被被判了绞刑。在上绞刑架时,他恳请国王让他见一见自己年迈的母亲,国王应允了。他的母亲被带到了绞刑架前,他却说自己想在死之前吸吮一次母亲的乳头,母亲也答应了他的请求。执刑官虽然觉得奇怪,但也答应了将死之人的要求。但是,当他的母亲掀起自己的衣裙时,他却一口咬掉了母亲的乳头。"慕娅瑟顿了顿,继续说道,"那盗贼的母亲叫啊喊啊!哭着问她儿子为什么如此残忍,在死之前都不肯放过她。他平静地说:如果当我第一次偷东西时,你没有默许我的行为,而是打了我一顿,或者指责我不该那么做,我也不会走到今天这一步。"这个故事和慕娅瑟毫无关系,她和那个盗贼的共性在于"偷",区别在于她自己的妈妈对她的盗窃行为毫不知情,但慕娅瑟却也在责怪自己的母亲。

故事结束了。这时,慕娅瑟的小伙伴们已经没有再盯着各自的作业本了,她们静静地围坐在木桌旁,握着手中的笔望着慕娅瑟,不知道该对她说什么。

而此刻,天色已接近黄昏。

烈日就快要把地皮给晒裂了,大人们开玩笑说,要是把一颗鸡蛋放在地面上,准会被烤熟的。慕娅瑟坐在舅舅骑的二手脚踏车后面,把他带到那家卖储蓄罐的小商店。那天,舅舅买下了那个她心仪已久的储蓄罐送给她,那是一个粉色的心形储蓄罐,上面画着一只小白兔和一只棕色的小熊,储蓄罐的盖子和罐体相连处有一把精致的小银锁。她太高兴了,她终于得到了那个储蓄罐,这简直像梦一样,她能够把它正大光明地摆在家里,不必寄存在她的小伙伴那里,因为这是舅舅送给她的。

慕娅瑟开始疯狂地收集起硬币来,没过多久,她的储蓄罐便被硬币填满了,有爸爸给她的,也有她去小卖铺买东西时,主动要店主人给她找的。那些店主人最讨厌硬币了，可慕娅瑟却很喜欢，店主一见到她来买东西，就知道可以解决掉那些令人头痛的硬币了，大人喜欢纸币，因为纸币更容易放进钱包里而不会丢失。慕娅瑟爱极了硬币叮叮当当相互碰撞出来的那清脆的声响。每一晚，她都会坐下来，把储蓄罐打开，把储蓄罐里的硬币倒在缝纫机上（她没有书桌，她的书桌是一台报废的脚踏式缝纫机，它是黄色的），一枚一枚地把硬币叠起来，叠得高高的，十枚硬币为一摞，那一摞摞硬币像一座座圆柱形的银柱子。数完硬币以后，慕娅瑟会把"银柱子"推倒，用双手捧起硬币，把它们一股脑倒进储蓄罐里，然后，再用那把银色的小锁子把储蓄罐锁起来，把钥匙藏在一个谁都不知道的地方。她心想，妈妈平时连她的压岁钱都会拿走，何况是这些银灿灿的硬币。于是，她抱着储蓄罐躺在床上，没过多久便睡着了。

那天夜里，慕娅瑟做了一个梦，梦里，她穿着蓝色的公主裙，踮起脚，伸手去够天上的月亮，她的头顶上环绕着七颗北斗星，那轮皎洁的月亮竟被她握在了手心里。梦醒后，她感到很失落，她舍不得走出那个甜美的梦境，她真希望那个金色的梦是真的。

她坐在床边上想象自己正坐在自己的宫殿里，她不是出生在这个家庭里的普通孩子，也许她的亲生父母正在找她，也许她来自另一颗星球、另一个王国。在那个王国里，她是受人宠爱的公主，她不必帮爸妈看店，不必做店里的小童工，不必做羞耻的家贼，偷钱去报复自己的父母，也不必是帮妹妹洗尿布、烫奶瓶的小保姆，那些令人作呕的沾满黄绿色的婴儿粪便的尿布，每一次都狠狠地撞击着她的自尊心，她不明白，在这个家里，她究竟是为何而生的。

天亮以后，她把这个梦告诉了外婆，外婆的眼睛都亮了。

"是个很好的梦啊！孩子，将来你会成为一个受人尊敬的人！"

"外婆，将来是什么时候？"

"将来，就是等你长大以后。"外婆摸了摸慕娅瑟的脑袋便走开了。

一上午，慕娅瑟的心情都很好，她在店里蹦蹦跳跳的，反复地在想外婆说的话："受人尊敬的人！"那一定是个很棒的人！直到妈妈把妹妹交给她，自己去参加舞会时，慕娅瑟的心一下就沉了，她凝视着躺在床上的那个婴儿的小脸，她的妹妹此刻正在冲她咯咯地笑着，可她自己的心却不在胸口，它好像沉到了肚子里，像一颗重重的石头沉入海底那样。突然，她拿起了身旁的枕头，把它放在了妹妹的脸上，她想闷死这个孩子，她恨透了这种生活，她夺走了她的一切，她的父母，她本该拥有的童年。她记得八岁那年爸爸带她去动物园看孔雀，妈妈给她买的印有向日葵图案的连衣裙。她翻看那些相片，她背靠在爸爸的怀里，爸爸的双眼注视着她，目光里满是爱，那种父爱是专注的，是独一无二的，那时，没有人分割他们的爱，尽管爸妈对她的爱还不够满足她内心的需求，但至少他们不会爱其他小孩，他们只会爱她，那是一种心无旁骛的、专一的情感。而那时，她的微笑是如此真诚，她的笑脸像夏日的阳光，她意识到那些快乐和纯真不会再有了。

在她九岁生日那天，那个婴儿便出生了，是的，她竟敢出生在慕娅瑟的生日那天，每个人都在夸耀慕娅瑟的妈妈是一位多么会选日子生孩子的伟大母亲，因为那不是刻意的剖腹产，而是自然的顺产，她却在奇怪自己的母亲竟然在她生日那天，送给了她一个活生生的小孩做妹妹，做礼物，谁的妈妈会这样？这太离谱了。尽管慕娅瑟希望那婴儿可以重新回到她妈妈的子宫里，不要再挣扎着钻出来，尽管她非常抗拒这个可怕的礼物，但事实却已无法挽回了。

九岁，就硬生生送走童年，对慕娅瑟来说是残忍的，是不能够被接受的，她必须结束这一切，她要把这个孩子送走，让父母对她的爱和目光重新回到她的身上。有那么一刻，她抓紧枕头的两边，用尽全力压住枕头下小小的身体。但是，没过几秒她便心软了，当婴儿肉乎乎的小腿因为缺氧而开始奋力蹬动时，她心中的冰山开始崩裂、坍塌、融化，她迅速拿开枕头，抱起她的妹妹，开始大哭起来，她手中的婴儿也哭了出来，她终于开始呼吸了，她觉得那孩子太可怜了，她自己也太可怜了，她不能伤害她，不是因为她和她是姐妹，而是因为她是个手无寸铁的小婴儿，她不能那么做，她恨她，但是她也爱她，她得保护她，像她平日里想保护所有弱势群体和小动物那样，她必须也要担负起一个姐姐的责任和义务，她决定要保护她，不让她受到包括她自己在内的任何伤害。从那以后，她再也没有过那种可怕的想法了。但是从那天起，她的妹妹便也没有再像从前那样黏着她。

她目送妹妹眼里的爱以及依赖和多年前目送自己的清白，以及这么多年以来她失去过的点点滴滴那样，她开始回避她单纯而寻求陪伴的目光，像这些年来她回避大人口中关于女孩该矜持、自爱的那些题目那样，她回想起那段令人羞耻的回忆：那时慕娅瑟才上小学一年级，她的家里来了一位到城里上学的远亲哥哥，那是个二十岁左右的男生，他的皮肤很白，白得有些过头，他的头发有些泛黄，还总是油腻腻的，他的身上挂着一个快要烂掉的牛仔外套，腿上穿着一条不那么合适的黑色裤子，他的语速很慢，总是一副漫不经心、没有力气讲话的样子。但即便是这样，慕娅瑟也很喜欢他，她把他当作自己的哥哥，因为只有他会把慕娅瑟放在腿上给她讲稀奇古怪的鬼故事，慕娅瑟喜欢听他讲鬼故事，她喜欢一切神秘而远古的故事。爸爸也会讲故事，但是爸爸很忙，不会像哥哥那样讲那么多好玩儿的故事给她听。

她是那样期待周五的到来，像期盼圣诞老人布袋子里的礼物，因为每逢周五哥哥就会来慕娅瑟家开的店里，帮爸爸做事，还会给慕娅瑟带来不一样的故事。她因此而讨厌周末，因为周天的下午，她就要和她最爱的哥哥暂时分开，因为哥哥得回到寄宿学校去，可她舍不得哥哥。在她心里，哥哥和任何人都不同，他关心慕娅瑟，听她分享自己的小秘密，他给她买糖果，绘声绘色地给她讲故事，她爱极了那些恐怖的故事，也爱极了这位从天而降的哥哥所带给她的温暖。

然而，六岁的孩子又怎么会想到在那样一个柔和的繁星漫天的夏夜，在那个没有一丝征兆的稀松平常的夜晚，她那个所谓的哥哥会对她伸出魔爪，对她做出那样一件令人不寒而栗的事情。

那一晚，外婆不在家，她鬼使神差地住在了朋友那里，她从来都不会在朋友家里留宿，她知道慕娅瑟不习惯和父母住在店里，所以无论多晚，她都会回来，拉着慕娅瑟的小手，陪她入睡。

店门打烊后，慕娅瑟吵着要和哥哥还有舅舅一起回外婆家，她不想和爸爸妈妈挤在商店后面那间狭小的隔间里，她讨厌睡在店里。爸妈同意了。她兴高采烈地和哥哥还有舅舅一起回到了外婆家，一路上她蹦蹦跳跳，一会儿停下来给舅舅做鬼脸，一会儿挽着哥哥的手臂，听他讲鬼故事。在这之前，慕娅瑟还没有单独睡过，在那些神秘故事的吸引力的催动下，她睡在了舅舅和哥哥的中间，舅舅很快就睡着了，还打起了呼噜，而哥哥又给慕娅瑟讲了一个鬼故事。然后，他告诉慕娅瑟他们该睡觉了，他开始抚摸她的脑袋，她的脸颊，她的胸脯，他的手从慕娅瑟的肚子一直滑到了慕娅瑟的腿上，慕娅瑟虽然不知道这意味着什么，但她能够感觉到这些举动不大对劲，哥哥不该这么摸她，她忍受了一会儿，暗自祈祷哥哥能够住手，但是他开始变本加厉了，她迅速起身，换到了舅舅左边的位置上，她不敢出声，又害怕哥哥会故伎重施，她把脸埋在舅舅的臂膀下，让舅舅的身体挡在哥哥和她之间。夜，越来越深，她听到了哥哥的呼噜声，她不敢睡觉，她一直在想一个问题，哥哥为什么要这么对她，她怎么也想不明白哥哥究竟为什么要那么对她，她躺在那里，沉浸在一种深深的丧失感中。不知道过了多久，她睡着了。

到了第二天，当哥哥若无其事地抱起她，把她放到他的腿上，准备给她讲故事时，慕娅瑟却目不转睛地盯着他的手，心想：昨晚，他是用哪只手动她的呢？是左手还是右手呢？如果是右手，他吃饭的时候不会觉得恶心吗？那双肮脏的手，他怎么可以在昨晚对她做过那件事情以后，还能这样厚颜无耻地抱起她，给她讲故事呢？她从他的腿上滑了下来，然后站在一旁注视着这个男人，他的裤子因为许久都没有洗过而脏到发光发亮，他的破衣烂衫，和他那头油腻的头发，还有那张病态的苍白的脸颊和那副无精打采的模样。原来，他是一个骗子，她为什么之前就没有注意到呢？他多么肮脏啊！那样丑陋，她从前却没有注意到他的这些特质，那些温暖而有爱的举动，那些迷人的故事，那些甜蜜的糖果，原来不过是为了诱骗她的手段罢了。

周天晚上，哥哥回学校了，下周五他还会再来，但慕娅瑟却再也没有靠近过他，她没有把那一晚的事情告诉任何人，不代表她就原谅了他，她无法原谅他，随着年龄的增长，她就会更加明白这一点，他那一晚的行为深深地伤害了她，侵犯了她的身体，甚至夺走了她认知里最初的清白。她用自己的方式在反抗他，她拒绝让那个男人再靠近她半步，再抱起她，拒绝听他讲给自己的故事，那些故事，她一个字都不想再听了。她有了防备和盔甲，在她遇到任何一个与他年龄相仿的男人时，她会想到要保护自己而不受伤害。但她却也开始模仿他对自己做过的事，她和小伙伴们一起玩儿过家家，她扮成新郎的角色，抚摸她的玩伴，像那一晚，他侵犯她时那样，她无意识地模仿伤害过她的那个人，在她的心里，自己已然是个肮脏的小女孩，她虽然还是处女，却觉得自己的清白已经被玷污了。直到长大后，她无意间读到了一本关于儿童心理教育的书籍时,她才释怀。原来,那是她遭到侵犯之后的正常举动:孩子会模仿伤害他的人的行为举止,从而把自己受过的伤害表现出来。作为家长,如果注意到了孩子的异常行为,便能够早一点引导和挽救,如果没有发现,那些伤害便会成为一片巨大的阴影,伴随孩子一生。

所有在大人眼里微不足道的小事,对于一个孩子来说都是一个远大的梦想。

无花果树的叶子大得像扇子,南瓜藤和爬山虎缠绕在铁丝上,周围绿油油一片。秋千在落日的余晖里懒洋洋地摇晃着。七月,在慕娅瑟的无数次请求后,爸爸终于在店铺门前帮慕娅瑟搭了一个秋千,那是用两根粗麻绳和一条废弃的黑色轮胎做成的简易式秋千,慕娅瑟很久都没有这样开心过了,因为她从小就想要一个秋千。她坐在秋千上,想象着自己是个金发公主,现在正坐在一个大花园里,在她周围站着几个毕恭毕敬的仆人,商店是她的厨房,她走进去就能够吃到美味的冰激凌,她能够随意挑选里面的任何一样物品,因为所有这一切都是属于她慕娅瑟公主的。

"拿包烟!"她不情愿地从秋千上滑了下来,跟在顾客的身后。她的公主梦被无情地打断了。"那个。"客人指了指慕娅瑟身后的那排架子,语气生硬地说道。

那时,《哈利·波特》和《千与千寻》刚刚上映,爸爸会让慕娅瑟定期租几张电影碟,允许她在没有顾客的时候,坐在门前一边荡秋千一边看电影,店里有一台 CD 播放机,是银色的。那些年,爸妈会把她一个人留在店里看店,那一天也没有例外。午后,她从经过的卖玉米的小哥哥那里买了一根玉米，买玉米的钱是她从那只绿色的钱箱子里拿出来的。当然，她没有办法征得爸妈的同意，因为爸妈都不在店里，而她却很想立刻就吃到一根玉米。她剥开玉米皮，把玉米须也剥了下来，她吃了一口香甜的玉米，想起小时候的一段记忆：那是秋季运动会结束的那天傍晚，慕娅瑟在外婆家睡着了，她睡得不是很沉，睡梦中，她听到了妈妈的脚步声，她踩着高跟鞋走路的声音优雅而独特，此刻，她已经站到了慕娅瑟的床头，令慕娅瑟意想不到的是，她的妈妈竟俯下身去亲了亲她的脸，妈妈很少对她有这种亲密的举动。她曾渴望妈妈拥抱她，渴望她在走路时牵着她的手。她的脑海里徘徊着那样一个景象：在一片郁郁葱葱的林间小道上，她的妈妈走在她前头，她伸出手想要让慕娅瑟牵住她的手，慕娅瑟凝视着妈妈的掌心，不假思索地加快脚步，她是如此渴望妈妈能够那样牵着她，紧紧地握住她的手，她生怕在自己还没有牵住妈妈的手时，妈妈便合上了手指，她害怕失落、害怕错过、害怕失去，她怕极了。慕娅瑟半睡半醒，感受着妈妈的亲吻，但是妈妈却用一种故作轻松的语态问她，今天下午是不是要了妈妈同事给的十块钱。其实，早在妈妈问她的时候，慕娅瑟就已经清醒了，她是被那些提问惊醒的，但幼小的她却知道自己必须要装出一副没睡醒的模样回答这个问题，才不会被妈妈惩罚。她眯着眼睛，言语含糊。

"你说实话，妈妈不会怪你的。"

"拿了，我以为是你让那个阿姨来找我的。"她撒谎了，她并不认为那阿姨是她妈妈派来的，她知道阿姨只是客套地问问她需不需要更多的零花钱，但她没想到那个阿姨竟然会把这件事情告诉她妈妈。坏女人，她心想。然而，这件事却让她感觉到了羞耻，让她感觉自己是个十足的小偷。她本该满足于爸妈给的那几块钱，而不要有非分之想。可明明是阿姨主动问她需不需要零花钱，她并没有主动提出这个请求。不，她无法确定这件事她究竟做得对不对,或者一开始她便已经能够辨认好坏。不,她还是个孩子,那瞬间,她并没有想到那么多,她只是单纯地想吃那栋楼后面卖的黄面,那种为了符合孩子口味,只加了一点点辣子和醋的金灿灿的黄面,她也想像其他小孩那样买一瓶汽水,一种橘子味的汽水,还有那些上好佳的薯片和膨化食品,还有卷装的大大泡泡糖和其他里面带有小玩具的五角钱的小吃。

  每个人在一生中都会产生数不清的愿望,但最终能实现、能满足的却不多。

  慕娅瑟十二岁那年,爸爸的同事带她去红山公园玩儿,他想给慕娅瑟拍一组相片,他觉得慕娅瑟那头金色的长发实在是太漂亮了。于是,就请求慕娅瑟的爸爸允许,让他带慕娅瑟出去玩一天,拍一组照片。那时(1999年),照相机是个很罕见的东西,慕娅瑟家里也有一台,但不经常用。

  叔叔带着慕娅瑟玩遍了红山公园里所有的游乐设施,包括她从没坐过的摩天轮。慕娅瑟的手里拿着一大袋子零食,里面有上好佳薯片,有雪饼,还有汽水,她太高兴了。那时,山上的桃花初开,她的背景是淡粉色的,她所有的相片也都拍得很成功,叔叔觉得慕娅瑟有明星的气质。有那么一瞬间,慕娅瑟开始怀疑,她忽然想起男人的那双手和他油亮的头发,还有那个可怕的夜晚,她心想这个叔叔是不是也是因为要对她做那种事情,才带她来公园玩儿的。然而,她担心的事情并没有发生。

  傍晚,霓虹灯亮起来了,友好路车站旁的步行街上的夜市也开始营业了,叔叔带着慕娅瑟坐上了2路汽车,在经过友好夜市时,慕娅瑟看中了一个牛仔小背包,背包的拉链上挂着一个小布娃娃,她很想要一个那样的背包,但是爸妈却没有给她买过,她指着挂在摊子上的牛仔背包,说自己有一个愿望,就是很想拥有一个像那样的背包。于是,叔叔就带她下了车,买下了那个牛仔背包,她太开心了,她把袋子里剩下的零食放进了那个背包里。她低着头看着背包说道:"叔叔,你要是我爸爸就好了。"第二天,这句在她兴奋之际不经意间说出来的话,传到了爸爸的耳朵里,她又被狠狠地训斥了一顿。

"你太叫我丢脸了,你还叫人家给你买东西,你丢不丢人,你没见过东西吗?"

慕娅瑟不敢吱声,她觉得脸上火烧火燎的,她的脸红得像石榴似的,她知道她不该说那句话,尽管她当时就是那么想的,她不该把心里的话告诉别人,大人都是骗子,大人们骗她把她的心里话套出来,然后达到他们的目的,他们想控制她的脑袋,甚至是她的想法,她不能再把心里想的告诉任何一个大人了。

也是在那一年,她决定用偷来的钱,租一间小房子。那时,人们买了楼房之后,政府就会在楼房对面配备一个储藏室给住户,相当于现在的地下室。那是一间不到十平方米的小房子,慕娅瑟甚至都没有办法直起身来在房子里走动,因为那房子实在太矮了,但是她非常满意这间房子,对于她来说,那房子是她的家,而她是房子的主人。她的家庭成员还有其他三个姑娘,一个叫杨倩,一个叫杭晓仁,还有一个叫黄盼,她们和慕娅瑟自称是姐妹,她们四个是这世上最要好的朋友。那里成了她们四个的秘密基地,她们称它为"小房子",她们发誓绝不把这个秘密告诉别人。她们从家里拿来了碗和盆,还有毯子,毯子是从慕娅瑟家里拿来的,既然她是一家之主,她就要拿更多更好的东西过来,她还买了一把小锁子,给每个人都分发了一把钥匙。现在,这里就是她们四个人的家了。她们可以在这里分享秘密,可以带小吃来这里享用,多好啊!

慕娅瑟的心终于有了归宿，所有在她真正的家里父母所不能给她的爱和关怀，她都能在这个小房子里得到，多好啊！

然而，好景不长。有一天，小房子漏雨了，她去找房东奶奶，但是房东却没有理她，她和她起了争执，房东说房租到期就会把房子收走，她太难过了。她想过要再租一个小屋子，但是除了这里她不想再要其他房子，她喜欢这里，尽管这里如此破败不堪，她也要待在这里。可是，那毕竟是别人的房子，她还没有足够的财力买下那个小房子。于是，她只好放弃，她把那些从家里偷出来的毯子和其他一些装饰都留在了那间屋子里，然后和她的小伙伴们一起和屋子道别。

一段人生又告一段落了。

不知从什么时候开始，慕娅瑟形成了咬指甲、咬嘴唇的习惯。每当她开始焦虑，她就会咬指甲，她不会把咬下来的指甲吃掉，她会吐出来，但是她无法停止咬指甲的习惯。每当她感到羞涩，她就会咬嘴唇，那是她一贯的动作，她觉得那样做可以不让她那么难为情，缓解她的紧张情绪。于是，她得了口周炎，她的嘴皮会干裂，甚至有时她都不能张着嘴笑，不能大口地吃东西。

几年后，在一个四月的早上，妈妈突然问她："你的指甲都是你自己在剪吗？"慕娅瑟做了一个咬指甲的动作，告诉妈妈，她一直在用自己独特的方式在"修剪"指甲，妈妈恶心坏了，恍然大悟这么多年来她竟然没有注意到自己的孩子从没叫她帮她修剪过指甲，而是用如此不卫生的方式来自行解决长指甲。

"以后指甲长了，就来找我，我用指甲刀帮你剪指甲。"

"好。"一周后，妈妈发现慕娅瑟并没有来找她剪指甲，于是，妈妈发怒了，她把慕娅瑟的小手放到了菜板上，拿起菜刀威胁她。

"再让我发现一次你用嘴咬指甲,我就会把你的指头剁下来。"

从那以后,慕娅瑟咬指甲的习惯不见了,她总是想象着,自己的手指头被妈妈剁下来,如果那种事发生的话,她就会成为残疾人,她无法想象自己的外在形象被毁坏,无法想象自己的指头被妈妈剁下来,所以她再也不敢了。

校园里的滑梯被太阳晒得发烫,像刚刚烧开的开水壶,低年级的孩子们不怕烫屁股,在滑梯上爬上去、滑下来,不知疲倦。慕娅瑟一个人靠在花丛的围栏边上,摸了摸揣在兜里的玩具手枪,她的手腕上戴着一个白色底印有耐克标志的护腕。这一年,作为小学里最高年级的学姐,她学会了拉帮结派,她开始大声地说话,故意把声音变得粗声粗气的,她越来越不喜欢做一个细声细语的女孩,她想要变成一个威风的人,受人崇拜、受人尊敬。她买了几把玩具手枪,带有黄色子弹的那种手枪,她还模仿坏孩子的样子买了护腕,她爱极了那个护腕,迷上了被别人尊重、被别人羡慕的感觉,迷上了拿着玩具手枪,对准别人脑袋的姿态,她努力让自己成为一个小太妹。

直到有一天,她拉帮结派的行为被班主任陶老师发现了。她以为会被她敬爱的陶老师臭骂一顿,但是,陶老师却没有把她点出来,他知道她自尊心强,他了解他班上的每一个孩子,他用另一种能够让她信服的方式,击败了她想要堕落的想法和行为。

周二的早上,第一节便是语文课了。上课铃响后,陶老师推开教室的门,走上了讲台,他的手里拿着一把玩具手枪和一沓旧报纸,他抬了抬眼镜,一声不响地对准那沓报纸开枪,然后放下手中的手枪,一张一张地把破了洞的报纸摊开给大家看,那颗子弹足足穿透了十七张报纸。

"看到了吗?如果这颗子弹打进了某一位同学的眼睛里,他是会瞎的。"班主任的名字叫陶豫琳，他有一双干净修长的手，他很温和，也很严厉，最重要的是：他对班上所有的学生都一样重视。慕娅瑟喜欢他，也非常尊重他。因为他不会忽视任何一个孩子，包括痞子生，他都会给予同样的关爱和关注，这就是慕娅瑟尊重陶老师的原因，在她心里，他很独特，他与众不同，和其他大人都不同。

下课后，她没有主动去找陶老师认错，尽管陶老师希望她这么做，她丢掉了手枪，悄悄取下了那个坏孩子才会戴的护腕，不再拉帮结派，因为，她不想让陶老师对她失望，也因为，再过一个月，她就要毕业了。至于那粗里粗气的说话声音，她却不愿意改变它。后来，她的声音变成了很好听的中低音，她的嗓音非常适合唱抒情的曲子，她的朋友和家人都爱听她唱歌。

慕娅瑟也很爱跳舞，她的舞姿非常优美，她是少年宫的雪莲花舞蹈队领舞。几年前，她被中央艺术舞蹈学院的老师选中过，也被新疆杂技团的老师选中过，但都被她的爸爸拒绝了。"我只有两个女儿。"这就是爸爸拒绝她的理由。她央求过爸爸，让他允许自己去北京上学，去日本参加杂技培训，但是爸爸都只是摇摇头，他是不会让她去的，他让她跳舞，起初只是因为舞蹈能够提升她的气质，纠正她的身姿体态，但他不能允许她成为一个专业的舞者，因为那不符合他们家的传统：长大后，女孩子是不能在大庭广众之下穿着裸露的衣服表演、跳舞的。那是一份吃青春饭的工作，他是不会看着自己的女儿走上那样一条路的。他在那些酒吧里看到过，那些姑娘有的在跳肚皮舞，有的甚至在跳脱衣舞，他的女儿怎么能做那样的事情呢？即便那也是一种谋生方式，但这种谋生方式决不能出现在他的家族里。

那些荣誉只属于少年宫，在学校里，音乐老师从没邀请过慕娅瑟参加任何舞蹈节目，为此，她觉得很失落。有几次，她站在舞蹈教室门口，望着教室里的孩子们面对全身镜，那些动作甚至连她学到的皮毛都比不上，但她却如此渴望能够加入那支队伍，走进教室，得到音乐老师的认可。她有一个同学叫王蕾，她的家里有一架漂亮的黑色钢琴，她心想可能是因为这个，郝老师才喜欢王蕾的，即便王蕾不会跳舞，郝老师也会邀请她参加舞蹈节目。"郝老师"，慕娅瑟每每听到这个称呼，脑海中就会出现另一个谐音："好老师"。但是，在她心里，郝老师并没有那么好。她忽视她，对她和她的才艺都视而不见，所以，慕娅瑟恨她，她是那些诸多大人们中的一个，在她心里，她和家里的大人一样，都对她的存在忽略不计，他们都漠视她。总而言之，她恨的不是那些大人，而是被他们忽视的感觉。

十二月的阳光从卧室的窗户涌进来，积雪在苍蓝色的黎明中闪着光。这是慕娅瑟第一次拿起刀割伤了自己的手，那时班里头都时兴这个，大家伙儿的心里只要受点小创伤就会在胳膊上划一个口子，然后静静地看着伤口流血、停止，结痂再脱痂，而后形成一道淡淡的疤痕。那一年，慕娅瑟认识了一个男孩，因为恋爱，她又在自己的左臂上刻了一个字母，那字母是那个男生名字的打头字母，她其实并没有那么喜欢那个男孩，只是身边的同学朋友都会以这种自残的方式表达情感，所以，她也跟着这么做了而已。她认为这没什么大不了的。

中学第二年，四月的一个夜晚，慕娅瑟突然肚子痛，这时离她和那个男生牵手还不到一个礼拜时间，她吐啊吐啊，快要把肝胆脾肺都给吐出来了，她心想：这下完了，我肯定是怀孕了。那时，外婆家里还没有安装电话，但那件事情后，家里就装了电话。夜里，外婆敲响了邻居的门，叫他们帮忙联系慕娅瑟的爸爸妈妈，而外婆则背着疼痛难忍的慕娅瑟去了就近的医院。医生给慕娅瑟开了检查单，然后就把她送到了一个输液室，打了整整一晚上的液体。葡萄糖啊，盐水啊，应有尽有！后来，天亮了。慕娅瑟的肚子也不那么疼了。她睁开眼睛，看到爸爸正坐在她的床旁，一个年老的医生正在训斥昨晚值班的医生。"你以为她不疼了就是好事吗？愚蠢！这是肠穿孔的表现，再晚一点，就是腹膜炎，你就等着病人出事吧！"慕娅瑟从爸爸的眼睛里看到了多年前的那种目光，那样关切而专注，此刻，爸爸的眼里只有慕娅瑟。妈妈也来了，她的眼圈红红的，似乎已经哭过一场。慕娅瑟感觉好幸福啊！如果能一直这样生病下去，该多好！她的爸爸妈妈就会一直这样爱她，注视着她，寸步不离地陪伴她了。

爸爸妈妈把慕娅瑟送到了手术室门口，他们蹲在那里，眼眶里全是钻石般的眼泪，他们一句话也说不出口，就那样凝视着慕娅瑟的双眼。她是走进手术室的，没有用平车推她，她就那样捂着肚子走进了手术间，一个护士帮她戴上了蓝色的圆帽，然后呵斥她，让她赶紧上床。慕娅瑟试了试，但她的身高实在不够爬上手术室的床，还有一个原因就是她的肚子太疼了，之前已经缓解的疼痛，现在又开始发作了。

"你没看到我上不去吗？"她用尽全力喊了一声，但声音还是那么微弱，然而，护士阿姨已经看出了她心中的不满，她慢悠悠地走过去，把慕娅瑟扶到了手术床上，然后翻了一个白眼便走开了。

麻醉开始了，手术正在进行中。此刻，慕娅瑟已经分不清梦境和现实了。有几次，她听见麻醉师在她的床头站着，轻轻地告诉她：快睡吧！快睡吧！她心想：麻醉师的声音好温柔啊！她睁开眼睛，看到周围有很多穿着白大褂移动的怪人，他们絮絮叨叨地说了很多话，大概意思是慕娅瑟救不活了，他们得赶紧收拾东西走了。

"快，把心电监测仪收起来，全都收起来吧！她不需要再吸氧了，已经没救了。"

"那截烂掉的肠子呢?"

"丢掉吧!是阑尾炎肠穿孔,耽误的时间太长,已经腹膜炎了,肾上腺素都注射了几次了,没用了。"

"只能放弃了,病危通知书都来不及签了,通知家属,把她带走吧!"

慕娅瑟睁着眼睛平静地望着那些怪人,感觉身上轻飘飘的,怪轻松的,这种感觉可真自在啊!慕娅瑟心想:这下好了,她的爸妈该永远把她放到他们的心尖上,她会成为那个家里永远的记忆和伤痛,被人们铭记于心。真好啊!

那个怪梦醒了。

第二天早上,外婆来接班了,爸妈回去了,回到了店里,他们得去挣钱了。那些手术前的关切眼神和紧张的问候很快便消失了,再过几天,慕娅瑟就可以出院了,她的同学朋友们来家里看望她,然后,她又成了一个人。外婆煮了一个礼拜的肉汤给她喝,一周后,爸爸因为担心慕娅瑟会落课,便把她赶去了学校。然而幸运的是,在学校,老师们对她的关切又持续了好一段时间。之后,她又成了一个正常人,一个可以参加体育活动的,可以跑跑跳跳的初中生。她觉得很遗憾,因为,那些在她生病时,父母和家人所表现出的爱已经变得平淡,那些爱已经没有那么强烈了。生活中遗留下来的这种平淡,更像是恋爱时,恋人过了热恋期般的那种失落感,像胡里奥·科塔萨尔说的那句:衣兜里空空荡荡的孤独感。

也许,当你真正决定要做什么的时候,事情反而变得简单许多。

时光留下了岁月的色泽，夕阳西斜，黄昏金色的阳光洒在店门外的三棵柳树上，橘猫躺在那只绿色的钱箱子里，像是一个倔强的守护者。

夏夜的繁星隐隐闪烁。就像慕娅瑟不记得自己第一次偷钱是什么时候那样，她也忘记了自己最后一次偷钱是什么时候的事儿了，而这些变化究竟是从妈妈意识到自己忽视她的存在开始，还是从慕娅瑟出院以后，爸爸愿意敞开心扉，开始真正倾听慕娅瑟的话，而她的内疚又是从什么时候开始萌芽的？

不知道从什么时候开始，慕娅瑟停了下来，她不再把手伸进钱箱子里，一边偷偷张望着门外的动静，一边慌张地想着该把偷来的钱藏进哪个兜里。是从妈妈开始关心她，担心她变成坏姑娘开始，还是从爸爸带着她去图书馆借阅，让她形成阅读的习惯开始，连她自己都不得而知。总之，那只绿色钱箱子里的钱没有再失窃过。奇怪的是，自始至终都没有人发现这件事情。

有一天，慕娅瑟奇怪地发现，在经过那只绿色的钱箱子时，她竟然不再有任何偷窃的欲望，而是能够心如止水地望着它，对她而言，它不再是一盏通往偷盗的绿灯，而只是一个普通的装着些钱的箱子，那箱子不再那样吸引她了，她想不明白，那些年究竟是什么让那只箱子具有那样独特的引力，像磁铁吸住金属那样，让她寸步难移。

此刻，那只橘猫正慵懒地舔着它的爪子，慕娅瑟在柜台里的圆板凳上坐了下来，摸了摸橘猫的脑袋，带着歉意望着它。心想，现在，她再也不用那种方式去填补内心的空洞了，她再也不用钱去买友情，不必再用买来的友谊去填补亲情的空缺。她的心，终于被爱所填满了。

"放心，我不会再偷偷拿钱了！"

然而，停止偷窃却无法让她的内疚消散，那些羞耻的过往像一个黑影那样顽固地站在那里盯着她，让她的内心无法得到安宁。父母对她的好，更像是一种负担，使她感到沉重。

夏夜的风吹着南瓜藤上的叶子，发出飕飕的声响，橘猫似乎闻到了老鼠的味道，焦躁地踱着步子。慕娅瑟在店门外的秋千上轻柔地吹着口哨，音调悲伤。在一阵短暂的静默后，她柔声自语道："无论如何，等他们回来，我就要说出来，无论他们听到后，会多么失望，我都要说出来。"她要说出来，她不能再欺骗她爱的家人。但为保险起见，她必须有所保留地慢慢吐出真相，让爸妈不那么责怪她，让他们能够接受她的错误并原谅她。因此，她得把握这个度，如果说出的钱的数额太大，爸妈是不会原谅自己的，但如果说得太少，她又过不了自己心里的坎。

秋千在晚风中荡漾的节律越来越频繁，速度也越来越快，没过几分钟，慕娅瑟便会用脚点地，让秋千停下来，她站起身，几次抻着脖子望着那条路。今夜，她的父母带着她的妹妹去参加一个晚宴，已经十一点了，他们还没有回来。她的忍耐已经到了一种无以复加的程度，她越想越觉得自己再也无法忍受此刻的焦灼，她害怕自己会突然反悔。不，她一定要把这件事情告诉妈妈，她要向父母坦白，然后光明正大地活在这个家里，抬头挺胸地活在父母和妹妹身边，她不想再担惊受怕，害怕某一天东窗事发。然而，慕娅瑟并没有把钱的数额交代清楚，因为就连她自己都不记得究竟从家里拿过多少钱财，还有她被侵犯的那件事情，她仍然没有信心说出口，她把一部分事实有所保留地说了出来，但感觉轻松了许多。

妈妈的笑容僵在了脸上，露出一种若有所思的神色，她的身上还穿着那件去参加晚宴时的宝蓝色礼裙,她的口红有些脱妆的痕迹,她左耳的那只耳环有些歪歪扭扭的,像是变了形。此刻,那些晚宴上的光彩夺目已经黯然失色。她努力抑制住自己惊讶的表情,作为母亲,这个时候她只需轻轻地指正女儿的错误,然后告诉她,她很感激她能够坦白,欣慰她的女儿拥有承认错误的勇气,但是她发现自己很难做到。她发现她的女儿正盯着自己的脸,她知道她的心就快要从她的胸口跳出来,她那张小脸上满是紧张,她知道她的手心已经开始出汗了,因为她正在背后搓着她的双手。但没过一会儿,她会发现她妈妈的眉头正在舒展开来,她的语气里不会有丝毫的责备与不满,她只会淡淡地说句话,已确认她今后的作为:"那你现在还拿吗?"

多年来,我们抱着根深蒂固的羞耻感和罪恶感,我们通过不断的学习,学着做一个完整的人。而如今,我们尝试着与自己和解,学会了怎样去接受那个时期的自己,也终于完成了一次自我的重建。

秋天,斑驳的落叶在路灯下飞舞,在公园北街上,熙熙攘攘的人群穿梭在街角。般若庭院里的常青树环绕在湖边上,那叶子的色泽已然变成了一种墨绿色,湖里养着数十条金鱼,那些金鱼总让人想起那个渔夫与金鱼的童话故事。

一些陈旧的伤痕正在痊愈,不久以后,它们会留下一道道淡淡的疤痕。它们会躲在心的深处,偶尔还会若隐若现地刺激你的神经。

"楼兰之夜,真是个美丽的名字。"

慕娅瑟的肩上披着一个温暖的灰色羊绒披肩,她坐在星光下的露台上,俯视着湖水深蓝色的波纹,她的手边放着一杯冒着热气的咖啡。此刻，她的妈妈和妹妹正和她面对面坐着，她向她们提起了白天发生在医院的事情，尽管这不符合她的职业操守，她还是想破例一次，和她们一同分享白日里的感触。

在郝老师变换角色，不再作为一位高高在上的音乐老师，而是作为一个得了心理疾病的患者，来到她的办公桌前，告诉她，这一生，她都没能孕育一个属于自己的孩子时，慕娅瑟在想，这个女人真可怜。也是在那一秒，她终于释然，心里有了一种豁然顿悟的欣愉。她想起自己站在舞蹈教室门前，盯着脚上那双脏兮兮的白球鞋的样子，想起了她的自卑，想起了自己伸向钱箱子的那双手，那些年，她到底是用哪只手偷钱的呢？是左手还是右手呢？她凝视着自己放在办公桌上的那双白皙的手，嘴角有一丝不易察觉的笑容，她的脸上带着欣慰的表情，奇怪自己在偷窃了那么多年以后，竟然没有成为一个小偷。她的那些好朋友们一定认为在她们长大后，慕娅瑟会成为一个地地道道的小偷，她会去偷更多值钱的东西，然后被警察抓走、判刑，她们会去监狱探望她，而她会在冰冷的墙根蹲着，懊悔自己曾犯下的错。但是，她们都错了，因为慕娅瑟没有成为小偷。那些小伙伴们，那些她所谓的"知心朋友"很可能还会认为慕娅瑟在炉火中烧时，会成为杀死她妹妹的少年罪犯，因为，她对那婴儿真的是恨之入骨。而最好的结局不过是她继承家业，靠卖烟酒开店赚钱，她们总说她父母是开商店的。那么，未来，慕娅瑟应该会成为她们口中那个开商店的人，而她的孩子很可能也会偷那只绿色钱箱子里的钱，她们代代如此，理应如此。但奇怪的是，慕娅瑟没有成为盗贼，也没有成为少年罪犯，更没有成为那个开商店的人，而竟然成了一名受人敬仰的心理医生。这不奇怪吗？她是如何收手，如何在悬崖边上紧紧勒住那匹马的脖子？人们不得而知。但，人们发现她的怨气和妒火早就消散了，在父母的漠视戛然而止的那一刻，在妹妹稍稍长大后，成为她的陪伴、她的知己,她学会了感恩,她开始感恩命运的恩赐,感谢父母把这个小女孩带进了她的生命里,让她不再感到孤独。而那件令她难以启齿的事,她也说了出来,她把那件事情的原委,告诉了她的妈妈,毫无保留,就连后来她模仿伤害她的那个男人,和小伙伴们一同玩儿结婚游戏的事儿,也统统告诉了她的妈妈。现在,她没有什么想隐瞒的了。

"你们本应该好好保护我。"

她得到了她期许已久的道歉,虽然已经无法弥补。但她最终原谅了自己,也原谅了父母。

现在,她是一家教育机构的创始人,专门开展对儿童的心理教育,针对儿童心理问题进行治疗。她把自己童年受过的伤和经历过的种种,写成了一本书,一本专门针对儿童心理问题的课本,她希望用她的伤,去警醒初为人母、初为人父的大人,不让他们重蹈覆辙。

那个绿色的钱箱子最后怎么样了呢?商店停业了。那个老店关门的那一天,慕娅瑟最后一次踏进店门,她绕过柜台,走近了那只褪了色的绿色钱箱子。

"那时,你的身高才刚刚高出柜台一个脑袋。"爸爸站在慕娅瑟的身后,说道。慕娅瑟听得出爸爸有些难过。

店里一片狼藉,柜台上落满了灰尘,大多数货架被拆了下来,除了最下面那层还留有几根被老鼠咬过的香肠。那只橘猫已经不知去向,它大概也猜到店门要关了,所以就自谋去处了吧!柜台角落里的那只绿色的钱箱子,歪歪扭扭地待在原处,在它的缝隙里还夹着一张被遗忘的、缺了角的纸币,慕娅瑟伸出手把钱拿了出来,她把那张纸币攥在手心里,微笑着摇了摇头,感慨自己曾经对钱财的渴望,对爱的质疑,对家和父母以及对自己的质疑，惊叹那些疑惑在某年某月，竟也渐渐被她悟出了答案。

她和爸爸把那三棵柳树（那三棵柳树还是当年爸爸和舅舅一起植在店门口的）和那些南瓜藤，还有那个秋千留在了身后，他们决定要散步回家去。路越走越远，他们经过了很多兴旺的、新开的店铺和那个花卉市场，市场里依然摆放着大大小小的花盆。街边的霓虹灯亮了，他们微笑着走过那些繁华和灯光，用一种经验丰富的老人看着年轻人时的目光审视着一切，而他们家的店已经太老了，老到跟不上那些时尚店铺的步伐，爸爸也老了。但是，爸爸说：慕娅瑟的路，还很长很长。

那一晚，慕娅瑟没有回到外婆家，而是和爸爸妈妈还有妹妹一起，住在了自己家里。但她舍不得把外婆一人留在那个她从小长大的"外婆家"里。于是，她决定第二天一早，她就要回到外婆家，在回去的路上，她还要给外婆买上一份早点。

夜里，她梦见了一条清澈的小河，那条河长得没有尽头，河水清清的，里面什么也没有，河周围是一大片绿油油的草地。天空湛蓝，偶尔会飘过几朵镶着银边的云朵，而慕娅瑟正坐在一辆车里，飞快地驶向远方。

在池塘边的榕树上

那一年，阿乐苏的妈妈查出胃癌。那段时间她的妈妈一直住在医院里，苏的家住在医院家属区里，而妈妈住在离苏几百米远的住院楼里，苏能经常去看望妈妈，所以妈妈生病住院这件事情，对于苏的生活并没有产生太大的影响，她照样去上学，然后在放学回家前去看望妈妈，在妈妈的病房里和弟弟一起完成当天的家庭作业，然后再一起回家。就这样过了大约半年，一直到家里为了给妈妈治病而欠下巨债。

阿乐苏生在一个普通的工薪家庭，妈妈背着爸爸很早就辞去了工作，当时苏还小，爸爸发现妈妈背着自己辞职的事还对妈妈大打出手，爸爸总是喜欢打妈妈，但是却对苏和弟弟充满温情。那时爸爸在医学院的保卫科工作，他用一个人的工资支撑着整个家庭。苏有个弟弟，比自己小五岁，她本来还应该有一对双胞胎姐姐，但是她们都因为早产而不幸离开了人世。苏的家也不是一直这样穷困潦倒，前些年，爸爸和姑姑一起开餐厅的时候，他们也风光过一段时间，那是间音乐餐吧，位置在一所财经大学后面的步行街上，名字叫作"三棵树"。"三棵树"的旁边有姑姑开的迷你超市，超市的名字叫作"不倒翁"，那名字是姑父起的，后来听说市面上出现了一种老人鞋也叫"不倒翁"，姑父觉得自己应该早点去注册专利,这样就可以起诉那款老人鞋占用了他起的品牌名。"三棵树"去年关门了,它开了很多年,从1994年一直维持到去年,两年前,爸爸看"三棵树"的生意淡了就把摇摇欲坠的"三棵树"交给了姑姑,然后彻底放弃了它的经营权。阿乐苏觉得爸爸应该会很难过,因为他曾倾注过太多心血在里面。那一年,爸爸深知自己因早些年做生意,导致大学保卫科的职位不保,就选了个日子,一手抱上弟弟,一手拉着阿乐苏来到了科长的办公室,阿乐苏和弟弟被吓哭了,因为爸爸威胁科长说这两个孩子他养不了了,如果保卫科不能给他解决温饱的问题,那么从今天起,阿乐苏和弟弟就必须住在保卫科里,一直到那位科长给爸爸重新安排工作为止。为了增强效果,爸爸还拿来了一把菜刀,他把菜刀重重地扔到了科长的办公桌上,结果科长没一会儿就妥协了,哦不,是投降了。科长给爸爸在学生科安排了辅导员宿管的职位,爸爸这才带着阿乐苏和弟弟回去。就这样,他们一家相安无事地过了好几年,爸爸还是会时不时地殴打妈妈,因为妈妈总是做错事,妈妈问爸爸要生活费,说是要购买家里用的蔬菜和羊肉,可是没过几天,那些羊腿就会不翼而飞,冰箱里空空如也。于是妈妈又会问爸爸要钱,家里这样频繁地缺这个少那个,让爸爸觉得很不可思议,于是在一次严刑逼供下,妈妈终于承认了那些羊肉和蔬菜的去处,原来妈妈把那些都送去了自己的娘家。爸爸觉得妈妈不可理喻,说她像个无底洞,还说她把钱都炒了吃了,说自己那点微薄的工资只能供得起自己的小家,怎么还有余力去处理阿乐苏外婆家的闲事。于是他们吵啊,闹啊,一直到阿乐苏的妈妈查出晚期胃癌才罢休。从那天起,爸爸再也不打妈妈了。而妈妈虽说逃脱了爸爸的"魔掌",却要被病魔折磨到体无完肤。没过多久,妈妈做了第一次手术(胃大部分切除术)。

"妈妈,那你以后就没有胃了吗?"

"傻孩子，妈妈怎么可能没有胃了呢？妈妈的胃变小了，像弟弟的胃那么小，但没有完全消失。"妈妈躺在病床上，既虚弱又温柔，那段时间，她的声音变得很小，像蚂蚁一样，不像那些年和爸爸打架时，扯开嗓门歇斯底里乱叫的样子。她突然变成了一个温柔的妈妈，一个穿着病号服的高雅的女人。

"那你还能吃东西吗？"弟弟靠在床旁，睁着他好奇的大眼睛，他的眼睛又黑又亮，皮肤和阿乐苏一样是蜜色的，他们两个都像极了妈妈。

"能，别担心，就是吃得少一点而已，不会有大问题的。"

"珐尔克，你别问蠢问题了，真傻。"阿乐苏拉了拉弟弟的手。

"阿乐苏，别那么说你弟弟。"妈妈轻柔地说道。

那段日子，爸爸总是远远地看着妈妈，不靠近她，他心疼她，但大多数时间他都很迷茫，不知道自己该做什么。在"三棵树"的时候，爸爸有第二职业，他是个很棒的厨师，会做很多美味的佳肴，他还招了学徒让他们也跟着自己学烹饪。但是现在，当他回到没有妻子的家中，他不知道该做什么，孩子们该吃什么，该穿什么衣服，他应该怎样面对两个即将失去母亲的孩子。如果从此要他一个人面对这个世界，他该怎么做呢？他能够既当爸爸又当妈妈吗？他的妻子还剩下多少时间？他把客厅的灯关掉了，一个人久久地坐在黑暗里，沉思着。这时，两个孩子都已经进入了梦乡，而妻子就在离家几百米的住院楼里孤独地忍受着肿瘤带来的癌痛。手术后她就一直在让他找那种药，一种可以缓解癌痛的药。也许这个手术就不该做，它既没能解决问题又让他欠下了一屁股的债，它在妻子的肚子上留下了一个难看的疤痕，还让她的病情迅速恶化。她的状况并没有比从前好转，而是比手术前更糟糕了。接下来该怎么办呢？该去哪里凑那么多钱？接下来的治疗费呢？又该去哪里借呢？

今年的寒假不能再出去玩儿了，因为阿乐苏要和爸爸还有弟弟一起扫雪挣钱。爸爸把校园里足球场周围的人行道都承包了下来，如果他们可以坚持一整个冬天，就可以挣好几千块钱，这样就可以还一部分为妈妈治病欠下的债了。

下课铃响了，夏特里克走过来在阿乐苏的桌子上放了一个盒子，阿乐苏吓了一跳，乘别人不注意赶紧把盒子塞进了抽屉里，但是祖丽雅特已经看到了。她喜欢夏特里克，这已经不是新闻了，但夏特里克喜欢阿乐苏，这一点大家心里也是明白的。下午放学，等全班同学都走光了，阿乐苏这才悄悄地把盒子从抽屉里拿了出来，抑制不住的好奇心像一朵绽放的七色花那样，她守着这张课桌已经整整一天了，她连洗手间都不敢去，生怕被别人发现了那个盒子。阿乐苏小心翼翼地取下了封在盒子边上的圆形封条，打开盒子，看到里面塞了一张小纸条，那不是什么卡片，就是随便从作业本里撕下来的小纸条："生日快乐，阿乐苏。还有，我早就想告诉你，也许你一直都知道，只是在装糊涂。我喜欢你，从我们第一次做同桌的那天起，我就喜欢你，我希望以后我们可以考上同一所高中，我期待那一天。"纸条下面是一个可爱的杯子，杯子是星巴克的，哦，天哪！这得花多少钱啊！杯子的寓意是什么来着，喔，是一辈子。阿乐苏红着脸蛋把礼物装进了书包里，然后像背着宝贝那样轻轻地踱着步回家了。夏特里克，这个有着优越的家庭背景和帅气的脸蛋的男孩，怎么会喜欢上自己，但是从初中第二学期以来，阿乐苏就很明显地感觉到他对自己的爱恋。渐渐地，那些小小的温暖也触动了阿乐苏的心弦，她开始注意自己的形象、自己说话的方式和自己的一举一动，因为总觉得夏特里克在注视着自己，而她也想把自己最好的一面展露给他。祖丽雅特变得越来越令人讨厌，她甚至散播谣言说阿乐苏有体臭，还联合起班里其他女同学一起排挤阿乐苏，她们已经都不怎么理睬阿乐苏了，只有古璃格娜自始至终都陪着她。祖丽雅特经常笑话阿乐苏，说她背的书包样式太土，说她的鞋子是二手市场上淘来的，阿乐苏换了鞋子，她又有其他话要说。

"你怎么这么没有品位。真令人恶心，你怎么会想背那么难看的书包，你妈妈都不给你买漂亮的包包吗？哦，我忘了，你妈妈现在在医院呢！她哪有空逛街给你买包呢！"这些话越来越过分了，就连祖丽雅特身边的女同学都听不下去了，她们拉了拉祖丽雅特的衣角，让她别提阿乐苏的妈妈，可是祖丽雅特就像着了魔似的，对阿乐苏不依不饶。"怎么了？我说错了吗？你们看她脚上的那双鞋，还有那双袜子，你只有一双袜子吗？我看你永远都穿着灰色的袜子，是不是穿了灰色就不容易看出来脏啊！哦，你真脏，你是不是从来都不洗袜子！"她身边的女生向阿乐苏投来了鄙夷的目光，她们哄堂大笑，现在，阿乐苏就是一个大大的笑话，是她们的卓别林。

"祖丽雅特，总有一天，你的嘴会让你吃大亏的！"古璃格娜像个小大人，总能一针见血，但也只能安慰一下阿乐苏的心，却并不能解决问题的根本，那些校园霸凌不会消失，除非阿乐苏能从这个教室里彻底消失。

祖丽雅特还到处造谣说阿乐苏和夏特里克已经亲密到可以穿一条裤子了，说阿乐苏那么小就那么不要脸，勾引夏特里克。班里除了祖丽雅特，还有几个女生也爱慕他，于是醋意大发的女生们对阿乐苏群起而攻之，最后不只是不理睬那么简单了，她们处处给阿乐苏使绊子，处处针对她，让阿乐苏在学校的日子越来越难过了。

"嘿，生日快乐呀！狐狸精！我看到了，夏特里克给你送什么了？是一盒避孕套吗？或者是一盒紧急避孕药？"祖丽雅特站在教室门口，双手交叉抱在胸前。站在那个位置，她既能防止老师突然进来，又能防着夏特里克，她绝对不能让她心爱的夏特里克看到她这么尖酸刻薄的样子。

"祖丽雅特，你真是个女流氓！"古璃格娜一如既往地站起来替阿乐苏对付祖丽雅特，而阿乐苏却只能趴在课桌上哭。她不是没有脾气，只是她不知道该怎么处理这样的事。

"你闭嘴，你是阿乐苏的哈巴狗吗？还是她的代言人？你让她自己跟我说呀！她就是理亏所以才不敢说话，不然她为什么不自己说！"祖丽雅特紧逼着阿乐苏。"就知道趴在桌子上哭，你那副扭扭捏捏的样子就是想让夏特里克看到，哼！谁不知道你那点心机。真恶心！"

"祖丽雅特，你再欺负阿乐苏，我就告诉老师。"

这时，上课铃响了，老师走进了教室，现在已经站在了讲台上，阿乐苏擦掉眼泪坐了起来，男生们这才三三两两地跑进了教室，一场战争暂时被中断了。阿乐苏翻开被课本覆盖的日记本，她的思绪停留在了"倒计时"的那一页，她用水彩笔画了多少颗心就还有多少天才能放寒假，还有多少天，她就要毕业彻底离开这个鬼地方了呢！到那时，她就能彻底摆脱祖丽雅特的困扰了。她没有想到校园暴力会出现在她自己的身上，过去，她只有在洗手间的角落里，才会看到那些高年级的女生揪住比自己弱小的女生的头发，然后找各种借口打骂她们。但是现在呢，祖丽雅特的侮辱几乎随处可见，就差抡起拳头揍她了，也许离她挨揍的日子也不远了。

"哦，看哪！这是什么？"祖丽雅特高举着一本解了锁的日记本，她站在课桌上，还不忘在激动之余示意自己的同伴去教室门口待着给她把风。"你们想听吗？我给你们念吧！里面肯定有不少精彩的内容。"古璃格娜站在椅子上，踩在了她对面的课桌上，两三步就跨到了祖丽雅特的身边，一把将她手中的日记本抢了过来。她抢得太过用力，搞得祖丽雅特差一点就从课桌上摔下来。

"你这个卑鄙小人！连偷别人的日记本、窥探别人隐私的事都干得出来！你妈妈只是生了你吗？都没有教过你该怎么做人吧！"

阿乐苏不知道该怎么报答古璃格娜的友情，她总是在她将要受伤的时候，展开翅膀站在她身前，像个勇敢的战士那样，用她那弱小的身躯——她的身高连一米六都不到，她长得瘦瘦小小，她到底哪里来的勇气敢为她在那些邪恶的力量之间横冲直撞。她都无法想象如果她不能和她考上同一所高中该有多难过。她们要一起努力考上同一所高中，她在心里默默地希望。

这一天，爸爸竟然来学校了，他从来没来过阿乐苏就读的中学，这是第一次。可以看得出来，爸爸今天的心情还不错。如果阿乐苏现在不开口，更待何时呢？

"爸爸，我可以转学吗？"

"怎么了，孩子？为什么突然这么说，你在学校过得不好吗？"

"我想转学，我不想再继续待在那里了。"

"为什么？"

"古璃格娜也要转学，我只有她一个好朋友，我想和她一起转学。"

"好吧，孩子，那我明天去见见古璃格娜的父亲，和他商量一下你们转学的事情。还有我想我应该知道你们两个为什么这么想要离开学校。"

初中二年级的一个周二早上，祖丽雅特发现阿乐苏和古璃格娜都没有来学校，她知道阿乐苏的妈妈病重，就猜测阿乐苏的妈妈可能去世了。但是第二天上午，阿乐苏和古璃格娜又回来了，她妈妈并没有去世。她一反常态，对教室里的一切都表现得满不在乎，她无视那些女生的窃窃私语，像是一副胜券在握的样子，一整天她都高昂着头。她听完了下午的最后两堂课，然后鼓起勇气，在男孩们出去踢球的空当走到了祖丽雅特的座位旁。她得抓住机会，不能让老师和夏特里克看到这一幕。这时，古璃格娜已经站在了教室的门外，好为她把风。这些细节她们之前都是商量好的。

"我本来是要转学的，可是我突然改变主意了，为了你这么个垃圾，让我离开我心爱的夏特里克，简直太不值当了。所以我只能回来，但是我现在不只回来了，我还得舒舒服服地过完我的初中生活，接下来的每一天，我不能允许自己再像之前那么难过了。"

"你疯啦！你这个怪胎！你说谁是垃圾？"祖丽雅特惊恐地看着眼前的阿乐苏，像是在看一个怪物。

"我说的就是你！"还没等祖丽雅特站起身来，阿乐苏就抓住了她的头发，抽掉了她的头绳，然后把她从椅子上拖了出来，她扇了祖丽雅特几耳光，然后狠狠地在她肚子上踢了一脚，祖丽雅特摔倒了，她坐在地上，哭了起来，教室里的女生谁也没有去扶她一下。"我告诉你们，谁以后再排挤同学，我就给谁好看！别以为我不吭声就好欺负！我可不是好惹的！"她从容地回到自己的位置上，打开课本。"我早就受够了你们这帮势利小人！谁喜欢夏特里克谁去追！别在那里找事！谁有本事就从我手中抢过去！我不会有任何意见！更何况我跟他之间只是好朋友的关系，以后谁要是往同学身上泼脏水，小心我撕烂了你们的嘴！"阿乐苏一贯乖乖女的形象已经彻底被她自己消灭了。此刻，她就好像站在安纳布尔纳峰上的雪山顶端俯瞰着脚下的一切。她不再是那个任人宰割的小女生，不再腼腆地扎着马尾坐在教室里最不起眼的那一排，她好像突然长高了，突然变得高大了。她想起爸爸同意她转学时的样子，想起爸爸鼓励自己要勇敢。又想起古璃格娜陪着自己一起来到新学校，因为反悔，两人又玩笑似的大笑着离开那所学校，要转学的那一天她感觉自己就像在做梦。她想起送她们回来时，她们的爸爸又是怎么教她们去教训班里那帮小混蛋的。阿乐苏笑了笑，在她前排的位置上，古璃格娜正回过头看她，然后骄傲地挑了挑眉毛，向她示意她们的成功。这么久以来，问题终于解决了，她们现在终于能松口气了，现在阿乐苏觉得连呼吸都比以往更加顺畅了。男生们回来了，夏特里克并没有注意到祖丽雅特，在经过阿乐苏的座位时冲她笑了笑，那是他的招牌微笑。他经过她身边，空气里飘来一股淡淡的香水味，那是她熟悉的味道，每次上完体育课男生们都臭烘烘的，唯独夏特里克身上才会有这样的香味。阿乐苏感觉被这样一个学习又好、长得干净又漂亮的男生喜欢实在令人自豪，她感觉心里甜甜的，像吃了蜜一样。

"你愿意做我的女朋友吗？如果你愿意就去足球场等我，等我比赛完我们一起走，让我送你回家。好吗？"夏特里克把信塞进了阿乐苏的手里，然后和班里的男生们一起下楼去踢球。阿乐苏握着手里的信不知所措。

"你去吧！无论你愿不愿意做他的女朋友。至少你可以跟他一起回家，你不是也喜欢他吗？"古璃格娜催促着她，让她心里更乱了。

"我害怕我爸爸知道。"

"不会的，如果回去晚了，你就告诉他你是和我在一起，我可以帮你证明。"还有什么理由不去见夏特里克呢？他是她在懵懂的年纪遇见的，是她喜欢的第一个男生。她背上书包，走进洗手间重新梳好头发，然后向镜子里的自己眨了眨眼睛，鼓起勇气走向足球场。

"哦，你真的来了，我真不敢相信，太好了，等我一会儿好吗？我们还有下半场就结束了，然后我们一起回家。你能来，我太高兴了。"夏特里克像阳光，他走在哪里都是光芒万丈的，他多耀眼啊！阿乐苏看着他奔跑在球场上的背影，突然觉得自己是那么羡慕他，他有一个那样温柔健康的妈妈，爸爸是医生，他们一家每周末都会去做家庭旅行，他还养了一条拉布拉多猎犬，他的家境是那么优越，他不用担心钱，也不用做家务吧！他更不会在寒假里扫雪挣钱。他会去滑雪吧！去最好的滑雪场。他的任务是上学还有和朋友们一起玩，而她自己呢？她已经是个将要失去妈妈的小老太婆了，她得快速成长起来，她不能让爸爸一个人承受这一切。"哦，爸爸，真对不起，可我真的很喜欢他，我不会做他的女朋友，我只想和他一起走一走，在学校里看看他踢球，仅此而已。我不会做对不起你的事，我也不会让你为这些事情担心的。"

"你在想什么，我可爱的乖乖女？"夏特里克不知什么时候坐在了她身边的台阶上，她竟然没有注意到他的到来。他长得很高，肩膀也很宽，如果能抱抱他该是什么感觉？阿乐苏的脸红了，像个熟透的番茄。

"哦，没什么，我们可以回家了吗？"阿乐苏佯装着轻快的语气问道。

"当然，走吧！把书包给我，我帮你拿！"他说着一只手已经把她肩上的书包卸了下来，他的手暖暖的。

"不用了！"

"没事儿！乖啊！不许和我犟嘴！"他甜蜜地说道。

一路上，他们聊了很多，像一对初恋的恋人那样，但是阿乐苏知道无论他有多好，她都不能答应他，他们现在还太小了，就算答应又能怎么样呢？还不如留下遗憾。也许未来他们还有机会在一起，等他们考上高中，上大学了，长大了。也许她会答应他，做他的女朋友，她坚持把这种甜蜜又苦涩的遗憾留到最后。

"阿乐苏，那你是答应做我的女朋友了？"他们躲在大树下，夏特里克牵着她的手,她有点害怕,害怕这一幕让爸爸或者院子里的熟人看到。

"不,夏特里克,你好像误会我了,我只是想和你一起回家,我想看你踢球,想和你在一起,但是我不能答应你。对不起!"

"我不逼你这么快答复我,没关系。你不用觉得对不起,但是我知道你喜欢我,阿乐苏,你别骗自己了,你只是害怕对吗?"夏特里克用他特有的那种温暖的眼神融化她,因为紧张,他的掌心出汗了,他的手不由自主地紧紧地扣着她的手,但阿乐苏却不为所动。

"随你怎么说,夏特里克,我就是不能答应你,但是我也不想失去你。我们做朋友好吗?"

"我们不做朋友,我们要做最好的朋友,你不会失去我,小傻瓜。我依然爱你,别傻了。"

"谢谢你,夏特里克,我想我得回去了,再晚,爸爸会担心我的。"

"我能亲你一下吗?"夏特里克的脸红了,阿乐苏知道他是鼓着多大的勇气才提出这个请求的。她丝毫没有犹豫,踮起脚,在夏特里克的脸上留下了轻轻的一吻。她连再见都不敢说,转身跑回家去了。

这一晚,她彻底失眠了。

第二天是周末,阿乐苏要带着弟弟一起去看望妈妈,爸爸做了一锅白米粥,弟弟的碗里还找到一根短头发,一看就是爸爸掉的,哦,真难吃。但是因为害怕,阿乐苏和弟弟把那碗粥吃得一滴不剩。吃饭期间,饭桌上发生了一点小意外,弟弟不小心把粥流在了碗周围,爸爸狠狠地看了弟弟一眼,弟弟吓得直哆嗦,赶紧用袖子在桌子上擦了擦,但是桌子没擦干净,袖子又弄脏了。阿乐苏拉了拉弟弟的手,示意他继续吃饭,别再管了,弟弟乖乖地低下头继续无精打采地吃着。其实在这以前爸爸从来没有教训过阿乐苏和弟弟,可能是因为从小看爸爸是怎么教训妈妈的,他们两个都非常害怕爸爸。

"爸爸你也一起去吧！"阿乐苏邀请爸爸一起去看望妈妈。

"我就不去了，你们自己去吧！我累了想躺一会儿，你妈妈过几天就出院了。"

"真的吗？她好了吗？"珐尔克一脸天真地问道。

"是的，孩子，妈妈好了，可以出院了。"爸爸无奈地说。

"太好了，太好了，妈妈可以回来了。耶！"弟弟雀跃着，像一只小山羊。

"爸爸你也不舒服吗？"阿乐苏担心地望着爸爸。自从知道妈妈得了癌症之后，阿乐苏就开始担心爸爸，她还担心弟弟和自己会不会也生病，会不会在身体里的某个角落里也偷偷地、疯狂地在生长着一颗肿瘤。它隐藏得那么深，打妈妈一个措手不及，让全家人都措手不及，那小东西它实在太邪恶、太强大了。

"不，别担心，女儿，我很好，就是太累了，快去吧！要不粥要凉了。"那是一个两层的不锈钢饭盒，它一点也不好看，但却很实用，在这样寒冷的一月，每当院子里积上雪，阿乐苏和弟弟走不快的时候，饭菜待在里面都没有受影响。妈妈每次打开饭盒时，它都会冒着热气，那说明里面的饭菜还像刚刚出锅那样热腾腾的。妈妈已经很难抬起手吃饭了，阿乐苏会喂她，她的身高长得很快，就快赶上妈妈了。

"你爸爸没有放盐。"妈妈微笑着一口一口地往下咽，才喝了小半碗就撑得吃不下了。

"爸爸已经很努力了。"

"他过去做饭很有一手。"妈妈调皮地歪着脑袋，"他不想见我吗？"阿乐苏在她的眼神里看到了淡淡的忧伤。

"才不是！爸爸说他累了！他说你很快就出院了！他在家等你呢！"弟弟天真地争辩道。

"哦？是吗？是爸爸这么跟你说的吗？"

"那当然！爸爸说你已经好了！妈妈你明天就可以出院了吗？"弟弟爬上病床，钻进了妈妈的被窝里，"你今晚可以和我一起回家吗？"

"还得过几天，我的宝贝。"妈妈有气无力地说着，摸了摸珐尔克的头。

阿乐苏多想那样，她也想不顾一切地爬上床，钻进妈妈温暖的怀抱里，嗅一嗅妈妈的味道，她有多久没有抱过她了。她不是大人！她也是个孩子。她想这样，但她不能，就因为她是姐姐。她应该做个懂事理的大姑娘，照顾弟弟和妈妈，和爸爸并肩战斗，像个真正的战士那样，一起对抗接下来每一个艰难的时刻。

下雪了，清晨天还没有亮，他们就出发了。弟弟睡眼蒙眬地走在最后面，爸爸拿着两把铁锹，他没有戴手套，他忘记买了，阿乐苏在很早以前就翻箱倒柜地把去年冬天的旧手套翻了出来，弟弟的两双手套各丢了一只，凑成了一双，所以他只能因此付出代价——戴一双样式不一样的手套。但他还小，根本不在意这些细节，只要手不冻着就好。阿乐苏帮弟弟把他的围巾围得紧紧的，只露出两只眼睛在外面，她把她自己的也那么围着，冬日凛冽的寒风刺痛着她黑色的眼眸，羽绒服根本不顶用，在外面站了半个小时后，她感觉全身都要冻僵了，她握在铁锹上的手已经动不了了，她摘掉手套在手上哈气，但是哈气的一瞬间令双手因潮湿而变得更加湿冷了。她看看无精打采的弟弟，让他动起来，至少来回跑一跑，但是弟弟一步都不想动了，他也太冷了。离他们不远处，爸爸正弓着腰铲雪。爸爸不冷吗？他连手套都没有，他肯定也冻坏了。阿乐苏走到爸爸跟前，用自己的双手捂住爸爸的。

"爸爸，我们回去吧！弟弟太冷了，你的手也冻僵了吧？"

"还有一百米，女儿，你带着弟弟先回家，暖和暖和，爸爸一会儿就回去了，就剩一点了，你看。"爸爸喘着粗气指着身后的那块地说道，他的脸已经冻得通红，他的嘴巴也冻僵了，就连话都很难讲清楚，"这些，我铲完了这些就回家！你快回去！要是想帮忙就回去煮个牛奶吧！等我回去，我们一起吃早餐！"

阿乐苏想留下陪着爸爸，但是她的意志力还不够强大，她必须得带着弟弟回去了，他们太冷了。天空还是灰蒙蒙的，地上的雪晶莹剔透得像钻石一样闪闪发光，要是她能有很多很多钱该有多好，她就可以不让爸爸去扫雪了。她就可以找全世界最棒的医生给妈妈治病了。

阿乐苏走到厨房，把冰箱里的牛奶倒进了奶锅里，静静地等着。她看着自己被冻红的双手，不由自主地落泪了，她还这么小，为什么就要经历这些呢？古璃格娜都比她幸运，她住在平房里，她家里也不那么有钱，但她至少不用大冬天跑到外面去扫雪！她现在肯定在被窝里赖着不肯起床，她的妈妈此刻肯定在准备好吃的早餐，她多幸福啊！世界上所有的孩子可能都比自己幸福，还有弟弟，他竟然到现在都以为妈妈会痊愈，会回家，然后重新和他们在一起！他太蠢了！蠢得可怜！门外传来了钥匙转动门锁的声音，阿乐苏关掉了煤气，锅里的牛奶就快要溢出来了。

"爸爸！牛奶煮好了！"阿乐苏从厨房里跑了出来，迎接爸爸，爸爸脱掉了脚上的鞋，重重地坐在了沙发上。

"太累了！我竟然蠢到忘记买手套！我的手快冻掉了！快给我倒杯热茶！"爸爸坐在沙发上脱掉了外衣，"你弟弟呢？他还在睡吗？快叫他起来！要迟到了！"

"今天是周末，爸爸！"

"喔，真该死，我忘了！"爸爸看了一眼卧室紧闭的门，继续喊道，"你快叫他起来！吃完饭再睡！"爸爸累坏了，所以心情也变得不好了。

"好的，爸爸，我现在就去叫他。"阿乐苏给爸爸端来了热茶，茶叶漂在杯子的边缘。

"你这泡的什么茶！这怎么喝！这茶叶全粘在我嘴上了！"阿乐苏哆哆嗦嗦地走进卧室，然后轻轻地拍了拍弟弟的肩膀。

"快起来，爸爸发脾气了。"阿乐苏压低了声音说道。

"为什么？今天不是周末吗？"

"别说了，快起来，你忘了爸爸以前是怎么打妈妈的吗？你不想挨打的话就快点起来。就五分钟，等我把牛奶端到桌子上，你还不出去，爸爸可能就真的生气了。"阿乐苏小心翼翼地关上房门，走出去面对爸爸，他好像已经没有那么生气了。

"牛奶煮好了吗？"

"是的，爸爸。"

"家里有吃的吗？"

"有馕饼还有一些干面包。"

"都拿出来吧！"

以前，"三棵树"还没有关门时，他们家还有周末，妈妈会打扮得漂漂亮亮，带着弟弟和阿乐苏一起去"三棵树"，爸爸会炒很多好吃的菜招待他们，妈妈偶尔还会买来奶油蛋糕和大家一起分享，餐厅里的员工都很喜欢妈妈，说她性情爽快，是个不错的老板娘。"三棵树"的后面有一个公园，大家都叫它"新城"，里面有山、有绿色的草地，还有一个很大的人工湖。冬天，那个片区的孩子们会去那里滑冰刀，要是你有一块木板，还能爬上山免费滑爬犁，可有意思了。姑姑家的表姐对阿乐苏可好了，她喜欢带着阿乐苏到处游玩。她很漂亮，在阿乐苏眼里，姐姐简直就是公主，她有一头漂亮的金发，一双祖母绿色的眼睛，那双眼睛透露着聪颖。她白皙的皮肤上没有一点瑕疵，她穿的衣服也很漂亮，都是姑姑精心为她挑选的，她学习那么好，还有很多朋友，她还会跳舞，阿乐苏真是打心底里羡慕她。

也许现在，和姐姐在一起，阿乐苏才会觉得自己是小孩吧！

"爸爸，明天我们可以去姑姑家吗？"

"为什么要去姑姑家？"

"我想和姐姐玩儿！"阿乐苏知道爸爸从小就很疼爱姐姐，他也很赞成阿乐苏和姐姐一起玩儿，他认为和她在一起，阿乐苏能学会很多东西。

"我们可以邀请莎妮雅到家里来，孩子，我们还得去扫雪。如果明天下雪的话。"自冬至以来，阿乐苏几乎每天都在许愿，不要下雪，地面不要结冰，但是这座城市的冬天怎么可能不下雪呢？在零下二十度的温度下，地面又怎么可能不结冰呢？"你可以打电话给你姐姐，问问她，如果她没有太多的作业，我想她肯定愿意来住一天。"

"莎妮雅姐姐要来我们家了吗？"弟弟兴奋地跑了出来。

"你姐姐想要邀请她过来，我们现在还不知道她能不能过来。"

"哦，那就快些打吧！现在是早上，她从家里出发，中午才能到这儿，明天晚上她再回去的话，我们可以在一起玩儿好长时间。"

"好的，我这就去打电话。"

阿乐苏拿起电话，一股熊熊燃烧的炉火莫名地占据了她的心。与其说羡慕，不如说那是一种嫉妒的感觉，阿乐苏嫉妒莎妮雅，她喜欢有她陪着，习惯事事都听莎妮雅的主意，但却恨透了那种她在身边时，所有人都视自己为空气的感觉，那种被无视的感觉简直糟透了，就连爸爸都很爱莎妮雅，对她的请求百依百顺，就好像她才是爸爸的女儿。

"哦！我的小天使阿乐苏，你好吗？"姐姐甜甜的低音把阿乐苏心中的炉火浇灭了。

"我很好，就是很想你，你能来吗？爸爸说要邀请你来我们家里玩儿，我们可以一起过周末，你可以住一天，然后明晚再回家，这是珐尔克的主意。"

"当然好，我去问问妈妈，快放假了，我们的作业特别少，我周五就写完了，我想妈妈应该不会反对的。"莎妮雅放下手中的电话，跑去问妈妈，妈妈同意了。

"我去收拾东西立刻出发！等我哦！"莎妮雅丢掉电话，兴奋地跑回卧室，打开书包，把里面的书全都拿了出来，她往里面放了一些没开封的零食，那是几包上好佳的膨化食品和一块金帝牌的杏仁巧克力。她打开存钱罐，抓了一把硬币丢在了包里，硬币相互碰撞在一起，清脆地叮当作响，她又觉得这些钱不够，然后索性把整个存钱罐都丢进了书包里。她换好行装，戴上爸爸在元旦时送给她的白色卡西欧手表，她太喜欢那款手表了，只要出门她就一定会戴着它。她背上书包出发了，初中的最后一年，妈妈已经允许莎妮雅独自出门了。去年爸爸还不同意她独自外出呢！因为她缺乏方向感、容易迷路，爸爸总是担心她，所以她走到哪儿他都坚持要接送她。

舅舅家住在医学院的家属区里，她要坐2路汽车才能到那儿。她在心里默默地数着经过的每一站，试图转移注意力，这样才能让焦躁而漫长的等待结束得早一点。冬日将路两旁的松树裹上了银装，圣诞节已经过了，莎妮雅就快要放寒假了，这件事想想就觉得开心。汽车时不时地会打滑，司机开车从来不拘小节，大多数时候都不会顾及后方乘客的感受，莎妮雅讨厌公交车，不喜欢拥挤，更不喜欢别人碰到自己。汽车里的暖气令人感到恶心，她又开始晕车了，她紧紧地抓住扶手，尽量昂着头，这样就不会吐出来了。她在每一次打开车门的时候用力地呼吸，好让冷空气钻进肺里，只有这样才能缓解汽车尾气带来的眩晕。体育馆—新市区—铁路局—小西沟—经管学院—大寨沟—大西沟，哦，终于到了，还好她没有吐出来。珐尔克和阿乐苏早就迫不及待地跑出来等她了，在车站里，珐尔克跳啊喊啊，生怕莎妮雅看不到他们。莎妮雅同情他们，打从心底喜爱他们。在家里她太孤独了，她没有弟弟也没有妹妹，所以每次见到阿乐苏，莎妮雅就像是过儿童节那样快乐。

"你们好啊！我的小天使，我太想念你们啦！还以为一直到寒假我们才能见面呢！啊！太好啦！我们可以玩儿一整天，今晚别睡了吧！那样我们的时间就会更多！"她喋喋不休地说着，然后停下来抱了抱阿乐苏。"你辛苦了，我的宝贝。"她知道，自从阿乐苏的妈妈病重以后，阿乐苏就承担起了所有的家务，她的妹妹现在是个小大人了。

他们在院子里打雪仗，在树丛中堆雪人，他们从家里拿来了一根金色的胡萝卜，还捡了两颗小石头，做雪人的眼睛和长鼻子，他们用树枝在那根胡萝卜的下面画上了新月形的嘴巴，现在大功告成了。他们跑啊跳啊，无忧无虑地。

玫瑰色的晚霞渲染了西边，明天一定是个大晴天。明天是星期天，如果不出意外、不下雪的话，阿乐苏和弟弟就可以和莎妮雅一起睡个舒服的懒觉了。吃饭时间到了，孩子们饿了，阿乐苏的爸爸不在家，他出去和朋友聚会去了。莎妮雅提议大家一起回家，填饱肚子再一起出来，她说有惊喜给大家看。她神秘地微笑着，拿出书包里的零食和存钱罐，阿乐苏和弟弟都兴奋地跳了起来。"这些硬币我们都可以拿去花掉吗？我们可以买下整个小吃店。哦！姐姐！这简直就是阿里巴巴的宝库！"珐尔克抱着莎妮雅，满脸的幸福。那几包零食很快就被干掉了，莎妮雅在阿乐苏和珐尔克的口袋里各装了一把硬币，带上弟弟妹妹一起去院子里的小卖铺里买吃的，他们太幸福了，现在他们有很多钱可以花，他们可以买吃的,还能买小玩具了。就连阿乐苏也暂时忘了妈妈的病痛和爸爸的忧愁,完全而彻底地回到了童年,是的,她还只是个孩子,一个十四岁的孩子。

三个孩子一直玩儿到天黑才跑回家去,家里的存钱罐里还留有很多硬币。

"姐姐,姑姑不会说你吧!"

"为什么要说我?"莎妮雅惊奇地看着珐尔克。

"我是说你给我们花了你的积蓄。"

"钱不就是用来花的吗?"莎妮雅不以为意,她不知道在阿乐苏的家里,每一毛钱都有它的用武之地,他们不能随便花钱,也没有零花钱,就连舅舅今天给的零花钱,也都是看在莎妮雅来家里玩儿的分上才给的。

"姐姐,你以后经常来玩儿好吗?"珐尔克嘟着嘴说,"妈妈快出院了,等放寒假了,你就来我们家常住不行吗?"

"我会经常来,你们也要去我那边啊!我们可以一起去新城公园滑雪,滑爬犁,还有十几天才放寒假,等我回去再存些硬币,寒假的时候,我们就可以买很多小玩具和零食啦!"

一月的夜晚安静而寒冷,屋里很温暖,阿乐苏把窗帘留了一条缝,因为莎妮雅怕黑。客厅里的时钟滴滴答答响个不停。这时,珐尔克已经进入了梦乡。阿乐苏和姐姐说着悄悄话,分享着最近的秘密,听到阿乐苏有了初恋的莎妮雅替妹妹感到甜蜜,就好像她也在恋爱似的。阿乐苏不想把在学校打人的事情说出去,因为不想在姐姐面前暴露自己的本性。一直以来,在奶奶家里,在所有亲人眼里,在父母眼里,阿乐苏都是个乖孩子,她没有太多话要说,明白事理,是个很沉稳的孩子,这些标签贴在阿乐苏的额头,就连她自己都相信了。是的,也许,她的本性正在慢慢被掘出。有时她都不敢相信在教室里打人的那个女孩是她自己。

"你也喜欢他吗?"莎妮雅压低声音说道。

"我还好。不是很喜欢,但也不讨厌。"她在说谎,她明明也很喜欢他。她想要拥抱他,想要一度感受他怀抱里的温度。而这种感觉既刺激又令人害怕,但在她心里,她明明是那样渴望着他。

"你们牵过手了吗?真不知道那是什么样的感觉。"莎妮雅望着天花板,牵着妹妹的手。

"没有。我们没有牵过手,我觉得等高中毕业了才可以牵手。要不太开放了,我接受不了。"阿乐苏觉得脸上烫乎乎的,心跳也加快了,她不能说实话,除非她也能知道一些莎妮雅的秘密,她不能单方面地把秘密分享给莎妮雅,那样做太冒险了。

不知道过了多久,屋里终于安静下来了,只剩下孩子们均匀而轻盈的呼吸。阿乐苏的爸爸回来了,他一身酒气,推开门径直走进孩子们的卧室,在孩子们的脸蛋上亲了亲,然后跌跌撞撞地走出卧室,回到客厅,家里除了闹钟的滴答声以外什么动静都没有,他静静地坐了一会儿,然后倒在沙发上睡着了。

在那个星期天晴朗的下午,阿乐苏和珐尔克依依不舍地送走了姐姐,冬日的夜晚来得很快,所以他们不能让姐姐回去得太晚。他们久久地望着莎妮雅乘坐的巴士,盼望着寒假的到来。到那时,莎妮雅就又可以来看望他们,陪他们玩儿了,他们就会有很多小玩具,还能吃到好多好吃的零食,啊!那才是童年该有的样子。

"姐,你说明天会下雪吗?"

"下雪了,我们就和爸爸去扫雪,不下雪,你就可以晚点起床,我得起来做早餐,要不我和爸爸说说,你就待在家里,我们自己去扫雪。"

"不要,我害怕,我不想一个人待着。"

"那好吧!那你只能挨冻了。"

"总比一个人待着好。我害怕鬼魂。"

"胡说八道,家里哪有什么鬼!"

回去的路上,他们去了妈妈的病房,妈妈住在苏园(1954年,医学院被正式纳入国家"一五"计划,苏园按照苏联圣彼得堡医学院的图纸进行建设,1956年,医学院建成之后,为纪念苏联的援建,将这片建筑群命名为"苏园")里的一栋老楼里,想要找到那栋黄楼,他们就得先经过葡萄长廊,然后穿过浓密的海棠果树林。他们手牵着手来到了一面刷着芒果色油漆的外墙,楼顶有层层的红色瓦片,楼门很高,还有点窄,门上有两块透明玻璃可以看到楼里面。阿乐苏和弟弟各自推开两扇枣红色的门,走进病房楼里,脚下的木地板发出咯吱咯吱的声响,他们走到过道的尽头爬上楼梯,妈妈住在四床。

每次走到病房门口,阿乐苏的心都像挂着一块铅那样沉,她推开门,勉强自己要微笑着面对妈妈那张憔悴而消瘦的脸,她为她感到心痛,为她即将破碎的家心痛,为爸爸心痛,为童真地以为妈妈会治愈的弟弟心痛。她已经瘦成非洲部落里难民的样子了,就像骷髅架上挂着一层薄薄的皮囊,那些尖锐的骨头就快要把她的皮磨破了。

弟弟奔跑着环抱住妈妈瘦小的身体。"你还有几天能回家?"弟弟抬起头,用他那黑夜里星辰般的眼眸看着妈妈。

"快了,我的宝贝。"

"还有几天嘛!妈妈,你就告诉我吧!就告诉我吧!求你了,这样我就可以倒计时数着日子等你回家了。"弟弟的话让阿乐苏想起了日记本里的倒计时,她再也不用担惊受怕,再也不用倒计时了,自从她动手打了祖丽雅特以后,她在班里的日子就好过多了。现在,她无忧无虑地听老师讲课,自由地在课间出入球场,看男生们打球,然后在放学以后和古璃格娜还有夏特里克一起回家，他们会送她到苏园的黄楼前，有时还会等她看望完妈妈再一起回家。还有一年他们就要毕业了，她有点舍不得大家。她和夏特里克还有古璃格娜一起约好要考入二十三中，他们会离开医学院，高中生活令人向往，现在这是唯一一件能够让阿乐苏感到兴奋的事了，她想象着自己在不久的将来，可以住在高中的校园里，不用再管家里琐碎的事情了。

"嗯，还有大概一周的时间，我打完营养针就能回家了。"

那不是营养针，那是化疗，它会让妈妈黑土似的秀发全部脱光的，妈妈平日里最讨厌变丑了，如果她去照镜子发现头发没了，她会更难过的。阿乐苏不知道该不该把这件事情告诉妈妈，让她自己去做选择，自己去做决定。她暗自发誓要回去问问爸爸，请求他对妈妈坦白，因为现在已经没有什么不能说的了。阿乐苏安静地站在一旁看着妈妈亲吻着弟弟的脸颊，看着他们说悄悄话，看着弟弟噘着嘴巴向妈妈撒娇，要她给他们唱晚安歌。

"女儿，帮我把床摇下去吧！我累了。你们也早点回去休息，明天还有期末考试呢！"

傍晚，阿乐苏铺好床，帮弟弟掖好被角以后，躺在了他的身旁，她望着天花板发呆，脑海里回荡着妈妈唱的那首晚安歌 Home on the Range，她决定要学会那首歌，她一定得学会那首歌，明天她就让妈妈教她，那歌词实在是太美了："哦，给我一个家吧，在那牛群流浪、羚羊玩耍的草原上，在那没有悲伤的地方，辽远的天空那样晴朗。家，那绿油油的牧场就是我家，在那牛群流浪、羚羊玩耍的草原上，在那没有悲伤的地方，辽远的天空那样晴朗……"

期末考试结束了，同学们在相互传递着成绩单和排名册，阿乐苏的成绩依然中等。以前她也得过双百，语文 100 分，数学 100 分，那位退休的数学老师很喜欢阿乐苏。但是自从他们三年级时换了老师后，新来的老师就再没注意过她，老师喜欢学习好的小孩，也会去关注那些调皮捣蛋的孩子，但像她这样默默无闻的孩子就很容易被当作空气，这是理所当然的。整个学期，她都是静静地坐在教室里的角落里，她学习没有那么好，也没有那么差，她不是不渴望被关注，而是习惯了被忽视的感觉。而对于夏特里克，她是那样意外、那样窃喜，就像最初她得到古璃格娜的友情那样，她不敢相信自己会被这样一个优秀的男孩子选中，他说他喜欢她，她竟然有这样的魅力被他追求，这是她从未奢望过的。他关心她，陪伴她，从不强迫她，他用他身上的阳光温暖着她，他像一棵大树，在她受伤的时候庇护着她。所有她不能从家里得到的欢乐与爱，她都能从他身上得到，她越来越依赖他，喜欢他。她祈祷他不要离她太远，夏特里克说过他寒假可能会去阿图什，夏特里克的爷爷奶奶家在阿图什。她希望他会因为某种原因而留下来，留在她身边。她能直接告诉他吗？让他不要离开，她会难过，会觉得孤独，她不想让他离开。她写好纸条交给了古璃格娜，让她转交给夏特里克，她说会等他回复她。

放学了，同学们拿上了各自的考试卷、成绩单还有两本薄薄的寒假练习册，夏特里克依然坐在自己的位置上，因为身高的缘故，他总是会被安排在教室的最后一排，阿乐苏佯装着收拾书桌的样子，慢吞吞地把寒假练习册装进手提袋里，她今天没有背书包。五分钟后，除了他们俩，其他人都走了，夏特里克这才站起来走到阿乐苏的身边，他蹲下来然后提起嘴角微笑着。"说吧！我的女孩，你要跟我说什么，这么严肃。"自她踮起脚吻了他的那一晚后，他就改口叫她"我的女孩"。

"我想边走边说。"阿乐苏站起来拿上了手提袋，夏特里克接过她手中的袋子,那动作很自然,他从不让她提东西,就连她的书包他都替她背着,平常出去买家用、买蔬菜,他也会跟在她身边,她会提前告诉他自己几点出门,他会等在那儿,然后陪她一起买完所需要的东西,再送她到单元楼门口才肯离开。"你可以不去吗?"

"什么?"夏特里克不明白她的意思。

"你可以不去阿图什吗?我不想让你走。"

"哦,哈哈,是这事儿啊!我的傻姑娘,我又不是永远都不回来了,就一个月而已,也许是半个月也不一定。"他轻快地说着,转过头在看到阿乐苏流泪的脸庞时,突然变得不知所措起来。他目瞪口呆,她从没哭过,即便在他以为她一定会流泪的时候,她也没有在他面前哭泣过,他不知道该怎么应付眼前的一切,他最在乎的女孩在哭。他一把将她拉到自己身边,用他的大手环住了她,把她拥入怀里,他手里的袋子因为太紧张而滑落了,掉在了地上。"别哭了,怎么了?我惹你生气了吗?别这样,看你难过,我真的不知道该怎么办了,哦,求你了,别这样。"他语无伦次地说着,轻轻地抚摸着她乌黑的长发,她今天难得地披着头发,她还别着一个他从未见过的发卡,那是个很别致的黑色蝴蝶结发卡,她的头上有一股淡淡的花香,那味道真是太迷人了。他很想吻她,他牵着她的手,拉着她穿过了葡萄长廊,走进了苏园茂密的海棠果树林里。在这里,他们不必担心大人们会发现他们,在这里,他们是自由之身,他们不受教条的约束,想做什么就能做什么。他们踩着厚厚的白雪地,雪厚得已经能够没过脚踝,阿乐苏的袜子湿了,夏特里克停下脚步,他的脸上没有微笑,他看着阿乐苏黑色的瞳孔,他在她的眼中看到了自己,他捧起她蜜色的脸,学着电影里那样,他深深地吻着她,她也回应了他。在这以前,他从未吻过任何人,他的手有些颤抖,他很紧张,这是他的初吻,他知道这也是阿乐苏的初吻。就这样,他们在彼此的怀抱里待了很久，一直到远处传来了脚步声，才松开彼此的手，一前一后地走着。

"现在还说傻话吗？"夏特里克歪着头看她，他想逗她笑一笑。阿乐苏摇摇头。她嘴角上扬微微地笑着，因为羞涩，她的脸颊上泛起了红晕。

"我等你，我会倒计时的。"

"我十五天就回来，然后用剩下的时间陪你过寒假怎么样？如果你能出来，我就带你去滑雪。我知道一个很棒的滑雪场，就在温泉街。"

"你说到做到？"阿乐苏举起小拇指，想要夏特里克和自己拉钩。

"我说到做到。"他们拉钩约好要在十五天以后，在海棠果树林相见，就在刚刚的位置。

太阳渐渐离开地平线，冬日灰蒙蒙的夜晚总是来得那么快，阿乐苏躺在弟弟身边，珐尔克早就睡着了。她望着窗外的星河，回味着夏特里克和自己的初吻，回味着他温暖的怀抱，她终于抱过他了，也把初吻献给了他。现在，一切都圆满了，就算以后出现意外，他们没能一起考入同一所高中，她也不再遗憾了，这段回忆足够支撑着她走过人生的很长一段时间，她会甜甜地傻笑着，回想着只有夏特里克和自己才知道的秘密，她决定要保守这个秘密，永远不把这件事情告诉任何人，就算是古璃格娜也不行。她知道古璃格娜早就把初吻献给了她第一个男朋友，那已经是很久以前的事了，但是就算古璃格娜把秘密分享给她，她也不能告诉古璃格娜，不知道为什么，她就是不愿意把这件事情分享给她。她觉得没有人有资格知道她和夏特里克之间的秘密，它只属于他们。

妈妈最终选择了自己的头发，她不想光着头离开这个世界，她也被迫选择了让体内的肿瘤疯长，她要求爸爸准许她漂亮地离开这个世界，她已经失去了她大半个胃，她不能再失去她乌黑的头发。她还是会乘爸爸不在偷偷地从爸爸的烟盒里拿走几支烟，抽上几口。现在，她变得更像骷髅了，她黑亮的眼睛完全凹了进去，渐渐失去光泽，因为疼痛，她整夜难眠，她的黑眼圈越来越重，她的眼眶简直像两个黑洞，看起来有点恐怖，但是阿乐苏依然爱着她，就算她变成鬼魂，她也爱她，因为她是她妈妈。姑姑隔一段时间就会带着莎妮雅过来，有时也会独自过来，她会抱着妈妈进浴室帮妈妈擦澡，现在妈妈的体重比珐尔克还要轻许多，她全身的重量就只剩下她的骨架了，所以姑姑总能轻而易举地抱起她，就像抱着一个瘦小的孩子那样，妈妈总是含含混混地说着抱歉还有感谢，她因无法自理，在姑姑面前裸露着身体而感到痛苦，因无法回报姑姑的好而感到难过。

"你会帮我照顾他们吧？你哥哥他毕竟是男人，我不放心把孩子们交给他。"她时常确认着她心中的这些疑问和不舍，这两个孩子，是她在这世上的牵挂。

"放心，孩子们还有我。哥哥会成为一个有担当的好爸爸！但是你得好起来，做个好妈妈，和我哥一起照顾两个孩子。"

阿乐苏有时会看到姑姑在和妈妈聊完以后，靠在墙上偷偷地哭，因为她也是个母亲，所以她见不得这样即将与孩子离别的场面。

"别说笑了，你知道我没有机会再照顾他们了，珐尔克还那么小，我没有好好照顾自己的身体，我是个糟糕的妈妈。"

"别那么说，他们都很爱你。"姑姑在帮妈妈翻身，她说妈妈的骶尾部和肩胛骨那里的骨头已经把她的皮肤戳破了，她称这个为"压疮"。

"我想含个冰块，你能帮我去拿吗？"妈妈因为无法进食，时常觉得口干舌燥，有时她需要一点冰块，好让自己的食道感到舒适一点。

"哦，当然。你等我一下，我马上就来。"

"有冰镇的可乐吗？我想喝一点。"现在妈妈所有的小愿望都可以实现了，从前他们不让妈妈吃辛辣刺激的食物，不让妈妈喝碳酸饮料，害怕会对妈妈的身体不好，但是现在却不再担心了，因为妈妈的状况已经到了无法再糟糕的程度，不会再比现在更糟糕了。爸爸帮妈妈找来了很多药，有塞来昔布胶囊和普瑞巴林胶囊，还有稀有的吗啡，这些都是用来止疼的。之前爸爸还托人买到了大麻，但是后来因为害怕犯法（他购买大麻并不是为了别的，就是为了能减轻妈妈的病痛）就不再去购买了。妈妈吃这些药比过去更频繁了，而爸爸也顾不上这会伤害妈妈的身体，只要她不再因为疼痛难忍而鬼哭狼嚎，爸爸就已经觉得万分感谢了。

"她怎么还不死？"那一天，姑姑和莎妮雅过来帮忙照顾妈妈，爸爸坐在沙发上，嘴里叼着一根烟，他的表情里写满了无奈和悲痛，"她这样太痛苦了，她也快把我熬死了，她应该早点解脱，早点去死，她实在太痛苦了。"姑姑目瞪口呆地看着自己的哥哥，无法相信他竟然能说出来这样残忍的话，躺在病床上的是他的结发妻子，是为他孕育两个孩子的爱人，他怎么说得出口，就算她再痛苦，她也硬撑着，为了能多陪陪孩子，多看两眼她的孩子，而他怎么可以这样说自己的妻子，连她这个外人都愿意每周过来帮忙给她擦澡、喂食。她同情她，因为她自己也是母亲，她无法想象有一天，在莎妮雅还没有长大成人，她就离开她，到另一个世界，而她的哥哥怎么能这样无情。

"你在说什么呢，哥哥？！快住嘴吧！你想让阿乐苏听到这些话吗？诅咒他们的妈妈快点去死？你这是作为丈夫该有的态度吗？天啊！我要祈祷不要死在莎妮雅的爸爸前头，你们这些男人除了会抛弃我们，还能做什么？要是此刻躺在病床上的是你，换作菲洛拉是绝对不会说出这种话的。"

"我要送她离开,把她送回阿乐苏的外公外婆家,我受不了了。"

"她同意吗?"

"她会同意的。她再不走,我会发疯的。"

四月,阿乐苏的家里迎来了珐尔克的九岁生日,爸爸邀请了妈妈最要好的几位朋友,还买来了一个很大的奶油蛋糕,他炒了几道拿手的好菜,想最后再一起给弟弟过个生日,他知道自己的妻子已经快要熬到头了,过了今晚,他就要送她离开,去她自己的父母家待一段时间,他不能再继续照顾她了,他不是遗弃了她,只是再也无法忍受她日日夜夜的喊叫,再也无法忍受当他疲惫不堪地回到家里,就只能面对日渐衰弱的妻子和周围压抑的气氛,他感觉死神正紧紧地盯着这个家,他快要喘不上来气了。这一天,姑姑也来了,她帮忙把小圆桌搬进了妈妈的卧室,在桌子上铺上了一层白色印花桌布,把蛋糕端了进来,把它放在了桌子的中间。她小心翼翼地把蜡烛插进了蛋糕里,用火柴一根根地把蜡烛点燃。大家围坐在桌边,妈妈也艰难地坐了起来,珐尔克的头上戴着寿星该有的金黄色皇冠,大家一起拍手唱起了《生日歌》,爸爸站在一旁,拿着从姑父那里借来的相机,拍下了这永恒的一刻。相片里,妈妈穿着一条黑色的蕾丝连衣裙,坐在阿乐苏和珐尔克中间,看不出她是开心还是难过,只是自顾自地低下头无力地合着双手,那动作像是在祝福。珐尔克微微地笑着,看着奶油蛋糕上的蜡烛,他的背后是一块红色的波斯印花挂毯。相片里,阿乐苏笑得很甜,那笑容正是孩子脸上该有的欢乐。那一刻,她忘了即将到来的生离死别。

妈妈走了,她去了外公外婆家,阿乐苏看得出来她并不想离开她自己的家,那是他们共同的家。自从她出嫁以后,这里才是她真正的家,她并不想丢下孩子们和自己心爱的男人离开,哪怕是片刻。现在,每一秒都显得那样弥足珍贵,她没有时间可以浪费,她只想待在孩子们身边,可是她明白,她的爱人已经不能再继续照顾自己了,是他把她送到了这里,现在她离自己的孩子们只有两站路的距离,但是没有别人的帮助,她连十步路都无法自己行走,这个该死的疾病,让她失去了尊严,失去了自理的能力,因为长期卧床,她腿上的肌肉都已经萎缩了。她的身体像一枝即将凋谢的玫瑰那样在渐渐干枯,她才三十多岁就已经这样衰老。她已经很久都没有看过镜中的自己了,她不敢也不想看到自己是以一种怎样枯萎的状态,即将离开她眼前这些鲜活的生命和这个美丽的世界,她流连忘返。她的眼泪早就干了,她已经不能进食了,只靠几滴冰水活着,这样的日子想必已经没剩几天了。

"你带我回家吧!"有一次,当阿乐苏的爸爸来看望她时,她请求他带自己回家,"求你了,我感觉很不好,带我回家吧!我这几天总能梦到一些过世的人,你带我走吧!我想回家。"她也许已经预感到了即将到来的离别,距她离开还剩下最后的两天。

"再过几天,过几天就带你回去。"她深知他在安慰自己,他并不想带她回去,她明白自己已经成为他心口的负担。

"求你了,就带我回去吧!"她的坚持并没有带来不一样的结果,她深爱了多年的这个人并没有如她所愿带她离开,她最后的愿望是回家,但是这个愿望却永远都无法实现。他早就想好了一旦送她过来,就不会再让她踏进家门半步,他早就计划好了一切。

菲洛拉闭上了眼睛,两行泪水从她的脸庞滑过,流进了她的耳朵里。她想家了,她想起了早年在阳台上为他准备的早餐和围绕在他们身旁的花床里的种子。他们刚结婚时,还那么浪漫,她总是黏着他,他说她太黏人却也爱极了她的这种特质。他会弯下腰亲吻她的后颈,柔滑的黑发波浪似的蜷缩在她的颈窝里，夜晚的空气拂过她的脸庞，客厅里的收音机传来美妙的曲子，她倚在他胸前着迷地聆听渐近尾声的咏叹调，等待必将到来的歌曲的高潮。她想起自己也曾是那个与他契合的灵魂。十多年来，他们拥有彼此。直到今天，她仍旧像是第一天在聚会上看到他那般厌恶他身上的某些特性，但同时也爱慕着他其他的品质。他从来都不是个无情的男人，也没有停止爱她，只是再也无法对那些痛苦视而不见，他需要活着，不能在有生之年在自己的心口压上一座山。

"我真高兴，你永远不会见到我老去时的模样，我在你心里、脑海里永远都停留在了这个年龄。"是的，他将永远无法见到他妻子老去时的模样，而她的年纪会定格在她死去时的年龄，她将化成一枝不朽的玫瑰，永不凋零。

她的意识渐渐变得模糊，她用一种梦幻般的眼神望着天花板的一个角落，她看到带着翅膀的奔腾的野马，看到死神握着镰刀戴着斗篷，看到那些逝去的灵魂在向她招手，现在她不再受癌痛的折磨，也不再感到害怕了。

风信子在长椅底下怒放，无数片紫色的花瓣在微风中摇曳着，从花茎上长出的花枝挥舞着手掌拥抱阳光。菲洛拉离开的那一天，天空下着罕见的太阳雨，那是那一年的第一场春雨。那场雨复苏了万物，却让她永远地沉睡在大地之下。她永远地闭上了眼睛，被她心爱的男人亲手埋进了土里。现在，她和大地融为了一体。人们说她在世时的那些罪恶被洗清了，她走得清清白白，就像一个刚出生的婴儿那样纯洁，她的病痛使她在这世上受尽了所有的煎熬与苦难，她不必再受地狱之火。

阿乐苏和珐尔克坐在角落里，呆呆地望着眼前发生的一切，像两个飘荡的幽灵。他们还不明白失去妈妈对他们来说意味着什么，在今后没有妈妈庇护的无数个日子里，他们会渐渐懂得妈妈这个角色的重要性，随着时间的推移，他们会觉得心越来越痛，越来越空，"妈妈"将会是内心里一片无法触及的空白和缺憾。

"妈妈要去哪儿？"珐尔克还不太明白家里发生了什么，他们为什么要把妈妈包起来。

"妈妈死了。"阿乐苏淡淡地说道。很显然，她早就预料到了这一天的到来，她长大了，她不像珐尔克那样自欺欺人地以为妈妈会好，会痊愈，会完完整整地回到他们身边，她知道一切都是暂时的，总有一天，这一天会到来，就像现在。

"你别那么说，姐姐。"珐尔克号啕大哭起来。阿乐苏挪了挪身子靠近弟弟，把他搂进怀里。她以后就是他的妈妈了，她要给他唱妈妈教给她的晚安歌，她要为他准备早餐，帮他检查作业本，甚至去参加他的家长会，如果爸爸没有时间做这些。在很短的时间里，她会学会一切家务，把它们都包揽下来，她还要在周末为她的爸爸和弟弟洗衣物，清洗马桶。她会变得很忙碌，连胡思乱想的机会都没有。她没有时间难过。

她系了几天白色的头巾，后来索性摘了下来，她觉得没有必要为这些繁文缛节浪费精力和时间，她知道她深爱着她的妈妈，她并不是不孝顺，她觉得那条白色的头巾并不能代表什么，她系它是为了给别人看的，她在心里缅怀妈妈，悼念妈妈，但她并不想守着这些讨厌的礼节。而且她也照过镜子，她觉得她蜜色的皮肤实在不适合戴这么白的东西。

整个寒假她都被淹没在了没完没了的家务活中，她没能应邀出来和夏特里克滑一场雪。而现在，树木已经发芽了，南山的雪早就融化了。哦，也许天鹅湖边还有一些积雪。几年前，在妈妈还在的时候，爸爸带着全家人上过一次南山。在山的顶端，有一个地方叫作天鹅湖，那里还有瀑布，有马，有草原，他们躺在蒙古包里，饿了就吃奶疙瘩和油饼，牧民熬的热腾腾的咸奶茶，她到现在还记得它的味道。她真想回到那个时候，那时，妈妈还在。爸爸对他们总是充满了温情，充满了慈爱，他宠爱着她和弟弟，给他们很多零花钱，还给他们买玩具。那时，爸爸的脾气还没有现在这么暴躁，他现在还学会打孩子了，他生气的时候会抽出腰间的皮带，抽打他们，珐尔克总是吓得瑟瑟发抖，其实他们没有做那么坏的事，他们只是不知道什么是对的，因为没有人静下心来教过他们。当他们挨了打，才知道自己做了错事，惹爸爸生气了。爸爸还会从厨房拿擀面杖追打他们，他们的求饶得不到回应，有一次擀面杖都被打断了，他们身上青一块紫一块的，他们躲在角落里一起想妈妈。"要是妈妈在就好了。"这句话是珐尔克最常说的。阿乐苏会悲伤地点点头，然后沉默，她的性格比从前更加沉静了。现在，她下了课就会直接回家，在爸爸下班以前，她会蒸一锅米饭，再把菜洗干净切好，等爸爸回来。爸爸坚持要自己做饭给他们吃，但是爸爸炒的菜已经越来越难以下咽，他们不知道是自己的味觉还是爸爸的味觉出现了问题，直到有一天爸爸同意邀请莎妮雅来家里吃饭。

"天啊！舅舅！你这是什么菜！太难吃了！你这鱼就是生的，连鱼鳞都没有弄干净，你们平时就吃这个吗？还有这道家常菜，你都不放盐吗？"爸爸的脸红了，他难为情地尝了尝自己做的菜，但是阿乐苏知道爸爸已经尝不到任何味道了，他没有察觉出问题所在，他不知道自己在失去爱人的同时也失去了他原本的灵敏味觉。"三棵树"还没有倒闭时，他是高级厨师，他还教授烹饪课，学成之后，他的徒弟们在各州开了自己的餐厅，他是那样有名气的一位主厨。但是现在，他连味道都尝不出来。而莎妮雅，他最爱的外甥女却无情地说破了一切。

"是吗？我怎么没觉得，你们觉得难吃吗？"他求助似的看着珐尔克。

"没有啊,爸爸,鱼很好吃,姐,你的嘴也太刁了。"珐尔克在说谎,从前他从不说谎,现在他害怕自己会因为一点小事而遭到一顿毒打,为了能和爸爸和平共处,为了能在这个家里安然无恙地"生存",他必须学会花言巧语,他必须学会撒谎。

"就是啊!姐,没有那么难吃,你就别挑了。"阿乐苏打着圆场说道。

"要吃你们吃吧!我一会儿要去一条街买个肉夹馍吃。"莎妮雅坐到了一边,她的碗里还有她刚刚拨弄的一块鱼和米饭,舅舅吃完了自己的那份,把莎妮雅的那份也端过去吃掉了,莎妮雅完全不理解为什么这家人都变得这么古怪,她暗自发誓以后再也不来舅舅家吃饭了。

"你爸怎么了?他从前做饭很好吃的。"吃完饭,他们躲进卧室重新谈起这个话题,"天啊,你们平时就吃这种东西吗?你们还称这个为饭?你们比那些非洲难民过得就好那么一点。不饿着就可以了吗?这是你们现在的标准吗?"

"姐,别说了,爸爸他不是故意的,他觉得我炒菜会把油溅到脸上,他担心我,所以他不让我学炒菜。"

"但是你为什么要撒谎?刚刚明明很难吃,还有你,珐尔克,你现在说谎连眼睛都不眨一下,太可恶了。"

"我也没办法啊!我总不能说'爸,你简直做了一盘狗屎'吧!"他们笑了起来。"姐,你刚说你要去买肉夹馍,你可以给我也买一个吗?我最后一次吃肉夹馍还是妈妈在的时候,我好久都没有吃过了。"

"当然,我们走吧!去买三个,我请你们,你们想吃牛肉的还是鸡肉的?我也好久没吃了。"

他们手拉着手,经过林荫小道,走过学府楼,出了侧门,一路上,他们跑跑跳跳,你追我打。莎妮雅身上似乎有种魔法,能够让阿乐苏和弟弟重新体会童年的味道,那是一种跳跳糖和玩具小青蛙的味道,是雨水滴落在土壤上的青草味，是冬日里他们打完雪仗以后那种湿漉漉的味道，是一种纯粹而无忧无虑的味道。

"你还在学画画吗？"莎妮雅的嘴里塞满了牛肉味的肉夹馍。

"不去了，爸爸说没有多余的钱让我学美术。"阿乐苏本来已经忘了，忘了自己是怎么拿到退还回来的学费，忘了她是怎么怀抱着油画本依依不舍地哭泣，也差点就忘了她是怎么站在椅子上把画夹扔到了书架后面。那些画纸现在早就染上了一层厚厚的尘埃，那个军绿色的画夹也已经不再属于她。

"天啊，真遗憾。"是啊！真遗憾，那是她唯一喜欢做的事，也是她唯一能做好的事。那曾是她的乐趣。

"算了，我也不太可能会成为画家，对吧？"莎妮雅看着自己身边的表妹，感觉才不过几个月的时间里，阿乐苏就已经长成大人了，甚至比自己还要老成，她感到比起自己阿乐苏才更有资格做姐姐，她成长得太快了。她突然为她感到难过，为她这么小就失去妈妈而感到难过，她想到了自己的妈妈，她无法想象失去妈妈会是一种什么样的感受，多可怕啊！回家以后，她一定要冲上去紧紧地抱抱妈妈，她不能没有她。

自从上次和夏特里克从海棠果园回来以后，阿乐苏和他之间就再没发生过什么新鲜事儿了，他们没有再亲吻彼此，也没有牵过手了。就连那次，当夏特里克知道阿乐苏失去妈妈后，她也没有让他抱抱她，她觉得自己在躲他，她控制不住这种渐行渐远的陌生感，她其实并不想这样，这种感觉折磨着自己和夏特里克。但有时，她会享受这种悲伤带给她的苦涩感。她盼望着那些印刻在椅背后的爱情，会像不起风的森林，会像水泥地上冒出头来的三叶草那样地老天荒。她期盼着她和夏特里克的未来会细水长流。她不要轰轰烈烈的爱情，它会像节日里的烟花那样，变成过眼云烟，她不要那样短暂的爱情，就像她人生最初的那十四年里，妈妈的短暂陪伴，她不要短暂，她需要一种永恒的契约。

"今天放学，我能送你回家吗？"夏特里克今天一反常态，他没有悄悄地丢纸条给她，而是直截了当地跑来问她能否允许自己送她回家，他早就受够了她的冷落，他不想再被她躲开了。

"不行。"阿乐苏冷冷地说道，没有抬头看他。

"为什么？"

"回到你的座位上，别人会听到。"

"我不管，除非你让我送你回家。"夏特里克从未这样对过她，一直以来，他对阿乐苏都抱以一种几乎痴狂的爱恋，他对她言听计从，从不反驳她，也从不强迫她，"答应我，让我送你回家。"

"你先回去。"

"你先答应我。"

"好，我答应你。"阿乐苏抬起头迎向他的目光，她眼神中那些炙热的感觉已经消失了，她的脸上写满了疲倦，她像被生拉硬扯后瞬间被拉变形的布偶。她的目光里长出了一种大人才有的无奈。她不耐烦的态度伤害了夏特里克。"你满意了吗？我答应你，现在，快点回到你的座位上。"

放学后，阿乐苏想要偷偷跑开，却被夏特里克抓了个正着。

"你要去哪儿？你又要躲着我？我到底做错了什么，你要这样对我？你告诉我，我可以改。"夏特里克委屈地说。

"你没有错，是我配不上你的友情。"

"我的友情？我们又变成普通朋友了吗？"

"我们本来就是普通朋友。"

"你不喜欢我了吗?阿乐苏,你不想要我了吗?"此刻,夏特里克站在阿乐苏面前,像一个被抛弃的大孩子。他巧克力色的眼眸红红的,像一只大兔子。

"不是。"阿乐苏的心软了。

"那是什么?你告诉我,你生气了吗?或者是我做错了什么?你都可以告诉我,我可以改。但是你不能这么对我。你在折磨我。"

五月和煦的阳光照在海棠果园里,春花烂漫,海棠的花期到了,夏特里克拉着阿乐苏的手,此刻他们置身于浪漫的粉色花海,被微风吹着,被阳光照耀着,他们踩着青草地,向树林的尽头走去。上一次来这儿时,这里还是一片银色。夏特里克停下脚步,转过身把阿乐苏揽入怀里,他感到自己就快要失去她了。阿乐苏静静地站在他的怀抱里,原来她早就这样怀念着这个拥抱,在妈妈离开的那一天,在后来的每一个孤独的夜晚,她都是如此渴望着一种爱。妈妈去世以后,爸爸几乎就再没像这样抱过阿乐苏,她怀念爸爸的怀抱,在失去妈妈以后,她感到自己连爸爸都要一并失去了。

"别再躲着我了,好吗?"夏特里克温柔地说。"答应我,不准离开我。"

"我答应你。"阿乐苏伸开双手,紧紧地和夏特里克相拥,她爱极了这样的承诺。"我答应你。"她重复地说。

"我要去告诉爸爸,就说你有男朋友了,我要去告诉爸爸!"

那天放学,珐尔克看到了夏特里克,他提着阿乐苏的书包,拉着她的手,他们亲密极了。这让珐尔克觉得难过,他嫉妒夏特里克,他觉得夏特里克会把阿乐苏从他身边夺走,他已经失去了妈妈,他不能允许自己再失去姐姐了,他必须设法阻止这一切。

"你想让我被爸爸打死,你就去说吧!"阿乐苏捂住了弟弟的嘴巴,"你想去说吗?去吧!像妈妈那样,我也会死的!就因为你泄露了秘密,因为你告我的状,爸爸会打死我,你要去说吗?"珐尔克痛苦地摇着头,姐姐的手捂住他的鼻子和嘴巴,他就快喘不上来气了。阿乐苏松开了手,冷静地看着珐尔克。"我告诉你,你要和我站在一条战线上,无论以后发生什么事,我们都不要去惹爸爸,他已经疯了,你看到了吧?上次他是怎么打我们的?他毫无怜悯之心,我们那样求饶他都不放过我们,下一次,他会杀了我们的,你明白吗?你忘了我们看到的那个新闻?那个男人喝醉了酒把自己的孩子扔到地上摔死了,那还是个两岁多的孩子。"

"我知道了,姐姐,我可不想你被爸爸从楼上丢下去摔死。"阿乐苏又觉得弟弟很可怜,就抱了抱他。

"你是我弟弟,我不伤害你,你也不准做伤害我的事,我们相依为命,你懂吗?"

"嗯。"珐尔克乖乖地点点头,然后猛然坐起身,"那……那个男孩他会带你走吗?你会离开我吗?"

"傻瓜,他能把我带到哪儿去?我永远不会离开我的弟弟,你是妈妈留给我的宝藏,你懂吗?以后别再说蠢话了。"阿乐苏摸了摸弟弟的头,说道。珐尔克这下放心了,他也不嫉妒夏特里克了,他觉得在这世上,姐姐最爱的还是他,她不会离开他了。

一学期又很快过去了,阿乐苏和夏特里克还是会在每天放学后去苏园里逛一逛、走一走,聊聊一天里发生的事,夏特里克激动地跟阿乐苏说起自己的球赛,阿乐苏没有什么可说的,她也不想抱怨家务的繁重,只是微笑着听夏特里克说给她听的话,她对球赛提不起兴趣,但是她喜欢看着她心爱的夏特里克像只彩色的鹦鹉那样叽叽喳喳说个不停,阳光会打在他白皙的脸上,让他金灿灿的,他巧克力色的瞳孔闪烁着光芒,特别好看。

　　七月里,草木已经长得非常繁茂了,海棠花早就谢了,它们的伞形花瓣被吹落在地上,现在连它们的影子都见不着了,树林越来越茂密了,她和夏特里克躲在里面,不会怕任何人看到,这是他们的秘密基地,是爱萌生的地方,阿乐苏太喜欢这里了。她会一次次地踮起脚亲吻他,他也会甜蜜地拥抱着她,摇晃着她,向她撒娇只为得到她一个吻,他也会在遇到开心事时,抱起她转圈。现在,她太幸福了,她拥有夏特里克全部的爱,她感觉自己永远都不满足于他的怀抱,她想要他每时每刻都抱着她。她爱极了他带给她的小惊喜和温暖,他像变魔术那样捂住她的眼睛,然后给她变出一朵玫瑰或一簇紫丁香,还会变出很多小块的巧克力和糖果,他始终都不知道阿乐苏不喜欢吃甜的,因为阿乐苏从没告诉过他,她不想让他扫兴。有时,他们会在周末里去教室,那时学校里不会有老师也不会有同学,他会靠在窗边的座椅上,让她靠着他,他会亲吻她的额头,像电影里那样,他们还会尝试着接吻,阿乐苏怎么都学不会接吻,夏特里克每一次都取笑她,但是同时他也希望自己的女孩能够一直这样保持纯洁无瑕。他们在篮球场边上的台阶上坐着,手里拿着可乐,球场上会有几个和他们一样,周末来学校打球的同学。他们会邀请夏特里克加入他们的行列,而夏特里克只会笑一笑然后摇摇头,指着身边的阿乐苏。这时,阿乐苏会觉得特别自豪,她知道为了她夏特里克哪儿都不会去,他会一直陪着她,一刻也不离开她。她越来越爱他,她甚至想把一切珍贵的东西都奉献给他。她知道早恋是不对的,她已经彻底忘了当初在内心里是怎么答应爸爸的,但她也安慰自己说她并没有做出格的事,她不算对不起爸爸。那些心理斗争只会持续几秒,过后她又会忘了自己的那些想法，她会沉浸在夏特里克的那罐蜜里无法自拔。现在，她唯一的想法是和夏特里克还有古璃格娜考入同一所高中，延续他们之间的爱恋和友情，她甚至想过要嫁给他，让古璃格娜做她的伴娘。她太天真了，她不知道在今后的漫长岁月里，她会遇见多少个像夏特里克那样叫她心动的男孩，那个未知里又有谁在等着她。

　　暑假到了，爸爸决定把阿乐苏和弟弟送到奶奶家，莎妮雅也在那里，阿乐苏本该高兴的，但是今年的暑假她却怎么也开心不起来，因为她不能跟夏特里克见面了。

　　阿乐苏和弟弟出发的那一天，夏特里克远远地看着她，然后悄悄地举起手做了个电话的手势，让她知道他会打电话给她，她可以安心去奶奶家过暑假了。

　　"去奶奶家要听话，不要给我惹事儿，知道了吗？"爸爸的态度非常和蔼，"把这些钱装好，花完了也不许问奶奶要，听懂了吗？"爸爸把零钱装进阿乐苏的口袋里，继续说道："还有，要多和莎妮雅姐姐学，她那么优秀，你们从她身上要学的东西太多了，尤其是你阿乐苏，你作为姑娘，要是能成为你姐姐那样的女孩就太棒了。还有你，珐尔克，莎妮雅的英文学得非常好，你可以趁暑假多和你姐姐学一学英语，让你表姐帮你检查作业，阿乐苏你就做好自己的暑期作业，别瞎操心。"

　　"好的，爸爸，是的，爸爸。"阿乐苏和珐尔克因为暂时要和爸爸分开而获得自由，压抑着兴奋的情绪。

　　"爸爸你要去哪儿？"珐尔克没话找话，其实他并不想知道爸爸要去哪儿。

　　"我要和我的几个好朋友聚一聚，不会去太远的地方。"

　　"我们一整个暑假都要待在奶奶家吗？"

"哦,如果你们想那样的话,我当然没意见,但是你们得把假期作业写完。"

"当然,太好了爸爸!我要和莎妮雅姐姐玩儿!"

一直到九月,阿乐苏和弟弟都待在了奶奶家里,他们的日子过得很惬意,莎妮雅因为刚刚经历了中考,所以没有作业可做,她帮阿乐苏和珐尔克完成了一部分作业,这样他们俩的暑假作业很快就做完了。他们用余下的时间去追剧,为此他们每天都要和奶奶抢电视。他们最喜欢看的是苏有朋和韩国女明星演的一部电视剧叫作《情定爱琴海》,还有刘若英演的《双响炮》,莎妮雅和阿乐苏深深地迷恋上了蓝色的希腊。白天他们会在门口的水泥地上打沙包、跳方格。他们去新城公园的杏树林里,珐尔克负责爬树,两个姐姐负责捡果子。到了傍晚,他们还会和院子里的孩子们一起玩捉迷藏。

夜空中飘着几朵淡淡的云彩,抬起头就能够瞭望到银河。远处,一弯新月挂在天边,散发着皎洁的光。

"他们说你是婊子。"回家的路上,阿乐苏突然对莎妮雅说。她的语气轻描淡写,仿佛在说一句无关痛痒的话。

"谁?刚刚和你坐在一起的那几个家伙吗?"

"嗯,他们说因为你有男朋友。"

"所以你就坐在那里听他们侮辱你的姐姐?"莎妮雅突然站住了。

"我不知道你有没有男朋友,所以我不敢反驳他们。"阿乐苏的脸红了,她以为她只要把别人说姐姐的坏话告诉姐姐,她的任务就算完成了。莎妮雅的立场那样坚决,她为人处世的态度几乎从没暧昧过,她是怎么做到的呢?为什么阿乐苏就那么摇摆不定,那样软弱?

"你至少要生气地离开那伙人,因为他们在羞辱我。我不敢相信你就那么坐着,你们那么开心,我以为你们在聊什么高兴的事,原来你们在背后议论我?"莎妮雅失望极了,也觉得很受伤,她在这个院子里有朋友,也有一些孩子没能成为她的朋友,但她从没侮辱过别人,她也不明白为什么那些男孩会平白无故地侮辱自己,原来她在他们眼里是这样的。

"我没有议论你。"

"但你听到了,却不能站起来骂他们一顿。好吧!我不指望以你这样软弱的性格能为我骂人,但你至少站起来,表示一下你生气了,他们不应该在你面前骂我,因为我们是亲人。"

阿乐苏沉默了,她不知道这把火会烧到自己头上,她只是觉得应该把这些话告诉莎妮雅。她没有想那么多,莎妮雅说得对,她的性格太软弱,她从不反驳。

美好的天气和晨起的慵懒会降低怒气的程度,莎妮雅虽说没有忘记昨晚的不愉快,但决定不再迁怒于阿乐苏。奶奶已经把早餐端上了餐桌。四杯咸奶茶,一盘西红柿黄瓜凉菜,四份橄榄油煎蛋和一个像满月似的金黄色的芝麻馕。

奶奶包揽了所有的家务,她从来不让小孩子插手,就算有时阿乐苏要坚持帮忙,奶奶也会拒绝她。"你是过来度假的,孩子。别操那么多心。等你长大了,有的是时间操心家务呢!现在啊!你的任务就是好好学习,回家了多帮帮你爸爸。"阿乐苏看着奶奶,她和爸爸一样皮肤白皙,眼睛不大,几乎没有睫毛,她的瞳孔是绿色的,像翡翠一样,她的嘴唇很薄,不经常笑,但是她很温柔,从不发脾气。她走起来很有气质,不像有的老人弯腰弓背的。她起得很早,用牛奶洗完脸以后,会举着巴掌大的镜子为自己化个淡妆。她在家里也会穿得整整齐齐，她有很多漂亮的连衣裙，她从不穿黑色，她的身上闻起来有一股淡淡的花香。她在露台上养了很多五颜六色的花，她最喜欢的花是君子兰，有一盆她等了四年才开花，她有的是耐心等它。每天早上，她都会和花朵们聊天，她一边给它们浇水一边夸它们漂亮，她像呵护孩子那样呵护着她的每一盆盆栽。午餐时间，如果孩子们没有按时回来吃饭，她会轻声地絮叨，但她从不动手打孩子。爸爸到底像谁呢？动不动就动手打他们。她的话很多，她会抱怨一会儿，在家务事太多的时候，阿乐苏想可能操劳的人都这样。阿乐苏在这里住了这么久，发现奶奶似乎没有那么讨人厌，甚至还有点可爱。阿乐苏记得妈妈以前很讨厌奶奶，她总说奶奶是个坏巫婆，说她想霸占阿乐苏的爸爸，不让他回家，但现在看来是妈妈错了，情况完全不是这样。

莎妮雅依然是那个魔法王国里的公主，她的主意都古灵精怪的。她每天都打扮得漂漂亮亮的，她几乎每天都不重样地更换裙子，她每一件裙子都那么漂亮。阿乐苏很羡慕姐姐能有那么多好看的衣服。从前妈妈在的时候，还会给阿乐苏买新衣服，现在爸爸根本不会替她操心这些，阿乐苏的屁股只要不露出来，他就不会浪费钱给她买衣服，他根本不知道像她这个年龄的姑娘到底需要什么，他总会在发现阿乐苏的裤子短了，露出了脚踝之后，买来一些深颜色、样式难看的便宜衣服，阿乐苏宁愿穿校服都不愿意穿那些衣服。

"你为什么不把这些漂亮的裙子穿到学校去？你有这么多漂亮的裙子。"阿乐苏拿起一条粉色的连衣裙在自己的身上比了比。

"因为我有阴影。"莎妮雅似笑非笑地说。

"阴影？"

"我记得那是小学一年级的时候，妈妈给我买了一条红色的公主裙，我穿着它去学校，我骄傲得像只孔雀。直到第二节课间操，我在操场上被几个小女生围了起来，她们指着我骂我'臭美'，我觉得那太可怕了，像噩梦一样，我的脸烧得像熟透的番茄，我不用看都知道。我不记得是她们先走开了，还是我把她们推开之后走掉了，我只记得一件事，就是从今往后，我不会再穿漂亮的连衣裙了，我觉得美是一种令人羞耻的事。一直到六年以后，我小学毕业了，我长高了，我也不怕那些小女孩了，我和她们其中的一个还成了很好的朋友，但是那个阴影始终影响着我。到了初中，我想我终于可以穿裙子了，我到了新的环境，我可以忘了那些事重新来过。那时，二道桥开了一家进口食品店叫'伊合拉斯'。周末，妈妈带我去那里买威化巧克力，在街边摊上，我们看中了一条牛仔裙然后买下了它。第二天，我穿着那条牛仔裙去上课。下午，上完体育课我去水房洗手，我可能弯腰的幅度有点大。然后当天放学我就被'警告'了。有个女生跑来告诉我，说高年级的一个学姐看到了我的屁股，很可笑对吧？她说我的连衣裙太短了，让我看起来像只雏鸡。回家以后，我把衣柜里所有的连衣裙都收了起来，然后让妈妈给我买了很多很多裤子和运动T恤衫，我几乎每天都穿着一身运动装，从那以后，没有学姐来找我麻烦了。"

阿乐苏静静地站在那里，目瞪口呆地看着眼前的莎妮雅，她在她眼里那么厉害，简直就是女超人。她保护他们不受别人的欺负。依姐姐的性格，她绝不会是一个受人欺凌的孩子，可是她发现她错了，她眼里那个完美的姐姐也有过和阿乐苏同样的经历，她决定把祖丽雅特的事告诉姐姐。

阿乐苏和弟弟要提前回家去了，莎妮雅答应他们会和他们一起回去，在舅舅家里待两周。她换好衣服，背上行囊，她的背包简直就是孩子们的百宝箱。她在包里装满了他们爱吃的零食还有小玩具,还把这段时间他们花剩下的硬币也装进了包里,现在他们可以出发了。他们轮流背着那个"百宝箱",一直到他们走到车站。

立秋了,青松依旧苍翠,整齐地屹立在路两旁,蓝色的巴士行驶在林荫大道上。在车窗外,孩子们能够隐约看到几只松鼠正捧着松果,它们上蹿下跳的,可爱极了。

"姐,你生日快到了。"珐尔克想到了自己过生日时,吃到的奶油蛋糕。

"是啊!你生日就跟我们一起过吧!爸爸肯定会给我们买大蛋糕的。"

"生日那天我还是回家吧!我可以再回来嘛!我从小就和爸爸妈妈一起过生日,都习惯了。"莎妮雅说完就后悔了,因为她看到了阿乐苏眼里的悲伤,她一定是想念她妈妈了,"说点别的吧!我们回去以后做什么?还去篮球场吗?"

"姐姐之前都会去苏园。"珐尔克说漏了嘴,赶紧用手捂住了嘴巴。

"别担心,莎妮雅姐姐现在知道夏特里克。"阿乐苏扶着座位背后的扶手,"我和夏特里克的秘密基地,我可以带你去。"阿乐苏说得好像自己会带姐姐去神秘的洞穴里寻找宝藏似的。

"苏园?我记得我们去过几次,里面有很多果树。"莎妮雅想起来了。那时,舅母刚做完手术,莎妮雅要是和妈妈一起去看望舅母,就一定得经过苏园。

"是的,但是现在那里更美了。"

"好吧!那我们就带上毯子去那里晒太阳吧!要是家里有野餐垫就好了,就是那种红色方格的。"

"姐,你想的也太好了,我们家哪有什么野餐垫啊!以前还有桌布,现在我们连桌布都省了,直接把饭端到桌子上就吃,那桌子上的漆都快掉光了。"珐尔克漫不经心地说。

"我们该下车了,孩子们。"他们差点就坐过站了,莎妮雅匆匆地走下车,然后站在门口等着阿乐苏和珐尔克,她得保护好他们,这次她不能偷懒,她要和他们一起过天桥,她再也不能允许珐尔克出现任何意外了。下一次,他可能就没有那么幸运了。她依然觉得前一天傍晚,珐尔克差点出事前的那声呼唤很诡异,但又觉得很温暖,舅母的灵魂真的一直在这世上游荡吗?她一定是为了保护她的孩子,才选择流浪的,她的灵魂一定是放心不下她的孩子。

爸爸不在家,这让阿乐苏着实松了一口气。她总觉得爸爸在的时候,就连家里的空气都是凝固的。在这个家里,她觉得她和珐尔克被一种无形的绳索捆绑着,连大气都不敢出一下,他们就像两只被剪去翅膀的鸟一样,没有自由。

傍晚,孩子们玩儿累了,屋子里安静极了,就连阿乐苏和莎妮雅说话的声音也变得越来越小,窗台上的茉莉散发着一股清香的味道,闹钟滴答滴答地走着,窗外挂着一轮皎洁的月光。

今天是九月一日,阿乐苏开学了。她太高兴了,她背上了她所有的课本和暑假作业还有她新买的笔盒,因为不知道课程表的缘故,她只好把练习册和各科课本都背上,这让她的书包增加了两倍的重量。夏特里克照惯例在楼下等她,她只需要把书包背下楼就好,夏特里克接过她肩上的书包,手沉了一下,然后微笑着又把书包提起来抱在怀里。

"我的女孩,最后两周过得好吗?有没有特别想我?"

"嗯,还好吧!没有特别想你。"

"可我听说有人去苏园转悠。"

"苏园又不是你家,我想去就去咯!"阿乐苏倔强地说。

"好吧好吧!我想你了,你不承认就算了,但是我告诉你,我在江布拉克的每一天都在想你。"

校园门口挤满了家长和新报到的孩子,阿乐苏接过夏特里克手里的书包,示意他先走,这是他们说好的,他们必须一前一后地走进教室,绝不能让老师看出端倪。走进教室,阿乐苏看到古璃格娜在靠窗的位置上和祖丽雅特聊天,她们聊得热火朝天,都没有看到阿乐苏进门。上课铃响了,大家都回到了自己的座位上,第一节课是语文。四十五分钟的课堂上,阿乐苏像是吃了苍蝇那样难受,她静静地看着古璃格娜的背影。她究竟是什么时候开始和祖丽雅特走得那么近的?难道阿乐苏错过了什么?她们已经成好朋友了?难道古璃格娜忘了她从前是怎么对待阿乐苏的吗?她那样可恶!根本不值得被原谅,难道古璃格娜这么快就忘了?

课间休息,古璃格娜也没有来跟阿乐苏说过话,阿乐苏趴在桌子上,无精打采的。她不知道她和古璃格娜之间到底怎么了。

放学了,阿乐苏慢腾腾地收拾书包,把练习册放进书包里,还有她新买的笔盒,它已经没有那么吸引人了。她本来想和古璃格娜分享她所有的秘密和喜悦,可现在她只能一个人回家。古璃格娜已经和祖丽雅特走了,她们并不同路。今天,夏特里克有球赛,比赛结束后,他和几个朋友们要去庆祝一个好朋友的生日,现在教室里就只剩下阿乐苏了。她突然觉得很孤独。

"姐!幸好你没走!一起走吧?"是珐尔克。她多么感激妈妈把这个小家伙当作陪伴留给了自己,他对她的爱是那样不求回报,他简直是个小天使。阿乐苏迅速擦掉了眼泪,她不想让弟弟看到自己在哭。

"走吧!今天怎么想到来接我了?"

"我在校门口那边看到夏特里克哥哥了,还有古璃格娜姐姐,他们一起走了,所以我想你肯定是一个人。"

"他们是一起走的吗?"阿乐苏吃惊地说。

"是啊!一前一后,古璃格娜姐姐和那个你讨厌的人一起,夏特里克哥哥和他的几个朋友。"

"哦,那个我知道,我以为……"她在想什么?她怎么能怀疑他们两个,那是永远都不可能的。

"爸爸要我们去外婆家待一晚上。"

"我不想去。"

"那爸爸晚上不回来,你不害怕吗?"

"在自己家里,有什么可怕的?爸爸平时就是我们睡着以后才回来的啊!"

"也不是天天那样啊!你真的不想去外婆家?"

"不去,要去你自己去吧!"

"我才不要呢!你去哪儿我就去哪儿!"

"我想回家。"

"我怕做噩梦!"

"噩梦?"

"我,我怕梦见妈妈!"

"梦见妈妈多好啊!我还想梦见妈妈呢!你梦到过吗?"

"没有,你呢?"

"我梦到过一次,是她刚去世的那几天,梦到她穿着白色的裙子,特别漂亮。"

"那她一定变成天使了,外婆说,只有穿着白色的衣服,才会变成天使。"

"嗯,我也这么觉得。"

阿乐苏给弟弟和自己煮了个泡面，在里面打了两颗鸡蛋和几片鸡肉香肠，泡面是香辣味的，只可惜家里没有牛肉干。

"要是有牛肉干就太完美了。"阿乐苏戴着一双隔热手套，手里拿着热气腾腾的煮面，屋子里漫开了泡面的味道。

"哇！好香啊！"

"快趁热吃吧！哦，我没拿筷子。"

"我去拿。"爸爸不在的时候，弟弟还会帮阿乐苏做些家务，但是只要爸爸回来，家务活就又都变成了阿乐苏的。爸爸的思想有些陈旧，他认为男人不需要做家务活，男人就该跷着二郎腿躺在沙发上看看报纸、看看球赛，然后去外面挣钱养家，而家务活是女人的专属。从前，妈妈在的时候就是这样，但是还好，阿乐苏的爸爸至少能帮忙炒个菜，那完全是因为他喜欢烹饪。今晚，孩子们很自由，他们吃完泡面，写完作业还看了会儿电影。一直到凌晨一点他们才开始打地铺睡觉，明天可不是周末，他们不要迟到才好。

这一天，古璃格娜很早就到了学校，她坐在座位上，快速地补写着老师昨天布置的家庭作业，她昨晚和祖丽雅特聊到很晚才回家，根本没时间写作业。阿乐苏到了教室里见古璃格娜来了也没去理会她，毕竟昨天下午的举动怎么看都像是朋友间的背叛，她还不能原谅她。下午放学，阿乐苏很早就离开了，她不想再让自己看到古璃格娜和祖丽雅特一起回家的背影了。不料走到半中央，古璃格娜追了上来。

"喂！你怎么了？你生气了吗？你怎么不理我呢？"

"你是明知故问吗？"阿乐苏的语气很冷淡。

"你是说昨天下课我和祖丽雅特一起回家的事吗？"

"你想解释一下吗？"阿乐苏站住了。

"哦，当然当然，我必须和你解释一下，昨晚我妈妈邀请她和她妈妈来我家,所以我们就得一起回家,我只是在尽责,我可不是因为喜欢她。相信我,从今天开始就没那回事了。"

"你妈妈怎么突然想邀请她了?"

"我也不知道,好像是因为我妈妈和祖丽雅特的妈妈同去参加了一场婚礼,然后在那里聊得还不错,就相互邀请去各自的家里做客。嗨,没别的事,你别多想,我怎么可能和你最不喜欢的人做朋友啊!那都是看在我妈妈和她妈妈相识一场的面儿上。"

"那你还和她一起回家吗?"

"我保证再也不会了!"古璃格娜举起手,做了个发誓的手势。"那我们和好了吗?"她摇晃着阿乐苏的手臂,嘟着嘴巴,阿乐苏终于笑了。

从第二学期开始,爸爸对阿乐苏要上高中的观念,在渐渐被一种无形的压力影响着,它变了。她发现爸爸似乎并不想让她上高中,但她又不敢确定自己是不是误会了爸爸。离中考不到两个月时间了,一个周末的早上,爸爸很早起来给阿乐苏和弟弟做了早餐,很难得,他昨晚没有熬夜,他安静地和两个孩子一起吃了早餐,然后让珐尔克回卧室去了。阿乐苏已经察觉事情有点不对劲了,她的心怦怦怦地跳着,好像预感到了什么。

"你不要上高中了。"他已经独断地宣判了阿乐苏的命运,单方面地决定了接下来所有的事,"我一直在梦见你妈妈。"阿乐苏睁大眼睛看着爸爸,这是妈妈去世以后,他第一次向阿乐苏吐露心声。"她一直在困扰着我,活着也好,死了也罢!我总觉得她想带我离开你们,离开这个世界,她想让我死。你记得她生前说的那些话吗?"阿乐苏摇摇头,妈妈交代过很多,但她不知道爸爸指的是什么。"她说让我别找女人,不然她做鬼都不放过我。你还记得吗?"阿乐苏点点头。"我觉得最保险的方法就是让你去上技术学校，早点毕业挣钱供你弟弟读书，高中三年，大学四年或者五年，如果你要上预科，就得五六年，还有十年你才能参加工作挣钱养家，我怕我等不到那一天，我怕你弟弟和你会流落街头。"爸爸的眼睛红了，像只苍老的兔子。"你能明白爸爸的心吗？你要是不反对，我就去联系学校，等你中考结束我就带你去学校看看，那可能会是个寄宿学校什么的。"不知道为什么阿乐苏竟有点高兴，如果是寄宿学校就意味着要离开爸爸，至少不在他的眼皮底下心惊胆战地生活了，但是那同样也意味着她得离开夏特里克和古璃格娜，她不能和他们一起去上二十三中了。如果她反对，爸爸能同意吗？她沉默了。"快说话，孩子。我得从现在开始就托关系，然后再好好考虑一下你应该去上什么专业比较好找工作。"

"我要去哪里上学？"

"现在看来很可能是去昌吉或者是石河子。"

"离这儿远吗？"

"昌吉近一些，石河子要远一点，坐火车的话要四个小时。"阿乐苏的脑海里浮现出一幅她坐着火车望着窗外的景象，那一定很棒。

"只能这样吗？"其实她觉得这个选择还不错，至少她能够暂时远离这儿，她可以不再做那些琐碎的家务。

"嗯，只能这样。"爸爸站了起来，他的谈话结束了。这件事早就决定好了，只是他现在才开口告诉阿乐苏。阿乐苏不知道该怎么去面对古璃格娜和夏特里克，他们一定会很失望的。她该怎么和他们去解释呢？

爸爸出门去了，珐尔克跑了出来。"爸爸说什么了？爸爸要送你去哪儿？"

"可能会去石河子。"

"为什么？"

"他觉得我应该早点挣钱养家。"

"去石河子让你挣钱吗?"

"不是,我得上三四年学然后去挣钱。"

"上完高中不能挣钱吗?"

"不能,那样太慢了,爸爸等不了。"

"他需要你的钱吗?我们家的钱不够花吗?"

"可能以后会不够。"阿乐苏尽量简短地把这些事情解释给弟弟听,但她不能告诉珐尔克说爸爸是因为梦见了妈妈,觉得自己也会死,才会决定让她去走捷径的。这听起来有点荒唐,而且也会吓着弟弟。

"好吧,那以后这个家里就只剩我和爸爸了吗?"

"恐怕是这样的,但是到了假期我会来陪你的。"阿乐苏摸了摸弟弟的脑袋。

现在,除了阿乐苏和弟弟、除了金钱,没有什么可以动摇爸爸的心,他已然把自己塑造成了钢铁之躯。"我有你们就够了!"她会一遍遍想起爸爸每次在醉酒之后对他们说过的话,也许爸爸真的觉得有阿乐苏和珐尔克就够了,他觉得他们就是他的一切。

"你妈妈总到梦里折磨我,孩子。我没有骗你,我也没有吓唬你,我就是觉得她会带我走,不然为什么她总能走进我的梦。"中考结束后,阿乐苏拿着成绩单回家了。大白天的,爸爸又喝醉了。阿乐苏考了400多分,考上了她梦寐以求的二十三中,但是她不会去那里上学了,因为爸爸已经托关系找好了石河子的护理学院,她要去那里上中专,然后回来当个护士,爸爸说学护士好找工作。"为什么数学才19分,我的天啊!你太让我丢脸了!你好意思让我看这样的成绩单吗?你还说你考上了二十三中?人家会要数学考19分的蠢蛋吗?"爸爸从没满意过她,阿乐苏就没有听到他夸奖过自己，语文，物理，化学，那些高分，爸爸都选择性地忽略，只看到19分的数学，这就是她的爸爸。她记得去年莎妮雅也是考了400多分，姑父却那样自豪地把莎妮雅的成绩讲给大家听，她还记得姑父当时的表情，别人的爸爸为什么就能那样宽容地对待自己的孩子呢？阿乐苏冷笑了，但是她很小心，没有让爸爸看到，她早就学会了像大人那样戴着面具面对所有的人，包括她爸爸。在这世上，除了珐尔克，她不知道自己在谁面前是真实的，也许有一天，就连珐尔克她也不能再相信了。

少年与爱

一

"你相信魔法吗,妈妈?这世界是不是真的有一种魔法,能让小偷束手就擒,能让坏人悔过自新?"我小心翼翼地捧着那个装有红土的玻璃瓶和那条带有魔法的红色丝带,走出那间屋子,与妈妈会合。

我望着远处湛蓝的天空,心想:一个偷走了别人的心和清白的人,是不是也能被称之为小偷和窃贼?不,他比他们更可恶,他的名字应该比蛇蝎和魔鬼更难听。

"心诚则灵,孩子。"妈妈的忽然老去让我惊愕,也让我手足无措,而她脸上的恍惚和忧伤我只能视而不见,因为我要努力去掩饰住我自己的悲伤和难过。这段时间以来,我目睹了多少丑陋与不堪,忍受了常人所无法忍受的残忍,从心痛到心死,仿佛已经过了一生那么久。

我把爸爸赶去我的卧室,装满了我儿时所有小秘密,为了充实自己的脑袋而放满图书的那间小小图书室,我自私地将爸爸和妈妈分开。夜里,我躺在妈妈的右侧,远离她心口的位置,远离她的心痛,远离她的悲伤和落寞，远离她掩盖到无影无踪的绝望。我从未让她像现在这样对我失望过，我一直是她和爸爸的骄傲。

我和妈妈有时整晚都睡不着，她会克制自己尽量不去翻身，怕我知道，失眠又侵蚀了她的大脑，而我背对着她的身体，用背影去阻挡我和妈妈之间可能抱头痛哭而惊扰到爸爸的危险，就这样，桌上的月历又翻了一页。

妈妈受我的委托拜托舅舅给我找了一位律师，而我依然在肚子上裹着那条米色的腹带，我和妈妈一同去见了那位律师。他的办公室在一栋高楼大厦里，要预约才可以见到他，但因为我们是托了关系，他很快就出来见了我们。他身穿黑色的西装，白衬衣的前两颗扣子敞着，但他并不随性，他给我的印象是稳重但说话很犀利，可能所有的律师都有同样的特性，只是在这以前，我从未直面过这个群体。

在决定做这件事情以前，我想我必须再给那个人一次机会，最后的机会。我和妈妈决定在离开以前见他的母亲一面，我想直到现在我都还是抱着希望的，我不想做得太绝，毕竟两个人在一起十年也不算是件容易的事。

那是刚入秋时，金色的落叶撒满了大街小巷，秋老虎还没有到来。我穿着一条牛仔背带长裤和一件白色的T恤衫，一件松松垮垮的格子布外套。我和妈妈约定和他的母亲在一间位于两家中间地带的餐厅见面，而我依旧在肚皮上裹着那条宽宽厚厚的米色腹带。我尽量做到情绪平和，让自己平静下来，尽力去抑制住内心的火焰和满腔的泪血。我把那头亚麻色的长发披在肩上，戴着一枚精致的发卡，卷曲的睫毛，栗色的眉毛，我仿佛站在身外，看着自己身上的一切，那种不同于以往的神圣和静谧。我想起自己曾经是他心目中的艺术品，他说过在他第一次听那首英文歌曲 *Masterpiece* 时，他的脑海里只有一个身影，那便是我，他说我是他的杰作，是他珍藏的艺术品。而此刻，我不合时宜地想起了他对我的爱和眷恋，我惊讶于自己竟然还记得这些细枝末节。然而，这样的甜蜜令我倍感苦涩。

来的人并不是他的母亲。这个女人，她的岁数和妈妈差不多，她是妈妈和他母亲的一位老友，我认识她，也认识一同来的她的女儿，她的女儿曾是我的发小，是我的闺蜜，是我和他儿时的玩伴。

我抬起头，轻蔑地望着这一切被无耻地带进了这个场合，童年和记忆，纯真的友谊，令人怀念的初恋，被这肮脏的一切践踏、蹂躏、摧毁。我心痛地看着记忆里的三个孩子，忆起我们纯洁的脸庞和天真烂漫的笑容，忆起那年的天空总是蓝蓝的，云彩会飘去很远，我们三个无忧无虑地躺在青色的草地上，仰望天空，梦想未来，忆起蜜蜂围绕在耳畔嗡嗡的叫声。那些回忆遭到了弹雨和攻击，此刻，正面临着一场残酷的战争，那三个孩子的身影在我的脑海里开始四分五裂，他们的脸变得扭曲，最终关于他们的一切也都灰飞烟灭。

我的双手开始不由自主地颤抖，我把双手藏在餐桌下面，我用干净的桌布遮挡住我的羞耻和愤怒，我不知道自己还能在这里坚持多久，但我预料到自己会因此而失去更多的颜面和尊严，我想象不到像妈妈这种如此看重名誉和尊严的人，怎么还能够这样平静而优雅地坐在这张餐桌旁，去忍受和倾听她们转达给她的控诉和侮辱，以及那些人不关乎自己的态度。这两个女人，她们究竟知道什么？

我明白了她们的意思,了解到了这一次我所谓的"最后的机会"是多么地多余而无谓,这是一个愚蠢的决定,是一次让我和妈妈倍感耻辱的行为,这不是什么我拯救那个男人的"最后的机会"。而现在,等这两个长舌妇回去,他更能居高临下地俯视我了,和他那位尊贵傲慢的母亲一同轻视我了。啊!愿魔法显灵!愿这世间还能保留最后的善良和良知,愿这些悲伤和痛楚早点结束,远离我们。

我们走出餐厅,那个女人建议我们散散步、说会儿话,妈妈接受了她的提议。我和格尼走在妈妈们的身后,我望着妈妈颓废而坚强的背影,我记得她昂着首的骄傲的步伐,那个优雅知性的妈妈,什么时候开始,她的背有些驼了,她的两鬓出现了白发,她需要更加频繁地染发,才能掩盖住过早出现的苍老。她为我奉献了她的一切,而我却毁了她的人生和期许,毁了她的信心,毁了她对自己和对我的信心。她的母性强撑着她枯萎的躯体,好尽她最后的一点绵薄余力来救我,帮助我,陪伴我,她不让自己倒下,不是为了自己,而是为了我这个不争气的女儿。

"我真的没有想到,我们三个之间会变成这样,我们从小一起长大,我真的觉得很遗憾。"格尼似乎显得很忧伤,而那虚伪面孔下的那颗黑心却令人惊叹、作呕!

"是吗?在你跟他母亲提到那些追求我的男人时,在你和他母亲无中生有、污蔑我的时候,你也没想到我们三个有一天会变成这样吧!"我微笑着将目光重新落定在妈妈的背影上,心疼地望着她,我的守护天使,她是承载着我的大地。

"我不是有意要告诉他妈妈那些人追求你,我只是想让他妈妈知道你是多么优秀,我想让阿姨明白,有很多人在追求你,你不是非他儿子不可。"格尼的话似乎很有道理,她试图去向我解释她是站在一个保护我、力挺我的角度做了那些事,这一切似乎只是因为她的好心。而这些看似真诚实则不然的片语却再也打动不了我的心,我回望着我逝去的童年,无法阻止自己的挚爱和发小的同时离开,那个世界忽然让我感觉遥不可及,渐渐淡出我的生活和生命而后消失。后来,我明白了格尼的心理,那是一种"我得不到的,你也别想得到的"爱情,她明明知道那个人不可能爱上自己,于是,她想方设法拆散了我们,但她又不想和我闹崩,所以,她一遍遍地找到我向我解释,她不是有意要这样做的,不是因为她舍不得我和她之间十年的友情,而是因为我对她还有其他的利用价值。

小时候,我们自己是什么样的人,就以为别人是什么样的人。后来,我们缓缓地走、慢慢地看,渐行渐远,慢慢觉悟、入道,才发现,这世上有太多种类的人性,我们在学着接受别人与我们自我之间冲突和不同的同时,又无法对一些品性苟同。

"没事了,格尼。没有关系,这一切都是命运的安排,我们无法左右,我无法让他母亲理解我,深入地了解我,我也无法澄清自己,更无法原谅他的背叛和污蔑,但是我要证明一切,我要让他们后悔对我所做的一切,我知道你会把我说的话转达给他和他的母亲,你去告诉他们,让他们做好准备。"我用一种近乎冷酷的语气,说出了我计划中的一部分。

我看到了格尼眼中的震惊,她惊愕地望着我,淡淡地说了句:"你变了,妮鲁。"然后一直到我们分开,我们之间只有沉默,再无其他只言片语。

那天傍晚,我和妈妈到达了伊兹市。按照计划,我们没有搭乘飞机,而是坐了数小时的巴士,一路颠簸到了这里,我预订了这座城市里最高级的饭店,不知道为什么,我总觉得物质的充裕感能够阻挡住此刻的羞耻感，能够隐藏住我内心里的自卑与慌乱。我们将行李随意摆放在了客房门口，我拿出洛语帮我搞到的采血器走进洗漱间，妈妈疑惑地看了看我，然后跟着我走进了洗漱间，我这一生都无法忘记妈妈当时的神情。我背对着妈妈，把脚踩在马桶盖上，把采血针扎进了我足背的静脉里，残忍地采了一管接一管的新鲜血液。

"相信我好吗，妈妈？我知道该怎么做。"我一边忙着手里的事，一边冷静地安慰她，我听着她口中默默地嘀咕着，而她的脸上是一个母亲的心痛与无奈。

我将那些血液洒在了我的内裤上、大腿上、洗漱间的地上、马桶上，到处都是我的证据、我的血，我看着那些艳红色的血液顺着我的大腿向下流，我想起巫师的那条艳红色的魔法丝带，想起我和妈妈将它们系在那两棵幼树苗上的情景，想起它们飘荡着，是多么神秘而迷人，我想起了那抹红土，那座城市下雨了吗？雨水冲刷了那抹红土吗？这一切罪行又会被犯下这一切罪过的罪人所亲口承认吗？

我躺在冰冷的检查床上，望着白色的天花板，任由那恶心的导体来回游走在我的肚皮上，超声医生开始询问一些专业性的问题，比如怀孕几周，流血多久了，现在有没有在流血，她说她看不清楚，说我憋小便憋的程度还不够之类的话，全然不知这都是我的计划。

"我看不到任何残留，你确定你怀孕了吗？你之前的超声结果还在吗？能让我看一下吗？"她的脸上布满怀疑。

"你可以将探头放在宫颈口的位置上，我之前做过 B 超说是那里还有残留。"我镇定自若地说着，心中默念那该死的结节不要凭空消失！

"哦！是啊！这里有一块不小的残留，没有血流信号，是个低回声区。"

"嗯，应该就是那里。"我得逞了。

超声结果就如我预想的那样，报告了那个结节，那已经不再是结节，它被巫师的魔法棒点了点，变成了"胚胎残留"。我心满意足地拿着超声结果单，重新回到了妇产科。又见到了那个亲切可爱的医生。我曾经，也是一个亲切可爱的医生吧！而如今，却能够为了复仇不惜一切，变得如此丑陋不堪，为了能够让歇尔付出代价，我玷污了那身白色的盔甲。

走出医院，我打通了歇尔的上司的电话，约好明早在他的办公室见面。一切准备就绪，就剩下最后一项，注射HCG。

我和妈妈找到了一间药房，买到了HCG注射液，我们又找了一间小诊所，骗他们说我血液里的HCG指标不够，而我正在保胎，所以他们需要帮我注射HCG注射液，每日5000单位的HCG，我再一次扯出自己是大医院的医生这个身份，以便骗取诊所医务人员的信任，而我也知道这一招百试不爽。

我挽着妈妈的手走进那扇大门，我看到了数月以前的那个熟悉而陌生的篮球场，看到那天歇尔拉着我的手，兴高采烈地介绍着这里的一切，看到自己幸福地望着歇尔脸上的汗水，看到他眼眸里充满了对我的爱。我们走上阶梯，经过歇尔的宿舍时，我的心已经塞住了我的嗓门眼儿，我向里望去，却再也找不到歇尔的门。我在期待什么，我是想看到歇尔，还是不希望与他碰面，我也无从得知。在心慌意乱中，我们走进了那扇棕色的木门。

那是一间老式的谈判间，一张椭圆形的红木桌子和数个摆放得很整齐的棕色皮椅,歇尔的上司坐在我和妈妈的对面,记事员坐在了我们的左边,我看得出那位记事员有多么地紧张,他在用袖口擦汗。我望着他,可他却拒绝直视我的眼睛,我认识他,他是歇尔的战友,也是他的好朋友,我们一起吃过饭,就在前不久,歇尔邀请我来伊兹的时候。那么,他便是我第二个证人了。这是一场多么讽刺而精彩的舞台剧啊!

"你好,妮鲁。你可以叫我艾里叔叔。"

第一眼,我看不透歇尔的这位上司,他亲和的态度令我困惑,我看得出他对我和妈妈的戒备和不信任,我看到了他握在手中的录音笔,他为此也作了解释,并要求我承诺接下来所说的每一句话都不容有假,都将是事实,我承诺了。

我拿出文件夹,将一切摆放在桌面上,将它们摊开,我控制不住眼里的泪水,我总是噙着泪越过艾里叔叔的肩膀,望向远处。我说说停停,停顿片刻,偶尔会语无伦次,大部分时间里,我也不知道我在说什么,我以为我准备好了,我以为我会泰然处之,像对待我日常的工作那样有序,我以为我只要把那些证据摆在他们面前,我就可以把歇尔对我所做过的一切娓娓道来。但是,我错了。我无法淡定自若,无法像面对公事那样,井然有序地将一切摊牌,我想说清楚,但是关于爱,我们谁又能说得清清楚楚呢?妈妈有时候会帮我理清思绪,有时会陪着我一起哭,在我的余光里,记事员的表情从一开始的紧张转为怜悯,艾里叔叔的表情时而震惊,时而流露出一种钦佩,时而又会出现一种父亲对女儿的心痛。有很多次,我望着这个和我爸爸几乎同龄的男人,想象着如果爸爸听到我说的这些话,那将是什么样的一个情景,我感到心痛,也庆幸爸爸对此毫不知情。我想最深刻也最幽默的一部分谈话内容,便是歇尔和他母亲之间的关系,我将他们母子形容成傀儡,将歇尔说成了一个尚未断奶的孩子,而这一段很快就得到了艾里叔叔的共识。

艾里叔叔离开了一会儿,叫我们在谈话室等他,他要去见歇尔,再听听他的说法,我平静地点点头。接下来,是谈判室里磐石般的静默。

这些日子以来,这是我第一次如此心平气和地坐在某个地方的某张靠椅上,心无波澜。

胜负已定。

艾里叔叔满脸困惑地回到了自己的位置上,轻描淡写地说了一句:"歇尔他否认和你交往过,他说和你只是朋友关系,他否认和你之间有恋爱关系。"

"是他妈妈教他的吧!"我冷笑着拿出 U 盘,把它放在了桌子上,我把 U 盘推到了他的面前,"这里是我和他两个多月以前,在海边拍下的视频,还有这位记事员,我不记得你的名字,但我想我记得你的脸。"我把脸转向左边,定睛看着这个可怜的证人,这位紧张到连一句完整的话都无法说出口的记事员,他此刻的表情比第一眼看到我时更加紧张、尴尬。"我想我们在一起用过餐,对吗?那一天,歇尔是怎么和你们介绍我的,我记得你们是认定歇尔会和我结婚,认定我是歇尔的未婚妻,才会和我们一起用餐的吧?"

艾里叔叔的目光投向了我的第二个证人:"有这事?"

"嗯,是的,对,我们一起吃过饭。"轮到我的第二个人证发言了。

记事员支支吾吾的态度暴露了一切,艾里叔叔眼中的疑惑与不信任完全消散了,他坚定地望着我和妈妈,关掉了手中的录音笔,开始和我们聊家常,他支开了记事员,他亲和地微笑着,而此刻,我在他眼里看到了感动和尊敬。

"我明天会去饭店找你们,姑娘,在那之前答应我,你要坚强,要健康,你要按时吃饭,你的脸色实在是太苍白了,不要让我担心,好吗？现在，要我的司机送你们回去吗？"

"谢谢你，我想和妈妈走一走，我会健康，会坚强地期待着一切公正和公平。"

我们起身，告别了艾里叔叔，我想他应该就是巫师口中我们会遇到的第二个好人吧！

屋外很静，一点声响都没有，我想把门打开。就像歇尔对我所做的那些事一样，是不是正因为我也做着一件心虚而对不起他的事，所以，我才不敢迈出半步，从这门槛跨出去，走向他们，他们正在谈论我和歇尔的事。此刻，妈妈和歇尔，还有他的上司在旁边的房间交谈，他们谈论的是爱情变质的结果，那本是我和歇尔之间的事，一件甜蜜的、私密的事，然而现在它被公开了，以一种奇怪的方式被公开，他始终想隐藏的秘密，被我完完全全地揭开了，以一种他最不愿意看到的方式。爱情，突然以最丑陋的面目被第三个，以及第四个人谈论着，这件事，本不应该发生在这里，在世界上任何一个角落。我依旧穿着那条复古背带长裤和一件乳白色的T恤，披着一件松垮的外衣，我站在镜子面前，审视自己，那双哭红的双眼，依然美丽，却疲惫了许多，美丽而动人的锁骨，依旧。一头亚麻色的长发披在肩头，这十年，是成长了，变得丑陋了还是美好了，我也无从得知，但是这么多年我却没有让歇尔对我失望过，我究竟错在哪里，让他忽然决定抛弃我，让他忽然决定去和那个他从未见过面的女孩相亲，接触，甚至结婚。不！变的不是我！我还是那个我！我没有因为成长而变得丑陋，错的不是我！我离开那面镜子，走到门口开门，站在门边，我想迈出门槛，就迈出一步，一步即可。但是我被拉扯着，有一种莫名的力量将我向后拽着，我不敢迈出那一步，我站了好久，竟然都不知道歇尔他就在门的右侧，而他永远都不会知道我和他之间只有一墙之隔，在那个瞬间，艾里叔叔将他逐出门外等候的那瞬间，我就在门边上，而歇尔恰好就站在我身前。我永远也不会知道如果那天我迈出了那一步，我们之间会不会有不一样的结果，可我想我被自己的灵魂拉住了，它比我灵敏，它不忍目睹这一切，注定了现在和那一瞬间发生的所有。感恩吧！歇尔！感恩你不知道我就在门边，而你近在咫尺却毫不知情，感恩这一切讽刺而悲痛的巧合！

当妈妈拿着那个装满现金的信封时，已经是一个钟头以后了。艾里叔叔帮我们拿到了歇尔曾骗走的那些钱，然后叫他为我们订了当晚的机票，妈妈还说叔叔会派专车送我们去机场。

妈妈走进房间后便把门关上了，她凝视着我的眼睛，我感觉她从门口走到我身边的距离似乎变得好远，我们的视线渐渐变得模糊，然后眼泪夺眶而出，我们不再掩饰那些锐利的情感，开始抱头痛哭。我不能确定此刻艾里叔叔和歇尔有没有听到我和妈妈放声痛哭的声音，因为那声音太大了，大到足以盖过彼此的声音。

这一路，我们翻山越岭，斩妖除魔，变得刀枪不入、百毒不侵了吗？没有，只是生命证实了，当饱受艰辛与磨难，命运定会派天使报佳音。

"复仇并不是一件令人感到痛快的事，我不后悔，只是我接受不了现在的感觉。我一点也没有感到轻松和愉悦，我只觉得心痛。"

"我知道当你看到信封，你就再也开心不起来了，我知道你感觉把自己出卖了。但是妮鲁，这信封里的钱全部都是你应得的，这是你的，是你花在他身上的钱，只是他现在还给你了。孩子，这些钱足够让他妈妈给他娶媳妇用了，这就是他利用你、背叛你的代价。"

当听到妈妈这样解释给我听,我忽然就笑了,是啊!这么多钱,能够让他那位尊贵的、爱财如命的母亲痛苦多久呢?在那个充满奴性的家庭,那位无时无刻不想着攀龙附凤的母亲,她该有多痛苦呢?没错,我没有出卖自己,而是拿回了属于我的一切,我应得的一切。

我们搭上了当晚最后一次航班,坐在靠窗的位置上,经受着这将近一个钟头的旅途。我侧过脸,看到妈妈也在看我。

"忘了这一切,从你下飞机的那一刻开始。"她温柔地说。

橙色的阳光穿过白纱窗帘照进屋里。昨夜,妈妈睡着了,我也没有再忍受失眠的痛苦,不做梦的感觉真好。

"生日快乐,孩子。"妈妈端来一杯蜂蜜水走到了我的床边。

这一秒,我二十余年的生命又重生了。

二

小时候,我们因为打碎一个花瓶,偷吃了糖果,因为恶作剧而弄坏了邻居家的脚踏车而被抓住,然后我们会低下头,红着脸承认过错,我们只需说一句"我错了"便可以免除一切责罚。长大后,承认错误却变成了一件令人难堪且倍需勇气的事。——歇尔

那时,我和妮鲁拥有着同一个纯粹美好的童年。

那是我对妮鲁的第一印象:她站在舞台的最中央,勇气倍增地望着台下的我们,发出七色的、灿烂的光芒。她甚至和灯光融合为了一体,

使我看到的不再是一个孤独的小女孩儿,而是一个轻盈的灵魂在舞蹈。我永远记得那些掌声洪亮,记得我们站起来欢呼,为我们初次的会面,为这段精彩的舞蹈,为这个美丽而张扬的女孩儿雀跃。

放学了,我依然从远处跟着妮鲁,她从来不回头,从来都是挽着那个女孩儿的手,兴高采烈地说着什么。我总是望着妮鲁高兴的背影,时而灰心,时而兴奋。我敢肯定她没有男朋友,因为有时她爸爸会来校门口等她,看得出来,妮鲁很尊敬她的爸爸,而且,她的家教一定很严。

这样的跟踪持续了一段时间,我们放寒假了,这座城里的暖冬,忽然显得好漫长,我开始疯狂地想念妮鲁,期盼着开学见到妮鲁,这真的是一种煎熬。一直到,有一天我和妮鲁不期而遇。那是我们家属区门外的一条步行街,那天我和布里路过一家书店,在那里,我遇见了妮鲁和她的爸爸。她爸爸是那片区连锁店的老板,那时我才知道妮鲁还是个千金小姐。

"妮鲁!"布里比我还要惊讶。

"嘘!安静点!她可不认识我们。你会打草惊蛇的!"

"这话说的,在你眼里,妮鲁是一条蛇吗?快看,笨蛋!这是她爸爸的书店,还有这家咖啡店、那家大餐厅,都是她爸爸的?"布里惊讶地瞪着大眼睛,望着店里的妮鲁。

"看来是的。"

"喂!不要。"

还没等我反应过来,布里就把我连拖带拉地带进了书店。我看到妮鲁瞪着大眼睛望着我们,但又不理会我们,我知道她不认识我,我忽然觉得好灰心,觉得自己不该进来。

我随便找出一本书，递给柜台里的妮鲁，要她帮我结算。

"这是大学课本，你确定要这本吗？"这是她对我说的第一句话。我发现妮鲁的脾气不是很好，但还是那么可爱动人，让人有种想要包容她一切的魅力。

"什么？"

"我是说，这是大学课本，你确定要这本书吗？"

"啊！是的！对！我是要这本。"我尴尬地自圆其说，"我给我哥哥买的。"

"那好吧！"我付清了那本书的费用，然后落荒而逃。

后来我将这段小插曲说给妮鲁听，可是妮鲁却说她一点印象也没有了。

那是开学后的第一个星期，我乱七八糟地写了一封信给妮鲁，我知道那很傻，但我必须这么做了，我不愿意再那么跟踪她，就好像一个病态的精神病人那样，我必须付诸行动，不然，妮鲁可能会被别人追求，可能会成为别人的女朋友。那天下午，我把写好的信纸折叠整齐，装进了那个傻乎乎的信封里，交给了格尼，让她务必在十分钟之内找到妮鲁，然后把它交给她。我很紧张，紧张到接下来的两堂主课，我都没办法听进我的耳朵里，我的脑海里除了妮鲁打开信封时的讥笑，就是妮鲁会不会回信的可能性，我的脑子乱极了。课间休息终于到了，我跑去格尼的座位上，催促她快去找妮鲁，问她要给我的回信。

格尼去了，空手而归。

"她说下节课间休息再让我去取你的回信,你这个笨蛋,你以为女孩儿都会第一时间回复你的那封傻信吗?"

"好吧!"我像是个耷拉着背的骆驼似的,灰溜溜地回到了自己的座位,接下来的一堂主课仍是焦急和煎熬。妮鲁会回复什么呢?妮鲁会笑我吗?她会不会不愿意做我的女朋友呢?我的千头万绪终于有了解答。

格尼取回了妮鲁的回信,但那太令人震惊了,好大好整齐的一张作业本纸,里面只写了三个字"你是谁?"。我把信拿给了格尼,格尼捧着肚子大笑,说妮鲁真是个很有个性的女孩儿,真是太迷人了。然后,格尼决定要和妮鲁做朋友,再把妮鲁介绍给我和布里。然后,她就真的那么做了。

这计策真的太棒了,格尼约了妮鲁一起放学回家,在她要回她爸爸在那条步行街上开的连锁店的时候。我和布里跟在格尼和妮鲁身后,那是我第一次看到妮鲁回头,但是很可惜,她把布里当成了那个给她写信的人,布里因此骄傲了好一段时间。而我呢?每天依旧耷拉着肩膀,像丢了魂似的,跟在格尼和妮鲁后面,继续护送她们回家。

三

> 他来了。怀揣着几封傻乎乎的书信和一块块甜蜜的金色巧克力,头顶着"初恋"这顶漂亮的帽子,微笑着腼腆地低下头,走向我。——妮鲁

那是一种微妙的变化,让人无法察觉,渐渐地靠近,却又不敢靠得

太近，就这样，我开始了这一生当中的第一段感情——初恋。

　　我和歇尔会通很多很多信，但都是一种纯洁的朋友之间来往的书信。他会提及自己的家庭作业，我也会说一些很无聊的，发生在我身边、我们教室里的事给他听。格尼是我们忠实的邮递员，每天来来回回在一楼和三楼之间跑上跑下，她也总是偷吃歇尔买给我的牛奶巧克力。可我不怪她，因为家里有很多爸爸为我准备的巧克力，各式各样的，比歇尔买给我的那一种要好很多。所以，有时我竟也希望格尼会高兴地把那些巧克力吃进她的胖肚子里。我很少会和米娅再一起回家了，因为爸爸对我的成绩更加看重了，让我每晚放学就回到书店，在他的监督下完成作业，然后到了傍晚，爸爸会再把我送回外婆家，他再回去店里。这倒是让歇尔和布里，还有格尼欣喜坏了。因为这样我就可以每天和他们一起回去，中午一起，下午还是在一起。

　　我们四个之间的感情开始突飞猛进，很快，布里和歇尔不再跟着我们，而是加入了我和格尼的队伍，我们会聊各自教室里发生的新鲜事，开各种玩笑，然后放声地大笑，在我们经过的公园里，疯闹。有时候晚到时，爸爸会批评我几句，而我却沉浸在刚刚收获的友谊当中无法自拔。我爱格尼，爱布里，也爱上了歇尔。有时，我会惊讶于我们四个之间的友情，像一根很粗很结实的麻绳，我们就这样莫名地被捆绑在一起，谁都舍不得谁。

四

　　记忆里，这就是童年里的周末。一包好吃的零食和一条能

> 够和同伴手牵手走的路,一个简单的目的地,一场无止境的嬉闹,一种不会去在意结局的路途。我们背靠大树,追逐松鼠,躲在天蓝色蜻蜓的背后,妄想要抓住它们的翅膀,扮作花朵,藏匿于鲜花丛中。——米娅

阳光和煦,晴空万里。一大早就听着鸟鸣,我跑去找妮鲁,迫不及待地想要和她度过整整一个周末。多么美好。我已经好久没有独自占有我的妮鲁了。她现在可是个大忙人,又谈恋爱,又交新朋友,说实话,我很嫉妒。

在很多年以前,在爸爸妈妈带着我搬到这座城市之后,在爸爸突然离世后,除了姑姑和妈妈,我的生命里,就只有妮鲁。小学四年,中学一年,算一算我们都在一起相伴彼此五年了,真是奇妙。于是时间,长出了一对翅膀,也长出了一对触角,像是天使,也是魔鬼。

记忆里,这就是童年的周末,一包好吃的零食和一条能够和同伴手牵手走的路,一个简单的目的地,一场无止境的嬉闹,一种不会去在意结局的路途。

我们踏遍草坪,寻觅花朵,躲在天蓝色蜻蜓的背后,妄想要抓住它们的翅膀,抢走它们的翅膀,犹如我们有了它们便也能够飞翔。扮作花朵,藏匿于鲜花丛中,以为偷到了蝴蝶,却惹来了蜜蜂。背靠大树,追逐松鼠,望着它们拖着长长的尾巴为我们取乐,却不知谁是谁的乐。

如果将这份心智带给过去的我们,那会是什么样呢?我还会不会是那个我?妮鲁呢?又有谁会将与生俱来的善良带进坟墓,谁会一如既往,一成不变的呢?那么胆怯呢?孩童时的胆小,会陪伴至死,对吗?

"你们也在这儿?"是歇尔,我不喜欢他,不是因为他霸占了妮鲁的时间和感情,而是纯粹的不喜欢。

而这一天,歇尔更加证实了这一点。

我和妮鲁,还有歇尔一起,在经过公园北部的大门时,遇见了两个和我们年龄相仿,但看上去比歇尔要稍大一点的男孩儿,他们的穿戴不是很整齐,浑身上下都散发出让人讨厌的味道。妮鲁生来就很美,有很多人喜欢自然是常事,当然也会有很多人想要来招惹我们的这位小美人。

"嘿!小美妞儿!认识一下可以吗?"就这样,妮鲁觉得自己受到了挑衅,而就在这时,歇尔,竟然拉着妮鲁和我埋头走开了,妮鲁气愤地看着歇尔,表现出一脸的不可思议,我则站在一旁等待着一场即将爆发的战争,就好像这是我预料到的似的。

"你就这样拉着我走开了吗,歇尔?我不敢相信自己的眼睛!"妮鲁爆发了。

"那我能怎么办?他们比我们大那么多,而且还是两个男孩儿,你要我怎么做?和他们争执,为了那句'想要认识你'吗?你想看到我头破血流,就因为他们开的一句玩笑?"

妮鲁望了歇尔几秒,然后拉着我走开了。一路上沉默不语,直到我决定替她解开这个心结,她才肯开口抱怨几句。

"妮鲁,我觉得你刚才做得不对,歇尔只有一个人,他能怎么做?如果他和他们争执,无论是歇尔还是我们都会有危险,你希望这样吗?

中国有一句名言，叫作'多一事不如少一事'，这没什么！你不能那么冲动，明白吗？有时候，我们需要歇尔那样的冷静。"我心口不一地向妮鲁说着这些连我自己都不信的鬼话，我根本不想帮那个胆小鬼，我想骂他一顿，也好过我这样苦口婆心，但是我不能，我不能让妮鲁更难过，她已经够失望的了，她觉得她不只受到了挑衅，而且被狠狠地侮辱了，在妮鲁眼里，歇尔变成了一个胆小鬼，一个无法保护自己的胆小鬼。但我不能让妮鲁失望，这是她的初恋，我不能让妮鲁认为男孩儿是那样地不堪，不能让她觉得爱情其实并不怎么美好，我希望她拥有美丽的梦。

我想，人们会将与生俱来的胆怯和恐惧带去地狱，将敬畏和勇气带进天堂。而歇尔，一定会将这些退却带去地狱，带进他的万劫不复里。

息事宁人真的是个好办法吗？如果当时我就能够指出歇尔的恐惧和胆怯，那么今天的妮鲁，会不会遇见比歇尔优秀百倍、勇敢百倍的男孩儿呢？妮鲁就会得救于那些不幸，遇见一个真正能够陪伴她、保护她的男孩儿，对吗？

五

爱真是个奇特的东西，它不能吃，却能够让人品尝到蜂蜜般的甜蜜。——妮鲁

那是另一个周末，布里和歇尔把我送回家之后就回去了，不知道为什么，我今天没有任何心情去做任何事。直到我走进书店才知道自己的预感真的是对的。我看到爸爸沉默地坐在靠椅上，在他面前的地上铺满了彩色的书信，我一眼就认出了它们，它们有的摊开在那里，有的被惯

性重新又折叠了起来。我偷偷将自己的垂头丧气藏到身后,拿出勇气,理直气壮地走向爸爸的座椅。

"你为什么偷看我的信,你有什么权利侵犯我的隐私权,爸爸?"

"你在跟我谈隐私权吗?那么我问你,我作为你监护人的知情权呢?我没有权利知道自己的女儿在十三岁的时候就和这么多男孩儿有书信来往,是吗?"

"我们是朋友。"

"朋友之间的山盟海誓吗?你自己看看这些恶心的用词!你看看这些降低你身份的词句!你看看!"爸爸愤怒地捡起那些信纸扔到了我的脸上,"你太令我们失望了!妮鲁!"

我翻开了它们,那是多久之前我和格尼谈起歇尔的书信,是多少个月之前,其他班级的男生写给我的情书,又有多少封,是歇尔写给我的心意。我再也无法理直气壮地面对爸爸,我看着那些书信上画得歪歪扭扭的桃心,看着那些丑丑的小字,看着那些幼稚而纯真的心声。我背叛了爸爸的信任,我什么都没有做,可是在爸爸眼里我却什么都做完了,我恋爱了,我被追求,却不懂得自爱,我和男孩儿通信,我那样热情,可是,我没有啊!从头到尾,我都没有那么热情地对待过歇尔,还有那些追求过我的男生,我甚至都没有给他们回过只字片语,我的委屈,爸爸会信吗?

于是,我索性就站在那里,沉默不语,任天打雷劈。

我并没有把这些告诉歇尔,还是像原来那样,与歇尔通信,聊天,谈心,一起回家,一起散步,一起上学,等待放学。只是我再也不会傻傻地将来自歇尔的彩色信纸收藏起来,而是找到了一个秘密基地,把它们都埋在了那里,我想等到我和歇尔长大了,再一起把它们挖出来,细细品味一番。

我的坚定和勇气并没有得到相应的回报,就在初中三年级的第一学期,歇尔和我早恋的事情,被歇尔的班主任发现了,他把可怜的歇尔叫去了办公室,并对歇尔进行了整个下午的攻击,在他的威逼利诱下,歇尔总算认输,决定暂且放弃我一段时间。当然,我是到后来才知道这些的。

接下来是歇尔的冷漠,布里和格尼的神秘不语,我渐渐丢失的同伴,一个人回家时的孤独。

我隐约地感觉着什么,却因为天生的腼腆,不敢多问,只是怀疑。

慢慢地,我再也收不到来自歇尔的彩色信纸,我看不到歇尔焦急等待我下课放学的身影,看不到热情的布里总是拿我和歇尔起哄,也再见不到格尼说自己偷吃了歇尔买给我的那些巧克力。米娅心疼地望着这一切的变化,默契地陪在我身边,不让我感到我失去的那一切,却也从来都填充不了任何空白,我想她自己也意识到了这些。

那段时间,校园里很流行整蛊,女同学的书包会轮流从三楼的窗户上被男生扔出去,而且书包必须大开着口,这样那些可怜的课内用书才可以被摔得稀巴烂,才能让那些无聊的男生感觉到整蛊人的满足感与成就感。今天，似乎是轮到我倒霉了。

我静静地看着那些无聊的男生摆弄着我的书包，陪着他们看我的书从三楼窗户上落下去的样子，看着四散的书籍变成纸片，听着他们刺耳的笑声，看着那一张张满足而丑陋的嘴脸。我走下台阶，米娅也跟了过来。

"他们好过分，妮鲁。没事的，你包了很厚的书皮，不会有事的，我帮你捡回来。"

我一句话也不愿意说，蹲在地上捡起那些书和纸片。歇尔和布里所在的教室在一楼，而我怎么也没有想到，在我受委屈的时候，歇尔和布里正心疼地望着我，更没有想到那样胆小（在米娅口中是理智吧！）的歇尔会指使其他男生去校门口，堵住那些整蛊我的男同学，然后替我狠狠地揍了他们。从那以后，我被班里的同学整整"隔离"了一个月。他们处处挤对我和米娅，说我们联合其他班的男生对付自己班的同学，说我们是叛徒。无所谓，反正明年我们就毕业了，有什么呢？

妮鲁：

  对不起，我向你道歉，我并不是有意要疏远你，但是我想说我也是迫不得已，我想等我们长大了，就不会再被威胁，再被阻止，再被迫分开。

  对不起。妮鲁，我永远爱你。

                歇尔

这是被"隔离"的第一周，我收到的歇尔的书信，那些久违的彩色信纸，我真是爱死它们了。米娅说我像是被吹饱了氢气的金色气球，浑身充满了色彩和活力。我觉得我更像是刚充好电的锂电池，拥有着巨大无比的能量。

歇尔：

我不想失去你。

终于肯承认已然爱上你的妮鲁

我无法想象歇尔收到这封信后跳得两米高的、兴奋的模样。因为我自己也处在兴奋当中。爱，真是个奇特的东西，它不能吃，却能够让人品尝到它蜂蜜般的甜蜜。

六

公园街道两旁的白杨形成两道树荫，重叠在我和妮鲁的头顶上。天空放晴，远处的夕阳开始西沉，天际变得有些微红，真的很美。妮鲁形容了这一切，我却紧张到连一句完整的话也说不出来。——歇尔

"你写给妮鲁的信被她爸爸发现了。"格尼带来的消息，无疑是晴天霹雳。

"什么？妮鲁怎么会那么不小心，为什么留着那些信？"

"妮鲁才不会像你那样无情，收了信，念完就扔。"布里没好气地瞪着我说。

"那我该拿去跟我妈妈分享那些可笑的信吗？"

"是啊！你追求妮鲁的时候，妮鲁的信绝对不会被你用'可笑'二字去形容吧！"布里的话像是点醒了我。

"歇尔，自从妮鲁说她喜欢你以后，你对妮鲁的态度就变了。你这个白眼狼！"

"歇尔，你的爱只有三天那么长吧！还说什么永远爱她。"

"是啊！你和格尼如果被班主任老师叫去办公室威逼利诱整个下午，说要把你早恋的事情告诉你的父母，我想你不止会用'可笑'二字去形容这些幼稚的通信！"

我把空荡荡的教室留在身后，摔门而出。我是真的想要透透气，还是只想从我的胆小中逃出去？天啊！能否将妮鲁一半的勇气赐给我。她还是个女生，就能够在被她那位严厉的爸爸发现我们的关系之后，还那样不言语，不逃避，继续选择和我保持关系。而我呢？我只是被老师批评了一个下午，就毅然决然地决定和她分开，我的那一句"暂时分开一段时间"对她来说是多么大的打击！我的胆怯到什么时候才能够结束，还是我天生就是这样一个怯懦而无用的人？

我没有变心，我还是那样深爱着我的妮鲁，我可爱的小精灵妮鲁，调皮的天使。我怎么舍得和她分开？我知道我只有十四岁，可是我想我懂得什么是爱。我确定我爱着妮鲁，就从第一眼在舞台上锁定她的那个目光开始。

我走到小树林的石桌前，拿出她最爱的彩色信纸，开始写信给妮鲁，我不能再继续忽视她，我害怕会失去妮鲁。我画了很多歪歪扭扭的心给妮鲁，希望能看到她的笑脸，即便我看不到，我想我也能够感受得到，因为这份感情，不再是最初的那样一厢情愿。现在，妮鲁喜欢我，我也爱着她，她一定会为此而感到开心，我坚信这一点。

下午第三节课间休息,格尼带来了妮鲁的回信。那封信很简短,我却用了一整节课的时间去品味它带来的美好和甜蜜。妮鲁真是个甜蜜的家伙。

那是短暂分离后的一次约会。我和妮鲁约好不带布里和格尼,独自去了公园散步,我计划好了一切,我要和妮鲁牵手。那时候,我们称之为"初次牵手"。我要把妮鲁的"初次牵手"占为己有。我贪婪地想要妮鲁的每一个"第一次",妮鲁是我的。

公园街道两旁的白杨形成两道树荫,重叠在我和妮鲁的头顶上。天空放晴,远处的夕阳开始西沉,天际变得有些微红,真的很美。妮鲁形容了这一切,我却紧张到连一句完整的话也说不出来,妮鲁似乎看出了我的忐忑不安。

"歇尔,你今天真奇怪。"她调皮地望着我。

"没有啊!怎么会呢?我很好。"我却越来越不知所措。直到妮鲁低着头,过小溪的时候,我知道我的机会来了。

我抽出妮鲁左手中握着的钥匙,乘机牵住了她的手,然后,我就感到了前所未有的镇定和战胜感。

我胜利了,我牵了妮鲁的手。

"妮鲁,我希望我长大以后也可以这样和你在一起。"她的回应是沉默不语,我转过脸,却看到了她那甜美的笑脸,我也傻乎乎地笑着。

那个下午，我们沉浸在自己的童话世界里，置身于蓝天白云之间，无话不谈，憧憬未来。我们约好要考取同一所高中，约好要一起上最棒的大学，约好成长以前的一切，约好永远永远在一起，却不知永远也只有那么远。

这一天，我收到了妮鲁交还给我的礼物盒。我尝到了悲伤的滋味，这还是我离开妮鲁之后第一回觉得这样难过。我趴在课桌上，久久抬不起来沉重的身体。我就想粘在那张课桌上。她连一封书信也没有给我留下，盒子里空空的，除了我送给她的水晶苹果和那个可恶的许愿瓶，那个她最爱的许愿瓶。她该有多么舍不得，为什么要还给我？我突然站起身，离开座位，走到格尼面前，大声说："她还有没有说什么给你？"我看到格尼恐惧的表情的同时，也听到了班主任老师的一声"怒吼"："歇尔，你在做什么？回到你的座位上去！"我真是疯了，竟然不知道现在是上课时间，还是那个可恶的令我和妮鲁被迫分开的班主任老师的数学课，这太可怕了！我灰溜溜地回到座位上，听到同学们的讥讽声和格尼不可思议地倒吸一口气的声音，我继续趴在课桌上，等待这节漫长的数学课的结束。

下课铃终于响起，我第一个站起身，悄悄走到格尼身边，趴在她旁边的座位上，用乞求的眼神望着格尼。

"又怎么了？"

"你下课后能不能帮我把妮鲁约出来，我想在小树林里见她，求你了。格尼！你对我最好了。"

"你就不怕老师？"

"不！我爱她！我们的爱不能输给任何人！让暴风雨来得更猛烈些

吧！吹死我吧！"

我满脑子和一整颗心都在期待下午与妮鲁的见面，我听不到老师在讲台上讲授的内容，我甚至只能看见他们的口型，原来，暂别后相逢的喜悦，赛过了初识的幸福。

我知道十五岁的我们对于大人们来讲实在太小，他们会说我们之间怎么会有爱情呢？这是爱情吗？可是我并不觉得是那样。我认为这就是大人口中那神圣、骗人的爱情。虽然他们从来没有教过我们这些，可是，爱是与生俱来的，我坚信我是爱妮鲁的。而且，我对妮鲁的爱，是永远不会改变的。

我终于见到妮鲁了，我又可以害羞地牵着她的手散步了。我发誓我再也不和她分开了，妮鲁变得更漂亮了，金黄色的长发显得更加灿烂夺目。

"歇尔，你好吗？"还是妮鲁有勇气，比我先开口打破沉默。

"我很好，就是忙着温习功课准备毕业考试。你呢？"

"我想快点长大，歇尔。是你让我有了这样的感觉。我想一觉醒来，我们就大学毕业，然后你长高了，然后我们都有了自由，去做我们想做的事，我读了你写给我的信，你说的那些话，我看了很难过，歇尔。"

"我知道，妮鲁。你相信爱情吗？相信这么小的我们之间会存在真正的爱情吗？"

"我不知道什么是爱情，歇尔。我希望我快点长大，然后证明我现在对你的感觉就是爱情。"

"妮鲁。你真棒！真的！你是我见过的最奇妙的女孩儿。"

"谢谢你,歇尔。我希望等我们长大了,你也可以坚持你现在对我说的这些话。"

"真希望明天就是那一天,妮鲁。"

七

> 我们都平静地、急切地眺望着远处的风景,迫不及待地期待着即将发生在生命里的一切,竟忘了问彼此要走哪一条路,要不要再同行,要不要再陪伴。我们总是粗心地分离,却也总戏剧化地相逢。——妮鲁

那是和歇尔最后一次羞涩地手牵着手在公园里散步。歇尔的右手和我的左手,歇尔总是站在离我的心最近的地方,我总站在歇尔心的对面,到后来我才知道。所以歇尔离我的心更近一些,我却总站在歇尔心的对岸。所以,比起歇尔对我的爱,我的更强一些。

我们没有告别,分开了也没有悲切。

我们都平静地、急切地眺望着远处的风景,迫不及待地期待着即将发生在生命里的一切,竟忘了问彼此要走哪一条路,要不要再同行,要不要再陪伴。我们总是粗心地分离,却也总戏剧化地相逢。

和歇尔的故事到这里就要告一段落了。

后来,再想起他的时候,我已经不知道他身在何方了。

就这样,我和歇尔童年青涩的恋情,没有说分手就面对了分离。没有痛苦,也没有思念。淡而化之,不了了之了。

童年已经远去。

八

> 我远远地望着微笑着向我走来的妮鲁,在她的周围,我看到了满满的光芒,她钻进了一条乳白色的连衣裙里,披着长发,眼里透露着温和的光,缓缓地看着我,不紧不慢地说了一句:"你好吗,歇尔?"——歇尔

再一次见到妮鲁,已经是三年后的事了,我通过格尼找到妮鲁的联系方式,拨通了她的号码,电话响了很久,她才肯接通。

"妮鲁,我是歇尔,你好吗?"

不知是命运的安排,还是我们不够努力在一起的原因,总之,我和妮鲁彼此不辞而别。妮鲁留在了母校,而我离开了这里。三年的学生公寓,让我远离了这里的一切,也疏远了妮鲁。偶尔的思念,时而出现的短暂回忆,我和妮鲁究竟有多少可以记起来的事,就有多少次能够微笑的机会。三年了,她长成一个美丽的小姑娘,比从前更迷人了。我远远地望着微笑着向我走来的妮鲁,在她的周围,我看到了满满的光芒,她钻进了一条乳白色的连衣裙里,披散着长发,眼里透露着温和的光,缓缓地看着我,不紧不慢地说了一句:"你好吗,歇尔?"

从那一句问候里,我听到了陌生,听见了陌生里夹杂着些许的平静与冷漠。妮鲁长大了,不再像从前那样开朗活泼。在我离开的这三年里,这里究竟发生了什么呢?

"对不起,我的不告而别。"我抱歉地说。

"没关系,我觉得这样顺其自然最好。"

"我给你带了你最爱的巧克力。"

"歇尔,忘了告诉你,其实那些巧克力,是布里和格尼的最爱,每次你给我买的巧克力都是被他们偷吃掉的。"

"我要去收拾这两个家伙。"我试着逗妮鲁,我想看到她爽朗的大笑,可是很遗憾,我什么也没看到。

"没关系,他们为我们做了'邮递员',也该有一些辛苦费不是吗?"她淡淡地说。

"妮鲁,我们去公园散步,好吗?"我做着无谓的梦,想带她去我们的回忆里,寻找记忆里共有的童年,可是,我失败了。妮鲁就站在我身旁,我却像远远地仰望着她那样,我够不到妮鲁,她去了太远。

"我走以后,你发生了什么事吗?"

"没有啊!一切都和从前一样,却也和从前不大一样了。我们长大了,歇尔。不再是小孩,我想念布里,也很想见格尼,他们好吗?"

"他们挺好的,布里去了希腊,格尼在一所女子学校里读高中。我可以约她出来,我们也可以在假期的时候,把布里叫回来,如果你想的话。"我久久地凝视着倚靠在榆树上的妮鲁,看着她眼里的那些光芒,我才意识到那不是温和的阳光,不是平静,也不是冷漠,那是忧郁,是抑郁,而她的周围就连星光的余影都没有了。

而我只能确定自己的心,它说它又爱上了妮鲁,它努力地跳动着,想要靠近远去的妮鲁。我在心里默念命运能够让我再回到妮鲁的心里,别再让我仰望着妮鲁,我觉得身体的某一处酸了,开始隐隐作痛。

周末结束了,我和妮鲁短暂的约会也告一段落。

我又回到了属于我的校园里,却坚持在每晚都拨通妮鲁的号码,告诉妮鲁我想她,我爱她。不知道为什么,她竟已不属于我很多年了,我都不知道我是什么时候开始失去她的,而她的平静和忧郁,一次次提醒着我,她已经不再是我的妮鲁。我每天许愿高中生活能够快点结束,我想要回到妮鲁身边去,我不再想要待在这个无聊乏味的学生公寓里。我想要自由,我想将所有的时间都奉献给妮鲁。感谢我的幽默细胞,在一通电话里,我终于听见了妮鲁爽朗的笑声。

"你终于笑了,妮鲁。我爱你。"我情不自禁地欢呼着,雀跃着。却只换来了一句:"谢谢你,歇尔。谢谢你这么久以来为我做的。"

"我不想听这些,妮鲁。我爱你。我想和你回到从前。"

"不,我们回不去,歇尔。我们长大了,不能再胡闹了。"

"你是我的初恋,妮鲁。"

"歇尔,那根本不是爱情。"

"不是的,妮鲁。我确定,那是爱,我爱你。我为你的冷落而感到心痛,为你的笑容感到兴奋,那不是爱是什么?"

"好吧,也许是的。但那已经过去了,我们都应该向前看。"

"妮鲁,我知道你变了,我也知道我们长大了,我们不再是孩子。我也是深思熟虑过才和你说的,我答应你,不会再不辞而别,不!我不会再离开你。我哪儿也不去,我要回到母校了,我要考回去,考到离你家最近的大学里,我要在那里度过我的大学生活,我要待在你的身边,妮鲁。"

"可我要离开了,歇尔。你回来了,可我要走了,我不会考那所大学,歇尔。我们的理想不同,我不会和你在一起,大学也是,以后也不会在一起。我也答应你,我会和你做最好的朋友,我们会是好哥们,或者是什么都行，可我不会做你的女朋友。歇尔，祝你幸福。"

电话挂断了，我举着电话，不知该拨回去与她继续我们的争论，还是等待明晚的相遇，我不知道我明晚拨过去，她还会不会愿意接听。于是，我发了信息。

"我会坚持，妮鲁。当我回来找到你，我就已经确定了自己的心，我爱你，妮鲁。我要你做我的女朋友，以后的灵魂伴侣，我爱你。不管你说什么，我都要定了你，也许你会觉得我很傻，但这就是事实。我就是爱你。"

九

> 我想要重新爱上歇尔，愿我的心能够得到平静，愿我能够拥有再爱上别人的能力。或者让这种生活快点过去，让我离开这个环境，离开这些古老而悠远的街道，离开记忆里的阿尔斯兰和我自己。离开他的招牌微笑，离开他的影子，离开那一次次穿透他身躯与我灵魂的阳光。——妮鲁

再一次相遇，是在高中毕业前夕。

歇尔从格尼手里拿到了我的联系方式，找到了我。从前有关歇尔的所有盼望已经不再那样强烈，我是怎么了？我想过高中毕业之后我会离开这里，也担忧过如果有一天歇尔真的回来找我，我离开了，他该怎么办呢？可现在除了逃避，除了偶尔的面对和冷漠无情，我给不了歇尔任何东西。

我知道他爱我，可以说三年后，他又重新爱上了我，可那又怎么样呢？我心里的童年已经离我太远了，也变得太模糊不清，也或许是阿尔斯兰覆盖了它们呢？他覆盖了歇尔在我脑海里留下的影子，他代替了歇尔的身影，战胜了歇尔，霸占了我整个灵魂。

阿尔斯兰，在一切都水落石出之后，在我真的明白自己已经爱到无法自拔的时候，命运安排了他的离开，他占据歇尔的位置，又离开了那个位置，让我的灵魂空无所依。所以，爱究竟是什么？

我真希望歇尔的努力不要再换来我的无动于衷，不要再被我的冷漠和忧郁所打击，我想要感动，想要有震撼的感觉。我想要重新爱上歇尔。或者让这种生活快点过去，让我离开这个环境，离开这些古老而悠远的街道，离开记忆里的阿尔斯兰和我自己。离开他的招牌微笑，离开他的影子，离开那一次次穿透他身躯与我灵魂的阳光，远离这一切悲伤和不堪的痛楚。摆脱所有牵拉着我慢慢下坠的魔鬼。

终于有一天，我的愿望实现了。

"你终于笑了，妮鲁。我爱你，我真的太爱你了。"歇尔情不自禁地在电话那端欢呼着，雀跃着。却只换来了我一句无情的"谢谢你"。我在抗拒什么？我是在责备他三年前的不辞而别，还是无法再信任所有关于爱的行动和动力？我想要逃离这一切，又害怕离开。我害怕忘记，却想要忘记。

那是周三的午间休息，米娅找我做了一次马拉松式的洗脑，我们甚至连午餐都省去了。

"关于歇尔回来找你,我从来没有问过你什么,这你应该发现了。"她摆出一副前辈的架势。

"是的,谢谢你。"

"不用谢我,我从小就不怎么喜欢那个家伙。"

"我知道,我现在也不怎么喜欢他,所以你不用为我担心,米娅。"

"不用为你担心,我这一辈子做得最多的一件事就是跟在你屁股后面,为你担心这个,担心那个。小时候是那些追求你的小小孩,后来有了歇尔那个胆小鬼。再后来是阿尔斯……"米娅总是能够及时住口,阿尔斯兰的名字一直就是我生命里的禁忌,这谁都知道。"现在这个胆小鬼又回来了。"她继续滔滔不绝地说起来。

"米娅。"

"住嘴,妮鲁。我比你更了解这些胆小鬼。"

"好吧!米娅,你继续。"我深呼了一口气,准备好继续让米娅发出的声音,对我的耳膜做振动式按摩。

"好吧!就说说歇尔,我并不喜欢这个家伙,希望他的那个鼠胆比小时候长大了不少,至少够保护你的,妮鲁。他多久联系你一次?"

"每天晚上都会打电话给我。"

"周末见面?每晚通话?"

"是的!米娅探长!"

"那家伙倒是挺聪明的,是想让你日久生情呢!妮鲁!"

"也许是吧!米娅!可我找不到小时候的感觉,我发现我并不爱歇尔,也终于明白了那时候的感觉根本不是爱情,米娅。"

"对不起,妮鲁!我知道你会难过!但我必须要问你,你觉得和阿尔斯兰的就是爱吗?"

"米娅!"

"我知道会碰到你的痛处,但我必须知道!我才能够劝你接受一个人,随便是谁,不然你会疯掉的,妮鲁。你已经变得抑郁了,答应我,你会努力走出来,好吗?求你了,妮鲁。我好想念从前那个你,我觉得有一天你的灵魂和我的灵魂换了位置,你变得像我一样抑郁,而我变得像从前的你。求你了,妮鲁。让我们看到从前的你,好吗?"

"我答应你,米娅。我会努力,我要努力接受歇尔,努力遗忘这一切。"

那一天,我用尽全力擦去了脸上最后一滴为自己也为阿尔斯兰流下的泪水。我把阿尔斯兰埋在了心里最深、最深的阶梯里,用甜蜜和感动去填满了那个位置,也利用了歇尔的坚持和意念,去战胜了那些残余的痛楚。

渐渐地,歇尔期待的周末,也变成了我期待的周末。歇尔的幽默换来的不再是我的冷漠,他偶尔能够听到我的欢声笑语,他总是愿意把他所有的休息时间都用来陪我。我们会一整天地待在公园里,聊天野餐,再聊天。他现在能够毫不避讳地牵起我的手,放在他唇边,吻一吻,再握起来。我也会微笑地看着他的动作,迎合着他,把头靠在他的肩膀上,让通红的脸颊躲起来。我承认,我喜欢上了歇尔。我又重新喜欢上了这个温暖的、胆怯的大男孩儿。

随着和歇尔之间感情的升温,另一件令人难以置信的事情发生了,那就是米娅的离开。米娅拿着欠我的两万块钱和那多年的友谊一起消失了,她的背叛成为一件沉重而难忘的事情,我烧毁了所有关于我们儿时的相片，扔掉了她送给我的小礼物，就连我们一同去买回来的衣服，我也都一并扔进了垃圾桶，我翻看着我的日记本，把所有有关米娅的纸张一并撕掉，我做了一次破坏性的"手术"，摘除了一切能够摘除的"脏器"，只是身为未来的麻醉师，我竟也忘了给自己打一支麻醉剂。

我不知不觉把对米娅的情感和信任转移到了歇尔身上，就连我自己都不知道，有一天，歇尔对我会变得如此重要。我开始依赖歇尔，信任他的一切，我变得愿意为他做任何事，就如同从前我为米娅做的那样。我从来不知道自己正在深陷于一个无法见底的沼泽之中，就那样默认，紧闭双眼跟着歇尔，允许自己一层一层地陷下去，我以为就算是沼泽，歇尔也会和我在一起。

依赖是多么可怕的一件事情，而轻易地信任又是多么地愚蠢。

那是歇尔最后一次认真地跟我提起"恋爱"这一桩事，那时候的我认为和歇尔谈感情不过是一件幼稚的事，我总是理所当然地认为，歇尔是属于我一个人的，他永远都只属于我，就像阿尔斯兰的离去，把我理所应当地归还给歇尔，是一样的道理。

我总会记起十四岁的我们，手牵着手傻傻地走在公园里，却浑然不知身后的阿尔斯兰悲伤地望着我们的神情。我无法去想象阿尔斯兰的那种神情，我总是输给回忆，输给阿尔斯兰留给我的想象力。

"妮鲁，我是认真的，我们从现在开始，好好在一起好吗？做我的女朋友，这是我认真考虑后才跟你说的。"

"你每几天就会说一次。"我无所谓地耸耸肩,轻佻地望着他。

"这是最后一次,答应我,妮鲁。我不想再这样不明不白地和你在一起,我想和你好好在一起,做我的女朋友好吗?"

"你的意思是你的坚持就只能到这里?"我的眼神变得轻蔑。

"不,我的坚持不是只到这里。妮鲁,你很清楚,从我们相识,到现在为止,没有多少人能够做到,多少年了,妮鲁。我们相互陪伴,我要的不只是友谊,我要爱你,也要你爱我。妮鲁,我要我们真正地相伴在一起。"

我不知道歇尔的话有多少是认真的,有多少是夹杂了等待太久后的不耐烦情绪,我从来不知道歇尔除了我还能够爱上任何人,我真的就以为自己是唯一,然而歇尔让我知道,我错了。他能够属于任何一个人,就像曾经我亲手将我的心,递给了阿尔斯兰那样简单,歇尔他也能够放弃我,去追求任何女孩儿,而那些女孩儿也会肆无忌惮地答应。我意识到在我和歇尔的世界里,好像从来没有出现过任何人,我不认得歇尔生命里的任何人,就像歇尔也从来不知道我的世界里除了我自己还有别人那样,就这样,我们之间的线,突然断了。

有一天傍晚,他失落地跑来告诉我,他不能再和我联系了,因为那会让他有一种愧疚的感觉,那种愧疚,是歇尔对那个我从来都没有见到过的、他口中的"女朋友"的。

我从歇尔的眼中看到了愧悔,看到他提起那个女孩儿时的神情是幸福的、满足的。我发现歇尔变得快乐了,也变得更加谨慎了。而我,也真的彻底失去了他。我不再被他邀请去做他生命里的女孩儿,也不再和他分享自己的任何感受,不再紧紧拉住那条我和歇尔维系关系的唯一一条线。

一切都结束了。

我回到了过去的生活,回到了没有歇尔陪伴在左右的日子里。穿梭在大学与这座城市之间,我变得更加孤僻。我不愿意和自己以外的任何人接触,我把自己关起来,我认为那样才是对的,因为信任和依赖,总有一天会变成锐利的背叛,刺破你的每一处神经,让你感受到的除了痛苦,再无其他。我在教室里充当着"幽灵"的角色,抱着我的日记本,偶尔也会抬头看看讲台上叽叽喳喳的那只"大鸟"——我的导师。也总是在闹钟的尖叫声中爬不起来,懒洋洋地做着迟到早退这样的无聊事情。我会跑去树林里喝酒,醉了就晃晃悠悠走回宿舍,躺下来睡一觉,这样的颓废一直在持续。我被导师一次次叫去办公室谈话,最后他得到的结论,就是我心情不好,无法按时来上课,也无法继续我的课程。可我的成绩实在是太好了,对此,导师也无法再继续抱怨什么。

十

> 我走进那座废弃的游乐园里,抚摸着妮鲁曾经荡过的秋千,嗅着她曾倚靠过的榆树,我多么期望自己能够再遇见妮鲁,一次就好。可我又害怕遇见她,更无力去看她,也和我一样,牵着别人的手,幸福微笑的模样。——歇尔

那是我最后一次认真地跟妮鲁提起"恋爱"这桩严肃的事,那时候的妮鲁,认为和我谈感情不过就是一件幼稚的事,而我总是理所当然地认为,我是属于妮鲁一个人的,我永远都会只属于妮鲁,可那一次,是我给自己的,也是给妮鲁的最后一次机会:"做我的女朋友,这是在我

们长这么大以后,我认真考虑过才跟你说的,我们已经上大学了,妮鲁。我们长大了。"

"你每几天就会说一次。"她依然无所谓地耸耸肩,轻佻地望着我的脸。

"这是最后一次,妮鲁。"

我放弃了妮鲁,深刻地明白了自己永远也无法得到她的心,我只是她儿时的玩伴、朋友而已。我长大了,我需要一些友情以外的感受,可妮鲁,她是个永远也长不大的孩子,她需要保护,需要陪伴,可她需要的不是爱情。

我喜欢上了我们系的一个女生,其实谈不上喜欢,只是有好感。她长得实在很普通,唯一迷人的也只是她拥有着像妮鲁一样美丽的长发和优雅的气质。她对我很好,但有时候也会用女孩惯用的那套"忽冷忽热"的伎俩,来挑逗我。但我从不在乎,这样的相处让彼此很舒服,直到有一天,格尼来看我,在她面前提到了妮鲁的名字。

"妮鲁是谁?"格尼走后,她这样质问我。

"是我一个好朋友。"我心虚地说。

"好朋友,听格尼说话的内容,感觉你们好像很要好。"

"是,我们从初中时候开始就是朋友了。"

"她不会就是你说的初恋吧?"那时,我真是钦佩女生们的第六感!

"不。"

"你们还有联系吗?妮鲁!真是个好听的名字!我可以见见她吗?"

"不,我们很久没有联系了,你刚刚听到格尼说了,我和她并没有联系,现在,嗯,很久了。"

"其实你不用紧张,我只不过是随便问问的。"她装出一副无所谓的样子,耸耸肩,走开了。

傍晚，我约了妮鲁在公园见面，可我是那样不愿意告诉她，我有了女朋友，我失落地耷拉着头，不敢直视妮鲁的双眼，我知道那双眼睛有魔力，会把我吸引去那个渺茫无望的沼泽里，妮鲁，她就是一个可怕的沼泽。我鼓起勇气告诉妮鲁，我不能再和她见面了，我告诉她那会让我有愧疚感，我向妮鲁提起了我的女朋友，那个普普通通，留着和妮鲁一样长发的女孩儿，我想让妮鲁感受到，此刻的我是幸福的、是满足的。而当我回过神来看妮鲁的时候，也清楚地意识到这一次，我也许真的要彻底失去妮鲁了。我不再恳求她做我生命里唯一的那个姑娘，也不再同她分享自己的任何感受，不再用尽全身的力量，去拉住那条我和妮鲁维系关系的、脆弱不堪的绳索。

一切都结束了。

我回到了过去的生活，回到了没有妮鲁陪伴的日子。

我开始了我的新生活，开始慢慢去习惯一个女孩儿替代一个位置。我牵起了曼迪娜的手。（忘了告诉你们，那个普普通通的姑娘，她叫作曼迪娜）

我走进那座废弃的游乐园里，抚摸着妮鲁曾经荡过的秋千，嗅着她曾倚靠过的榆树，我多么期望自己能够再遇见妮鲁，一次就好。可我又害怕遇见她，更无力去看她，也和我一样，牵着别人的手，幸福微笑的模样。

"你过得好吗？"

我究竟有多少次拿起手机，按下信息里的文字，没有勇气点击发送,然后不停地按下"回删",我是多么怯懦。

明明是我先放弃了对她的坚持,明明是她还在试探我,我就那样离开了。妮鲁说得对,我应该被她蔑视,因为我的不坚定,成了她口中的"只是"。我的坚持只能是这样的程度。她说得对,所以我的痛苦是我自己造成的。

我没有资格想念妮鲁。

我自以为是地想象自己能够爱上妮鲁以外的女孩。是一种逾越,更是一种新颖的变化,可是我错了。

曼迪娜离开我以后的一个月,我见了妮鲁,一切都变了。我和妮鲁开始了我们从未有过的暧昧与不清不楚,这让妮鲁感受到了不尊重,我却觉得这样的感觉很舒服。我放肆任意地亲吻妮鲁,不再畏惧或者小心翼翼地看着她。我觉得她就像我的一件战利品,是曼迪娜离开我以后,命运赐给我的一件玩物而已。

那是我第一次碰妮鲁。

"歇尔,你在做什么?你住手。"她无力地推搡着我,却最终因为我的顽固而服从了我。我亲吻了妮鲁,教会了她该如何同一个成年男人接吻。

"听我的,照我说的去做,好吗?"我盯着妮鲁的双眼,看到了妮鲁满脸的不可思议,我却选择无视它。

"歇尔,你怎么了?你怎么会在短短几个月时间里,变成这样?你的尊重呢?"

"这和尊重有什么关系？妮鲁，别再倔强了。这世上现在只有你这么单纯了。求你了，你多大了？还不会接吻？这太扯了！"

"你在说什么？歇尔，你住口！"

"我今天就让你明白，成年人是怎样相处的。"我强制地解开了妮鲁衣服上的纽扣，开始抚摸她。

"你在做什么，歇尔！"

"别说话。"

公园里漆黑一片，我能够看得到妮鲁闪亮的双眸死死地盯着我的脸，她以为我会因为那目光而退缩，但是她错了。我继续亲吻着她，无视了过去的一切尊重与和睦。就这样，我终于让妮鲁听从了我的指挥和安排，让妮鲁学会了亲吻。

秋日里的落叶在微风里摇摇欲坠，远处的月光很高，映射下来，正好照在妮鲁露在外面的胸脯上。深蓝色的夜空中星星点点，地上有树叶摩挲沙沙的声响。伴随这一切，我忘记了过去所有对妮鲁的尊重和回忆，抚摸着她幼滑的肌肤，享受着从她身上剥夺的一切美妙感受，沉浸在诱惑里。

妮鲁最后还是输了，输给了我的执拗和无畏，输给了她对我的尊重与信任。

就这样，我结束了与曼迪娜的感情。

开始了这段与妮鲁不清不楚的暧昧。

十一

时光让我们将纯真遗忘。我寻找记忆里的不倒翁，在脑海里拼命奔跑，追逐歇尔的脚步，我怀念少年时的歇尔，至少那

个时候的他，从不敢如此放肆地对待我。——妮鲁

在那场浪漫而热闹的婚礼中，我被选作伴娘，新娘比我大足足九岁，她是我们学院的一位老师，三十多岁才结婚。

"我的同学啊朋友什么的早就结婚了，我不可能叫已经结过婚的人来做我的伴娘吧？！好了，你就答应我吧，做我的伴娘吧。伴郎可是个很帅的小伙啊！你不会后悔的。"

"可我会紧张！"

"有什么可紧张的？又不是你结婚！"

"我不喜欢浓妆艳抹，也不喜欢穿礼服，那样太拘束了！"

"哎哟，就一个晚上，又不会死，求你了，妮鲁。"

夏末的一个漫天繁星的夜晚，我穿着一条蓝色的礼服，画着浓浓的大地色眼影，出现在了一场婚礼上，这是我人生当中第一次做别人的伴娘，我很紧张，如新娘所说的那样，伴郎的确是个无可挑剔的小伙，我和他跳了舞。舞毕，他要走了我的联系方式，并希望我能够同意他今晚送我回家，但是今晚我却不能答应他，因为我已经答应了歇尔，而此刻，他正在来接我的路上。歇尔说要骑着他钟爱的那辆捷安特赛车来接我，然而，从我们家到婚礼举行的宴会厅，要足足两个小时的骑行时间。

"别开玩笑了，歇尔。你想骑着自行车来接我吗？你的腿会断的。"

"比那更远的距离我们都骑过了，怕什么！我们会乘着晚风回家。"

当我们走出饭店的宴会厅，站在台阶上告别时，我真希望歇尔能看到那位帅气的伴郎对我百般殷勤的模样，不为别的，只为我想让他知道，如果没有他，也会有别人对我好，我想要歇尔珍惜我和他之间的感

情,让他别再胡闹了。

天已经黑了,街上布满了大树的阴影,歇尔背靠在那辆停在人行道边上的捷安特赛车上。此刻,他戴着一顶白色的鸭舌帽,他的左耳正插着耳机,指缝间还夹着一根正在燃尽的烟。

"走吧!"他把我抱上了赛车的前杠,将我夹在他的两臂之间,他把另一只耳机塞进了我的右耳,依然是那首《吉卜赛之魂》。

"谢谢你,歇尔,给了我这样一个浪漫的夜晚。"我回过头,回应他疯狂的热吻,自行车飞奔在大街上,路上有熙熙攘攘的车辆。

"你看看你现在这个样子,像不像落跑新娘?浓浓的欧美妆和一身蓝色的礼裙。太美了。"歇尔很少赞美我,不知道为什么,他对我总是吝啬于赞美。

"我才不是什么落跑新娘呢!"

"就当是吧!我要把你抢回去做我的新娘!"像这样的幸福是短暂的,也是难得的。我时常想象我和歇尔是正当的恋人关系,我们之间也不存在暧昧,我就是他的女朋友,而他也在认认真真对待这段感情,我们会在恋爱成熟时结婚,然后相守一生。然而这些,却全部都是我的想象。

秋日里的落叶在微风下摇摇欲坠,冬天快到了,所以我才会觉得这么冷吧!月光很高,也离我们很远,照在我裸露在外面的肌肤上面,很是刺眼。我将目光从歇尔脸上移开,仰望着深蓝色夜空中的星星点点,倾听周围落在地上的树叶发出的沙沙声响。逆来顺受地接受他伴随这一切的漠视记忆,忘记他过去曾对我所有的尊重与宠爱。

我是从什么时候开始变得如此下贱的,是我的依从,还是我的软弱?或者是我向歇尔错误地表露过我想要这样?让他无所顾忌地解开我的衣扣，让他不再畏惧地教我如何亲吻？如何与一个成年男人相处？

他抚摸我、亲吻我，享受着我像一摊烂泥似的躺在那里，带给他的美妙感受，沉浸在让我最初体验过的亲吻里。时光让我们将纯真遗忘。

我寻找记忆里的不倒翁，在脑海里拼命奔跑，追逐歇尔的脚步，我怀念少年时的歇尔，至少那个时候的他，从不敢如此放肆地对待我。

我输了，输给了他的无所畏惧、毫不顾忌，输给了他想要的暧昧，输给了我对他的记忆与信任。

"我是不是有那么几秒，让你觉得我很轻浮，所以你才会像刚刚那样对待我？"

我低下头，看着自己的双脚，一边走一边试着和歇尔说出内心的想法，我想要一个答案，一种连我自己都不知道想要什么的答案。这是多么矛盾啊！

"为什么这么说？"

"因为你从前不会这样。"

"妮鲁，你还是处女，对吗？"

这个问题让我震惊！这样的问题能够从歇尔口中说出来，而听的人，恰恰是我，我觉得震惊，更觉得失落。

"为什么问这个问题？"我站住不再往前走去，我冷冷地看着歇尔。

"你不是？"他似笑非笑地说。

"我是不是都不用你知道，我告诉你，歇尔，我恨你，我恨这样轻浮的你。我不知道为什么短短几个月不见，你会变成现在这个样子，这样的你，让我觉得烦透了。以后不要再联系我，今晚发生的事，我只当作一次噩梦。"

我转身离开，不料歇尔跟了过来，拉住了我的手。

"你怎么了？你不喜欢我那样吗？如果不喜欢你刚刚就该扇我一耳

光。你为什么没有那么做？你喜欢我吻你，你就承认了吧！不是这样吗？"他冷静地说完，松开了我的手。

"是啊！我多么希望我下得去手，狠狠地扇你一耳光。我多么希望忘记你曾经对我的尊重和宠爱，扇你一耳光，让你清醒过来。我为什么没有那么做呢？"我带着哭腔，走开了。歇尔却再没有跟过来。

我为什么没有推开歇尔？难道我喜欢他抚摸我、亲吻我的那种感觉？不，不是的！那是我的懦弱，是我的胆怯，是我对现状的一种迟疑，是我的不知所措。

原来，怯懦也是会传染的。

我所能做的，不过是紧闭双唇去反抗歇尔，而歇尔完全体会不到我的反抗，反而认为那是我在装模作样。

我唯一所能够做的，不过是死死地盯着歇尔的双眼，逼得歇尔退缩，可是他并没有。

最终还是我认输了。

我默认了这一次侵犯，默认了这一桩肮脏不堪的罪行。也默认了，渐渐接受了这段与歇尔不清不楚的暧昧。

十二

难道和曼迪娜的分离，带给我的伤害，蜕变成了一种轻浮，发泄在无辜的妮鲁身上吗？我不知道，我是怎样在妮鲁咄咄逼人的目光下，解开了她的衣扣？又是怎样在妮鲁紧闭着双唇，反抗我的时候，继续着我无耻的亲吻呢？更不知道我为什

么就是要去冲破,在妮鲁身上那保守的外膜?——歇尔

我不能确定在妮鲁和我分开的这段时间里,她都遇见过谁,和谁在一起过。我也无法确认妮鲁是从前的妮鲁,无法确定她的纯贞,我无法信任现在的妮鲁。

我甚至不知道这些轻浮的勇气是谁给我的。难道和曼迪娜的分离,带给我的伤害,蜕变成了一种轻浮与堕落?发泄在无辜的妮鲁身上吗?我是怎样在妮鲁咄咄逼人的目光下,解开了她的衣扣?又是怎样在妮鲁紧闭双唇,反抗我的时候,继续着我无耻的亲吻呢?

我究竟是怎么了?我怎么会变成现在这个样子呢?

"我没有恶意,我只是觉得这没什么,请你理解,我喜欢你,而你也喜欢我,我们这样的相处方式,不会给彼此带来伤害和负担,我希望你能够接受,我会给你洗脑,一直到你接受这样的暧昧为止。"回到家,我拿出手机,给妮鲁发了这样一条信息。

"你受伤了,对吗?你不是这样的,歇尔。我可以原谅你对我的侵犯,我可以永不再提,我们还是好朋友,但你不要再让我失望了。"而她依然像从前那样单纯善良。我的妮鲁,可是关于她的记忆,已经完完全全被曼迪娜覆盖了,我爱的是曼迪娜,而不再是妮鲁。所以妮鲁,还怎能再打动我呢?

"你说得对,我也许受伤了,这些,见面的时候我会告诉你,但是妮鲁,我喜欢亲吻你的感觉,你也会爱上这种感觉的,我向你保证。"

"如果你还要继续说这些无聊的话,那么,晚安!"

十三

> 我渐渐看不清他的脸,转过身抹去脸上的泪水,甩开他的手,向有光线的地方走去。也就在今晚,我结束了这一段暧昧不清的感情,选择形单影只地独自游走在这大地上。——妮鲁

就那样,我被歇尔无情地扔在草坪上,呆坐着望着黑暗里的他,举着电话,悄悄地说着什么。

我到底算什么?

他回来了,笑眯眯地看着我,那种眼神是那样地冷漠而轻蔑,他丝毫不在意我的感受。

"她来电话了。"他用一种轻快而愉悦的口吻说道。

"是吗?那我算什么?我在你眼里究竟算什么?你为什么要对我做这些?是为了娱乐吗?我是你的玩具对吗?我已经失去了你对我的尊重和感情,请你放过我。"我站起身,被他拉住了。

"你去哪儿?"他的表情是那样陌生,我渐渐看不清他的脸,认不清眼前的这个男生,转过身抹去脸上的泪水,甩开他的手,向有光线的地方走去,歇尔跑了过来,再一次拉住了我。"我喜欢你,妮鲁。但我不想再谈感情。"

"你和曼迪娜呢?你和她没在恋爱吗?"

"她说我们需要分开一段时间,调整好彼此的状态。"

"歇尔。"

"什么也别说了,妮鲁。让我们享受彼此,不好吗?我相信你已经爱上了亲吻的感觉,我保证不会触碰你的底线,你说你还是处女之身,所以我保证不会碰你的底线。"

"你住嘴！我们不是恋人！甚至什么都不是！你这样亲吻我！这就是我的底线！我给了你什么轻浮的印象吗？歇尔？我和你怎么会变成现在这样？你说我们做最好的朋友！我愿意倾听你和曼迪娜的任何故事！我愿意为你分析她的心理！愿意为你出主意！你要好好和她在一起！我不做第三者！你能明白吗？这才是我的底线！这段时间以来，我一直容忍你！你甚至教会了我如何亲吻抚摸！这一切的一切，我都在默默忍受！你就以为能够对我为所欲为是吗？你想错了！歇尔！我想你在痛苦，我以为你是因为她的离开而痛苦，没想到我只是被你做了备胎！分开一段时间？我是你和她分开这段时间的娱乐工具吗？我不知道我是什么时候开始失去你对我的尊重的，也许就是我默默承受忍让，造就了今天的我和你！我们不要见面了！"我用力甩开歇尔的手，跑开了。

而歇尔却没再追上来。

米娅曾说过，亲吻会增进彼此的感情。那时我还太小，对什么都是懵懵懂懂，根本就不明白米娅说的那些"成人语"究竟代表着什么。而今天，我才渐渐明白，米娅为什么会那么说。我放纵了歇尔太久，也放纵了自己太久。这么久以来，从隐忍变成默默接受，再演变成一种令人恶心的享受。从一开始觉得亲吻是一件令人恶心发指的事情，慢慢开始接受、享受。歇尔说得对！其实我早就爱上了被他亲吻的感觉，只是不愿意承认，更羞于接受这一事实。

不知不觉地，我已经爱上了这个长大的歇尔，这个有点坏的歇尔，这个占有欲很强的、同时拥有了我和一个叫作"曼迪娜"的女孩儿的歇尔。

平常在这样的夜晚，身边总有歇尔陪伴一同回家，我们嬉闹、放肆地大笑，他会抱起我，就像抱一个小孩那样，把我举得很高，然后再轻轻放下，我喜欢我的双脚轻轻着地的感觉，那种感觉真的很棒！我喜欢歇尔离开以前的吻别，总是那样深情而叫人舍不得放手，喜欢他说的"好期待明天"。喜欢他偶尔撒娇说，又要他一个人走回去，没有我，路好漫长。喜欢我还未推开卧室的门，就能够收到他那些可爱的信息。喜欢他把耳机的另一个放进我的耳朵，和我一同分享那些令人感动的乌兹别克语情歌。我想，我早就深深地中了歇尔的毒，早就爱上了这么多年后的歇尔，和这么多年后出现在歇尔身旁的我！

可是就在今晚，我结束了那一切暧昧不清，留下我一个人的身影，独自游荡在这大地上。

我走进家门，推开卧室的门，手握着移动电话，期待着歇尔的信息，就算是"晚安"也好啊！歇尔，就算是轻描淡写的一句"对不起"，也足以赎回我失去的尊严啊！

我想起米娅，想起米娅离开后，我竟把所有对米娅的友情、亲情转移到了另一个人身上，那就是歇尔！

我细细回想，这么久以来我对歇尔所有轻浮而可笑举动的回应，回想自己对这段暧昧不清感情的容忍，回想自己丢掉的尊严和尊重，这样的情感和感受，更多的不是让我去懊悔什么，而是让我感到遗憾和疼痛。

我忘了失去米娅时的难过，忘了米娅带给我的疼痛，忘了被米娅背叛友情后的失落，我早将这一切抛到脑后，只因歇尔一直陪伴在我左右，他一直都在陪着我。

他分散了我所有的注意力，吸引着我，麻痹了我。而我从魂牵梦萦到最后心甘情愿，被歇尔牵着走了这么久，此刻，却站在幸福和纠结是否做第三者的情感边缘，不知道该如何行走。手机在振动，是歇尔。可是这个时候，我又没有了期待和一种在许过愿后，很快被实现的快乐。曼迪娜在做什么呢？她知道她爱的那个男孩儿对我所做的一切吗？她知道其实他和她之间，早就有了我这个无耻的第三者吗？她知道我的欲望在渐渐膨胀，膨胀到足以想要将歇尔从她身边夺走吗？

"在做什么？安全到家了吗？担心你。"是歇尔的信息。

"我在想你。"我回复说。

"真的吗？好荣幸啊！"他又恢复了那种轻浮的口吻。

"别闹了，歇尔，我们不能再这样下去。"

"可我喜欢和你待在一起。"

"可你已经有了曼迪娜。"

"我们可以不提她。"

"以后都不提吗？"

"嗯！如果你觉得不舒服，我保证以后不会在你面前提到她。"

"可我和你算什么？"

"我们可以不管这个吗？"

"不能！"

"妮鲁！"

"求你了！我真的很痛苦！"

"但你也很快乐！"

"歇尔！我们长大了！不能再胡闹了！"

"妮鲁！我不知道该说什么，我承认我爱上了她，在我再一次找到你的时候。我很后悔我已经爱上了她，但我喜欢你！我很享受和你在一起的每一分钟！我们很轻松！但如果涉及感情，我们就不会再找到那种轻松的感觉了！妮鲁！你会接受的！就像你学会了我教给你的亲吻，你开始享受那样的感觉一样！妮鲁！你也会接受这段轻松的感情！"

"这不是感情！歇尔！这是暧昧不清！我是第三者！歇尔！"

"只要我不觉得你是，你就不是！"

"有一天你会后悔你对曼迪娜做的这些!你会扔下我!"

"不会的!我保证!"

那一天,来得那么快啊!歇尔,我总是预言家。能够预言那么一天。你终于发现自己对不起曼迪娜,你终于决定要忠于对她的感情。终于果断地扔下我,去专注于你的感情。

"对不起,妮鲁!我们不能再这样下去了。"这样一句话,在前不久,我好像才跟你讲过,而你现在拿着我的原话,像是背诵台词一般地退还给了我。

"嗯,好,我知道了。"我还能说什么?歇尔,求你留下来,求你不要离开我,不要丢下我这个不要脸的第三者,不要在我拔掉所有带有尊严的保护刺的时候扔下我?不要在我失去所有原则和底线的时候,留我独自一人去面对剩下来的这一切不堪与丑陋?

"我希望你能理解我。"

"早就该这样了,你应该至少对得起我和她其中的一个,不是我,便是她!"

在我那么多次纠结于要不要离开你的时候,在我一次次决定分开,甩开你的手后,你一遍遍地拉住我的手,让我去抉择,但这一次,却是你要放开紧握着我的那双手,歇尔!我该感谢你的决绝,对吗?

"谢谢你的理解,妮鲁!我知道你一直就是一个爽快的女孩儿,不拖泥带水是我最喜欢你的一点。"

是啊!有多少人能够做到不拖泥带水,不去纠缠,不让男人懊悔,不让他们留下内疚和遗憾?而这才是最合格的第三者。我想我是该被颁发证书的第三者吧,无耻而丑陋不堪的第三者。有这最后一幕,是我活该，不是吗？

就这样，歇尔消失了。

长大后，再一次悄无声息地，抛下了我，去过他自己的生活。

十四

> 她坐在秋千上，我站在她身后轻轻地推着秋千，看着她的背影，时不时抚摸她披在肩上的长发。从什么时候开始，妮鲁变得不那么爱说话，只是像现在这样，静静地望着身旁的一切，倾听我说，只听我说。——歇尔

我终于跟妮鲁彻底结束了那段不清不楚的感情。

她曾总说自己是第三者，而如今，我也真的愿意承认，也许，我真的无意间已经把妮鲁变成了第三者。我对不起曼迪娜的信任和感情。也对不起妮鲁和我儿时的相伴和回忆。这一切都是我开始的，所以我要好好地结束它们。

我把妮鲁约到那棵老榆树下面，那天的星空不知道为什么比平常的都美。是不是心透明了，身边的一切也就透彻了？她坐在秋千上，我站在她身后轻轻地推着秋千，看着她的背影，时不时抚摸她披在肩上的长发。从什么时候开始，妮鲁变得不那么爱说话，只是像现在这样，静静地望着身旁的一切，倾听我说，只听我说。

"妮鲁！"

"嗯？"

"对不起！"

"为什么道歉？"

"我们不能再这样下去了,妮鲁。"

前不久,像这样的话,她总说给我听呢!可我为什么没有听她的呢?认真听妮鲁讲一次也好啊!而此刻,我就好像在背诵妮鲁教给我的台词那样,把一切原样还给了妮鲁。

"嗯。"

她只是轻描淡写地点点头,不再说什么了。不求我留下来,更没有对我说不要离开,不求我说不要丢下她,她一个人该怎么办。不责备我在她拔掉身上所有带有尊严的保护刺的时候,扔下她离开。不责骂我在她失去所有原则和底线的时候,留她一个人去面对这余下来的丑陋和不堪。

"我希望你能理解我。"

我是多么软弱啊!在这么多年以后,还是这样毅然决然,还是这么冷漠无情地抛弃妮鲁!逃走!逃开!去做一个懦弱的逃兵!放弃她!甚至让她丢失了我和她儿时的美好与回忆。

"早就该这样了,你应该至少对得起我和她其中的一个,我知道不是我,便是她!"

在她那么多次纠结于要不要离开我的时候,在她一次次决定分开,甩开我的手后,是我一遍遍拉住她的手,让她去重新选择,让她满足我的私欲,满足我的需求。但这一次,却是我要放开紧握着她的那双手。妮鲁,原谅我的决绝吧!原谅我的自私,忘记我对你的伤害和不得已的剥夺。

"谢谢你的理解,妮鲁!我知道你一直就是一个爽快的女孩儿,从不拖泥带水是我最喜欢你的一点。"

她用脚点地,让秋千停了下来,慢慢站起身,头也不回地走开。我站在秋千背后，没有勇气再追上妮鲁，继续道歉。也许我并没有错，是她心甘情愿，我没有逼她就范。我宁愿这么想，宁愿不要再因为这些事情而自责内疚，痛苦不堪。

那段日子，我彻底消失在妮鲁的世界里。沉浸在曼迪娜的深情当中，无法自拔、不能自已。完全不知道她早已谋划好了一切，谋划好如何在恰当的时候把我一脚踢开，去寻找她自己的幸福。

而我，困惑是因为自己伤害了妮鲁，而得到了报应，还是因为不忠于曼迪娜，而得到了惩罚？最终的答案，是曼迪娜给我的。

那天午后，天气晴朗。曼迪娜非要拉着我去学校后面的公园散步，我起初并不知道她的用意，只是想逃避对妮鲁的回忆，所以一直拒绝去那里，但后来也终于认输于曼迪娜的执拗，终于妥协，跟着她去了那个久违的公园里。

一切都是老样子，和数月前与妮鲁一同散步、一同亲吻的时候一模一样。郁郁葱葱，这一切就好像永远都不会有秋叶落寞、冬日凄凉似的。

曼迪娜走到那棵榆树下，松开了系在头发上的丝带，把长发披了下来，面朝着我，坐在那个秋千上，咯咯地笑着。

"歇尔！一直以来，我都知道你喜欢我的长发，但我不知道为什么。可后来，终于有一天，我见到了你回忆里的妮鲁，我才知道，你为什么那么喜欢我的长发。她好美！真的，像个纯洁的天使那样，可是为什么你要糟践她？"

我呆滞地望着眼前的曼迪娜，惊讶于她这些话从何而来，惊讶于眼前发生的一切。

"你可以先不说话,听我讲完。到那时,你再想解释也好,做什么都行。"

她平静地望着我,像是能够用眼看穿我似的。那种眼神那么陌生,让我就快要窒息了。

"你压着妮鲁的身体,解开她的上衣的时候,有没有想到我呢?她在试着推开你的时候,你为什么还要逼迫她?她在纠结于是不是要继续,做你和我之间的第三者的时候,你为什么还要劝她?让她慢慢腐烂是你的目的对吗?你教会了妮鲁怎样接吻,用你的私欲,去毁灭她心中的回忆,毁灭她一直以来引以为傲的自尊和骄傲。你的用意何在?歇尔,你是我见过的最烂的男人!你和我最初在一起的时候,不断地在我身上寻找对她的感觉,最后我成功地击败了妮鲁。我让你爱上了我。而你呢?在我爱你的时候,你从未珍惜过我,在我选择离开你时,你又觉得痛苦不堪,然后来找妮鲁,寻找自我安慰。你觉得你自己特别有魅力,是吗?你觉得你征服不了我,你就来征服你过去的回忆?你征服了吗?你得到满足了吗?你最终得到你期待已久的成就感了吗?你觉得你很了不起,是吗?把我们女孩儿玩弄于股掌之中。你就不会痛苦了吗?抛弃妮鲁之后,回到我身边。我为什么那天会走近你?为什么和你传纸条,说你是我的男朋友,说我爱你,为什么?是因为我要离开你,彻彻底底让自己觉得你很恶心,所以我接近你。我要拯救妮鲁,也要拯救我自己,拯救这个腐烂的你。你已经烂了,歇尔,你没有灵魂,你是一具腐烂的尸体,你在我心里早就没有任何尊重了。"

"你跟踪我?还是妮鲁找到了你?"我平静地说。

"妮鲁?你脑海里的妮鲁,就那么龌龊吗?还是你觉得她抛下尊严和她最后的尊重来找我,然后拆散我们?然后和你再在一起?你在做梦吧？你有那么大的魅力，值得她那么做吗？你有吗？她妮鲁一个堂堂大小姐，委曲求全做你的地下情人，做我和你之间的第三者，然后，费尽心机找到我，拆散我们？我跟踪你？是啊，我跟踪你了。那又怎么了？我不跟踪你，就永远都蒙在鼓里，永远相信你，永远爱你，期待某一天你给我戴上的那顶绿帽子美美地戴在我的头顶上吗？"

"曼迪娜！"

"我还没有讲完！以我们家的条件，我能够答应和你这种人恋爱已经是我的底线了，还指望我真的嫁给你吗？你真心对我，我还要考虑一下，而你现在做出的这些事情，是想让我考虑什么？考虑结婚以后你再给我一个惊喜吗？"

"你已经不相信我了。"

"你有资格说'相信'吗？"

"你是为了和我分手，侮辱我，才把我叫到这里来的吧？"

"侮辱你？我为什么要侮辱你？你糟践了我和妮鲁这么久，我只不过为我和她说几句话而已，这叫作'侮辱'吗？"

"我爱妮鲁！我带着她的回忆和你在一起，对不起。但后来我真的爱上了你，你却要离开我，说分开一段时间，对你和我都是好的。我重新找回妮鲁，却无法再相信妮鲁是纯贞的！所以我试探妮鲁，我教她亲吻，是因为我不相信我离开她那么久，她没有被其他男人碰过，可我后来相信了。她依然是曾经的妮鲁，我回忆里、梦里的妮鲁，是我变了，我变得谁也不认识，只认得我的私欲。我不断地触碰妮鲁的底线。我不知道，我是因为你的离开而感到寂寞了，还是我一直就在满足我欲望带来的快感。终于有一天，你回来了。这两个多月以来的幸福是我意料之外的，我发现我太爱你了，我无法没有你，我认认真真和你在一起，离开了妮鲁，收起了我的私欲，我不知道你已经知道了，那些被我藏起来的肮脏和不堪。我现在除了道歉不知道该对你说什么，你说你的条件优越，妮鲁的条件也很棒，我根本不值得你们爱。是，以我的条件是不配被你们这么纯洁的灵魂去爱，但是我爱了，我爱你！曼迪娜。我早就忘了妮鲁，这一次和她的暧昧，已经让我深深意识到了这一点，我爱的人是你！曼迪娜，原谅我好吗？"

"她的长发很美吧？所以你才在推她荡秋千的时候，那样抚摸着她的长发？还替她梳头？"

"曼迪娜！"

"她很轻盈吧？所以你才会那么喜欢抱着她？你们那么快乐，为什么还要否认你对她的爱呢？你爱的是我？是吗？也许吧！因为我确确实实看到了你和我分离后的痛苦！可你也爱她啊！为什么不承认？是你不清楚自己的感情，还是你真的是个彻头彻尾的骗子？！骗完妮鲁，再来骗我！"

她咆哮着，站起身，用曾经牵着我的手，扇了我一记耳光。

"这一巴掌，是替我打的。

"这个，是为了可怜的妮鲁，被你利用的妮鲁，被你那肮脏的身躯和思想玷污的妮鲁，被逼迫成长的妮鲁。"

秋千荡漾着，曼迪娜走了。天空还是那样星星点点，和我望着妮鲁离去背影的那个夜晚一样美。

我知道这一次，我是彻底失去她了。

妮鲁会原谅我吗？会再愿意陪伴着我走出这段痛苦吗？

十五

我是他茶余饭后的甜点，是他疲倦后捡起又随手丢弃的玩具，是他握在手心里的遥控车，是他能够远程控制的机器，我变成了一具属于歇尔的尸体，一具美丽的尸体，一台没了灵魂的机器。——妮鲁

"你好吗，妮鲁？"手机的荧屏闪烁着，是歇尔，又是歇尔。

"我很好啊！你呢？"我现在的心情，已经相对比较平静了，不再纠结，不再为自己的不堪而觉得难过丢脸，默默接受了那些过去，慢慢接纳了这个成长的自己。

"我想见你。"

"你在哪儿？我去找你！"

依然是这座废弃的游乐园，这座被后人定义为"公园"的郁郁葱葱的地方，依然是那棵我习惯去倚靠的老榆树，和那个褪了色的秋千。

不例外地一个人低下头观察榆树下的红蚂蚁搬运美食，不例外地一个人仰望着树梢上的啄木鸟筑巢，也不例外地……

一个人，等着歇尔的到来。

为什么依旧习惯捂住我的双眼，为什么依然习惯亲亲我的脑袋？怎么能那样习惯于两个人深藏在内心的记忆？歇尔，你告诉我，难道你就不会感到痛苦吗？

"最近好吗？"他还是那副轻快的问候语气。

"很好啊！"而我也只能附和，不是吗？自始至终，我一直在做着这个傀儡似的梦。永远地附和歇尔，没有自我，从来没有。

"我分手了！我们交往吧！"

"谁？"

"你啊！你和我，我们交往！"

"别闹了，歇尔，我现在不想谈恋爱！"

"真的？那就……"他压在我身上，抚摸着我，用双唇堵住我的口，不让我说话，也不允许我呼吸。

这一切又开始了，对吗？可是这一次，为什么我连一点反抗的感觉都找不到了呢？我爱他！我爱歇尔！心甘情愿于他对我做任何一件事，心甘情愿到这种地步，到没有自我的程度。

"歇尔！你是认真的吗？"

"你不是说你不喜欢恋爱吗？那我们就不恋爱，恢复从前的状态吧！"

"你是说暧昧？"

"不要说那两个字，就不是！"

"那这算什么？"

"你又来了，妮鲁，能不能不那么认真？两个人喜欢就在一起，不喜欢就分开！这世界就是这样。"

"歇尔，我爱你！"

他抬起头，惊讶地看着我。

"在你身上，我期待了太多，可我没办法说服自己去接受那个自己，除了你，我没有和任何一个男生亲吻过，你是我第一个接受的男生，是我的初恋。可是后来，我不知道为什么，我又接受了自己，接受了发生在你和我身上的一切。曼迪娜找过我，她爱你，可是她必须离开你，是因为她无法接受那个你，和我那样暧昧不清的你，她叫我离你远一点，可我做不到。"

"妮鲁，你给我一点时间，让我想一想好吗？我不想再给了你承诺以后叫你失望，所以我必须这样轻快，这样无所谓，可我不是骗子，我不能再骗你，你给我一点时间，好吗？让我好好想想你和我之间的关系。"

那段"我给歇尔的时间"实在太久了,久到我甚至忘记了有那么一段时间,是我给歇尔去考虑要不要和我认真地以结婚为前提交往的。我们持续着那样的暧昧,持续着那样的无所畏惧,就那样不清不楚地来来往往。我习惯于靠在歇尔的肩膀上,以为他是属于我一个人的。我要的是他的灵魂,却不料他只是想要我的身体,去满足他的私欲。

我是他茶余饭后的甜点,是他疲倦后捡起又随手丢弃的玩具,是他握在手心里的遥控车,是他能够远程控制的机器,我变成了一具属于歇尔的尸体,一台没了灵魂的机器。

我拿着我实习得来的那点工资,去满足歇尔提出的任何请求:名牌的衣服、鞋子,知名的电子产品,男孩喜欢的游戏机。从一顿饭到他穿在身上的内衣,从手腕上的名表到脚上的运动鞋,他什么都要最好的。到最后,我没有办法再继续负担起歇尔的欲望,所以我选择了透支,我请求妈妈替我办了张信用卡,开始透支。我拆东墙补西墙,永远都填不满那些空缺,可是这些,歇尔却毫不知情。

"我不大喜欢这款手表,太成熟了,我想要一款运动手表。"

"好啊!我过几天去商场看看,帮你选一款。"

"谢啦!妮鲁,你知道 iTouch 吗?"那时苹果公司的产品刚刚变得火热。

"那是什么?"

"就是那款新出的苹果游戏机啊!可以玩很多游戏!"

"你想要那个?"

"是啊!对了,我后天有球赛,想要一款足球鞋,你帮我选一款。"

"好啊!"

终于有一天，我向歇尔坦白了这一切。

"歇尔，我身上没钱了。"

"哦！是吗？那去借啊！反正你爸爸那么有钱，肯定会给你的。"

是我做错了，还是他的欲望越发地膨胀，已经到了一种不可收拾的地步了呢？

这一晚，我按照妈妈的意愿，算出了这段时间以来，我为歇尔花过的每一笔钱，我不心疼那些原本就是身外之物的纸张。我只是害怕妈妈对歇尔的考验，会让我的这段感情在金钱与利用面前，败下阵来。歇尔发来信息，可我没去回复，直到他忍不住打电话给我，说道："怎么不回复信息？还没睡醒吗，妮鲁？"他的语气里有一种赌气感。

"不是。"我吞吞吐吐地说道。

"那怎么了？心情不好吗？"

"也不是。"

"快说，怎么了？"

"没事，就是身体不太舒服。"我还是输了，妈妈！我无法用我的幸福去做赌注，我爱这个男生，我没有办法去计较那么多，再天真，再傻，我也要这样毫无保留地爱着他。对不起，妈妈。

"下午有事吗？我们见面吧！我有话跟你说。"

"什么事？"我忽然觉得心好沉好沉，他要和我说什么？我讨厌自己的预感，恨透了这样的感觉。

同以往一样的蓝天，同以往一样被翠绿色长柳枝围绕的人工湖，和那同以往一样，等待着歇尔的我。

我走过小树林，经过秋千，走近隐约漂浮着几只彩色小船的湖面，眺望无聊的人们在船舱里聊着天，近看无忧的孩子们裸着上半身，在湖边捉鱼戏水，直到侧过脸欣喜地与葡萄长廊里出现的歇尔的眼神相遇。才知道这漫漫世界里，我期待的是与你的爱。

"为什么学我戴鸭舌帽？"歇尔走过来牵住我的手。

"谁学你了，我先买的好不好？"我调皮地望着歇尔。

"送给你的。"他手里拿着一个米色的礼物盒。

"好美的盒子。"

"打开看看！"

"手织摇床？"

"喜欢吗？"

"嗯，谢谢你。歇尔，我好喜欢。"

"要试试吗？"

"好啊！"

歇尔找到两棵相邻的小树，把摇床的两端系在小树的中间，看着他认真的样子，我觉得感动，又不可否认地想起了妈妈的警告。利用？这么无耻的词语，竟也会出现在我和歇尔之间。这世上，怎么会有这样可恶的用语？为什么要利用？我只想要简单而真诚的一份真情而已，怎么会这么困难呢？

我坐上摇床，脚尖离地，像儿时那样紧紧抓着摇床的两端，抬头仰望天空，侧看手中紧握着的鱼网状的摇床，回忆起我回忆里的你，回忆起总是酷酷的，戴着一顶乳白色鸭舌帽的你，回忆起我右耳戴着一只耳机，你左耳戴着另一只。回忆你与我分享的同一首曲子，回忆你像拥有全世界似的紧紧搂住我，骄傲地迈着大步向前走，我回过头，向推我荡摇床的你微笑。

在如此美丽的晴天下，我一遍遍回头，看着你站在最美丽的情景正中，让你肆意地占据我所有的爱和感知。

"妮鲁，我要和你说件事。"你还是要开口。

我将双脚触碰到地面的瞬间，心也跟着下沉了。我缓慢地用脚点地再离开，荡动着这摊鱼网状的怪物，这不是礼物！是你留给我的纪念品，对吗？

"我要走了，妮鲁！我的考试通过了，这是家里人的意愿，我也不排斥，妮鲁。我知道你可能不会等我，我希望你幸福。谢谢你带给我的一切，我真的很喜欢你，从我第一眼看到你那年就喜欢上你了。"

"歇尔。"此时，我已经离开了那张恶心的摇床，站到了歇尔的身旁，"如果我说，我等你呢？"

"妮鲁！我不要你这样。我不想我牵挂太多。"

"我会一直陪着你。"

"妮鲁。"他拉近我，开始亲吻我。这是感动，还是不舍？是爱情，还是妈妈口中的利用？"我喜欢你，妮鲁。有一天，我希望我彻底忘记曼迪娜，重新爱上你，就像你重新爱上我那样。我会给你写信，我去的地方没有办法用通信设备，我会每周给你写信的，妮鲁。只要有机会，我会排着长队给你打电话，如果是陌生号码，你一定要接，那肯定是我打给你的。"

"我会接听每一个陌生号码，我会在接到书信的第二天，就给你回信，我会。"我开始不由自主地流泪，你替我擦干泪水，张开手接住我的泪水，捧着它们，看着我又哭又笑。

"我知道，我知道。"

"你真的会在那里排着长队，拨电话给我吗？你答应我，你要做到，只要训练结束，你就要写信给我，告诉我发生在你身边的事。"

"我答应你,我都答应。"

"你要好好吃饭,按时睡觉。"我带着哭腔说。

"我答应你,不许再哭了,我都答应你,好不好?"

十六

> 一周后,我终于有了机会,给妮鲁写信,也有了排长队的资格,站在队伍的中间,期待地望着几米外的台式电话,期待着妮鲁那甜美的声音。——歇尔

明天就要离开家去参加封闭式训练了,我的职业生涯就这样开始了,我不知道像我这样从小就视自由为生命的孩子,去那样的环境,是不是真的合适。可我不能违背妈妈的心愿,我从来就是个没主见的孩子,是妈妈从小的引导和指路让我走到现在,所以我必须选择这条路,就算这条路是黑暗的无底洞,我也要一路黑到底。

烈日下被照射得发烫的训练场和一个个被晒得黝黑、晒到脱皮的脸颊,额头两旁流下来的汗水和一次次跌倒后不得不爬起来的、沉重的身体。我想一个男人这一生该有的历练都在这里了。

一周后,我终于有了机会,给妮鲁写信,也有了排长队的资格,站在队伍的中间,望着几米外的台式电话,感觉到第一次这样期待去握住那部电话的手柄,听听妈妈的话,听听妮鲁那甜美的声音。

从来没有这样深切地感受过孤独,从来没有这样专注地想念过我近在咫尺的家,出了那扇门,再去搭个便车,再过二十分钟,就可以到家了,但我却无法穿过那扇门,无法走出去。因为这里只有秩序和绝对的

服从。

    我的第一通电话是打给妈妈的,但是很不巧,家里没人接电话。我的失落,可想而知。但是妮鲁,是从来不会让我失望的。"每一个陌生号码,我都会接听,你答应我,一有机会你就要排长队,给我拨电话好不好?"妮鲁的话在耳边回响着。

    "是歇尔吗?是歇尔!"她开心地笑着,几乎兴奋地尖叫起来。

    "是我,妮鲁,是歇尔,想我了吗?"

    "想了,好想好想,歇尔,你的声音为什么这么沉重?你累了吗?"

    "很累,训练很辛苦,见面了告诉你,妮鲁,我给你写信了,明天就寄出去,要早点回信啊!"

    "真的吗?太好了!你在哪儿?歇尔,离开这里了,对吗?"

    "我在这里,有半年的时间,我们在这边做封闭式训练,我现在觉得离你很近,也觉得很远。"

    "我知道,可我还是好开心,你能和我在同一座城市里。歇尔,很高兴你还在我身边,至少和我在同一个城市里。"

    "是啊!我们在同一个城市里呢!妮鲁,要好好吃饭。我要挂电话了,我身后还排着很长的一个队,都在等着给家里打电话呢!"

    "我知道了,歇尔!我想你,歇尔!"

    "我更想你!妮鲁!"

    空虚加上无止境的寂寞和孤独感,猛烈地冲击着我整个大脑。我想念家,想念家两旁的步行街,想念妮鲁爸爸开的那间咖啡馆,和我们念过的中学,也想念胖嘟嘟的格尼。我想念着所有就在咫尺之间,却遥不可及的一切。

十七

> 此时此刻,真想把脑袋埋进你的怀抱里,紧紧地拥抱你。真想再躲进雨里,和你听同一首曼妙的曲子,好想念那双紧紧搂住我臂膀的手,我想念关于你的所有。然而却只能事与愿违,孤身一人躲在角落里,泪流满面地疯狂思念着你宽厚的肩膀和温暖的怀抱。——妮鲁

这一天,我买回了一些甜品巧克力和真空包装的扦子烤肉串,还有几盒咸酸奶,预备装箱后寄去给歇尔,却不料,被妈妈看到了。

"你在做什么,妮鲁?"

"我,我准备寄些吃的给歇尔。"突然觉得脸颊两旁像是烧起了火红的炭,我变得吞吞吐吐起来。

"寄些吃的给谁?"

"歇尔。"

这一次,妈妈真的生气了,她拎起一包巧克力,然后重重地把它们扔在了地上,继续说道:"你还要养他到什么时候,妮鲁?你根本不知道一个男人如果爱你,是不会舍得让你辛苦的。他更不会让你为他花费一分钱,他不会利用你,妮鲁。你为什么就是不明白,你怎么会这么傻,我的孩子。"

我蹲在地上,捡起刚刚被妈妈扔在地上的那包巧克力,轻轻地把它放进了纸箱。

"妈妈,他很可怜。那里可没有巧克力,我只是想陪着他,仅此而已。我想陪他这半年,他太孤独了,妈妈。请你就装作没有看见这些吧,好吗?就半年,如果我和他还是这样的结果,我就会放手。我答应

你，好吗？妈妈，你就让我陪着他这半年。"

"好，妮鲁！很好，说到时间，现在他走了有四个月了吧？我就再给你两个月时间，他肯定会离开这里的，不管以后他去哪儿，不管他是不是孤独可怜，你都不能再心疼这个人，你要学会让别人为你付出。妮鲁，我的傻孩子。让一个人爱上你最好的方法，就是寻求他的帮忙，让他为你做点事，他才会爱你，珍惜你，我的宝贝！"

"我记住了，妈妈。"

"这箱子太重了，让妈妈替你去寄吧！"

"不要了，妈妈。现在有上门服务的同城快递，很方便的。我已经打过电话了，他们马上会派快递员来的。"

也是在这一天，我认识了一个可爱的快递员。

"你好，是你打电话给我们说有快递吗？"

"是的，请进来吧！"

"是这个箱子吗？是要寄去博物馆那边？同城啊！"

"嗯！"

"为什么不自己去呢？还要浪费钱付邮递费？"

"我可以自己去，但是害怕他们那里不接收我送去的东西。"

"怎么会呢？你是给你的男朋友寄吗？"

"是啊！"

"你想进去看看吗？"

"可以吗？"

歇尔：

　　今天，我可能只和你相距有几百米的距离吧！门前的戒备还真的是很森严，但是我坐上邮递车进去了呢！不可思议吧？

我认识了一位可爱的邮递员哥哥,是他带我进去的,好吃的收到了吗?都是你爱吃的呢!现在,你一定感觉很幸福吧?

我抬起头,看了看你们的主楼,我猜想你一定在里面的某一张课桌前坐着,我想象你能够下楼来,看看我,我就在楼下,而你却不知道我来了。我想念从前的我们,什么时候想你了,就可以拿起电话拨给你,听听你的声音,确定你在哪里,说我想你。多么难能可贵啊!歇尔,我想知道,你也是这样地想念着我吗?

你已经一个星期没有给我打过电话了,就这样通信,真的好难过。我想听听你的声音,我记得上个礼拜,你打了好几通电话给我呢!

格尼和我见了面,她又长胖了,总是津津乐道地和我提起你和她,好像你和她很要好似的,她总说她比你大,你其实应该叫她姐姐。但是,我总觉得她喜欢你,而不是想做你姐姐。不知道这是不是,我那该死的第六感在作祟呢?

很晚了,我要停笔了。

真的很想你。

期待你的回信,还有排着长队打给我的电话。

爱你的妮鲁

亲爱的妮鲁:

能够收到你的信,是我在这漫长的日子里,最幸福的一件事了,这一周的训练很艰苦,我没能给你打电话,对不起,我实在太累了。身体很累,有时候很晚都不能睡,有时候才睡几个小时,就又会被叫醒去训练,我知道你理解,所以并不担心。你寄了很多我喜欢吃的东西，谢谢你，我的小天使。真的很棒，全是我爱吃的，下次记得多寄一些巧克力，酸奶在寄来的路上可能出了点问题，都漏出来了，我没喝几口，就扔了，以后别再寄了。烤肉很棒，你是怎么想到把它们真空包装的，真的很新鲜，我聪明的妮鲁，为了歇尔，真是什么办法都能想出来。已经很久没有吃扦子烤肉了，馋了几个月，终于吃进嘴里了。格尼又长胖了吗？她估计这辈子都不会瘦下来了！你替我转告她。还有，别听她胡说，什么姐姐，就差几个月，我才不会叫她姐姐呢！让她别做梦了。还有我们妮鲁的第六感，那敏感的第六感，又开始作祟了吗？告诉第六感，不要挑拨离间我和你之间的关系，不然等我训练完了，我会出来收拾它的。

我的傻瓜妮鲁，在你想我的时候，我怎么可能没有在想你呢？我有时候在想，我们应该在我大学一年级的时候就在一起，然后我也不会再遇见那些过客，你也就一直只属于我了。妮鲁，我想和你结婚，想和你有很多很多孩子，然后不让你辛苦工作，让你永永远远陪在我身边，和我一直走，一直到我和你的牙都掉光了，头发也没了。

想你。

在疯狂思念着你的吻的歇尔

"妮鲁，我想和你结婚，想和你有很多很多孩子，然后不让你辛苦工作，让你永永远远陪在我身边，和我一直走，一直到我和你的牙都掉光了，头发也没了。"再没有比这更棒的甜言蜜语了，歇尔。

此时此刻，真想把脑袋埋进你的怀抱里，紧紧地拥抱你。真想再躲进雨里，和你听同一首曼妙的曲子，好想念那双紧紧搂住我臂膀的手，我想念关于你的所有。

然而却只能事与愿违地,孤身一人躲在角落里,泪流满面地疯狂思念着你,宽厚的肩膀和温暖的怀抱。

十八

> 那扇门从里向外地锁着,我进不去里面,歇尔也出不来。就这样隔着那扇通红而刺眼的铁门,通过能够看到彼此半张脸的门洞,我陪着歇尔,歇尔也陪着我。我向后挪动脚步,感觉眼眶都变得温热了,这一切多么艰难,却又那么甜蜜。——妮鲁

有权力的家族?有钱人家的女儿?所以歇尔才不愿意承认我和他的恋爱关系,所以直到他知道自己要去参军以前,他都不肯提出要和我确立我们之间的关系,这一切疑问,终于被格尼解答,也终于还是水落石出了。

原来没有主见的孩子背后,一定会有一个坚持己见的家长,原来一切懦弱的背后,都会有坚强的后盾,这个后盾却永远也不会知道,它在迫害这个没有主见的孩子,而这个孩子,就是像歇尔这样懦弱的、可怜的孩子。我可怜歇尔,心疼他生长在那样一个压迫的家庭环境中,可怜他从小的懦弱,更可怜我无谓的坚持和坚强。

妈妈说得对,他如果爱我,就不会犹豫不决地对待我们之间的感情,他如果爱我,就不会舍得让我那么辛苦,一个人去付出所有,他如果爱我,就不会让我像现在这样不安、难过。歇尔,他并不爱我。

电话铃在床边响着,是陌生号码来电,那一定是歇尔。我在犹豫不决,是不是要跑去接听那通电话,那通我期待了多少天的号码,那通

在今天以前，都会让我倍感幸福而此刻却让我心烦意乱的电话。我是不是要去接听它？心跳的速度太快了，我是有多紧张歇尔，我害怕他孤单胜过自己会难过，我宁愿难过失落，也不想让歇尔感受孤独，我要陪着他，一直到这半年结束，如果还是没有结果，我就分手。我还是冲过去接听了那个电话，果然是歇尔。

"为什么这么久才接电话，妮鲁？我差点就挂断了。"

"刚刚在洗手间没有听到。"

"你的声音怎么了？今天发生什么让你不开心的事吗？"

"没有，你呢？怎么还没睡？这么晚也可以打电话吗？"

"实在太想听我们妮鲁的声音了，所以打电话给你，不可以吗？"

"不是。"

"你今天很不对劲喔，妮鲁。快告诉我，是不是发生什么事了？"

"没有啊！"

"那就是太累了。妮鲁，你知道吗？我在数日子呢！还有三十五天，我们就可以结束训练了，封闭式训练终于要结束了。我就可以见到妮鲁，抱抱我的妮鲁，好想念你的吻，妮鲁。"

"真的吗？训练结束你就可以和我见面了吗？你不要骗我，我会当真，我会期待那一次见面的。"

"我当然不会骗你，真的是那样。我们离开以前，我肯定有一次机会要和家里人见面，那时候，我要第一个见到你，妮鲁。"

"歇尔，我想你了。"

"我知道，再坚持一下，很快就过去了。妮鲁，我们一起再坚持一下，好不好？"

"好，我会等你。歇尔，你要知道，我在等你！"

"我知道，我怎么会不知道你的辛苦！对不起，妮鲁。我们应该更早的时候就在一起，是我对不起你，妮鲁。"

"不要再和我说对不起，我不想听对不起。以后再也不听这句话了。"

"我爱你，妮鲁。以后，再也不会对不起你，不会做让你失望的事，不会做对不起你的事，妮鲁。"

我可以相信他吗？相信从他嘴里说出的每一句话？不能相信又怎样呢？人们还不是会去相信，自己愿意相信的人和事吗？我又何尝不是这样呢？

其实现在想想，就算这为期半年的训练结束了，又怎样？接下来还不是一个又一个的恶性循环。更让我畏惧的是，接下来歇尔会离开这座城市，彻底离开这个我们从小一起长大的城市，离开家，离开我，然后到一个陌生的城市里生活，工作。

到了那时，我们又会数着多少个没日没夜的日子，就那样期待着彼此的光临，盼望着再相遇的日子。

就这样，我和歇尔数着日子，数着这无止境的、该死的倒计时，度过了两周。

那是离封闭式训练结束还剩下不到一个月的一天，我再一次坐上了那位可爱的快递员哥哥的车去了训练营，我不知道这样做的意义何在，我就是想在歇尔还在这座城市的时候，离他近一点，就算不能相见。

意外地，在我到达的同时，歇尔来电了，又是那个变幻莫测的陌生号码，这号码永远都这么神秘而善变。

"歇尔！"我兴奋地大声喊出他的名字。

"这么激动啊，妮鲁？"

"当然，你在做什么？可以来大门这边吗？"

"你来了吗？真的吗？你真的来了吗？"

"是啊！我在上次那个邮递员哥哥的快递车里，刚到你们的大门外。"

"拿来了很多好吃的,对吗?"

"那当然。哈哈哈!你可以出来吗?"

"可以啊!现在训练都快结束了,所以会比较自由一点,你等等啊,我马上出来。"

他的领导一听说是歇尔的女朋友,说要为我们安排会客厅,但是被歇尔果断拒绝了,我有点失落,但是很快恢复好了心情,因为我不想让歇尔知道我那小小的失落。多好啊!我又见到歇尔了,就像我此时此刻望着他眼中闪耀出的光芒那样,我相信我的双眼也是这样的。

"好想抱抱你,妮鲁。你变得更迷人了。"

"我也好想抱抱你。"

"不要走太近,不然我真的会控制不住自己,要抱住你了。"他轻松地开着玩笑,却怎么都看得出他的难过。

"我觉得好像过了一个世纪那么久,我们没有见面真的很久很久了。我想念在公园里,推你荡秋千的日子,想念我总是抱着你,想念我黏着你的那些日子,我总是舍不得你走,妮鲁,从小到大都是如此。"

"不要说了,好吗,歇尔?"我开始不由自主地流泪。

"不许你哭,我不要看见妮鲁哭,我要你微笑着,看着我。"

"你瘦了,歇尔,太瘦了,又瘦又黑,为什么会这样?你没有好好吃饭吗?"

"我吃了啊!我吃得可多了,谁说我瘦了?我现在可是满身肌肉呢!非常帅气。我现在穿着外套,你看不到那些迷人的肌肉罢了!"

"你不许骗我,你总是骗我。你在信里明明说你变胖了,为什么骗我?"

"我真的长胖了呢!不信,等我出去,我们找一个体重秤,我称给你看啊!"

"真的吗?"

"当然是真的!"

"你答应我,你要好好吃饭!你必须答应我。"

"我答应你,妮鲁。我一定努力吃成一个大胖子,我知道,妮鲁喜欢胖胖的男生。"

"你总能在我哭的时候逗我开心,歇尔。"我一边擦着眼泪,一边笑着说。

"妮鲁,等一下会面的时间到了,你出了大门靠右走,一直走,你就会看到一堵高墙,沿着高墙一直走,大概走五百米之后,你就会看到一扇红色的大铁门,那是后门,你在那里等我,我一会儿就绕过去见你,好吗?"

"真的吗?我还以为再过一会儿,我就见不到你了呢!太好了。"

"那是我们的秘密基地,今天下午没有训练,我们可以多待一会儿,妮鲁。是不是很棒?"

"是啊!那我现在就过去。"

"别着急,一会儿再去!"

我终于知道为什么歇尔说,别着急一会儿再让我过去的原因了。那根本不是什么秘密基地,什么后门,那就是一个门洞。那扇门根本是打不开的,从里向外锁着。我进不去里面,歇尔也出不来。就这样隔着那扇通红而刺眼的铁门,透过能够看到彼此半张脸的门洞,我陪着歇尔,歇尔也陪着我。

"歇尔,你可以看到我的脸吗?"我奇怪地问。

"可以啊!但是不能够看全,只能看到你半张脸。妮鲁,你站得远一点,我应该可以看到,你让我好好看看你,妮鲁。"

我向后挪了挪脚步,感觉眼眶突然变得温热了。这一切多么艰难,却又那么甜蜜。或许当你落到这样的结果，才能够懂得珍惜和爱吧！

"现在呢？可以看到我了吗？"

"可以了，你就站在那个位置，我可以看到你全身呢！"

"可我还是只能看到你半张脸，歇尔。"

"妮鲁，你过来。"

我走近那扇大铁门，感觉这扇涂着红漆的门是那么刺眼，那么让人生厌。

"妮鲁，你蹲下来，你蹲下来把手伸过来。"

多么可爱的另一个门洞啊！我看到歇尔的右手从那个门洞里伸出来。

"妮鲁，你把手给我，让我握握你的手，好吗？"

我蹲下来，把手递给歇尔，我在哭，可此刻的歇尔，却看不到我的泪流满面。我又开始庆幸有这扇大门，掩盖住我和歇尔的悲伤，却阻止不了彼此的思念。

"你的手好冰啊！妮鲁，我帮你焐一焐好吗？你冷吗？"

"不，我不冷，但是你帮我焐一焐吧！"我带着无法掩饰的鼻音说。

"你哭了吗？妮鲁，你不许哭，不觉得这样更有意义吗？我们会记住一辈子，像现在这样见面，真的很难得。妮鲁，你会记住一辈子，我也会记一生的。"

"为什么不能把这扇门打开？"我彻底哭了，无法自控地大哭起来，像个孩子那样，放声大哭起来。

"妮鲁，嘘！不要太大声，班长知道你在这里的话，我会被惩罚的。妮鲁乖！不哭好不好？不然下次再也不这样见你了。如果你再这么难过，我真的不舍得再这样见你了，妮鲁。"

"我答应你，我不哭。但是歇尔，你不能不见妮鲁。那样会让我更难过，你说得对，现在这样的见面会让我记住一辈子，会让我更珍惜彼此相见的机会,歇尔,我不哭了,我们说会儿话,好不好?"

"好,我的好妮鲁。站起来吧!别总蹲着,再蹲一会儿,腿会抽筋的,快起来吧!让我再看看你,我不能待太久,班长找不到我,就会质问我的,到时候就不知道怎么回答他们的质问了,妮鲁。"

我站起来,从那个只能够看得到歇尔半张脸的门洞里,把食指伸了进去,让歇尔吻了吻我的指头,然后看着他调皮地舔了它一口。歇尔的这一举动,着实让我又一次含着泪水,哭笑不得。

我挪开脚步,站到歇尔能够望得到我全身的那个位置,让他看了我好久好久。天空下起了细雨,空气开始变冷,我身上更加冰冷了,歇尔不舍得让我站在冷空气中,终于还是满怀不舍地叫我离开了那扇红色的大门。我想今晚,我又要给歇尔写信了。

十九

> 如果能够重来一次,重新去选择一次,我会选择早一点找到你,在我们长大以后,再一次疯狂而炽热地追求你,直到你答应我,做我两世的爱人。——歇尔

意外的是这一天,在妮鲁到达的同时,我竟拨通了她的号码,拨通了我爱的女孩儿的号码。

多好啊!我又见到妮鲁了,那个精灵似的妮鲁。

会面结束了,妮鲁沿着那堵高墙的外面走,我在里面,妮鲁比我先到了。那扇自始至终都打不开的大铁门,从里向外地锁着,妮鲁进不去里面,我也无法出来。就这样隔着那扇铁门,我们望着彼此的半张脸,

我陪着妮鲁，妮鲁也陪伴在我身边。

"歇尔，你可以看到我的脸吗？"

"现在呢？你可以看到我的全部了吗？"

歇尔：

　　从和你分开，到现在也只是过了数个小时而已，可我却觉得又过了半年。在我数过这近半年的日子后，一直到今天，我们又见面了，你和我都因此而喜出望外。我是那么怀念你走之前的每一个夜晚，怀念你怀抱里的自己，怀念站在我身后推我荡秋千的你，怀念你专注地为我画眉、替我梳头的样子，是那么迷人。

　　歇尔，你知道吗？我现在才明白你说的，你是那种我可以不化妆、不梳头、不洗脸也能够见得了的恋人，是那种就算我全身上下注满了缺点，也只能够看得到我身上优点的恋人，你是我真正的灵魂伴侣。

　　那是多么让人舒服的一种爱！

　　你说得对，我们会记住那扇大门，那扇漆得通红的铁门。我们会在很多年之后，也记忆犹新，那个可爱的门洞，那令人心醉的门洞。记住我蹲在地上伸出手，那只被你紧紧握住的左手。记得那只能让我们看到彼此的半张脸的门洞，然后深深地把对方珍藏进心底。

爱你的妮鲁

二十

> 我心烦意乱地收拾完行李,很快被班长护送出大门。我头也不回地向前走,就好像会有人再将我重新拉回那扇大铁门里那样,心有余悸地,大步地往回家的方向走去。——歇尔

今晚是在这里度过的最后一个晚上,明天我们就要离开这个地方了,老友们在庆祝,我却在想念我的妮鲁,想着怎样度过这漫长的夜晚,快点回到家里,去见妮鲁。

"歇尔。"是班长来查房。

"在!班长!"我迅速站起身。

"今晚允许家在本市的孩子,都可以回家,你想回家吗?"

"想!班长!"

"大声点!想不想回家?想不想见到你那个可爱的小女朋友妮鲁?"

"想!"我扯开嗓子大喊道,"想!""想!"

"好!收拾东西,回去吧!后天早上拿上行李装备,八点还在这里集合,你和热夏准备去伊兹。"

"是!班长!"

伊兹?

像预想的那样,没能留在这座城市,而是要离开这里,去陌生的城市工作、生活了。

我心烦意乱地收拾完行李,很快被班长护送出大门。我头也不回地向前走,就好像会有人再将我重新拉回那扇大铁门里那样,心有余悸而大步地,往回家的方向走去。推开门的瞬间,妈妈把我拥入怀中,悲喜交加。我哭了,看着高高大大的孩子脸上的泪水,妈妈哭得比我更厉

害了。

"孩子，辛苦了。"

"妈妈，我们后天要出发去伊兹，可能一辈子都回不来了！"吃饭的时候，我哽咽着告诉家里人这个消息。

"没事的，儿子！有妈妈在，别担心，那些只是暂时的。我们不会让你永远待在伊兹，爸爸一有机会，就会把你调回来。"

"真的吗？"

"当然是真的！"

当时谁知道那都是妈妈安慰我的话呢！我一直把那些"不用担心，一切都是暂时的"的话当真，一直被自己的安慰欺骗，被妈妈的安慰欺骗。就这样重新开始了倒计时的日子。

晚餐后，我和妈妈说了和妮鲁的恋情，得到了妈妈暂时的祝福。我说是暂时，是因为妈妈的心里一直有一个儿媳妇的形象，我不知道妮鲁是不是符合妈妈心中那个美好的形象，因为我很清楚，如果妈妈不喜欢妮鲁，就算我再怎样爱她，也是无济于事的。

和妈妈请过假后，我拿出行李箱里被密封了很久的手机，发了这半年来的第一条信息给妮鲁。

"你听。"

我踮起脚，把手够到妮鲁卧室的窗户，然后敲了敲，电话铃响了，电话那端是妮鲁兴奋的声音。

"真的是你！歇尔！我简直不敢相信自己的耳朵！是你在敲窗户吗？我现在就换衣服出来见你。"

还没等我回答，电话就被焦急地挂断了。妮鲁蹦蹦跳跳地跑了出来。

二十一

> 我跑出去,还没来得及抬起眼皮看他一眼,就被紧紧拥入怀中,那拥抱足以让我窒息,晚风吹过,我为此刻他怀中的我而暗自窃喜,多么庆幸他在身边。我们沉默着微笑,走过小树林,一直走过了人工湖,一直走到我看到了那匹棕色的骏马,我说过我想和他一起骑马,他竟然还记得。——妮鲁

我跑出去,还没有来得及抬起眼皮看他一眼,就被他拥入怀里,那是我感受过的最有力的怀抱,用力到我无法呼吸,就快要幸福地窒息。

晚风吹过,我为此刻他怀中的我而暗自窃喜,多么庆幸你在身边,歇尔。

我们走进小树林,走过秋千,意外地,你竟然没有停止脚步。你微笑着沉默,带着我继续走,一直走过了人工湖,直到我们看到了一匹棕色的骏马,我说过我想和你一起骑马,你还记得。你抱着我上了马,起初只是缓缓地,让我们骑着马散步,后来奔驰中,我们拥吻。

"马跑得这么快,我吻你,你就回吻我,难道你不怕死吗?"

"有你在,我为什么要害怕,你会保护我的,歇尔。你一定会保护我。"

"你就这么相信我!"

"我相信你对我讲过的每一句话都是真心的。"

那是一个浪漫的、一个让人依依不舍的夜晚。真希望时间可以慢一点,再慢一点,让我和我爱的人能再多待一会儿,明天也不要焦急地到来,因为我不想去想明天,就是歇尔离开我和这座我们一同成长的城市

去伊兹的那一天。

"为什么穿裙子？"

"因为穿裙子的时候，你格外小心我。"我调皮地看着歇尔低下头继续吻我，用尽他全身的力量拥抱我，而这种感觉是那样让人安心而舒服。

"你是怎么发现的？"

"穿裙子的时候，从高处下来你会抱起我。但如果我穿了长裤，你就只会牵住我的手，让我小心。天还没黑时，你送我回家，如果知道我穿着裙子，你就送到家门口，一直到看我进去，卧室开了灯你才会走。但是如果我穿了长裤，你就只会送到楼旁边，还说天还没黑，我也不会害怕，就会匆匆地走。"

"妮鲁原来这么细心呢！"

"是你心细。"我吐了吐舌头，调皮地说。

"妮鲁，等我走以后，你不能天黑了再回家，也不能穿裙子，因为你说过穿连衣裙让你没有安全感，所以你不能做让自己没有安全感的事情，知道吗？不许一个人去公园散步，和格尼一起去，或者随便找个同伴一起，就是不许你一个人，知道吗？你现在是我的女朋友，是我以后要结婚的人，我必须知道你时刻都是安全无恙的。"

"遵命！"

"不许调皮！我不是在说笑，妮鲁！"

"我知道了！我一定会乖乖的。"

"不要让我为你担心，妮鲁。我和妈妈提起了你，她很想见见你，看看妮鲁，你是不是一个可爱的孩子！等我下一次从伊兹休长假回来的时候，就安排你和妈妈见面，好吗？"

半年后，我终于等到了我要的结果，庆幸终于不用再被妈妈逼迫和歇尔分手，我终于名副其实地，成为了歇尔的女朋友。他说他妈妈很想见见我，这个答案和格尼说的完全不同，怎么会这样？究竟是格尼在骗我，还是歇尔在敷衍我？不可能是歇尔，如果是敷衍，他大可以明天直接从家里去伊兹，也不用大半夜为了给我惊喜，找来一匹马，带我去散心。是格尼的问题！

"歇尔，我总觉得格尼喜欢你！"我骑在马背上，侧过脸看着身后的歇尔。

"格尼喜欢我？我怎么不觉得！我们几个从小就是好朋友，格尼她妈妈和我妈妈也是朋友，是你想多了，妮鲁。"

"不会的，女孩儿的第六感是不会有错的，她肯定喜欢你，我现在甚至怀疑格尼她从小就喜欢你，不然她怎么会不辞辛苦地，为我和你传纸条和情书呢！"

"因为我们是朋友啊！朋友之间互相帮忙不可以啊！"

"男生和女生之间哪里有单纯的朋友关系？这是你告诉我的！"

"喔！亲爱的，别再提格尼了，我求你了，我对格尼不感兴趣！"

"我知道你不感兴趣，所以我不在乎格尼喜不喜欢你！"

歇尔走了，带着对我无尽的不舍和思念，离开了这个陪伴我多年的城市，去了距离我六百多公里的，八小时车程的伊兹。

卡迪菲卡雷城堡，滨海大道，阿珊索尔塔楼。歇尔，你究竟在哪儿呢？

他不许我穿漂亮的连衣裙，因为那样会不安全。不许我天黑了出门，不许我独自回家，不许我一个人跑去上外文课，不许我一个人去逛街，不许我和陌生人讲话，不许我这样，不许我那样，通通因为这样做会不安全。时时刻刻地拍照片、发送短信，随时随地地视频聊天通话。每次回到家，还要用家里的电话拨通歇尔的电话，时刻报告自己的行程和目的地以及到达的时间。

霸道的歇尔，现在越来越孩子气了，就这样让我像一部遥控车似的，被他操控一切，但是此刻却因为他的占有欲而幸福着。

我们会整晚、整晚地抱着电话，听着彼此的呼吸音，然后道一声晚安，渐渐熟睡，随后进入梦乡，偶尔的梦中相遇，我会梦见歇尔，歇尔也会奇妙地，在梦中遇见妮鲁。我们会在第二天清早醒来后，第一个说早安，还要隔空传吻。

我们习惯了这样的甜蜜，却不料有一天这样的习惯也会被打破。电话不再频频响起，不会再有甜蜜的短信音，没有歇尔搞怪的视频通话，一切都没了。

我随意和格尼谈起的聊天内容，传到了歇尔他妈妈的耳中，然后他妈妈打电话告诉了歇尔，添油加醋地把那些内容和歇尔"复述"了一遍。歇尔爆发了！打电话过来，不分青红皂白地将一盆脏水浇到我脸上，挂了电话后，消失了。

二十二

我匆匆地挂断了妮鲁的电话，躺在床上，静静地回想这些年的她，我早该想到人是会变的，早该知道变化才是永恒不变的定律！——歇尔

"妈妈早就告诉过你，一个女孩儿会为了你洁身自好一心一意等着你？那简直是不可能的事，现在根本就不存在那样的女孩子。我的傻歇尔！你必须和她分手，那样的女朋友，不要也罢！反正妈妈也不是很喜欢商人的女儿，商人的女儿是帮不了你的。你得找一个可以帮助你事业的女人做妻子，这个女孩儿不行，早早了断吧！"

"我知道了，妈妈。我不会让您失望的。"

"我的好儿子，妈妈好想你啊！你什么时候休长假回来？"

"我现在还不知道，妈妈。"

"那好吧！格尼的妈妈给你介绍了一个女孩儿，想让你见见。我想的，你要是能确定一下自己的休假时间就好了，这样妈妈就能安排你们见面了！"

"妈妈，我现在不想想那些事，我也回不去，我先挂电话了。"

妮鲁的背叛，让我惊讶，更让我难堪。我想不明白她为什么会把那些不堪的事情告诉格尼？而为什么格尼又选择将这些事都转告给妈妈？这究竟是妮鲁的愚蠢，还是格尼的无心？我无从判断。

"妮鲁，你现在哪儿？"

"我在家啊！"

"好！我有些话要和你说！"

"要视频通话吗？"

"不用了，我不想看到你！"

"你说什么？"

"我说，我不想看着你的脸说话！"

"亲爱的，你怎么了？"

"别叫我'亲爱的',我们已经不是恋人关系了!"

"歇尔!"

"昨晚你在医院值夜班是吗?"

"对啊!怎么了?"

"这一次,又是哪个大学的博士送你回家?是那个加拿大留学回来的呢?还是你们麻醉科的麻醉师呢?你的心不会也被你的麻醉剂给麻醉了吧?你答应我的,你做到了吗?"

"歇尔,我不知道你在说什么。"

"你不知道我在说什么?我离开前要带你去米塔特(注明:米塔特是酒店名),让你把你的第一晚献给我,好让我放心走,你是怎么说的?你说要我等你嫁给我的那一晚,就是我们的第一晚!可现在呢?你的第一晚到底是谁的?你究竟做了多少对不起我的事?你不让我碰你,是不是就是因为你根本早就不是姑娘身了?所以你害怕,所以你才会那样抗拒我靠近你?你早就不是处女了?对不对?"

"歇尔,你在侮辱我?"

"我侮辱你吗,妮鲁?是你在侮辱我的智商!是你侮辱了我的母亲。你以为我不在身边!你以为我来伊兹就什么都不知道?你就可以神不知鬼不觉地做任何你想做的事?你错了,妮鲁。你把我想得太迟钝了,姑娘!"

"歇尔,从刚才开始你就在一直不停地污蔑我,你不可以这样怀疑我,你在伤害我,歇尔。"

"你闭嘴吧,妮鲁!你就是这样在要和你结婚的人面前一套,背后一套吗?算了吧!妮鲁!我们到此结束了。"

我匆匆地挂断了妮鲁的电话,躺在床上,静静地回想这些年的她,我早该想到人是会变的,早该知道变化才是永恒不变的定律!我怎么能那么傻？一直以来，去相信妮鲁的一面之词，而从不怀疑她？我为什么没有多听听妈妈的话？可后来我才知道，不是我应该多听听妈妈的话，而是早该脱离做傀儡的日子，有自己的判断力了。

二十三

　　这封信不会有回信，我深知这一点，所以不会有期待，更不会允许我失落。这么多年来，我和歇尔分分合合，他彻底消失又再一次出现，我早就习惯了。就这样，他消失了一个月，然后在六月的一个傍晚，我接到了陌生号码的来电。——妮鲁

歇尔：

　　我知道我不该这样开始这封信，不该去指责你尊敬的家人，可是我不得不为了挽回我们的爱，和你说起自己的疑惑。也许你觉得这是质问，不过这些对我来讲已经无所谓了。那些日子，你不许我穿漂亮的连衣裙，不许我天黑了出门，不许我晚回家，不许我一个人跑去上外文课，不许我一个人去逛街，不许我和陌生人讲话，甚至不许我和爸爸聊天，不许我这样，不许我那样，你说这些通通都是因为怕我会不安全。你让我时时刻刻拍照片、发短信给你，让我随时随地和你视频聊天。在我每次到家的时候，还要用家里的电话，拨通你的电话，时刻报告自己的行踪和目的地以及到达的时间。我感受着你的霸道，却也同样爱着你的孩子气，你就这样让我像一部遥控车似的，操控我的一切，但我却曾因为你的占有欲而感到幸福。

我们会整晚、整晚地抱着电话，听着彼此的呼吸音，然后道一声晚安，说天使保佑我爱的你，渐渐熟睡，随后进入梦乡，偶尔的梦中相遇，我会梦见你，你说我们心有灵犀，因为你也会奇妙地在梦中遇见我。就算是有时我会在医院值夜班，你也是从来不会让我独自回家，都是用电话守护着我的，你忘了吗？我们会在第二天清早醒来后，第一个道早安。

　　你让我习惯了这样的甜蜜，却不料有一天这样的习惯，也会被打破。

　　电话不再频频响起，不会再有甜蜜的短信音，没有你搞怪的视频通话，一切都没了。你说了，这一切都结束了。歇尔，而我也明白了，是我们之间的信任，出了问题。

　　我天真地和格尼聊着天，像闲聊家常似的回答她每一个有心无心当中提出的问题，我当她是我能信任的朋友，因为你信任她，你要求我外出的时候带上她，我都照做了。可是，格尼却把我们聊天的内容，转告给了你的妈妈，我曾说过格尼喜欢你，你却不信，我没有告诉你，她说你就连她来例假的日期都知道，当时我听着很震惊，但却不信。现在想想格尼说的那些话，似乎都是为了挑拨我和你之间的关系。然而，你的妈妈在听到格尼的话之后，又添加了自己的想象力，打了电话给你，把我形容成怎样不堪的姑娘，我就不得而知了。

　　我第一次开始反感，我讨厌你的质问，讨厌你的操控，讨厌你的占有欲，其实那根本就是因为你的不信任、你的不自信造成的，歇尔，你太自卑了。

　　你会后悔，而我不会，因为我没有做过对不起你的事，污蔑我的人是你们，而作为应该保护我的男人，你非但没有站出来为我讲话，反而和污蔑我的人合起伙来侮辱我。

感恩命运让我遇见你，歇尔。感恩发生在我身边的一切，没有这一切，我怎能认清你呢？妈妈说得对！这本就是游戏，祝你幸福。

妮鲁

这封信不会有回信，我深知这点，所以我不会有期待，更不会允许自己失落。这么多年来，我和歇尔分分合合，他彻底消失又再一次出现，我早就习惯了！

就这样，他消失了一个月，然后在六月的一个傍晚，我接到了陌生号码的来电。

"妮鲁，是我，歇尔。"
"有事吗？"
"别这么对我，妮鲁。出来好吗？我想见你。"
"太晚了，我不想和你见面，有事明天再说吧！"
"可我现在就想见你。奶奶去世了，我很难受，妮鲁。"

那一晚，是怎样的夜晚呢？我又为什么鬼使神差地跟歇尔出去了呢？是魔鬼的差遣吗？还是我们的邪恶，造就了今晚这一切？歇尔定了米塔特饭店的房间，说是要和我找个安静的地方聊聊天，我明知道他心怀不轨，却还是心存侥幸地跟去了。他登记过房间，我们乘坐电梯上了楼，一路上低着头，走到房间门外。

"妮鲁,你紧张了吗?"

"没有。"我怎么会不紧张。

"你别骗我了,我知道你在紧张。也知道这是你第一次和一个男人开房间。"

"别再说笑了!你不是早就怀疑我不是姑娘身了吗?"

"别再提那些了,格尼早就和我澄清过了。是我错信了妈妈的话,对不起,妮鲁。原谅我好吗?"

"格尼找你澄清?格尼什么时候找你澄清了?"

"我给你打完电话后的那几天,格尼就找过我。"

"歇尔,格尼那几天给你打电话澄清我的事,告诉你,你其实是误会我了。我又写了信给你,抱怨你没有保护我。而你就此消失了?你是早都想好要和我分开的是吗?所以才那么迫不及待地,在接到你妈妈电话之后,就和我分开?格尼的澄清,我的挽回,都什么也不是,是吗?我撕下尊严,鼓起勇气,写最后一封信给你,而你就置之不理,让我一个人去承受这一切,让我以为你还在怀疑我的忠心?让我以为你还在痛苦纠结?"

"不是这样的,妮鲁。我这次回来就是为了要解决我们之间的事,你相信我,妮鲁。我爱你,自始至终爱的人只有你,奶奶过世,爷爷病重,而你是我的精神支柱,妮鲁。我以为你可以和我一起分担这一切。"

"我当然可以替你分担一切,就算是一座山,我也愿意和你一起扛下来,而你呢?你相信过我吗?从小到大,你应该是最了解我的人,你做了些什么?你对我们之间的爱,都做了些什么?歇尔,你太残忍了。"

"妮鲁,你原谅我。我以后再也不会听信别人的了,妮鲁。"我望着窗外,痛苦地任由歇尔拉下那条乳白色连衣裙的拉链,任由他抱起我,轻轻地把我放在那条柔软的盖被上,任由他久违的吻任意在我脸上、脖颈上游走，一直到他的皮肤紧贴住我裸露的身体，一切就这样自然而然地发生了。而让我和歇尔惊讶的是我的身体，竟没有初夜后的落红，床单上，没有血。

"还疼吗，妮鲁？"

"嗯。"此刻的我在想什么，歇尔呢？他又在想什么呢？

"我帮你穿好衣服，妮鲁。"歇尔跪在床上，替我穿上连衣裙，轻柔地拉上连衣裙的拉链，然后蹲在我面前，替我穿上了鞋。

"歇尔。"

"别说了，妮鲁。我相信你。不要胡思乱想，我送你回家，好不好？"

"好。"

可是，为什么会这样？为什么我没有出血？我是姑娘身，可是为什么会发生这样的事呢？

天啊！我该怎样证明自己的清白？请告诉我，这到底是怎么回事呢？

回到家以后，我翻来覆去地睡不着，我失眠了。这太疯狂了！到底发生了什么？我都做了些什么？

天快亮的时候，我拨通了洛溪的电话。

我们去了CafeLins，一家很别致的欧式咖啡甜品店，洛溪的好姐妹是那家店的店长，所以还没等到开业，就放我们进去聊天。我把自己的疑惑告诉了她，也得到了令人满意的解答，其实这些事，作为医务工作者的我何尝不知晓。

二十四

  我选择相信妮鲁。我想我一定会为妮鲁而坚持！因为我不想再失去她第二次。——歇尔

  我曾听说过有些女孩儿，她天生就不会在初夜后出血，但没有想过，这件事情会发生在我和妮鲁身上，这太不可思议了。但我相信妮鲁，因为我看得出她是第一次。毕竟那样的反应，不可能是伪装的。我和妈妈提到了妮鲁，却被无情地拒绝了，我告诉妈妈，我已经找过格尼，告诉她之前那些她听说的有关于妮鲁的事，都是误会。可妈妈没有听我的。

  我想我一定会为我的妮鲁而坚持！因为我不想再失去妮鲁第二次。

二十五

  我们在爱琴海畔的科纳克广场放风筝，听着街头艺人的音乐表演，在仙人掌花园里嬉闹，再抬起头望着钟塔出神。我们在滨海大道上漫步，在文化公园里的某一处靠椅上，我把头埋进歇尔的怀里，舒舒服服地睡一觉，然后睁开睡意惺忪的眼睛，和歇尔一起看爱琴海落日的美景。——妮鲁

  歇尔的长假结束了，我去了机场，穿着那一晚的乳白色连衣裙，把长发披在了肩上，我很少盛装，今天算是例外吧！我不知道这一次他一走，我们之间，又会发生什么让我预料不到的事情。我总是会感到莫名的不安，也许这又是恶魔在作祟吧！如果我是巫师就好了。那样，我就可以不用担心我的未来。我只要看看天象，看看歇尔的未来里有没有

我，就好了。他总是不让我看着他走，不舍得我流泪，总是望着我的背影。望着我一次次，回过头寻找他的身影。我是那样欣喜自己再回过头之后，还能看到他注视着我的脸，是那样失落他就要离开，甚至有时，希望自己是他乘坐的那架飞机，这样，就可以把他装进我的肚子里，想带他去哪里，就可以去哪里。歇尔，我总以为你爱我，比我爱你的多，可是此刻，我却觉得，自己错了，大错特错。

看吧！我说了什么！有时候，不是魔鬼在作祟，而是命运之神真的在预示我们。

歇尔离开后的第二个夜晚起，我没再打通他的号码，也没再接听过他的电话，更别说是短信了，他就这样再一次凭空消失了。

我不知道，这是我和歇尔之间要面对的第二场战斗，还是魔鬼已经在宣布我们的"成王败寇"。

我去见了洛溪，我说我想联系歇尔，可是他好像在躲我。洛溪教了我一个办法，可我却并不想用这样龌龊的方式让他回头，可是这一次，好像必须要这么做了。

"我怀孕了。"在我这样发短信给歇尔之后的第二个钟头，歇尔来电了。

"妮鲁，你在说什么？你在短信上说的是真的吗？"

歇尔好像很焦急又紧张的样子，我却冷眼旁观这一切，看着这个龌龊而下贱的自己，着实觉得可怜。这还是我吗？

"是真的，我怀孕了。"

"你打算怎么办？"

"我打算怎么办？歇尔。这不是我一个人的事，我们要一起解决，我要见你。"

"让我想想,妮鲁。我刚刚休完长假,是不可能再回去的,你能过来吗?到我这里来,我们一起想想该怎么办好吗?"

"为什么不接我的电话?"

"妮鲁,我们可以先不谈这些吗?"

"为什么不回复我的短信,歇尔?如果没有这个孩子,你是不是准备就此消失了?"

"不是这样的,妮鲁。等我们见了面,我再和你解释好吗?"

"好!我明天会和我们主任请假,我会买明晚的机票,然后去伊兹找你。"

"我等你,妮鲁。我会在这边安排好一切的。"

海岸边上的那排椰子树上结满了诱人的果实,吹拂不息的海风柔和了炙热的太阳,步行道一直延伸到了好远好远的地方,仿佛望不到尽头。

歇尔一如既往地搂住我,和我听着同一首曲子,然后突然跪下身,伏在我的膝头上说:"嫁给我吧,妮鲁!"我不当这些是玩笑,因为歇尔总说,如果这世上只剩下我和他两个人,就好了。

我和歇尔在爱琴海畔的科纳克广场放风筝,听着街头艺人的音乐表演,在仙人掌花园里嬉闹,再抬起头望着钟塔出神。在滨海大道上漫步,在文化公园里的某一处靠椅上,我把头埋进歇尔的怀里,舒舒服服地睡一觉,然后睁开睡意惺忪的眼睛,和歇尔一起看爱琴海落日的美景。

我们去切什梅的海湾游泳、潜水,一同被湛蓝色的海水包围。肚子饿了就去耶格吃烤鲜鱼。不然，去品尝他们的地中海小吃素食。歇尔喜欢果仁蜜饼，他一直就爱吃甜食。

傍晚时分，歇尔会带着我回到那座具有浓郁的奥斯曼帝国时期风格的建筑里。

我们相拥，相吻，然后像从前那样道一声"晚安"。

这一天，天不亮歇尔就叫我起床，说他的同事邀请我们去吃午餐，那是一家小店，装饰得很简单，但却不失可爱。我和歇尔跑去后院，观看蔬菜和香料生长的土地，新奇地望着这周围的一切。

午饭过后，歇尔带我去了购物胜地，为我选了海泡石和蓝眼睛。
"为什么要送给我这些？"我疑惑地问。
"听说在希腊，蓝眼睛是可以带来好运的，它可以让你免于厄运。"
"我只相信你会带给我好运，歇尔。"
"妮鲁，我只是说着玩的，为什么那么认真？"歇尔拿起几块五彩缤纷的石头，又轻轻放回了原位。我知道，这一切带着些许的沉重，而我在故作轻快。他眼神中的忧郁我怎么会看不出来，我只是不想去面对罢了，仿佛只要歇尔不开口，那些事就都会过去，我们会认认真真地恋爱，没有人会阻止我们在一起，谁也不能，我们是我们自己，是一对相爱的、准备结婚的年轻人，仅此而已。没有复杂的社会关系，他也能决定自己和我的未来，这样的安逸，似乎都只存在于想象里。

海滩上，歇尔微笑着拿着一台摄影机，在埋头拍摄我的脚丫。我吹着海风奔跑着，放声大喊着歇尔的名字。

"歇尔，不许拍摄我的脚丫，脚丫是隐私的地方。"

"妮鲁，你的脚丫对别人是隐私，对我可不是。"

"歇尔，我总觉得，我是在带着宝宝们还有你，一起度蜜月呢！"

"宝宝们？妮鲁，你肚子里怀的难道是双胞胎吗？"

"是啊！是双胞胎呢！"我为什么要继续编织这些谎言呢？"我们别说了，妮鲁。我不想，想到我即将要背负杀害两个孩子的罪名这个事实。"

"歇尔，我们可以不杀害他们的，我们不能结婚，然后生下他们吗？"

"不能，妮鲁。妈妈现在根本就不同意我们在一起，我不能违背妈妈的意愿，去选择你。但我相信，妈妈总有一天会同意我们的，那段时间没有联系你，只是因为，我希望我们静一静，彼此好好考虑一下未来的事。"

"那你现在考虑清楚了吗？"

"当然，妮鲁。我要娶你，我要和你结婚，以天地的名义，我要和你做两世的爱人，我要做很多很多善事，去弥补对这两个孩子造成的伤害，妮鲁。"

那时，我们都不知道那些甜蜜会变成我打击你的证据，而你随手拍下的录影会被我带到艾里叔叔那里，我要拿这些去要回属于我的公道，我要报复你，即便有些事，它不是事实。你不是也对我做了同样的事？我只是以其人之道还治其人之身罢了。

我很好奇，究竟是什么让你如此厚颜无耻地说出这些话，然后背着我，准备着你和别人的另一场婚礼？是什么让你下定决心背叛我、背叛以天地的名义去发过的誓言？

而我怎能不去惩罚你，怎么能够，忍到命运亲自动手去毁灭你的那一天呢？

从伊兹回来以后，我接到了歇尔最后一通电话，不堪入耳的通话内容，一字一句地变成刀锥，刺痛着我的心，在你眼里，我真的成了那样的女人？还是因为你迫不及待地要和我分开，而欲加之罪，何患无辞？你说你相信我，就算那一晚初夜我没有出血，可今天却成了我根本不是姑娘身？你说你选择相信我，说格尼已经澄清了我的事，却又说你妈妈安插了调查我的人，说我和别人有苟且之事？你为什么要说那么多呢，歇尔？你可以告诉我，你无法违背父母的意愿，你没有办法放弃家人选择我，也不该用那些污蔑我的话来伤害我，你不该让一个把自己最宝贵的纯贞给了你的人，蒙受这些屈辱和不耻。

而我选择亲手去惩罚了那个无耻的男人，也用了同样的方式去陷害他、污蔑他、侮辱他。让他无地自容，让他失去了他所拥有的所有。另外，他准备的另一场婚礼，也被女方宣告了悔婚。可我并没有自己想象的那样，因品尝到复仇后的快感，而感到高兴，我并不那么高兴。

一年后，我在一间西班牙餐厅里遇见了格尼和布里。那个午后，我盘着高高的头发，头上别着一支精致的金色珍珠发卡，化着淡雅的妆，身着一条黑色的连衣裙。我傲慢地站在那里，勉强接受了格尼和布里的邀请，将无数个刚刚收获的购物袋，放在我的座位旁，微笑着，看着格尼和布里。格尼看到我放在手机旁边的车钥匙，惊讶地问我是不是买了车，我肯定了答案后，接下来又是布里那一声惊讶的尖叫。

"你买了什么牌子的车？你搬去了哪里？是不是高档小区？是不是海边独栋？你什么时候结婚啊？"格尼在打听我的消息。感恩命运给我的机会，用格尼的嘴去告诉那个无耻的男人，我现在过得有多么幸福。

我也深知，他们那一条条势利而看重钱、权的腐烂灵魂，会因为我从不在意地、轻而易举就得到的这些物质生活而感到痛苦。

"明年啊！今年年底也不一定！我和他准备去上海度蜜月，我一直很向往东方独特的美。"

"上海？去那么远啊！你都交男朋友了？！"

"当然了，格尼，你也快点结婚吧！我们都不小了。"我优雅地拿起碗里的一小块酿茄子，蘸了蘸乳酪，然后慢慢地放进口中，漫不经心地品尝着它的味道。

我站起身，把格尼和布里，留在身后的餐厅里，把所有的厄运和回忆，一并留给了他们。自此，我和那个少年与他的爱道别，和我的第一段人生道别，和米娅、格尼，还有布里道别。

不完美的生活

爱丽米热来学校探望我的时候,已经是接近黄昏了,金红色交错的晚霞挂在天空的另一侧,似乎是离开前的一次挥手,她挽着我,沉默地低着头,这些日子以来,仿佛全世界的悲伤都向我们袭来,让我们措手不及于它的凶猛。

"他还是老样子吗?"

"嗯,他越无法面对我,就离我越远,有时我会觉得他是因为对不起我,才这样的,但是,迪里,更多的时候,我会觉得,他是真的已经不再爱我。"

"爱丽米热,你说感情怎么会变化得那么快呢?"我猛然停下脚步,无法置信地望着图书馆落地窗边的小树林里并排坐着的情侣,他们笑得是那么甜蜜。

"是热亚特!迪里,亚特旁边坐着的女孩是谁?我们进去找他!"爱丽米热激动得语无伦次起来,"迪里!"

"不,不用了,爱丽米热。"她靠着他,就好像一瓶该死的胶粘在了他的肩膀上。我在发抖,像高烧时没有人照顾我,甚至没有一条被单能够温暖我,问自己究竟为什么会出现在这条路上,校园里可以散步的路那样多，为什么我偏偏选择了这条路？如果此刻，亚特能够看到我该有多好，他会怎么做呢？我真想跑去他身旁，告诉他不要被她诱惑，不要丢下我，却没有那样的勇气，挪开我沉重的步履向前走，那一瞬间，就好像整个宇宙都被染成了墨黑色。"就算我们现在过去找他，又能怎么样呢？"我顿了顿，带着无奈的口吻继续说道，"那个女孩叫阿丽耶，她现在是亚特的女朋友。"阿丽耶来自克里特岛的伊拉克利翁，是个混血儿，个头不高，留着一头金黄色的短发，很时尚，也很有个性。她家庭条件很好，花钱总是大手大脚，从不顾及什么生活费不够诸如此类的问题，她身上穿着的衣服的价位，也时常使我们望尘莫及。她很爱干净，光凭她脚上的白色运动鞋的干净程度就可以知道，从大一开始，我们就没有看到过阿丽耶邋遢松散的样子，任何时候她都能把自己收拾得干干净净，对此，她毫不懈怠。听说，在宿舍里她也是最有洁癖的那一个，她经常抱怨别人不经过她的同意就随意地坐到她的床单上，让她为此痛苦不堪。她皮肤很白，脸颊两侧布满的雀斑，使她像个19世纪英国乡村里营养不良的孩子。阿丽耶很精明，这一点只要看看她那双随时转动着，准备吞没宇宙的小眼睛就能够知道。可在那样一双精明的眼眸下，却是一个可笑的、像被铁铲砸平的鼻梁，那扁平的鼻梁使她整张脸看起来更像是一个小学三年级的孩子。阿丽耶很爱笑，尤其非常喜欢咧着她那张大嘴巴，露出她那两排令人作呕的、参差不齐的亚健康黄牙，可是就这样一副毫无魅力可言的面容，却在某一天吸引住了我的亚特。"爱丽米热，你觉得阿丽耶漂亮吗？"

我本可以迅速地通过那二百米的距离，走过图书馆的围墙和那该死的透明玻璃窗，让亚特和那个女孩离开我的视线范围，却无法迈开我的脚。我缓慢而沉重地走着，就好像脚踝上挂着两把千斤重的枷锁，而那段距离也犹如从雅典走到中国那样遥不可及。我忧伤地望着他们，无能为力于亚特的变心和那个女孩对他的诱惑。"我该怎么办呢？我以后该怎么办呢？"我一遍遍在心里念叨着。"至少米德没有让你看到这种情景，对吗？"我转过头，望着爱丽米热说道。

"如果我也看到这样的一幕，至少我就会知道他改变的原因了，不会再继续望着他眼里日渐稀薄的爱，从深沉变得浅薄。迪里，你现在还想和亚特结婚吗？"

"你呢？你会原谅米德对你犯下的错，接纳他，和他结婚吗？"

"当然，只要他能回头，让我不再这样孤独，只要他能够用他剩余的生命和我一起去求得宽恕，宽慰我，让我能从他的眼神中捕捉到哪怕是一丝的爱，我也会接纳他，爱他如初，不，也许再也没有办法像当初那么爱他，可我想，我会努力爱他的。"

我送走爱丽米热，望着她孤单的背影，此刻的心痛是双倍的。我独自走在扁平而古老的阶梯上，仰望教学楼旁的尖塔顶端犹如武器一般，想着此刻爱丽米热和我的心，已然被自己深爱的人，用那样尖锐的利器射穿，而他们却无动于衷地袖手旁观。我看着陈旧的砖块，艰难地覆盖在脚下的每一寸土地上，任凭记忆带我回到来到这所大学以前的片段。

我想着爱丽米热和米德初次相遇时的那场车祸，又想起自己也是因为那样残忍的一次事故后，来到了这所大学，和亚特相识、相爱。想着我和亚特就那样一同度过了大学里近四年的时光，我们把最美的那段记忆都留给了对方，还有什么可遗憾的呢？

我和亚特的每一次分手，必定会发生在假期快要开始的那段时间，每一次和好如初却都在假期结束、新学期开始的前几个礼拜，但是，每一次分离都会让我悲痛欲绝。我总是在以为再也无法和他在一起的时候被他记起来，真希望这一次也不会例外。

这是大学里的最后一年，也是我和亚特的第五次分手，因为悲伤，我无法做任何事情，甚至是静下心来吃一顿饭，我知道这样下去，我一定会垮掉。

我始终戴着那枚姐姐送的红宝石戒指，让双肘支撑在课桌上，透过那枚戒指的映象，看着亚特在教室最后排的一举一动。他时常趴在课桌上呼呼大睡，他一直都不是那种会认真听讲的学生，但是他很聪明。有时，他也会拿起笔写些什么，但绝对不是课堂笔记。他偶尔地望向我的位置，看看我在做什么，然后把目光望向窗外的松树，但更多的时候，他会看着阿丽耶出神，而这些我通通都在隐忍。可最让我无法忍受的，就是课间那十分钟。对我来说，那十分钟仿佛一个世纪那样煎熬而久远，在那分分秒秒里，我必须忍受来自教室最后排的欢声笑语和甜蜜，我不必让双肘支撑桌面，也不必透我那枚可怜又可悲的红宝石戒指，我连头也不用回，就能知道亚特对阿丽耶的爱意。他们从不顾忌同学们的眼光，当然，还有我的感受。时而悄悄地说着耳语，时而放声哈哈大笑起来，那种放肆的甜蜜让我无法安稳地坐在座椅上，无法再承受一丝一毫的压抑，可我就是没有办法离开座位，走出教室，我也无法去怨恨亚特的无情。

就这样度过了被凛冽寒风吹打、被烈日暴晒的煎熬之后，事情终于有了转机。

我决定面对那场长久以来让我踌躇不定的抉择——研究生入学考试，试图将亚特彻底抛在脑后。而这场考验对我来说，可能是这二十年生命中的一次转折，我告诉自己我不能再被感情左右。

我决定考取研究生文学专业，我买来了拜伦、鲁米等欧洲著名诗人的诗集，买来了大量的英文资料，开始埋头苦读，我把阿丽耶和亚特彻底遗忘在了教室里最后排的课桌椅上,听不到他们嬉闹的声音,我取下了那枚红宝石戒指,不愿再卑微地盯着那枚戒指,祈求它何时能够带给我一点关于亚特的消息,我变得独立而强大。

那段时间,因为临近毕业,我们系的课程也安排得越来越少,而我为了避免和亚特的碰面,几乎不出现在同学们的面前,过着一种被自己隔离的生活。

这一天,阳光明媚而温暖,教室里窗台上那几盆花石榴绿色的枝叶和它那妖娆的花瓣也异常艳丽。我望着课本出神,就连第二堂课间的铃声也没有听见,就在这时,凯萨抱着书本坐到了我身边。(凯萨是我们年级里赫赫有名的诗人,他很会写诗,那样的浪漫,在这所大学里,无人能及,他也是亚特最要好的朋友。)

"嘿!没经过允许就和你成为同桌,你不会拒绝我吧?"凯萨嬉皮笑脸地说道,"就算你不同意,也不要现在就走开,如果你真的那么做了,我会很没面子的。"

"你为什么要坐在前排?你不是最讨厌坐前排的吗?"

"我是为了你而来的,难道你看不出来?"

"我看不出来。"

"算了,不说这个了,反正啊,从今往后,你坐哪儿,我就坐哪儿。"

"为什么呀?"

"因为我不愿意看到你孤单的模样。"这是这些日子以来,我听到过的最温暖的话了,我含着泪转过头,把目光移开,好让凯萨能够再说些什么。"我知道亚特伤了你,你放心,我不是在追求你,我只是想陪在你身边,这个学期结束后,我们就各奔东西了,迪里,作为你和亚特共同的朋友,我不想看你孤孤单单地承受这些。"

"谢谢你，凯萨。"

第二天起，我换掉了我在前排的座位，受邀来到了教室的最后一排，和凯萨还有垃圾桶坐在了一起。我不再是那个乖乖女，我不停地回应凯萨的热情，接受他献给我的诗，听着他大声朗读着那些幼稚或深沉，抑或浪漫的语句，我开怀大笑，不再做那个逆来顺受的、失恋的姑娘，我变得越来越猖狂放肆，我想让亚特听到，想让他注意这一切，我想要阿丽耶因为她的选择而懊悔，我要让她心生妒火，烧死她自己，我要让她后悔靠近亚特。

我变得太夺目，以至于才不到一个星期的时间，亚特就彻底崩溃了。他所表现出来的愤怒和嫉妒有目共睹，他无法再忍受我和凯萨的种种，他想要制止我。

当凯萨拿着音乐会的门票邀请我一同去参加的那个下午，我同时也收到了亚特的邀请，他约我到帕尼匹斯提米奥大道散步，说有重要的话要对我说，他还说如果我不去赴约，他就会一直等我。那一晚，因为爱丽米热的缘故，我没能去赴约，无论是凯萨的音乐会或者是亚特的帕尼匹斯提米奥大道，我都没能赴约，但当凯萨问我，如果没有爱丽米热的缘故，我是会去音乐会还是帕尼匹斯提米奥大道时，我没能回答他，我不想伤害凯萨，我依然深深地爱着亚特，我一定会很想去听听他究竟想要对我说些什么，我会想知道他是不是也和我一样，仍然还爱着我呢！

"迪里，你想知道昨晚我和谁去了音乐会吗？"凯萨神秘地说完见我摇摇头，继续说道，"亚特！"

"亚特？"我不自主地喊出声，抬起头遇见了前排同学们惊奇的目光。"你说亚特吗？我没有听错吧？你们可真有雅兴。"我压低了分贝重复着，"你和亚特？天啊！"

"我听他说昨晚他也约了你是吗?"

"嗯。"我无言以对,亚特那个叛徒竟然把这事告诉了凯萨!

"你会去吗?你会去音乐会还是去帕尼匹斯提米奥大道呢?"凯萨的目光黯淡下来,让人心痛。

"你今天没有写诗吗?"我试着转换话题。

"今天我没有兴致。"凯萨垂头丧气地说完,抬起头把目光落定在了黑板上,假装自己在听讲,可我知道,我让他受伤了。

我对亚特的所有迷恋与不舍止于一场该死的生日晚宴。

那是凯萨和亚特他们几个男生经常光顾的一个地下俱乐部。那一晚是阿衣夏的生日(阿衣夏是亚特好哥们穆司塔法的女朋友,也是我和亚特最尊重的女性朋友,她为人豪爽,从不做作,对付亚特有一套特殊的方式,在我和亚特恋爱的那几年里,她经常充当着我的护花使者,嘱咐亚特不许欺负我),她订了一间雅座,邀请了班上所有的同学,让我们为她庆生的同时,也为毕业前的我们提供了一次相聚的机会。

紫红色的窗帘紧闭,透不进一点星光,雅座昏暗的灯光让人头晕目眩,为了不引起同伴们的注意,我选择了沙发的一角坐了下来,这时,亚特也从阿丽耶身旁的位置上挪到了我身边,而凯萨会时不时地坐过来,然后若无其事地走开,我知道他想提醒我不该和亚特靠得太近,毕竟现在亚特和我已经不是情侣关系,凯萨害怕我再次受到伤害。

"你今晚真美!"亚特凑近我身边,对我耳语,丝毫不顾凯萨和阿丽耶的感受。

"热亚特,我从来不知道原来你这么浪漫!也从没见过你在这么多人面前表示你的赞赏和感受。"我的语气里夹杂着一丝刻意的讥讽。

"别像个陌生人那样叫我'热亚特',就叫我'亚特',迪里。"他低下头，踩灭了扔在地上的烟头，然后用他那双眯着的迷离的眼眸深深地看着我，继续说道，"你变了，迪里，变得更有魅力，真的。"

"你这样说，我可能会误会你想要重新追求我哦！"我靠在雅座里的沙发上，双手交叉着放在胸前，摆出一副不愿接受赞美的架势。

"这个，也说不定。"他挑逗似的微微一笑，说道。

此时的凯萨像一只焦躁不安的猛兽，在我身旁坐下又起身，然后再坐下，一副欲坐又起、无法忍受的模样，而阿丽耶却努力卖弄着风骚，想要把所有男同学都揽入怀中似的，亚特把这些都看在眼里，却无动于衷，继续贴着我的耳畔说着一些不着边际的话，像是要感动我，或者引诱我。然而在我飘飘欲仙，沉醉于自己的魅力，以为这一次真的能够成功地让亚特回到我身边时，眼前虚无的一切忽然坍塌，而我完全无法跟上那种变化迅速的脚步。我不知道阿丽耶是因为什么而突然起身走出晚宴，我只知道她离开的下一秒，亚特也起身了，他淡淡地扔下了一句："照顾好她！"然后轻轻地拍了一下凯萨的肩膀，就好像托付一件无关紧要的东西一般，把我扔在破碎的梦里，大步走开。对他来说，我到底是什么呢？我激动地站起身，决定要追出去问个究竟的时候，被凯萨拦了下来，他用力地抱着我，亲吻着我的额头，好让我镇定下来，他搂着我走出晚宴，向着亚特和阿丽耶的反方向走，让他们渐渐消失在了我的视野里，这一切发生得荒诞而突然。

月光透过枝叶，射穿枝丫，把我和凯萨的影子拉得好长，我踩着自己的影子，凯萨也踩着他的，就这样，凯萨和我一路走到了我的宿舍楼前，他给了我一个温暖而坚实的拥抱，告诉我，我还有他，我们可以一起战胜这一切。

"你应该感谢我，没有我，今天你可是要出丑喔！迪里。"他故作轻松地说道。我知道凯萨他只是想缓和一下这沉闷的气氛，好阻止我的悲伤和难过。

"谢谢你拦住了我，凯萨。"

"你还有我。迪里，你有我。"

我抬起头仰望夜空，看到一轮缺角的皓月旁星光点点，北极星却永远在同一个角落里闪烁，多么神秘而浩瀚的宇宙，而在这些永恒面前，我和我那小小的情感和迷恋又算得了什么？

天黑了下来，藏蓝色的夜空中飘浮着几朵云，窗外是漫天的繁星和一弯残月，舍友都还没有回来，因为是毕业季，约会的去赴约了，没有表白的去表白了，正在恋爱的也在狂热地恋着爱，即使明天就要分开，也不能留下遗憾。只有我，一个人孤独地坐在空荡荡的宿舍里，望着窗外的残月出神，今夜我又能臆造出什么样的故事去想象亚特、阿丽耶和我之间从未发生过的事呢？

一颗小石子穿过敞开的玻璃窗落在了我的脚边上，像梦一样难以捉摸，是亚特吗？不，不可能是他，他早就不会往这个宿舍里扔任何小石子了，他不屑这么做。第二颗，依然没有碰到任何一扇玻璃窗，径直落到了我的脚边上，第三颗，我缓缓地站起身，不可置信地走到窗边向下望去，是亚特！是他！真的是他！

"你真的在啊！下来吧！"他的语气是那样随意，就好像我们不曾分开过。"下来呀！"我呆滞地望着楼下仰着脑袋的亚特，不敢相信眼前的一切，这究竟是我臆造出来的故事还是他真的来了，我回头又望了望刚刚落在我脚边上的小石子，蹲下身捡起了它们，确实有三颗小石子啊！我重新站起身，用一种悲喜交加的、激动而颤抖的声音向窗外喊道："你等我。"

"迪里你很久没有去教室里了，不是为了躲着我吧？"见我不作答，他继续说道，"对了，研究生入学考试准备得怎么样了？"他眯着眼睛俯视着我，一脸让人无法招架的微笑。

"还好，你呢？最近好吗？"

"挺好的，就是想你。"他是认真的吗？

"阿丽耶好吗？"

"为什么提她？"

"不为什么，你们不是在恋爱吗？"

"谁告诉你的我们在恋爱？"

"不是和她，你也会和别人吧！反正有很多人喜欢你呢！"

"那你呢？你还喜欢我吗？我是认真的。"

"我不敢了，亚特，我不想再喜欢你了。"

"可你还是喜欢我的对吧？"他一副自信满满的模样，继续说道，"告诉我，迪里，只要你说'是'。"

"就怎么样？如果我说'是'，你会怎么样？"我追问着亚特，预想得到我想要的回答，纵然那个答案是我永远也得不到的。

"迪里。"亚特牵起我的手看着我，那目光似乎能将我的灵魂看透，一双迷离的眼眸不再飘忽不定，那里面一定是爱在闪烁，他爱我，他一定也爱我，即使没有达到我爱他的那种卑微程度，我就是知道他也爱我，而那些他从不肯在众人面前承认的爱情，这一秒却被他的眼神出卖了："无论你现在和谁在一起，凯萨也好，尼哈也罢！也不管我现在和谁在一起，迪里，你要知道，我们最终都会走到一起的，我会娶你，除了你，我不会和任何姑娘结婚，你记住今天我说的话，迪里，我们一等到毕业就结婚，我说到做到。"这一刻，我似乎看到自己和爱丽米热站在同一个天平里，天平的两端摆着同样克数的银色砝码，爱丽米热怀里抱着写有米德允诺的盾牌，而我也拥有了亚特的承诺。"到教室里来吧！迪里，别再躲着我了。答应我，明早让我在教室里看到你，好吗？"

我点点头，向亚特露出了一个久违的微笑，我记不清有多久，我没有再像现在这样感到欣慰过，我甚至都不敢大声讲话或雀跃，我知道这是值得我欣喜若狂的一刻，可我不敢那么张扬，生怕刚刚得到的一切瞬间会变得虚无缥缈、灰飞烟灭。

我静静地回到宿舍，在很长的一段时间里，我都无法相信刚刚发生的一切，我把那三颗落在我脚边上的小石头收进了柜子里，好让它们替我作证说亚特确实来过。

多想腾空而起地跳向空中啊！我要告诉爱丽米热，亚特回来了，就像她预言的那样，他真的回来了。感谢一切，我不用再臆造故事、追忆过去了，也不用在一个又一个的残夜里哭湿我的枕头后，坐起身给枕头翻个身继续流泪了，更不用再悲伤地听着音乐自言自语了。多好啊！我终于不用再失眠了。

"迪里，你睡了吗，我的天使？"凯萨发来信息。

"没睡，怎么了？"

"我喝醉了，你能出来吗？"今晚是怎么了？

"不，凯萨，你回宿舍吧！我已经换睡衣了。"

"别骗我，迪里，我刚刚在楼下看到你和亚特在说话，你上楼还不到半个小时。"

"晚安，凯萨。"

"我记得那美妙的瞬间。"

"凯萨，你早点休息，不要这样。"

"一首普希金献给娜塔莎的诗，今晚，我想把它献给你。晚安，迪里，我爱你。"

黎明的曙光照了进来，太阳把湛蓝的天空也一起带到了窗边上，我伸伸懒腰突然想起了昨晚，穿上拖鞋快步走到柜子前，看了看那三颗令人激动不已的小石头，深深地吁了一口气，欣慰它们还原封不动地待在了我昨晚放的地方。"太好了，不是幻觉。"洗漱完毕，在衣柜里挑了一条我最喜欢的连衣裙套在身上。"真好，我又可以回到教室里去和我的亚特见面了。"我选了两本最近要考试的书和一个笔记本，走出了公寓楼来到了教室，看见凯萨和亚特正嬉皮笑脸地和阿丽耶聊天，这情景着实叫人生气。

"你来啦，迪里！"凯萨比亚特抢先了一步坐到了我的位置旁。

"嗯！"我冷冷地应了一声，打开书，脑海里却满是亚特在教室后面和阿丽耶嬉笑的镜头。

"喂！既然你答应我的做到了，那我也一定会实践我的诺言的。"臆想填满了心智，就连亚特什么时候走到我身边跟我讲话，我都没有感觉到。

"快回你的座位吧！"我口是心非地说道。

"你真舍得？"亚特索性坐到了我左边的座椅上，我像是美国汉堡似的被两面夹击，我不敢去看凯萨的眼睛，生怕看到的是他受伤害的模样。

"回你的座位吧，亚特！"凯萨愤愤地说完，看着我，"你觉得呢，迪里？他是不是该回到阿丽耶身边坐着去了？"

"凯萨，你别这样。"我感到很为难，甚至有点后悔今天来到了教室里，引起这样的纠纷，"你们再这样，我就走。"亚特慢悠悠地站起身，回到了教室的后走廊里，继续和阿丽耶的嬉闹，可那些笑声对我却已经失去了它昔日一度有过的影响力，而我此刻的平静和满足感远比阿丽耶所能加予和馈赠我的要尖锐得多，激烈得多，阿丽耶已不再对我造成任何威胁了。

午休时，凯萨把亚特叫了出去。说是有话要和亚特说。真希望凯萨不要冲动，做出让自己后悔的举动来，破坏了他和亚特之间的友情。阿丽耶把双手插在胸前在教室里踱来踱去，显出一副撒泼的样子。

"昨晚热亚特去找你了吧！迪里，你一定很开心吧？"她终于开口了，"这么长时间以来，你躲着热亚特，一定很难过吧？我知道上一次在生日宴发生的事让你很介意，你也知道，热亚特他总喜欢跟在我身后，我走了，他自然会走。迪里，你得感谢我喔！因为昨晚是我让热亚特去找你的，是我让他去的，我告诉热亚特你肯定还爱他，不信的话他可以去试试，喏，你果然来了。他承诺你什么了？要和你结婚？娶你为妻？你觉得热亚特的话可信吗？我们系里那么多姑娘都喜欢热亚特，那么多比你漂亮、比你优秀的姑娘，你觉得他会娶你吗？'一毕业就结婚'这句话你觉得真的可信吗？热亚特可是本地人，而你是小镇里来的农村姑娘，迪里，你是个异乡人，你觉得你们相配吗？要我说……"

"尼哈前几天向我表白了。"我打断了她那趾高气扬的话语，继续说道，"阿丽耶，你不爱亚特，这我知道，可你爱的男人也不爱你，尼哈他不爱你，阿丽耶，你真的很可怜，别再臆造故事给我听，你刺激不了我的，有时间的话，把尼哈追回来吧！毕竟你们也在一起那么多年，没有爱情，至少也有了亲情。你说得对，我爱亚特，我很爱他，我也喜欢凯萨，可以的话，我也能对尼哈产生好感，不要再和我玩游戏了，阿丽耶，不然，我一定会让你后悔。在这所大学里，阿丽耶，你可以触碰任何你想要勾引的灵魂，唯独不能碰我的亚特，不然，我会杀了你。"

"你说什么？尼哈向你表白？你胡说！"

"我本来不想告诉你这些，是你逼我的。"

"迪里，我警告你，你离尼哈远一点。"

"你先管好你自己,阿丽耶。不然,我会让你知道卡雷奇姑娘的厉害!"

凯萨和亚特走了进来,带进来一片喧哗,教室里嗡嗡地响着同学们的说话声,阿丽耶也回到了教室最后排的座位上,而接下来整个下午的时间里,我没有再听她笑过。

凯萨从我手中夺走了我带来的笔记本,坐到了我身后的座椅上,时不时地轻轻扯一下我脑后的头发,然后咧嘴一笑,继续趴着头"奋笔疾书",在我的笔记本里写着什么。

凯萨回到了我的座椅旁,把笔记本放在了我的面前,我打开它,正好看到了凯萨刚刚为我抄写下来的那首爱情诗和短信,这还是我头一回在写信者面前阅读信的内容,这感觉就好像让凯萨赤身裸体地站在了我面前,让我陷入了一种极度的尴尬中,头顶上飞来的纸团打破了凯萨和我之间的这种窘态,我知道那纸团无疑是亚特扔过来的。我打开纸团,尽量不让凯萨看到纸条的内容,凯萨的脸因为我的回避而涨得通红,我知道他又在吃醋了。

"下课不许走啊!我有一个代数题要和你探讨!"

因为顾虑到凯萨的心情,我没有回复亚特的纸条,只是兴高采烈地等待着下课铃的响起,祈祷下课后凯萨能够赶紧离开教室,好让我和亚特有独处的机会。这感觉多么美妙啊!似乎又让我和亚特回到了大一时的生活。

下课铃响起后的下一秒,尼哈手捧着一束玫瑰出现在了教室门口,这着实刺激到了教室后排的亚特和阿丽耶。大学前三年里,尼哈只和一个女生确立过关系,那就是阿丽耶,我知道一直到现在为止,阿丽耶也如痴如醉地爱着尼哈,可她却始终改不了她那令人作呕的放荡本性,朝三暮四,最终使尼哈离开了她。尼哈个头很高,标准身材,长着一头乌黑的鬈发,蜜色的额头下是一双深邃的棕色大眼睛,他的鼻梁很高也很笔挺,薄薄的嘴唇使他显得正直而严肃。他很英俊,也很聪明,是大学里很多姑娘梦寐以求的王子,她们中的一些人甚至在背后偷偷把他形容成是"上帝的雕塑"。尼哈也崇尚时尚,所有夺目的形象他都试验过,可没有一次是失败的。

"我的美人,既然你不来答复我,那我就来找你咯。"尼哈嬉皮笑脸地把那束玫瑰放到了我的课桌上,俯下身准备坐在我身旁时,被亚特一把拦住了。

"她没有回复你是因为她和我和好如初了,尼哈,回你们系里,不要在这里惹我生气。"亚特语气的霸道可想而知,就连凯萨也站到了一旁去。

"哦?是吗?这是你一厢情愿呢,还是迪里真的答应和你和好了?嗯?迪里,你自己说吧!"尼哈的语气变得更加严肃起来。

"我……我们和好了,尼哈,请把你的玫瑰带走吧!"我吞吞吐吐地说完,低下头看了看我的笔记本,祈祷这一切能够快点结束。

"那可不行,送给姑娘的花怎么能再收回去?没有嫁给你,就不等于是你的,亚特。"尼哈目不转睛地瞪着亚特,说道。

"放心,等到毕业我们就结婚。"

"尼哈,你回去吧!"阿丽耶走过来插了一句。

"和你有关系吗?"尼哈不屑地看了一眼阿丽耶,径直走出了教室。而此刻的阿丽耶站在原地,经历着一种不知所措的难堪,她看了看亚特,又看了看我,尴尬到不知道究竟该把手放在哪里,她像是要哭出来似的,用她所能迈出的最迅速的步履走到了教室的最后排,那是大学这四年里,我在她脸上所见到过的最难看的脸色。当毕业后不久,听到尼哈的死讯时，我也是用了这样深刻的印象，把那时和尼哈还有阿丽耶一同经历过的描绘了出来。

"你还真有魅力！"亚特的面部变得阴沉而愠怒，冷冷地说完负气走开了。

"没事儿，迪里，你别理他。"凯萨重新坐到了我身边的椅子上，静静地坐了一会儿，说道，"要我陪你吗？"

"不用了，凯萨，你先回去吧！我看会儿书就走。"

"那好吧！明早见，迪里。"

"明天见。"

教室里安静得只能听到亚特和我的呼吸音，夕阳的余晖洒进教室里，这时，亚特终于站起身走到了我身旁。

"我不希望尼哈再来找你。"

"什么？"

"不要让我重复，我不希望尼哈再来找你，我也不喜欢凯萨坐在你身边给你写他那些狗屁诗！"他把课桌上的玫瑰一把打到了地上，继续说道，"还有这令人恶心的玫瑰！以前我没有送过玫瑰给你，以后我也不会送你玫瑰，因为今天我已经受够了这该死的玫瑰！"

"亚特！你别这样。"

"你闭嘴让我说完，我说了一毕业就和你结婚，所以从现在开始我希望你尽到你自己的本分，知道该做什么，该说什么，好吗？"

在我被邀请去亚特家里拜见他父母的那个星期，醉酒那事儿发生了，但也是因为那件事情，拜见亚特父母的事情才得以提前。

因为爱丽米热第二天一早就要把一幅油画送给一位即将远行的老师，亚特醉酒被阿丽耶送回家的那个夜晚，我正在爱丽米热的画廊里连夜陪着爱丽米热赶画。

"迪里，你在哪儿？我现在必须见你。"亚特在电话里的声音显得急迫而气愤。

"你怎么了？这么晚了你怎么还没睡啊！我在爱丽米热的画廊，你过来吗？"

"好，你等我。"

画廊前街道上的路灯整齐地亮着，发出微弱的黄光，远处亚特单薄的身影孤单得像个游走的灵魂，因为看到亚特，我大胆离开了画廊的门口走向了亚特来的方向。

"迪里，我今晚不回家了。"

"你喝酒了吗？你身上的酒味可真大！"

"你就别再说了，我已经够委屈的了。"亚特红着眼像个大兔子似的瞪着我。

"怎么了，亚特？发生什么事了？为什么今晚你不能回家？"

"我爸爸，他从来不打我，今天却因为阿丽耶那个臭女人打了我一巴掌。"

"阿丽耶？这和阿丽耶又有什么关系？你又和她在一起了吗？"

"没有，是我们约好最后一次喝酒，我喝醉了，她就想着怎么害我，她把我送到我们家门口，还把我爸叫了出来，告诉我爸说让他好好教育我，别再让我出去丢人现眼！你说我爸他能不生气吗？迪里，这是做了四年同学该做的事儿吗？真是个心比蛇蝎的臭女人！"亚特像是总算看透了阿丽耶的阴谋，滔滔不绝地叙述着那一晚阿丽耶对他的陷害，"我越想越不明白，你说她到底是怎么想的？为什么要害我呢？"

"所以呢？你就离家出走了？"

"才不呢！我就是生气，也不想让我爸看到我这副样子就出来找你了。"亚特顿了顿,继续说道,"迪里,这周你就去见我爸吧!我觉得他们看到你就会对我放心一点,不会再管着我了。"

"好啊!什么时候?"

"就明天吧!"

阿丽耶的陷害让亚特对她彻底断了念想,就连一点眷恋也不复存在,这反倒让我不再为他们的旧情复燃而担忧了。其实,我能够理解阿丽耶是抱着怎样的心情去做这件事情的,她只不过是在生气,在淘气地做着她以为很好笑的恶作剧,却令亚特对她更加瞧不起,她气不过尼哈对我的追求,气不过我和亚特的和好如初,气不过亚特最终放弃了她而选择了我。因为一直以来,她都是所向披靡的,她想和哪个系的哪个男生在一起就能和他在一起,不可否认,她的确有着那样令人艳羡的魅力,可是这样的魅力,轮到她的真爱尼哈时却失去了作用,让尼哈对她变得不屑一顾,轮到她想要当成备胎的亚特时,也失去了它本该有的效果,亚特对我们四年感情的不舍,致使他回心转意选择了我。

那一晚,亚特睡在了爱丽米热画廊办公室里的一张长沙发上,而我陪着爱丽米热一直到天亮,黎明的曙光洒进了画廊的走廊上,我站起身关掉了照明灯,又回到了爱丽米热的身旁。

"终于完成了!"爱丽米热伸了个大大的懒腰,那动作像极了一只优雅的布偶猫。这时,亚特也醒了,慵懒地睁着他那双迷离的大眼睛:"你们俩真的熬了一夜?爱丽米热,你自己画也就算了,还拉上我的夫人做什么?"

"别秀恩爱了,我知道你们就要结婚了,可不可以不要刺激我?"爱丽米热的语气里带着一丝苦涩的幽默,她凄然地笑了笑,然后收起了画笔。

"爱丽米热,你要回家还是继续工作啊?"

"一会儿会有人来取走这幅画,但我已经没力气等那个人来拿画了,我这就回去休息,我快受不了了,你们呢?"

"今天啊!我夫人要去拜见我的爸妈!你要一起来吗?"

"快别欺负我了,我要回家睡觉,睡到明天早上。"

我和亚特走了出去,把爱丽米热留在了画廊里,想着她穿着帆布围裙收拾画笔的孤独模样就令人心疼,真希望米德能像爱丽米热所预言的那样,快一点回到她身边,履行他曾对爱丽米热许下的诺言。

那是一个晴朗的周末。上午,亚特带我去拜见他的父母时,我紧张得连送给亚特父母的礼物都忘带了。我翻遍了衣柜里的每一个角落,最终选择了一件黑色的衬衣套在了身上,我本该为那件衬衣配一条休闲的牛仔裤,却傻傻地配了一条短裙,而在那件可笑的黑色衬衣上我竟然滑稽地套上了一件彩色的运动服和一条白色的俄罗斯围巾,我试图把衣柜里所有的漂亮衣服、围脖、首饰统统戴在我身上,想用一个漂亮的第一印象赢得一次满分,却在搭配上一败涂地。可当我把那件可笑的彩色运动服脱掉时,我又发现那一身搭配得是那么完美,尤其是那条雪白色的俄罗斯薄围巾。

当我们礼貌地按下第二次门铃并等待时,亚特的母亲替我们开了门,她对我进行了一遍从头到脚的扫视(她的目光里却没有一丝不友好的成分,那神情让我觉得那似乎是母亲所特有的、对晚辈的一种富有涵养的审视)之后,用一种温柔的声音说道:"快进来吧,孩子们,快进来!"

厨房在一进门的右手边,我看到亚特的父亲手里拿着一个大汤勺,正抻着脖子向我投来好奇的目光,他的脸上没有微笑,却很认真。当我们四目以对时,我在亚特父亲的那双眯着的大眼眸里看到了亚特老去时的样子,这就是我对阿卜都拉爸爸①的第一印象。

厨房的旁边是卫生间,我们走过内廊,来到了客厅。客厅很宽敞,比我在卡雷奇镇家里的那个客厅要宽敞得多,地上铺着一张红色的羊毛地毯,地毯上面织着大朵的美丽花纹。我和亚特并排坐在了一张长长的布艺沙发上,沙发前的长桌上摆放着一罐尚未磨好的咖啡豆和一盘水果,对面的灰色电视柜上,除了一台老式的电视机以外,还摆放着各种各样从世界各国带回来的旅行纪念品和装饰品,东西虽然多,但被女主人整理得井井有条,而这样的装饰和整理使屋里弥漫着一种强烈的艺术气息。我从电视柜旁的巧克力色全身镜里,时不时地审视着自己的外表,发现镜子里脱掉运动外衣的我,已经显得没那么傻里傻气,在黑色衬衣外披上的那条雪白色围巾也使我显得更加迷人,这让我着实感到安心了许多。

亚特的母亲是一位导演,具有很强的观察力,她目光敏锐且犀利,也很爱挑剔,是个优雅干练的中年女人,而亚特的父亲则是一位政府官员,在这座城市也有着一定的影响力,他的性情温暖而随和,目光里有着我毫不陌生的那种亚特眼神里所特有的慵懒,那样的神情令我几度感到亲切而熟悉。"我不是本地人。"当我不自信地说出这几个字时,在他们脸上,我没有看到丝毫的不快,我很快将那些"我是异乡人"的自卑思绪赶走,重新融入了这种快乐而自由的家庭氛围里,心想也许他们之前就已经从亚特的口中得知了这一讯息。

"一条蜜色的真丝围巾"和"一对镶有白钻的黄金耳环",这是亚特的母亲哈妮扎特妈妈送给我的见面礼,而在看到这些礼物以前,我都没能记起自己忘记带礼物来拜见长辈们的这件事情,我羞愧不已地望着长桌上我面前摆放着的礼物盒,抬起头遇见了镜子里那个满脸通红的自己。

---

① 亚特的全名叫作"热亚特·阿卜都拉"。

"这，这太贵重了，哈妮扎特妈妈。"

"收下吧！孩子，只是一些小东西而已。"

午餐是小黄瓜、大蒜和辣乳酪打成的沙拉泥、羊肉料理和炖鱼，亚特说大部分时间里，都是父亲下厨，因为母亲忙于写剧本，所以顾不上做家务，他还特意强调自己不会像父亲那样，因为从小到大哈妮扎特妈妈就从来没让亚特做过任何家务，他还说自己是那种就算看到橄榄油壶倒了，也不会去扶起来的男人。

"是吗？在我看来，能够帮助妻子的男人才更迷人！"我轻声地说道。

"我那么大男子主义，你不也照样爱我爱得死去活来吗？"亚特降低了他说话的音量，不以为然地说道。

哈妮扎特妈妈把食物摆放在了餐厅里的另一张长桌上，然后走出来微笑着说道："迪里，你别客气，就当是在你卡雷奇的家里，以后这里也是你的家，你们自己先吃。"说完她又看了看亚特继续嘱咐道："我和你父亲要去一趟你外婆家，一会儿就回来，我们会在那里用午餐。"

我们吃光了所有的羊肉料理、沙拉泥和炖鱼，快乐地沉浸在一种无所畏惧的自由里，幻想着有一天我们也会生活在这样一座大房子里，彼此相拥着看电影、享用美食。亚特打开了那台老式的电视机，播放了一部电影，他搂着我，装出一副很酷的冷漠模样，可是我知道此刻他其实比我还要开心，我和亚特沉进了那张软绵绵的沙发里，那是第一次，我尝到了被一个男孩搂着的那种甜蜜。

两个小时以后，哈妮扎特妈妈和阿卜都拉爸爸回来了，而我又回到了那种半拘谨的状态中，回答着长辈们提出的每一个令我紧张不已的问题。

"迪里，你们家里有几个孩子？"问到这个问题时，亚特的母亲做了一个我认为很随意而不能在客人面前做出的举动,那举动让我对她有了另一种认识,那就是她在家里是个非常自由而不受限制的女人。她把文胸从身后解开,然后用一种非常熟练的动作,从两边的短袖袖口里抽出了那个文胸的肩带,最后从裙底把那个肉色的文胸拿了出来。

"十一个孩子,我是第十个,我还有一个弟弟。"在我回答这个问题的同时,她又将两条腿盘在了沙发上,露出了她那条浅色的底裤上套着的肉色丝袜。这一举动让我有些尴尬得不知道该把目光望向哪里了。而这个回答,在亚特送我回家的途中引起了争执。

"迪里,你是怎么想的?你为什么要说你们家有十一个孩子呢?"

"我为什么不能说?这是事实啊!有什么问题吗?"

"你不该那么说,迪里。这样,我妈妈会有顾虑的。"亚特摆出一副很厌烦的模样。

"那我该说什么?"

"你应该说我们家只有三个孩子,或者你说五个也行啊!你怎么能说你们家有十一个孩子呢?还说什么你是第十个,你还有个狗屁弟弟什么的!"

"亚特!"我气愤得说不出话来,而亚特的那句"狗屁弟弟"深深地伤害了我,也侮辱了我的家庭。

"怎么了?我说错了吗?"

"亚特,你记住,不要再让我听到你那样不礼貌地形容我的家人!"我不想去重复形容我弟弟的那句带有侮辱性的话语,同时我也在努力克制自己不要一走了之,"如果因为我的家庭,我的哥哥、姐姐和弟弟而让我撒谎,不承认他们的存在或者别的什么理由和原因,使得我离开你。那么,我会义无反顾地选择离开你,我不会犹豫,亚特,我绝对不会犹豫,哪怕是一秒也好,我也不会因此而感到后悔,我会选择我的家庭，我会毫不犹豫地选择我那十个兄弟姐妹和我年迈的母亲，我会选择他们而放弃爱情，放弃你。如果你的家庭接受不了我们，那么我可以退出这段感情。"那是我一生中最引以为傲的时刻，它的严厉没能摧毁亚特和我之间的爱情，却使我和我的家庭赢得了本该有的尊敬。我告诉亚特，我不能，也绝对不会为了和他结婚而欺骗他的父母亲，在他们面前不敢承认自己的家人。当亚特向我投来他那少有的敬佩的目光时，我也明白了自己在婚前就说出这段话的重要性，因为在那以后，我可以感觉得到亚特在每一次提到我家人时的那种小心翼翼的神情，他害怕再触动到我的哪根敏感神经而致使我退出这段我们曾一度小心呵护着的感情。

四月，"红色印记"事件发生了。

我虽然不像爱丽米热那样，在每一个有意义的日子里，都会握住一支笔，在日记本里记录下当天的事情，可我的脑袋里也早已写好了一本厚厚的、铭记着和亚特经历过的一切的隐形日记，所以我更能确信，那件事情就发生在四月十九日的黄昏。

那天是凯萨的生日，我和亚特本来也要应邀一同去参加凯萨的生日宴，可我却被亚特连哄带骗地带到了他们家在跳蚤市场周边买下的一间小公寓楼里。因为是一层的关系，也因为是黄昏，窗外已经没有多少光线可照进屋里，而当亚特拉上那层厚重的紫红色窗帘后，小公寓立刻变得比地下俱乐部还要黑暗了，那种黑暗导致我连公寓里小家具的颜色都没有看清。

"亚特，你要做什么？"我明知故问。

"这条裙子真漂亮，迪里。"在一个深情而长久的吻之后，亚特问我是否同意和他发生男女关系，"你还是不愿意把自己交给我吗？"

"我不想那样。"我半推半就的语气为亚特增添了勇气，他开始试着掀开我的连衣裙，然后用我无法抵挡的力气解开了我系在连衣裙上的腰带，脱下了我的底裤。

"亚特！"

"嘘，别出声！"我们像是在做一件神秘而奇特的事情，就连说话都变得小心翼翼，不敢发出任何除了耳语以外的声音。

"亚特，我们不能这么做！"我像是在对自己发出警告那样，说着无用的话语。

"我们早晚会结婚。"亚特显得势在必行。

"我知道，但是……"

"嘘，别说话，到底在哪儿呢？"他甚至连准确位置都找不到，其实我也不知道我身体里的那个神秘的位置究竟在哪儿，我把手插进了亚特柔软的鬈发里，只看到亚特那皱起的眉毛和冒着汗珠的脑门。

"亚特！"

"嗯？"

"求你别那么认真地看着我的身体。"

"我不看怎么找啊！"亚特的声音因为焦急而颤抖着。

"反正就是不要那么盯着好吗？"

"你别说话，就快好了！"此时的亚特像个十足的钻井工人，这让我觉得很可笑，可是接下来的几分钟里我再也不想笑了。亚特终于找到了"钻井"的准确位置，用力地在做着一种我很陌生也曾听说过的反复动作，而那些动作都只会叫我痛不欲生，我感受着身体被撕裂的疼痛，用力地推着亚特那变得异常沉重的身体，可却没有办法让他从我的身体里把自己抽出来然后离开。

"亚特。"除了我爱的人的名字，我什么都说不出来，我不知道别的姑娘第一次都是怎么做的、都说了些什么，可我除了亚特的名字以外却不知道脑海里还有什么别的词语。

"我爱你,迪里,我真的太爱你了。"亚特喘息着说着那些他从未跟我说过的话,可在此时却无法在我心里掀起任何涟漪。"说爱我,迪里,快说爱我。"在最后那几秒钟,亚特说道。

"我爱你。"我满足了亚特,尽管此刻我并不想说爱他,可我却选择了满足他想要听到这句话的请求。而亚特也终于把他自己从我的身体里抽了出来,躺到了我身边的位置,在他沉默的空隙,我开始伤心地哭了起来,像是受到了很大的创伤和侮辱,像是做了一件我此生都会后悔的事情。

"迪里,你别哭,我求你别哭了,我们会结婚的,我说到做到好吗?"我坐起身,和亚特在同一时间看到了白色床单上的红色印记,那颜色是那么壮观,以至于让我和亚特都为之一颤。"迪里,我会好好珍惜你的。"我依然说不出任何话,我的脑袋里除了亚特的名字和"怎么办"这个词语,已经将近有一个小时都没有出现过一个新的词语或语句。"迪里,别哭了,我答应你,我们一毕业就会结婚,我不会背叛你,我会对你忠诚,如果我结婚了,那只会和你,迪里。"亚特说尽了好话,把他那些从未跟我说过的甜言蜜语轮番说了一遍,却打动不了我的眼泪,那些泪珠就好像这四年来等着一触即发似的,止也止不住地往下流,让亚特和我自己不知所措地望着彼此。

"亚特,我们真的会结婚吗?"这是事情发生一个小时后从我口中说出的第一个问题。

"一定会!"亚特松了一口气,像是抓住了救命稻草一般抓住了从我口中说出的那个问题,然后握住我的手,坚定地看着我的眼睛,"一定会的,我们一定会结婚的,相信我,迪里,我绝对不会再离开你了。"

"那我们现在还去凯萨的生日宴吗?"

"当然，我带你去，你先穿好衣服。"说这话的同时亚特已经在开始整理衣物了，他先以熟练的动作套上了他的长裤，然后扣上了他从未脱下来的衬衣的扣子，依然让最上面的扣子保持着它们敞开时的样子。我小心翼翼地开始以一种慢动作的方式，穿好那条我特地为亚特穿上的淡粉色连衣裙，站起身发现我的两条腿竟然在不自觉地发抖，我根本没有力气站直。

"亚特，我觉得我的腿太软了，我站不起来。"

亚特走到我身边，扶着我，体贴地弯下了腰，看了看我藏在裙底里的腿，然后说道："要不就在这里休息，不去了？"他试探似的看着我。

"不，凯萨会不高兴的，我们还是去吧！"我坚持道。

"那我牵着你。"这么多年来，就算是在我和亚特恋爱初期的那些日子，亚特也没有牵着我的手在大学里走过。这时，我才惊讶地发现从红色印记的那一秒开始，我已经占据了主动权，而亚特早已把他那居高临下的冷漠态度收了起来，取之代之的是他从未有过的体贴和怜爱，这样的亚特让我顿时感到不能习惯。

街道上的路灯亮了起来，闪着它特有的芒果色光芒，一只灰色的小猫，慵懒地翘着尾巴，漫步在那些早已打烊的小卖铺门前，亚特紧紧地握着我的手，走在我的左边，像个瞬间长大了的大男孩，时不时露出担忧的神色回头看看我步履蹒跚的样子。

"迪里，你还疼吗？"他问了很多遍这个问题。

"嗯，但是比刚刚好一点。"我不想让亚特因为这件事而感到太自责，于是我只能在真话后面加一句带有安慰性的话语。

"要是你觉得太疼，我们可以回去。"

"快到了，亚特，别让凯萨失望。"我顿了顿，继续说道，"今天是他的生日，亚特，而我们是他最好的朋友。"这一秒，我再也不用害怕亚特会因为凯萨而吃醋了，因为从两个小时前开始，我就已经完完全全地属于了亚特，而在我的潜意识里，我竟然也有那么一秒，会觉得此刻亚特牵着我去参加生日宴，是因为他想给凯萨以及全世界展示一下他新得的战利品，可我也深知自己并不只是他的战利品，他爱我，和我爱他一样深刻，如果说从前没有那样的程度，那么以后也会有的。

　　我忍受着下身的不适和微痛，努力控制着我的面部表情，凯萨几次离开人群走到我身旁，试图重新拉近我和他之间的距离，可都以失败而告终。而亚特始终没有离开我一步，除了阿丽耶来叫他出去，说有话要对他说的那几分钟。几年后，亚特告诉我，那一晚，阿丽耶是来向他示好的，她求他原谅并想要和他继续那段不是恋人的暧昧关系，她向亚特承认了她对亚特父亲的失礼和错误，声称自己是因为喝醉酒，才会不小心对亚特父亲说出那些话的。然而，亚特却断然拒绝了阿丽耶的请求，后来他把那一晚对阿丽耶说过的话原原本本地告诉了我："如果我再和迪里分开，她一定会死的，阿丽耶，她绝对会发疯，我不能让这样的悲剧发生在我和迪里身上，因为我爱迪里，就像她也那样深深地爱着我一样，我也很爱迪里。我妈妈也从未教过我要做那样的事，我受到的教育是对自己所做过的，无论是最糟糕的还是最完美的决定，都统统负责，我是个男人，阿丽耶，我必须这么做，我不能再和你继续我们的关系，我要有男人该有的担当，我要对她的人生负责，我必须要对迪里负责。"在很多年以后，我依然清楚地记得这段话，当我因为碰到一件老旧的物品而忆起它们时，会让我对亚特在"红色印记事件"发生后给我带来的安宁而深感欣慰，它让我不再羞愧和怯懦于那些我们在婚礼之前就提早越过的"禁区"和我们偷吃过的"禁果"，也一度庆幸我遇到的亚特是个有责任有担当的男人，是的，那件事情后，亚特已不再是一个大男孩，他变成了一个真正的男人，一个足以让我信赖的男人。

毕业典礼后，我发现自己怀孕了。那时正赶上亚特的妹妹妮露法尔从美国回来。在一次玩笑似的对话中，我向妮露法尔透露自己已经很多天没有来例假的事情，这着实增添了亚特母亲哈妮扎特妈妈的担忧。

七月，亚特和哈妮扎特妈妈决定陪同我一起去医院检查身体，而那时，我身体里的孩子已经快两个月了。哈妮扎特妈妈坚持要让我做药流，因为妮露法尔在一本医学刊物上看到过一篇关于《清宫手术对子宫带来的创伤》的文章，而我们却不知道那时我们正在做着一件愚蠢而偏执的决定。药流的最好时机早就过去了，一个有着两个月身孕的姑娘只能清宫，可我们却坚持着自己那套毫无依据的说法，就因为妮露法尔看到过一篇我至今都怀疑她有没有看到过的文章。而那篇倒霉的文章却差一点害死我。

在后来的两个月里，我彻底蒸发了，我全然不知药流的失败，以为那些淋漓不尽的血块是月经不调所致，我忍受着孕激素在我身体里产生的那些令我恶心呕吐的反应，徘徊在亚特的父母在跳蚤市场周围买下的小公寓和学生宿舍里，其间我还去了一趟卡雷奇，我瞒住了所有人却没能瞒住我的二姐迪里达尔，她的观察力总是让我佩服得五体投地。

我回到家的那一晚，二姐没有睡在我身边，我知道她是在惩罚我的无知和过错。我难受极了，一直到凌晨我仍然真切地感受着胃里那排山倒海般恶心的感受，强忍着熬到了清晨。当第一缕阳光照在我昨晚因没有心情也没有力气拉上的窗帘后，我揉着哭肿的眼睛起身了，我把带来的几件衣服和上一次回卡雷奇时，二姐买给我的那几条连衣裙一起装进了我的行李箱里，把它放在了我的卧室门口。

"早安，我的宝贝迪里！"母亲以她那特有的亲切和温柔吻了吻我的额头。三姐撇着嘴说完坐到了餐桌旁的第三把靠椅上。在家里，我们每个人都有自己的位置,谁也不会坏了规矩,二姐会坐在母亲右边的第二把靠椅上,而我总是坐在右边的最后一把椅子上,从小到大都是如此。

早餐是面包和奶酪配茄子,因为习惯睡懒觉所以大家都不怎么有精神,二姐的状态尤其如此,我看得出来她的心情很沉重,一副眉头紧皱、愁眉苦脸的样子,看到她那样会让我很心疼,因为那些让她心烦的事情是我做的。

我们安静地吃着早餐,只有母亲和大姐时不时地说上两句话,像是某个邻居家里的鱼缸不见了,哪个邻居的果园里钻进去几个淘气的孩子诸如此类的,所以我们也就插不上什么话,只是一味地把食物含在嘴里点点头,傻傻地对自己根本就没有听进去的话的内容表示同意。

餐毕,我起身走到了母亲坐着的主位旁,拥抱着她,闻着她身上那股我从小就很熟悉的甜美的味道,那股由各种食物像魔法似的混合在一起而合成的料理的味道,那股让我能够永远安心的味道。

回到那座不属于我的城市,看到已经等候在公寓楼里的亚特,让我有了一种安宁,我很快忘记了二姐在卡雷奇的那番严肃的高谈阔论,对我来讲,那些内容太过高深,我那时还不能完全体会到二姐替我感到的羞愧和对我和亚特的那个尚未存在过的孩子所感受到的悲痛。

"家里人都好吗?"从"红色印记事件"发生后,我在亚特的目光里也看到了我长久以来所期待的那种米德对爱丽米热所流露出来的珍爱和深情。

"挺好。"

八月,当我拿着手里的介绍信来到哈妮扎特妈妈安排的电影公司面试时,我身体里的血色素已剩下不到六克,我强忍着贫血带给我的剧烈疼痛，感受着头痛欲裂的感觉，面对面试官的刻薄和严苛。他们告诉我，其实这里需要的是一个身强力壮的小伙子，让我出示一系列我在大学里拿到的证书和证明我足够优秀的那些纸片，我把它们统统摆在了面试官面前，然后像是等待着审判的罪人那样，看着台上的面试官那一个个透明眼镜背后的老鼠似的眼眸。而当最后他们仍然坚持着自己想要留下一个小伙子作为他们的员工时，我说"我无法把性别改掉"，这句话引来了一阵冲破严肃的大笑。而那一笑则让我成功地击退了公司里所有重男轻女的上司。

面试结束后，我回到了小公寓楼里，我告诉亚特我的下体还在流着大块的血块，我的头很疼，疼得快要裂开了，我说我怕自己就快要撑不住了，再不去医院我的头会爆炸的，我会死的。

亚特和我到达医院时，哈妮扎特妈妈就已经在那儿了，医生给我开具了一张抽血单，然后吩咐亚特带我去妇科检查室做检查。

"别害怕，我就在门口。"亚特心疼地握了握我的手，然后一步三回头地往门外走去，我的视线时而模糊时而清晰，我的耳朵也开始耳鸣，像是有人在我耳边拉弹簧似的，那声音不知疲惫地冲击着我的耳膜。我叉开双腿无力地躺在那张检查床上，我努力催眠自己，告诉自己亚特和我就快要结婚了，没关系，我是亚特的未婚妻，我不用觉得羞耻，下一次，下一次我们一定不会再做这样的事，我们也一定会有属于自己的宝宝。

"姑娘，血红蛋白都已经掉到四克了，你先生也太大意了。你一直在流血，为什么不早一点来医院呢？"她穿着白大褂，波浪似的长发用一枚藏青色的发卡别了起来，年龄大约只有三十岁，说着一口流利而快速的本地话，但是只要开口说话就总能从嗓门里发出一种老成的声调，似乎只有那样的说话方式和语调才能让病人听从她的。她站在我的两腿之间，神情严肃而阴郁。

"出血太多了，你得马上再行一次清宫手术，你之前做过对吗？"她抬起头问道。

"没有，我吃过药。"我有气无力地，像是把那几个字吹出嘴巴而不是说出似的对她说道。

清宫术很疼，因为贫血的缘故，医生建议不用麻醉直接做清宫术，我只能忍，但是因为知道亚特在门外守着我，我的内心里有一种很特别的坚强和安宁，因为和医生配合得很好，没有随意扭动身体（这是后来医生对我的评价），我的清宫手术只用了五分钟就做完了。手术结束后，亚特把我从检查床上抱了下来，回到了普通病房，哈妮扎特妈妈替我办理了住院手续。输血开始以前，我的头依然很疼，就像要裂开那样。

而在这期间，哈妮扎特妈妈一直在身边照顾我，她是个多么开明的女人啊！而我又是多么幸运才能遇见这样的女人做我的婆婆。

像亚特向我保证的那样，输完血后我的头就不再那么疼了，贫血被纠正以后，我的脸色也红润了许多，耳鸣的症状也相继消失了。

接下来近一个月的日子里，我都是这样被亚特和他妈妈轮流照顾着。亚特表现出的耐心是我这五年来从未见到过的，这让我深感欣慰，也让我觉得未来的他，一定会是一个尽职尽责的好伴侣。哈妮扎特妈妈更是一顿不落地为我送来各种由她和阿卜都拉爸爸做的美食，让我有一种置身于家乡的幸福感。

八月，在一个雾气朦胧的破晓，我穿过鲜花盛开的草原和梦境般的高原走向亚特，是的，那的确是一个梦，他牵着我的手，冲破大雾。在散落一地的金色杏树之间，我们面朝天空幸福地笑着，我转过头望着亚特，看着阳光普照在他身上，射穿他的每一根发丝和睫毛，将他环绕在一种璀璨的香槟色里。而此刻，未来不再是堆砌着憧憬和虚幻的山盟海誓，我们都恪守那份誓言，好在我们都有了充分的准备以后，履行诺言。我并没有把这个美梦告诉亚特，我甚至不想和任何人分享我这一晚的感受，那是无法用言语去表达的一种幸福。我们总是用一种或明或暗的色彩，用一首悲伤的歌曲，甚至用一种独特的气味去识别人生中的某一刻。而从那一刻起，我知道，那个拥有亚特的未来是一种耀眼的香槟色。在我此生余下的岁月里，我都能够靠着这种颜色去辨认他。

晨星暗淡，地上升腾着刚刚泼洒过的冷水的味道，像前一晚的梦一样，黎明的晨雾也散了。我和爱丽米热还有几个姑娘一起从家里出发，没有一丝倦意，我们提着大大小小的手提袋，里面装着一些能够使我们变美的"魔法"，化妆品真是个奇妙的东西。

我们从家里出发，大约四十分钟就抵达了米克诺斯岛，从出租车广场步行几分钟就能够看到帕拉波尔提亚尼教堂，这座岛屿有许多教堂，但是亚特和我却喜欢这一座。纯白色的教堂衬托着蓝色的港湾，呈现着一片平和，仿佛我们都还停留在中世纪的宁静中，天公作美，今天的天气格外晴朗。

姑娘们开始穿着打扮，爱丽米热负责我的化妆，对了，她除了画画很棒以外，还有一个令人羡慕的特长，那就是彩妆，所以爱丽米热是今晚的化妆师，她会让我成为最美的新娘，这一点，我坚信不疑。姑娘们穿好礼服，化好妆，着手去准备气球和丝带，布置室外的婚礼场地，我选了香槟色作主调。

"谁在准备新房？"我焦急地抬起头，看着爱丽米热。

"这些事都不是你该操心的，明天还有一场乡村式的婚礼在等着你，你只要美美地站在你的亚特身旁，扮演好你的新娘角色，剩下的交给姑娘们吧！"爱丽米热不紧不慢地盘起我的头发。"是这样好呢，还是这样？"她从身后看着镜子里的我。

"我觉得这样比较自然。"然后，我们在镜子里看着彼此大笑着，而此刻爱丽米热眼里噙着泪水。"有你真好，爱丽米热，我觉得很安心，不知道妈妈和二姐她们到了没，有没有人去接她们？"婚礼就是这样，你永远也阻止不了脑袋里那些奇奇怪怪、接二连三的问题，你不知道有没有人做了你突然想起来的某件事情，或者是不是忘了什么细节，你总有操不完的心，总想问身边的人各种各样的问题，就是这样。

我戴着姑娘们亲手为我编织的白色、金色相间的花冠，披着雪白的婚纱，走在人群中，走在洒满阳光的青草地上，脸上流露出的是一种拘谨和害羞，每个人的手中都拿着一根白色的蜡烛，见证我们神圣的一刻。妈妈站在人群中，和亚特的父母并排站着，慈爱的眼中含着泪水，她比以往任何一个时刻都要庄重。二姐就在刚刚偷偷地在我的白色手套里塞了一颗糖果，她说她做了功课，这里的人们认为：在手套里放一颗糖果代表将甜蜜带进今后的岁月里，带进我和亚特的婚姻生活中。诗歌班的领唱者训示亚特，让他保护好我，在今后的每一个日子里，都要好好保护我、疼我、爱我。我弯下腰轻轻地拍了拍亚特的脚，以示对他的尊重，然后等着亚特热情地拉起我，和我一起跳欢快的圆舞。几个姑娘端来了裹着糖衣的扁桃仁，把盘子送到了我和亚特的手中，让我们分发给来参加婚礼的宾客。我想起爱丽米热跟我讲过的一本《睡莲花下的奇书》，里面讲：仙女和大自然的神，都是用舞蹈、花朵和香料去交流的，而地精，则是用石头和宝石的语言去交流，多么奇妙啊！此时此刻，我和亚特何尝不是用花朵、气球和丝带去交流，用我身上洁白的婚纱，用不远处的蓝色海洋，用抬起头就能够看得到的繁星，用闭上眼都能够感受到的浪漫的白色月光，用夕阳西下时，我们用臂膀感受到的那温暖而热情的阳光去交流，冲破囚禁着我们各自的铜塔，用各种符号去交流，用尽我们的余生。

我心怀感恩，神往我和亚特那美满的未来。试问这世上有多少人能够嫁给爱情？又有多少人将就度日、了此残生？

新婚的甜蜜并没有持续太久，有些痛苦来得太早太快。阿丽耶回来了，我知道亚特和她见过。从他闪躲的神情中，从他身上女人所特有的香水味里，从他衬衣边上不小心抑或有意染上的口红印上。我不是傻子，我怎么会看不出来。他以为自己足够狡猾，能够瞒天过海，骗过我，让那些背叛的罪行变得隐形，让我睁一只眼闭一只眼，甚至让我彻底合上双眼、闭上嘴巴、捂住耳朵，不言不语，任由他堕落，背道而行。但那怎么可能呢？尽管我可以闭上嘴绝口不提，然而我怎样才能做到捂住耳朵，合上双眼，装作什么也没发生。

多少个夜晚，我彻夜坐在沙发上等他回来，等来的不过是一个又一个的黎明，和一道道刺眼的阳光。从得知我怀孕以后，从那个放荡的女人来找过他以后，亚特他便不常回家了。

在黑夜里，我无助地望着那扇灰色的铁门，感受从未有过的无助与孤独，我深知亚特不会再微笑着从那扇门里走进来，走向我，给我一个温暖的拥抱，告诉我，他有多么想念我。此刻，他一定在她的怀抱里沉沉地睡去。而这一切的发生，不过是因为他和她之间有一段未完成的恋情，他曾为了履行对我的诺言而放弃过她。现在，她主动来找他，不惜一切代价，宁愿成为我们婚姻里的第三者，她也要得到他，她宁愿背负骂名，也要让他去完成他和她生命里那段未完成的部分，最遗憾的部分。

然而，作为亚特名正言顺的妻子，最可悲的是我竟无法将内心的想法，铿锵有力地说出来，也无法为自己据理力争，告诉亚特，他不该这样对我。我怀着身孕，本应多了一个勇敢面对这一切的筹码，本该更有信心去对付他和他那个肮脏的情妇，却更加没有了站出来的勇气，我害怕被亚特抛弃，害怕亚特会像大学时抛弃我去选择阿丽耶那样，再一次放弃和我之间的感情。我深知在这座城市里，除了亚特，我一无所有，就连我的工作都是他帮我找的，我身上哪一样不是他给我的，我哪里还有勇气去和他争辩，告诉他，他这么做对我不公平，我终究是害怕他会离开我。

我明知亚特出轨，却无能为力去阻止这一切的发生。一个月以后，我求助于婆婆，到她家里去避难，像个流离失所的难民，我请求庇护，也从中得到了些许的安慰。"我绝对不会让亚特再这样胡闹下去！"但我心里清楚，亚特是她的儿子，而我只是儿媳，她再公正，也不会向着我这个外人，但她的确把亚特请回来了。

"你为什么要去我妈那里告状？"

"是什么应酬让你接连一个多月都不回家？"这是最后一个问题，我不会刨根问底，不敢打破砂锅问到底。在我心里，我是害怕亚特说出实情的。

他松了松领带，解开衬衣的扣子，一副不耐烦的表情，走回了卧室。

"你答应我，每晚都回家。"我静静地跟着他，希望今晚能有一丝温存。

"我尽量吧！"

爱丽米热因为米德的冷落，空余时间也越来越多，她时常开着她的萨博出现在院子里，叫我陪她去兜风、远行，从而减轻她失去米德的痛苦，而到了阴雨天我们会回到校园，坐在图书馆里或者教室里看书、探讨文学，心情不好的时候也会说起亚特和米德，责怪他们的言而无信和那些有始无终的承诺。（结婚后，我对亚特的患得患失让爱丽米热同情。）艳阳高照的时候，我们也会一起在树荫下散步，羡慕街道两旁热恋中的甜蜜恋人。有时，爱丽米热也会背上她的画架，套上她那件沾满色彩的帆布"围裙"，站在窗前作画。

"在教室里画画的感觉真的很特别。"

"是不是又让你感受到了做美术系学生的感觉？"

"是啊！感觉自己年轻了许多。"爱丽米热转过身，用一种忧伤的眼神望着我。

从什么时候起，我们口中的"小时候"变成了"年轻时"？不是故作成熟，只是像经历了几个世纪的悲惨，而那些悲惨却有着催人老化的作用。

午后的阳光透过窗户照射进来，照得爱丽米热和我都懒洋洋的，而这样的慵懒却只适合心情好到想在窗边晒太阳的时候。爱丽米热合上画夹坐到我身边，把头靠在我的肩膀上，我知道这样的无所事事又让她想起了米德，我静静地让她靠着，感受到悲伤透过爱丽米热的肩膀走到了我胸口的位置上，加剧了我的症状。

"迪里，你说米德是不是爱上了别的姑娘？"爱丽米热的声音里带着些许的哽咽。

"米德不是亚特，爱丽米热，他和你一样，只是受伤了，他不会爱上别的姑娘。"其实，我根本无法确定这一点，我印象中的米德是那样地温文尔雅，是那样地有风度，对爱丽米热的疼爱更是有目共睹，我无法想象爱丽米热口中已然被改变的米德的形象，无法将爱丽米热口中的米德，和从前与我们相处的米德联系在一起，就好像爱丽米热所说的是世界上另一个叫作"米德"的男人，而这个男人让我们捉摸不定，更让我们无法猜透他心中的想法和决定，甚至也无法再确定他是否依然爱着爱丽米热。

"迪里，亚特不会迷失太久的，他既然娶了你，就一定不会辜负你。"

"他已经辜负了我，你看看我现在，黄脸婆一个，肚子这么大，皮肤这样粗糙，穿着我婆婆穿过的一条破烂的绵绸连衣裙，你再看看这世界，这世上有多少美丽的姑娘，亚特长得那么帅气，他怎么可能对我从一而终呢？我现在只盼望他不要因为别的女人而抛弃我，和我离婚，其他的都不重要。"

"你现在是怀孕了，迪里，等孩子降生，你就又是一个美丽的少妇，别那样诋毁自己，你很漂亮，是个漂亮的孕妇，我不许你这样说自己。"

几个月以来，我们总是向彼此诉说着这样或那样的善意的谎言，预言着米德和亚特能够在迷途中知返，期盼时间能够听到我们的请求，将他们带回到我们身边。

"爱丽米热，你真的相信有魔法？"

有时，爱丽米热的执着会让我担忧，我害怕那些付出会让她受到伤害，害怕她所坚信的一切，最终会让她处于绝望之中。半年里，她去了贝伊奥卢七次，往返了七次，带着无限的憧憬和希望，举行着那些神秘的魔法仪式。而她的决心起初强烈而坚定，最终却只能眼睁睁地看着挫败和沮丧，占据了她预想要望去的领地和方向。

她像个在念咒语的小女巫，不断地重复着我们所希望发生的奇迹："他会回来，总有一天，他们都会回到我们身旁，带着最初的那璀璨而耀眼的爱和光芒，目光里满含歉意和忏悔，手捧着玫瑰，微笑着回到我们身边。"

"迪里，你还记得你第一次见到亚特时的情景吗？"

"当然记得。'干净、冷漠、懒散、自大、目中无人'，初次见到亚特走进教室的那一刻，我脑海里出现的就是这几个形容词。他大一的时候个头就很高也很瘦，一头亚麻色的头发和白皙的皮肤，使他的嘴唇显得很红，像白雪公主那样，不不不，这样形容太可笑了，爱丽米热。他就像你这样白皙，像白瓷一样，可我当时就是那么想的，我在心里称他'白雪公主'，我还因为这个想法而偷偷笑过，这是秘密，爱丽米热，亚特可不知道。"想到也许亚特永远都不可能知道这个可爱的秘密时，我不禁有些难过，我不明白我们之间究竟又发生了什么，我只是听到一些闲言碎语，说阿丽耶和亚特现在成双入对的，她几乎每天都会去亚特的办公楼外等他。"那一天，亚特穿着一件浅蓝色的衬衫，衬衫被熨斗熨得棱角分明，他把衬衫的第一排和第二排扣子都解开了，敞着的白皙的胸部没有一根胸毛，下身穿着的牛仔裤和一双棕色的英伦中帮鞋，使他显得像个英国留学生。亚特的眼睛很大，但他却总喜欢眯着他那双迷离的眼睛，让我们无从知道他在看哪儿，那就像是一种无视着周围一切的眼神。"

我所有的概括和描述被爱丽米热总结成了"一见钟情"。"迪里，这绝对是一见钟情，如果不是一见钟情，你怎么会那么清楚他身上的每一个细节呢？你注意到了他的习惯，他的面部表情，甚至他的好恶，这难道不是一见钟情？没有人会对她不喜欢的人那么在意哒！你喜欢亚特，在你第一眼见到他的那一刻起，你就喜欢上他了！"

是啊，没有人会对他不喜欢的人那么在意，我喜欢亚特，在我第一眼见到他的那一刻起，我就注定要爱他，不顾一切地爱他，为他付出一切。当全世界都站出来反对我和亚特的这段感情，当所有人都在劝我离开亚特，说他不会认真对待这段感情时，我依然不能自已地爱着他，当他明明很爱我却从不肯在别人面前承认他的爱时，我也一样爱着他，我承认，自始至终，我的爱比亚特的要深刻许多。

"那你呢？你记得米德最初的样子吗？"

"怎么会不记得，但我没有办法像你形容亚特那样形容得那么多，因为那时，我的心里还装着上一段感情的那个人。"爱丽米热的目光里透露出一种无奈和忧伤，她低下了头，用手捋一捋那头充满光泽的棕色长发，把回忆带到了最初见到米德时的场景，"'一个温文尔雅、有礼貌的绅士'，这就是米德给我的第一印象，他拥有着一种温暖的亲和力，有着让人第一眼看上去就一定不会讨厌他的一种魔力，让你感觉他永远都不会拒人于千里之外，他不傲慢，却坚持着一套让人难以理解的准则。我不了解米德，迪里，我那时并不了解米德，我甚至都不屑去深入地了解他的内心，我不想知道他习惯什么，他讨厌什么，他喜欢什么。我们恋爱时，我甚至都不知道他其实是个外地人，是个异乡人。一直到我们第一次接吻的时候，我也仅仅只是对米德有一点好感而已，那时，我对米德谈不上爱情，可能就连喜欢也算不上吧。"

"所以你常说自己恋爱后还在被米德追求。"

"是啊，可是谁又能预料到那样一个满不在乎的开始，会演变成这样一段执着的爱情呢？有时候想想，我都会怀疑自己的这份执着，究竟是爱情还是不甘心？"

我们穿过黄昏柔美的阳光向校园外走去，爱丽米热要回去了，我站在她身后直到阳光吸尽她远去的背影，我告诉爱丽米热，我想再待一会儿。

远处的夕阳像个血色的火球，失去了它炙热的威力，慢慢向西沉去，接下来是姗姗来迟的暮光。校园里的小道旁树荫婆娑，夜间的空气总是阴凉的，想到要独自回到家里，面对夜里对过去回忆的追忆和臆造出的种种细节的自我折磨，我就会感到一种难以呼吸的剧痛和窒息。路过曾住过的宿舍楼，我抬起头，望向那扇方方正正的窗户，那扇窗的玻璃在过去的每一个早上都会被亚特扔进来的一颗小石子碰到，然后发出清脆的响声，而那声音是我最爱听的"起床铃声"，而宿舍里那部台式电话话筒的那一头，在过去也时常响起亚特那深沉而浑厚的声音。亚特现在在做什么呢？他回家了吗？我几乎没有一秒不去想这个问题，甚至在我每一次呼吸的时候我也一样在想这个问题，我臆造出各种令人难过的故事，用它们来折磨我自己，我发现情感总有办法冲破理智边上的樊篱，那些所谓的独立和坚强都是空谈而已，我根本无法静下心做任何事情，除了我的婚姻，除了那些我臆造出来的危机。我发现自己对亚特的忠诚，竟然卑微得像一条狗，其坚定程度已经到了令人怜悯的地步，我想到了爱丽米热，在夜里，我曾做过无数次的对比，发现爱丽米热和我的区别在于：至少爱丽米热她拥有着米德的承诺，一旦感情破裂，她能够将一切归咎于米德的言而无信，而我却什么也没有，我一味地爱他，结婚后也是如此，而作为我的丈夫，亚特甚至都不曾对我允诺过什么，就连一次也没有。是我一味地坚定不移，令自己禁锢在这段婚姻中，将他也牢牢铐住，不让他自由，有时候想想，也许这一切都是我一厢情愿的结果。

小菲出生的那天夜里，亚特正无耻地睡在阿丽耶的被窝里。在那个寒冷的雨雪交加的夜晚，我没有宫缩的阵痛，而只是在底裤上看到了一抹红，我打电话给亚特，他一如往常一样，不接电话。我又打给了我的婆婆，我很欣慰她立刻就和我公公一起赶来了，他们把我送去了附近最大的一所医院，给我之前预约好的医生打电话，她却在休假，但是她替我安排了另一位男医生，因此，我很感谢她。那位帅气的男医生检查了一下我的身体，然后替我匆匆安排了产科 B 超，之后就把我拉进了手术室，我的身体条件不适合自然生产，我必须做剖腹产，这着实令我松了一口气，因为自始至终我都没有想过要经历生产的剧痛，生下这个不受欢迎的孩子。

"是个小公主。"那是我和她的初次见面，我面无表情地看了看那个红彤彤的小东西，然后撇过头。心想：这下，我的丈夫就更有理由抛弃我们了，因为那不是一个金贵的儿子。也许，一开始，我就是个重男轻女的无知的母亲。

我被推去了普通病房，半个小时后，亚特露面了，他汗流浃背、气喘吁吁地就好像刚做完爱一般，令人恶心。我面无表情地望着他那张虚伪的面孔，然后说道：

"你想不想和我离婚？"

"你在说什么？"他惊讶地看着我，不知道该怎么回答我的问题。

"我见红的时候，你在哪里？"我平静地目视着他，此刻，我感觉不到内心中一丝爱意，真奇怪，我对亚特的那股热情竟然消失了。

"我错了，迪里，我在应酬。"

"和阿丽耶？"

"你别这样。"

"等我坐完月子，我就抱着孩子，拿一把菜刀去找那个荡妇，然后，看看我们谁会活到最后。如果我杀了她，我进监狱，你独自抚养我们的孩子。如果我被她杀了，你和她结婚吧！然后，一辈子活在我的阴影下，因为我会阴魂不散地跟着你。"

"迪里，我做错了。"

"给我滚。"

"我不会走，你是我妻子。"

"暂时，这一切都是暂时的，很快，我和你是夫妻这个事实也会成为过去。"

"我保证不会再见她了，好吗？我保证，我会和她分开。"

"出去。"

我让婆婆买来了一盒婴儿奶粉和一个玻璃奶瓶，我没有办法哺育小菲，因为我对她没有产生任何母女之间该有的情感，我没有下奶，一滴也没有，我猜那是因为我的奶有毒。怀孕九个月以来，我不断忍气吞声，我抛弃是非对错，掩住耳朵，对那些闲言碎语充耳不闻。我捏住鼻子，把那些闻起来有香水味的衣服和裤子丢进洗衣机里。我闭上眼睛，对他身上的吻痕视而不见，只为换取那份安全感和归属感，因为只有这样，我才能继续做亚特的妻子。整个孕期，我没有一秒是快乐的，我不断奢望亚特回头，让他看看我日益膨胀的身体，听听孩子的胎动，像我所看到过的电视剧里演的那样，作为丈夫，他能够充满爱意地抚摸我的肚皮。我盼望他哪怕只有一次，拎着一袋好吃的，走进门告诉我，那是他特意为我们买的。没有，这些事情一次都没有发生过。

和亚特结婚以后，表面上，我过上了一种安定的生活，我有一份稳定的工作和收入，我顺利地怀上了孩子，为他繁衍子嗣，作为女人所能做到的所有容忍和付出，我都在做，我陷入了一种死循环中，并决定永无止境地重复下去，我将自己封闭在这种狭隘的思想中，尽力充当一个尽职尽责的妇人，终于，我不负所望地蜕变成了平庸之辈。我的思想开始衰退，想要重新和亚特相亲相爱的欲望开始干涸。这时，一个想要得到我们共同的，且充分的爱的小人不合时宜地诞生了，但此刻，我的身体和灵魂早已疲惫不堪，精力已然耗尽。

后来，我伤透了心，我没有经历失望的过程，而是一步就迈进了绝望之地。

四十天很快就过去了。这一天，我和婆婆撒了谎，然后出了门，我得去找那个荡妇，把整件事情彻底解决。我从衣柜里拿出一个托特包，走进厨房，把家里切肉的菜刀用旧报纸包了起来，那是一把磨得发光的菜刀，我把菜刀放进了包里，然后偷溜出厨房。

出门前，我用力将穿在身上的羊绒大衣裹紧，以抵挡外头凛冽的寒风，我快步下楼，迈着坚决的脚步匆匆地走在大街上，雪花落在我的肩膀上和我脚下的大地上，我无暇顾及冬日的美，低着头穿过身边熙攘的人群。

大约二十分钟以后，我找到了那栋公寓楼，在这栋大楼里，住着许许多多和我一样的外来户，而这里离我们家只有一站的距离。

我走进电梯，摁下了十三层。这时，我发现我的手指正在颤抖。"不该这样。"我自言自语道。该紧张的不是我，而应该是做错事的人，我应该勇敢、淡定。我以为只要我足够坚强，只要我足够占理，我就不该害怕，不会紧张，我能够轻易地完成这件事，杀了那个荡妇，但是我错了。我在紧张，甚至有些不知所措，也许，我还没有准备好丢下小菲，尽管我认为我对那孩子没有感情，但是潜意识里，我还是认为自己该是一个很好的母亲。

我在门外站了一会儿，在脑海里想象着各种情景，想象亚特今天没有去上班，而是在和阿丽耶做爱，想象我见到他们衣冠不整的样子，在盛怒之下杀了他们，我在脑海里杀了他们一万次，我疲惫不堪，我太累了，我深深地呼了一口气，然后抬头挺胸，重新站直，鼓起勇气。我用正常的力度敲了敲门，没有人回应我。接下来的十分钟我都在敲门，敲到我手指头都疼了，还是没有人给我开门。

"别敲了，别敲了，这家早就没人住了。"一个头发花白的老妇人推开了她的门，然后一脸厌恶地看着我。

"这之前不是住着一个女人吗？"

"不是一个女人，还有一个男人，两人一看就不是夫妻，都不是什么好东西，她搬走了，一个多月以前，那男人来找她，和她大吵了一架，她家里有东西掉在地上砸碎的声音，这房子隔音本来就不好，那两个不要脸的东西就吵啊打啊！最后那男人摔门出去了，那女的过两天也搬走了。"那是小菲出生后不久的事，我努力回想，那些天亚特回家时的神情，忽然觉得亚特那些天的状态和这件事情非常吻合。

"谢谢您。"

阿丽耶搬走了，他们分开了，我在脑海中想象了那么多种场景，但却没有想过这一种，我的汗毛竖了起来，有种莫名的激动之情油然而生，我忽然有了一种舒适的解脱的感觉，我不用去解决这个棘手的问题，真好。那么现在呢？我可以回家了吗？回到家后，我要把菜刀放进抽屉里，然后若无其事地去洗手，洗完手去抱一抱小菲？等到晚上亚特回家，我会若无其事地问他今天过得如何？我还能不能继续和亚特抚养我的小菲，继续和亚特一起生活，虽然我已经没有那么爱这个男人，虽然我的宽容已经不足以原谅他，虽然我的胸怀已不足以对一切都释然，但我是否还能努力去尝试让一切回归原位？只要男人肯回心转意？

在一个漫长的冬季以后，这些问题的答案，渐渐浮出水面，我和亚特也都悟出了答案，找到了答案。就像大海能够承载那些鱼虾的粪便而不被其污染那样，人类的胸怀也能如此宽阔。我承受、容忍、原谅了一切在我们婚姻中发生的灾难和令人发指的背叛，不惜一切捍卫我的家庭。现在，我赢得了那场战役，赢得了他的尊重，我不再唯唯诺诺地守着那份亚特施舍给我的可怜的爱情，因为是他做错了，是他欠我的。所以，在今后的每一个日子里，他都得补偿我和小菲，他得补偿他欠下的情债，补偿这个家里缺失的亲情和爱情。

　　血色的夕阳西落，在天边留下了一片灿烂的暮色，渐渐地，宁静的夜色会将光线悉数收走，而那些嘈杂和艰难，已然成为逝去的光阴。我蹲下身，左手拿着一面破碎的镜子，右手拿着一瓶胶，我耐心地将那面镜子碎裂的部分一一粘好。回过头发现，时间，教会了我们遗忘和宽容。

永恒的刻度

一

我曾梦想在我的画廊边上开一间书店,在里面摆上画架,再摆个圆形的茶桌,在茶桌上铺上一块绿色格子桌布。再摆一些自己喜欢的花茶和甜点,没人买书的时候,重操旧业,一边画画,再一边品尝自己做的小人儿饼干,喝杯花茶或煮杯咖啡,再念念书,或者买一本书送给自己当作礼物。最重要的是:在一进门最显眼的地方,摆一本我自己写的书。也曾梦想要嫁给海博,然后悠然自得地过一生,但我知道那样完美的人生,也许不会有。

西下的斜阳和发着红光的天空,暮色余晖,落日仿佛也被染了色,我告诉海博,我害怕夜晚,是因为它总能带我去做各种各样、千奇百怪的梦,我告诉他:昨晚我梦见自己嫁给了一个素昧平生的男人,在梦里无力地望着那个陌生人,心里想的却全都是海博。

不经意间整理了摆放在书架上的日记本,惊讶地发现光是写我和海博的,就有足足四本。

翻开日历，发现例假已经推迟了两周，而我却还是漫不经心地不肯去检验，心情异常地轻快而散漫，海博劝我劝得累了，劝不动了就表现出一副满不在乎、不管不顾的态度，这样的态度一直持续到我出现了一些妊娠早期的孕吐反应，这才叫他手忙脚乱。

我坐在卫生间的马桶上，手握着那支既可爱又可恶的验孕试纸，我就再也没有了之前那种散漫而轻快的心情。脑海里出现的数万种思绪，像冬日里的雪花那样飘下来融化掉，然后再重新飘下来，它们有些刺痛着我的双眸，有些则柔和地落在了我的手心里，让我觉得异常温暖。

我的肚皮里竟然装着一个孩子？

回过神后，我拿出手机，发现握在手机上面的那只手在轻轻地颤抖，我无暇去猜测那是因为激动抑或紧张。我打开了拍照功能，把验孕试纸心形位置上面那两条深红色的竖线拍下来，发给了海博，无暇去顾及他的感受。

他的短信在照片发出后，以秒计时的速度发了过来，大概也就三秒。

他终于肯打电话过来了，焦急和紧张的语气覆盖了他说出的每一句话，我却再也体会不到他那曾令人感到迷人的、带有磁性的声音，再像从前那样迷人，我讨厌他对整件事情表现出来的反应，讨厌极了！

"你准备怎么办？"在这以前，他从来不称呼我为"你"。

"为什么是'我'准备怎么办？这是你的孩子！"

我挂断了电话，回到卧室里呆坐在床边，望着窗外，以一种旁观者的冷漠审视着自己，自问怎么会走到今天这一步？怎么能为了一个这样的人，这样一个在遇到问题之后不是站出来解决问题，而是问我该怎么办的人，在一起耗费了近两年的时间，破坏了我一直以来恪守的原则？！忽然间，我失去了所有对海博的信心，不再感到欣慰，更无法再信心满满地展望我和他的未来。我无助地靠在枕边，然后，在他打来的一阵电话铃和振动声中渐渐睡去，心想如果能这样一直睡下去，该有多好！

然后，我走进了一个令人心痛的梦境里：我梦见自己站在蓝色爱琴海岸边银色的沙滩上，眺望到海水里两条色彩斑斓的海蛇，仿佛两个与我灵魂相通的精灵，游上岸靠近我，让我将它们拥入怀里，与它们一同跳入了冰冷的海水中。周围的空气开始冷却，渐渐地，我被雾霾和海水所淹没，我看到自己嘴里呼出的气，开始浑身颤抖，挣扎着被它们救起，任由它们背着我在海水里矫健地浮游，最后，我被安全地送到了海岸边上，而当我回过头，却发现它们早已爬上了一条独木舟，和过去几位我逝去的亲人一起，消失在浓密的雾霾之后，而那条独木舟里，也坐着我逝去的外公。

我从梦中哭着醒来，预想即将发生在我身上的一切，那个未来让我觉得战栗，而我再也无法鼓足勇气走下去，我清楚地意识到接下来的路，我要独自一个人去面对，我也许会失去现在所拥有的一切，包括我自己的原则和灵魂。

电话铃断断续续地响着，有时候我很佩服海博的耐心，只是他现在已经没有从前那样的耐心罢了。我走到衣柜边，拿起浴巾，走进浴室打开了淋浴器，用最温暖的水，冲刷我早已冷却的心和这具肮脏不堪的身体，我想起了我和海博的第一次。想起自己泪流满面的面孔和海博不知所措的样子，想起我告诉海博说要吃奶油蛋糕的倔强模样。那个时候，我至少没有想过像今天这样放纵我自己，做一个叛逆的恶灵。

我望着映照在镜中的这个女孩子，擦掉了覆盖在镜面上的雾气，好让我看清自己，我是怎样的一个人？我开始质疑！突然间，所有的消极、悲痛、无望开始聚拢在一起，把我团团围住，像绳索那样捆绑住我的身体，让我觉得窒息。我蹲坐在地上，怀抱自己赤裸的身体，分不清脸颊两旁的究竟是不是泪水,我开始喃喃自语,祈祷父母能够原谅我的无知,祈祷能够不要让我成为杀手,不要伤害那个不请自来的小生命——我和海博的孩子,我愚蠢地盼望着他自己离开,却没想到那么快,他就真的永远地离开了我的身体,不让我有任何反应的机会,那样悄然无息。

四月的麦田,在阴郁而灰白的天空下黯然失色,布满黄土的小道旁杂草丛生,三叶草也没有了春草的味道,姗姗来迟的黄昏让眼前的一切都显得更加苍白无力,不远处驶来的一台收割机把我和海博挤到了路边上。

"我以为你会带我来一个绿意葱葱,有着阿卡迪亚田园风格的地方呢!"

"对不起,让你失望了。"海博站定后,望着远处。

我站在他身后,平静地望着他的背影。

"你想好了吗?"他依然不肯回头,我知道他只是不知道该如何面对我,面对我那双他曾形容为深海似的眼眸,他害怕这双眼睛会把他吞没。

我越过缀满白色花朵的大树望向远处,陷入沉思,我知道接下来一定是一段很长的沉默,它既不令人尴尬也毫无目的,让我和海博就那样安静无语地站着,我将这段冷酷无情的时刻想象成一次赛跑,我代表我,命运却代表海博,我真好奇最终谁会赢得这场赛跑,是我还是命运和海博。

"我们回去吧!"

"好。"

我真该把这些简短利落的对话开始的时刻,记录在我的日记本里,看看它能够持续多久,多久才能够抵达这段感情被宣告结束的那一刻。

一周后，我开始有了更为剧烈的妊娠反应，一口水也喝不下去，靠西瓜和烤肉来充饥。那是一个周五的早晨，海博带我检查完身体，预约好手术日期，冒充了我的合法丈夫之后，坚定而无情地在手术预约单上签下了他的名字，然后再履行义务似的带我和我肚皮里的小家伙，去附近的跳蚤巴扎（市集）去吃最后一顿索瓦兰吉烤肉。我猜那小东西喜欢烤肉。

"如果我能和这个孩子一起死就好了！"我指了指肚皮，看着手里的烤羊肉卷饼说道。

"求你别说了。"他不耐烦地说完，不敢直视我的眼睛。就在这时，海博的电话响了，多么令人庆幸啊！不然我再说点什么，他就真的该忍受不住了！"我在教室里，对！我一会儿再打给你。嗯，再见。"

"你在教室里？"我冷笑着，看着他那张虚伪的脸，我从来没觉得他像这样令人恶心！"告诉别人你和我在一起吃饭，有这么困难吗？难道我是你的耻辱吗？"

"不是的，你误会了。他的话很多，所以我想快点挂断电话。"

"你从来就是如此，你父亲来电话，你不敢说你和我在一起，我们是初中生在偷偷早恋吗？你多大了？海博？我多大了？我们是适婚的年龄了！让你说出和我在一起就这么让你不堪吗？你知道我对这些很敏感，你为什么还要一次次试探我的耐心？为什么？"我扔下手里的卷饼，站起身，把刚刚海博披在我肩上的西服外套甩在了他身上，快步走着，被他一把拉了回来，我挣扎着让海博松手，然后用力地推了他一把之后，让腹中本就孱弱的小生命也一同离开了，那一刻，我感受着血液从大腿内侧流下来的温热，我惊慌地望着海博，告诉他孩子没有了，肯定是孩子没有了。

海博重新把外套披在我身上,扶着我惊慌地走向刚刚停车的位置,我不愿意坐在海博身旁,我打开了车后座的门,坐进了车里。

"你满意了吗!你的脾气,你的脾气总有一天会给我们带来灾难!你一直就是这副烂脾气!现在好了!你出事了,我怎么办?"海博奋力击打着方向盘,又转过头来问我怎么样,然而,我却忽然有了一种如释重负的感觉,我感恩命运不让我和海博成为杀害孩子的凶手,感恩这一切的发生。"自然流产",这是一件多好的事!我至少不用受良心的谴责,背负杀人的罪名。

"带我去有洗手间的地方。"

我和海博从没有正面讨论过这个孩子的问题,包括做不做手术,要不要结婚然后留下这个孩子。他总是处于一种逃避的状态,等我说,可我却一句话也不愿意对他说。我心里很清楚他不想要这个孩子,不想和我结婚,我明白,可我总是在替海博找借口。

那天上午,海博带我去了离家最近的医院,亲自喂我服下了一颗彻底将那个小东西送走的"毒药",然后心满意足地站在了手术室的门外,等待我的凯旋归来。

我躺在手术台上,平静地望着天花板上的无影灯,接下来,一团白色映入我的眼帘,然后是一个巨大无比的氧气面罩,我无力地说:"医生,我呼吸不上来。"然后便睡着了。手术仿佛进行了一个世纪那么久,我一个梦也没有做,就好像这么多年以来我第一次睡得这样香甜。醒来后,发现站在病床边上的不是海博,而是一位身着白大褂的女人,她告诉我他离开了,宣布了那个小生命彻底将我这个不合格的妈妈撇下走掉的消息,对我来说,其实这很残忍。

"请把孩子给我，我要把他带走。"我轻声地告诉那个穿着白大褂的女人，害怕会惊扰到那孩子香甜的梦，不，他刚刚才经历过一场噩梦，一场令他粉身碎骨的噩梦。他被装在了一个透明的封口袋里，我甚至都无法辨认出他的体形，他也许还没有成形。他那么小，我甚至都能够将他捧在手心里。

我拖着无力的身体和被挖空了的心房，走出手术间的大门，隐约看到海博似笑非笑地走到我身边，搂住我。我因为没有力气而不得不把自己的身体，又重新交到了这个冷漠无情的混蛋手中，我靠在他的肩膀上，闭上眼睛，仿佛刚打完一场败仗一般疲倦。

蓝色的大海上，翱翔着几只海鸥，远处波光粼粼的海水在闪烁。自此，我把对海博的爱和我曾怀抱的希冀，以及我身体里离胸口最近的那部分，同那孩子一起埋葬掉，用一块块冷漠而坚硬的石头，去掩盖住那些令人忧伤的记忆，蹲在地上，感受脉搏跳动时带来的混乱和凄凉，转过身却发现已经离我越来越远的海博，他站在边上，就好像我所做的和我所经历的一切都与他无关，所以他只能站在远处袖手旁观，我多么希望他能够陪着我，假装难过，或者沉默地站在我身旁也好，可就连这些海博都不能为我做到。

"'一个人最辉煌的时刻，我毫不怀疑，是他跪倒在地上，捶胸顿足，懊悔不已，将他这一生的罪孽和盘托出。'我已经记不起这是在哪本书里看到过的语句。我现在觉得这句话正合此情景。"我冷笑着站了起来，踩在冰冷的碎石上，看着海博，"那么，海博，你是不是也有过这样辉煌的时刻？在你三十年的生命里，你犯下的最沉重的罪孽是不是杀了我们的孩子和我，还有你自己的灵魂？你有没有过一次，想过要留下这个孩子？或者即便你早已打算杀了我们，你有没有为此感到痛苦过，哪怕是一秒？"

"你在文字和语言上的攻击，是很多人都望尘莫及的，乔丽梵·戴维，你不该开一间画廊，你应该去写咒语，做个女巫，或者你也可以去写本女权主义的书，咒骂所有犯过错的男人，这样你的才能才不会被埋没。"他用另一种冷笑回敬我。

"你真的是个混蛋！海博！"我绝望地望着眼前这个男人，望着他陌生的模样、说话的方式以及他那泰然处之的处世态度，自问为什么这世上所有的东西都会发生变化，人心藏在那么深的胸腔里，被胸骨肋骨包围着，是什么样的力量能够穿透那些皮肉抵达内心，让它发生变化？

"当然！再优秀的男人，落在你手里，也会成为一个伪君子，一个只会说空话的承诺狂，你逼我说出那些庄严的许诺，然后用我的承诺来约束我，你力图将你所有的罪责也一同往我身上推！我就是坏人！乔丽梵！我可恶至极！全世界只有你是最单纯、最无辜的！今天发生的一切，都是我做的！你希望我这么说吧！这一刻辉煌了吗？我没有像你希望的那样捶胸顿足，懊悔不已！但我的罪孽，我和盘托出了不是吗？你希望这样，你希望我什么都听你的，你现在满意了吗？"

我哑口无言地凝视着他，无奈地被迫去接受一段爱情的委顿，心痛地看着他抛掷的一个永恒，一个曾属于我和他的永恒，才发现原来在他心里，我早就成了一段苦涩的记忆，一个再也无法承受的负担，一段再也没有挽回余地的情感。

那天夜里，我在日记本里疯狂地挥笔，我曾答应过自己，只记录那些美好的、快乐的时刻，但是，那一刻，我发现我做不到，我想把这些记忆都留下来，用白纸黑字，我想将它们铭刻于心，我想牢牢记住这些历程给我的灵魂带来的伤害和裂痕。

四月的阳光，温暖而明亮，可对我来说，却不足以让我温暖。海博已经有太久没有牵过我的手了，而就在几天前，我无意间在我送给他的钱夹里发现了两张机票，我不知道过了那么一段时间，他留着机票要做什么。我这样说是因为那机票是两个月以前他回国时订的。而我不明白的，是他留着两张分别写着自己名字和一个叫作"凯莉碧努尔"的姑娘名字的机票，目的究竟是什么，是他等着让我发现，然后看着我醋意大发，痛哭流涕，目睹我的歇斯底里？还是他想把它们收藏起来，像那些曾被他收藏过的，和初恋在异地恋时往返的无数张火车票那样，像那些他们依偎在一起拍的老旧相片那样，夹在他的某一本书里或日记本里留作纪念，以此来纪念他的卑劣和不忠吗？

午后，我们走在"情人"的小道上，默契地皱着眉头，各走各的路，脸庞的表情是那样僵硬而生疏。尽管此刻我那颗破碎的心正怂恿我泪流成河，我也必须要咬牙挺住，要学会慢慢坚强起来，直到有一天，我那颗柔软的、不堪一击的心长出像钻石一般的硬壳，来保护我。我是那样好奇，想要知道，那两张成双成对的机票背后究竟隐藏了多少故事，但我也知道我必须学着闭上嘴巴，以保留住我最后的那份尊严。在他已然决定不去在意的这段濒临灭亡的感情上，我再也不能附加任何好奇和嫉妒的情感在里面了。

"我很好奇。"他转过头，然后放慢了脚步。

"好奇什么？"他皱着眉头，脸上的这副表情像极了电影里男主角即将离开女主时的场景。

"我不打算说出来我在好奇什么，这样你可能会在某一天走在这条小路上时，想起我那时到底在好奇什么，到那时你也会好奇，好奇我那时到底想问你什么。"我从海博不解的眼神里挣脱出来，微微地笑着，看着远方温暖的阳光透过橡树洒在青色的草地上，洒在那对满脸洋溢着幸福的吃着野餐的情侣身上，心想这段支离破碎的感情还能坚持多久呢？而"我们"和"陌生人"之间还差几个白昼呢？

"你看，你一直想要和我一起野餐，让我带上画具，作一幅油画给你，我们一直没能实现，我说过我想要那种红白相间方格的野餐垫和一个竹编的棕色野餐篮，你还记得吗？"

和波鱼奶奶相识，是在一家私人诊所里，那时，我对海博已经近乎绝望。

那是一个周末，我坐在那家私人诊所过道里的等候椅上，感受着身旁的女人跷着腿，不停地抖动她那条又粗又长的腿之后，带给我所在的那张座椅上的震颤感，我抓狂地向她的方向侧过脸，定睛看了看，努力抑制住想要破口大骂的冲动，最终，看了她一眼，便作罢了。

坐在我右侧的那位年事已高，一脸慈祥与平和的老奶奶便是波鱼奶奶，让人感觉不说话也很舒服，她不停地转过脸看向我，好像有话要说，却不知道怎么开口，一副欲言又止的样子。我们坐在走廊里，看着一个个红光满面的女人走出治疗间，心满意足地离开，而此时，我的耐心也快到了尽头。在我走进这扇门以前，波鱼奶奶就已经坐在这里了，可是此刻，她仍然保持着一副很有耐心的样子，静静地等候，不像我，心浮气躁的，只是她还是会时不时地回过头看看我。

波鱼奶奶住在贝伊奥卢，家里有五个孩子，在那一片是一位备受尊敬的老人。"我会一点魔法。"这是她的说法。

"魔法？女巫？奶奶，这世上真的有魔法存在吗？"我半信半疑地看着这位老人，生怕这是自己的精神彻底崩溃后出现的幻觉。

"你相信有，就一定会有。"她从上衣的口袋里拿住一颗椰枣，递给了我，"拿着，这颗枣，你得送给你最在意的那个人，辜负你的那个人，想办法让他把这颗枣吃掉,总有一天,他会回心转意的。"

"奶奶,您怎么会知道?"我惊讶地看着那张睿智而沧桑的面孔。

"我还知道你本来是个很幸福的孩子,因为犯了点小错误,现在正在遭受折磨。你是好孩子,你有良知,没有良心的人是不会这样惩罚自己的,折磨你的,不是别人,就是你自己,你在惩罚你自己呢,孩子。"

"那不是小错误,奶奶。"

我和波鱼奶奶被安排在了同一间治疗室里,各自安静地完成了治疗以后,我提议要开车送奶奶坐轮渡,奶奶没有拒绝。我把那颗黑糖似的椰枣留给了海博,因为他是我最在意的那个人,是辜负我的那个人,是我想让他回心转意的那个人,即使现在我的心已经被他践踏得支离破碎,我也不得不承认,他,就是我最在乎的那个人。

那天夜里,我拉上窗帘,平静地坐在床尾,背靠在冰冷的墙面上,心中却没有一丝涟漪,我没有再歇斯底里地撕扯着被角,躲在被子里痛哭,也没有双手合十,像一个虔诚的修女那样,企图向命运讨要什么,诅咒什么,我什么也没有做,我的内心平静得就好像一片湖水,而那片湖水的上空也没有起风。这种舒适和平和,就好像被治愈了的炎症或肿瘤,就好像波鱼奶奶是一位医生,她治好了我心中所有的病症。屋外的月光被紧闭的窗帘挡住了,在一片黑暗里,我拿出波鱼奶奶送给我的那颗枣,目不转睛地盯着它,不知道为什么,我越来越坚信这颗小小的果实里注满了魔法,它真的可以让海博回心转意,让他那颗变黑的心能够重新染上血色,让他能够重新找到良知,不再那样麻木地对待这份感情。这是一段残忍而漫长的,让我从一个什么也不在乎的小姑娘,演变成怨妇的过程,是对逝去青春懊悔的数以万次的回放。但在这以前,我从不知道,爱和恨是能够如此同步存在的,我在想人的心胸到底有多宽阔,才能同时容忍爱与恨呢?

我有近两周的时间没有再见到海博,一直到有一天他突然跑来告诉我,他想带我去远行,去阿提卡的苏尼翁镇,他告诉我,他想去放松一下,好让彼此压抑的心情得到舒缓,我答应了。可谁又能知道,那是另一个噩梦的开始呢?

海博总是努力装出一副什么都没有发生过的样子,而我也努力默不作声去迎合他,我以为我能够忘了那个孩子存在过的事实,但我们却并非能够如此轻巧地应对伤害和残忍。

古老的神殿和清幽的石阶小路,和街道边的烤肉店里散发出的阵阵肉香和烤肉接触火苗时的嗞嗞声响,喧闹无比的街市。我从车窗观望着这些热闹的景致,隔着玻璃感受画面宁静而缓和地填满我和海博的视线。海博左手抓着方向盘,右手则努力表现出从前的温柔,牵住了我的手,挤出微笑看看我,再看看周围,我真恨自己如此敏感,在能够赏心悦目地感受周围气氛的同时,也不忘记洞察海博的心。

海博建议把车停靠在离酒店近一点的地方,徒步去海边吃烤鱼,我同意了。他说,有很长一段时间,他都没有再听到我爽朗地笑过了,我挤出了一脸可笑而虚伪的笑容,回应了他。

我们踱步在苏尼翁的海边,一同观看小镇沉睡前的模样,矗立在我最爱的紫红色晚霞之中。海博选了一家海边小吃,替我点了番茄黄瓜配烤鱼。(自从那小东西离开我以后,我的食欲又恢复了正常。)沐浴着黄昏前最后的阳光,就着烤肉美美地吃起来,我想美食会让人暂且忘却悲伤,卢库鲁斯也终于用卢库鲁斯的方式,吃了一顿美餐。

"海博,我希望你能够记得四月二十一日这个日子,我希望我们都不要忘了。"我坐在海博对面的靠椅上,越过他的肩膀眺望大海的最远处。

"四月二十一日？那一天是我妈妈的生日。"他说完立刻就后悔了。这时，我无力地将目光定在他的脸上，冲他冷笑着。"对不起，乔丽梵。我知道你在说什么了。"他羞愧地垂下了脑袋。

"没关系，真是令人讽刺，那天竟然是你母亲的生日。"

一个小生命的消逝和一个人的生辰竟然是同一个日子，我们每年都会经历一次春天，而在这个春天，我却送走了我的孩子，我经历的痛苦没有人能够体会，除了我自己。而此刻我竟鬼使神差地在想，究竟是谁杀了我和海博的孩子？是我和海博还是这位在四月二十一日诞生的尊贵的女人？我不禁会想到我们被延期的婚礼，不，也许海博从没想过要和我举行这场婚礼。

苏尼翁之旅后不久，我被海博又一次送进了手术室，将我们的第二个孩子也刮出了我的子宫，而这一次，更可悲的是，海博告诉我，他没有支付医疗费的钱，就连手术的钱也要我来付。

手术结束后，海博面无表情地把我扔在了家门口，转身便离开了，就好像这一切发生得多么理所当然，我无声地冷笑着，拖着遍体鳞伤的身体上楼，拖着这一具行尸走肉，心想如果说母女连心，那么此刻的妈妈，会不会已经感受到了我的疼痛。拉开门看到爸爸的那一刻，我忍不住蹲下身放声痛哭起来。那一刻，似乎胸腔里所有屹立的一切都同时崩塌，我是怎么坚持到现在的？

爸爸走近我，弯下腰不知所措地抚摸着我的脑袋，一遍遍问我究竟发生了什么，可我不会开口，我不能开口用那些肮脏不堪的现实和我所经历的一切，去伤透爸爸那颗柔软的心和他的骄傲，也不能再用海博伤害我的利器去伤害我的家人，我想我至少必须做到能够独自去承受。

我把自己关进卧房,蜷缩在一个角落里,痛哭着诅咒海博和他的家人,甚至诅咒自己和海博。

我诅咒他在今后的生命里,眼睁睁望着身边的人一个个拥有属于他们自己的孩子,他却因无法拥有而流下懊悔的泪水,诅咒他每日高举着双手,跪在天地面前忏悔,为他过去和今天对我所做下的一切罪恶去悔恨、去颤抖。我诅咒自己如若能够和海博步入婚姻的殿堂,也不会拥有一个属于自己的孩子,他没有资格,当然,我也没有。我许愿有一天海博能够像我一样,学会忏悔,在他视孩子如稀世珍宝一般的那一天,命运再赐予我们一个孩子,我许愿自己和海博能够得到最公正的惩罚和审判,因为所有这一切都是我们应得的。

我听到妈妈向钥匙孔插入钥匙的声音,我知道爸爸一定给她打过电话了,卧室的门咔嗒一声开了,我背对着妈妈小心翼翼的脚步,枕着湿漉漉的枕头,蜷缩起受尽屈辱的身体,不敢抬头,却知道此刻就连妈妈的悲伤里都带着一种庄重。这些日子,我谎称自己得了胃肠炎,为我的早孕反应做掩饰,可是妈妈她怎么会不清楚呢?我是她的女儿,她又怎么会不知道我身上发生的变化呢?"我的孩子,乔丽梵,你还好吗?"妈妈的声音在颤抖,她没有开灯,在黑暗里摸索着我,她知道我受伤了。我闻到她身上香水里忍冬和花园玫瑰的味道,在我的潜意识里,我知道那就是她呼吸的味道。她躺在我身后,环抱着我,轻柔地抚摸着我的肩膀和额头,促使泪水重新涌出:"妈妈,我杀了人,我杀了我的孩子。"我压低了声音,却压制不住发自胸腔的愤恨,我生怕我自私地传递给妈妈的痛,也会殃及爸爸,却同时也盼望着一些事情的发生。"你不会原谅我,我犯下了不可饶恕的罪孽,妈妈,我杀了我的孩子,不止一个。"

"不，不是这样的，你也是受害者，孩子。"妈妈的泪水落在了我的脸上，我翻过身，用尽全力抱住妈妈，把头埋进了她那绵绵的、带有忍冬和玫瑰花香味的胸口，泪水终于停了，周围的空气都是宁静的，我仿佛就连餐厅里爸爸沉思的声音，都能够听得到，钟摆闷闷地响着，妈妈的呼吸音也越来越均匀，我沉沉地睡去。

这一晚，我没有做梦。

二

如果拥有一面能够看得见未来的魔镜该有多好，好想看看我擦肩而过的过客有多少，经历的又有多少，而这个所谓的"未来"又会在哪条路上走向尽头，而那条路，又究竟是怎样的路呢？是平坦还是坎坷？

而这位如今陪伴在我身旁的海博先生，是否就是我那位神秘的灵魂伴侣？

落在橄榄枝上的鸟鸣，伴随着清晨的第一缕阳光，我俯下身在院中剪下了清晨绽放的第一枝玫瑰，嗅一嗅它的芬芳，让花瓣上的露水沾在唇边上，我喜欢用这样令人陶醉的馨香来辨认这个季节的早上。第二枝、第三枝，直到它们的数量能够插满我书房里的水晶花瓶。偶尔会害怕花神芙洛拉的怪罪，可我又不能把玫瑰花园移栽在室内，只好贪婪地把它们剪下来占为己有了，安慰自己就算它们继续长在土壤里也不过再多活几日罢了。

我回到卧室，把玫瑰插进花瓶，端了杯茶又回到了花园里，背靠在阳光下的白色藤椅上，本以为能够感受到和平常一样的宁静和舒心，却被无形的伤感充斥了灵魂。不得不承认，海博的出现，让我想起了许多我不想去回忆的事和人。如果我们的灵魂拥有预知未来的能力，预知到我们的伴侣出现的时日，分毫不差地让时光将他送到我身边，我也不会去选择让自己的生命，抛掷于那些未经洗礼的、残忍的灵魂。而此刻，那些所谓的"故人"在记忆的裂痕里肆意地踱步，拉扯着我的每一根神经。

我想起曾在《霍乱时期的爱情》里看到过的那句"当一个被你爱的人离开你时，真该带上他所有的东西"。是啊！如果能那么做就再好不过了，但是我不需要当那个我曾深爱的人离开时，带上他什么鬼东西，因为我早就把那些该死的遗留物，统统抛进了垃圾桶里，我只是希望，很希望当那个不负责任的男人决定离开我时，能够将他在我记忆里留下的一切一并带走，仅此而已。而记忆中出现的空隙，若能像孩童时那样，不必去记住最深刻的，只记得最美好快乐的也好啊！

"在我眼里，你几乎是完美的。"

海博的赞许从未带给过我一丝喜悦和安慰，那些赞美和认可压迫着我，每一次都险些要我呼吸困难、缺氧窒息，让我感到惶恐而倍感压力。其实，我很早就想告诉他，我不是天使，我并不完美，我只是善于掩饰，抑或不善于表达情感给那些和我相识不久的人，我并不是他想象出来的样子，我是个真实的、有着和很多人一样过去和经历的人，我也有缺点和一些难以启齿的事情，我真怕有一天会让他失望，失望我并不是他最初想象里的模样，但是有时我也会安慰自己说，或许他爱上的就是我本来的模样。

在这样的压力和纠结下，又过去了数月。

在十一月的某一天，海博带我远行去了布尔萨的朱马勒克兹克小镇，在这个奥斯曼帝国风格的小村庄里，我们找到了一处大桥附近的咖啡厅，这里的人们叫它"Mahfel Café"，我和海博恰巧赶上了每周两次的皮影戏，入迷地观赏完以后，回到了那座典雅的建筑物里。

窗外飘起了雪，树枝渐渐被镶上的银边，映衬着天空和地平线上那令人忧伤的灰白，而此刻，我并不忧伤，我把目光从窗外迷人的雪景里收了回来，海博放下手里拿着的那本烫了金边的菜单，微笑着把它交给了站在一旁的餐厅服务员，我手捧着一杯玛奇雅朵，看着海博温柔地凝视着我，对我讲述着他在遇见我之前，所曾经历过的种种，他绘声绘色地描述着那些惊人的经历，而我却渐渐在海博喉咙里传出的那令人温暖的声音中，被一种巨大无比的力量所催眠，他天生就拥有一种令人安心的魔力。

"乔丽梵，你想过要结婚吗？"那一晚，海博的脸上始终都挂着一副任何人都无法战胜的温柔微笑和一种势在必得。而此刻的我，正想着早点回家睡大觉，因为我实在是太困了。

"三十岁之前结一次婚吧！"我疲惫地笑着，那时，我根本不知道之后的那两年里，我会多么期盼那场迟来的婚礼，我多么恨自己当时跟海博那样轻言地说着未来的婚期，就好像在无关痛痒地诉说着别人的事，而后来我才渐渐明白：命运有一双敏锐的耳朵，它会侧耳倾听，倾听你口中随意说出的某个日期、某一件事情，然后按照你说的那样，赐予一些你意想不到或者意料之内的东西。

"那可不行。"海博不以为然，断然得就好像我下个月就得嫁给他似的。

窗外的飘雪停了，时间像静止了一般，这个时候的世界是最宁静的了。阳光下，地表上的积雪晶莹剔透得像一颗颗会融化的钻石，远处湛蓝色的天际和白雪相映，天空万里无云，使雪地显得像白云。

我们一走出咖啡厅，我那令人尴尬的瞌睡便全都消失不见了，迎面而来的便是日落后一阵刺骨的寒风，我和海博站在博斯普鲁斯大桥边上，眺望华灯齐明的夜景下来往的船只，而我的第六感告诉我，今晚一定会发生些什么。

海博不负所望地就好像是早就为我准备好了一切，忽然转过身牵起了我的手，深情地望着我，吞吞吐吐地开始了他久违的告白："我知道，我可能不够优秀。"

不，海博。其实，没有人是足够优秀的，没有人是完美无瑕的。

"那么乔丽梵，你愿意以结婚为前提，和我恋爱吗？"海博的目光因颤抖而变得游离，而我表现出的紧张情绪竟被一个紧紧的拥抱所代替。那一刻，我不敢直视海博那双炽热的眼睛，害怕自己被灼伤，更害怕他与我四目以对时，看到的是我眼中不够勇敢去爱的灵魂。

"我愿意。"那时的我，早已不相信这世上还有纯粹的爱情。

此刻，他怀抱着吉他，浪漫地唱着弗拉明戈，他不知道其实我想要听 G 大调那沉稳而安心的音符。当然，这一曲轻快而自由的 E 大调也可以，只是关于爱，我希望他给予我的是更深远的涵义，即便此刻我对海博没有一丝爱意，我也仍然自私地希望他能够爱我，深爱我。

"海博，你能替我唱一首诠释未来的歌曲吗？"

芒果色的吉他在桥灯和雪花的照耀下使他显得更加温暖无比，我知道，是他那令人安心的魔力又在作祟了。

而这一秒，那些我曾抱有期待和盼想后的绝望和那场失败的恋爱所留给我的阴影和伤害，已然被海博的魔力给击退了。我战战兢兢地举着胜利的旗子，决定将它们紧紧握住绝不放手，希望那旗子不要被风吹走，也不要被雨淋湿。

海博载我回到家的时候，天色已经很晚了，我们各自道过晚安，而他站在门外目送我推开家门，才肯离开的那一幕，显得甜蜜而理所当然。

我回到家，走进卧室，换过那条最舒适的灰白相间有蕾丝披肩的睡裙后，发现无论时间多晚，我都想进书房去看一看，不读书的话，写一篇记事也好。我面对庞大的落地式书架坐下来，翻开日记，却一如既往地一个字也写不出来，已经有很长一段时间，我没有再提笔去写过什么重要的事了。关于爱，太过甜蜜的不想去记录太多，害怕海博也会像 ex（译：前男友）那般中途离开我。太过困惑地害怕某天被看到后，双方都会觉得难过。而关于梦想，停滞的东西又太多，大多都是原地踏步、毫无进步，害怕以后读到之后会倍感失落。

于是匆匆下笔，记录了几句以后也许我和海博看到后，都无法记起的回忆：在 Mahfel Café 窗外飘起的大雪和海博在博斯普鲁斯大桥边上的吉他演奏，路灯亮起后，让夜晚的星光都黯淡了下来，让海博的周围充满了柔和的光芒，而此刻，我正陶醉在对最后一支曲子那清澈而流畅的抒情旋律的回忆而无法自拔，他醇厚而动听的声音更是迷人，一切都恰如其分，和我预感的分毫不差。

第二天是周末，海博一大早就来接我，说是要带我去一个神秘的地方。我对着镜子梳了一个新发型，梳理好睫毛，又在嘴唇上涂上一层淡粉色的唇膏，显得精神了许多。一条牛仔裤配上一双中帮驼色户外鞋和一件米白色的休闲外衣，海博说我像极了一个尚未毕业的中学生，不过他似乎很喜欢我这副装扮。

海博把车停在了一片空地上，走过来拉着我的手。"走吧！我的公主，我猜你一定会喜欢这地方。"我环顾四周，望着眼前的一切和海博的背影，低下头看了看他丝毫未犹豫过的、紧握着我的手，忽然有了一种前所未有的安定。命运啊！他真的是"他"吗？是那个我时常盼望着让你为我安排的灵魂伴侣吗？

山峦环绕，远处金黄色的麦田泛着余晖，想探出脑袋又探不出来的模样很是可爱，黑白相间的几头奶牛在窝棚里挤在一块取暖，被风吹弯了腰的植被，笔直的白杨，清澈的溪水流淌着，时不时将两旁的雪带进了溪流，棉花糖般的云朵和偶尔飞过枝头的生物，秋后遗留下来的落叶已经被白雪覆盖得无影无踪，可踩上去却还是有沙沙的声响，树上的枝丫上也积了一层薄薄的霜，参差不齐，晶莹剔透，很是漂亮，我抚摸着它们，感受着周围宁静而美好的生命。海博却头也不回地拉着我奔向他想要带我去的地方。

我们站在山的顶端，俯瞰着脚下的铁轨，遥望着远处渐行渐远的火车毫无痕迹地踏在轨道上，跳起来，跟它的尾巴道别，期盼着向我们驶来的、发着呜呜声响的那一列，而此刻我和海博就好像两个从未成长的孩子一般欢呼雀跃。铁道变得安静了，海博不知何时已经站在了我的身后，用他那双有力而温暖的臂弯环抱住我，在我耳边开始窃窃私语起来，我本想要回头看着海博，但却依依不舍于他怀抱的温度放弃了那个念头，我喜欢海博身上的味道，一股须后水加香水 Mania He 的味道，一股让我能够镇定、能够安心的味道。可是，像这样的时候，脑海里还是会不合时宜地交错出现着 ex 和海博的身影，让我意识到不幸与幸的差别，让我感恩自己多么幸运才能够遇见海博，让我祈祷能够使自己忘记该忘记的，珍惜所拥有的，记住最美好的。

我忘记告诉海博，我想要的其实是柏拉图式的爱情，我想要脖颈下的皮肤，在我和海博踏上神圣的红毯之前，不会被触碰，在我内心深处，我认为婚前性行为是一种对道德底线的"触犯"，我不想要这一切发生在我的婚礼以前，可是海博他可能从来都没有意识到这些。我将海博之前所有的举动当作是嬉闹，愿他能够明白，可他最终还是冲破了我的底线。

我侧过脸，望着车窗外繁星下的 Syntagma 国家花园里被雪花覆盖的青草，我忘了飘着雪花的天空怎么还会有繁星，我想要浪漫的爱情，可我又想要柏拉图的永恒，这怎么可能。弗拉明戈、华尔兹，难道只是海博为了达到目的而演绎的前奏？不，这不可能。这一切发生得那样自然，那样理所应当，他怎么可能早有准备？"当我韶华已逝，岁月洗尽铅华，你是否还爱我如初？"依然是那首 Lana 的 *Young and Beautiful*，我怀里抱着海博买给我的巧克力蛋糕，耳边一遍遍回荡着那些伤感的旋律："你会的，我知道你会的，你会爱我如初，在我韶华已逝，岁月洗尽铅华。"

夜里，我趴在书桌前，梦里全部都是海博的耳语，这样轻浮的海博，让我想起了一个人，但那段回忆，却不是我想要记起的。他不知道那些亲密的举动，在无意中揭开了我旧事的伤疤，让我的伤口暴露，他不是故意的，但的的确确让我重新体会了一遍羞耻的感受。

阳光映在雪花上，反射出白金似的光芒，刺痛了我的眼眶。我强忍着下身的不适，尽量让自己不要因为想起昨晚的事而感到羞愧和难过。我决定还是去一趟画廊，安排好今天的工作，再回来躺一天。

我把萨博停在了画廊前的停车位上，看见手里捧着花束的海博站在画廊的台阶上，像个做错事的孩子一般耷拉着脑袋，低着头，让我忽然又感到了一丝温暖，而那种温暖神奇地拥有着能够掩盖住羞愧的力量，我承认在内心深处，在见到海博的那一瞬间，我不再感到难过、羞耻，也不再为昨晚的事而感到羞愧了，我忽然有了一种如释重负的感觉，感觉这一切后果的责任都会由海博来承担。我慢慢地走近海博，报以微笑，希望能够带给他一些勇气。毕竟，我不想和他因为昨晚的事而分开，我们是成年人了，这种事迟早会发生，我不断地催眠自己，让底线变得再宽容一点。

"昨晚睡得好吗？"他温柔地把花递给了我，然后说道。

"还好。"说完，我走进了画廊，听见海博紧跟着我的脚步。

"我睡得不好。"他像是撒娇似的在我身后说道。"我害怕你会从此不理我。"他一脸的愧疚，低着头。

"好的，那我们谈谈。海博，你知道，一直以来，我认为我们是成年人，能够很好地控制好自己的欲望和情绪，我承认很多时候，我也许不能够很好地控制自己的情绪，尤其是我的公主脾气，我是个经常制造问题的机器。可是海博，昨晚那样的事，我是想都没有想过的，我不得不承认，我根本就没有准备好，而且是在我的萨博里，就这样经历了我和你的第一次，这太，太令人不可思议了。我很难接受。"我激动地说着，坐在了海博的对面，"我以为至少是我穿着婚纱的夜晚，那肯定很美好，我会心甘情愿，因为一切都已经准备就绪，我会把自己交给你，在那样的夜晚，而不是像昨晚那样，这太突然了。"

"我知道，乔丽梵，可我没有恶意。"

"不，海博。这不是'恶意'能够概括得了的事情，这和你有没有恶意无关。你冒犯了我，你冲破了我的底线，虽然我们是成年人了。但是，在我看来，婚前性行为是不能被接受的一条路，这条路对我来说，简直就，就像是一条通往地狱的道路，你明白吗？"

"对不起，乔丽梵。"海博再一次低下了头，"我保证好吗？我保证以后不再碰你，在你没有允许的情况下，好吗？"海博站起身，蹲坐在我身前，牵起我的手，像是捧着自己最珍爱的东西一般捧着我的手，用他那深情而温柔的吻，印在了我的掌心。

那个吻，让我想许一个愿望，许愿让海博成为我的收获，不会像那个人一样伤害我，许愿他不会在我做完这一系列心灵复健之后离开我，许愿他能够成为我纯净的灵魂伴侣，永恒地陪伴我。

海博，今晚的吻，深情而长久！你送给我的巧克力，也比以往的更加甜蜜。今晚，我几乎能够感受到你所有的深情，愿这深情能够定格在永恒。

二月里的一个周末，我把海博介绍给了我的好友法孜里雅，希望能够让海博更加融入我的世界，万万没有想到的是，他和法孜里雅的一次玩笑似的谈话，却成了我和海博之间感情僵持的导火索。

"你准备和我们乔丽梵什么时候结婚啊？"

"我会尽快安排我的父母来见乔丽梵的。"海博望着我，郑重其事地说道。

"真的呀？太好啦！乔丽梵，你可马上就要成为海博太太啦！"法孜里雅阴阳怪气地说着。

可我却没有把这段海博随口答应的话当作玩笑，我认真地倾听着，深深地把它们埋在了心底，期盼着和海博父母的见面，甚至买好了送给他父母的见面礼物，而海博似乎已经忘记了那段对话的存在。我默默地和海博赌气，和自己赌气，有时，会因为他一句不适宜的玩笑话，或者一件小事就发怒，甚至崩溃，我变得歇斯底里，可海博却总是一副无辜的样子，也许他真的忘记了吧！也或许他的父母正在做着和我见面的准备呢！

我听着他开着车离开了又回来，最后把为我买来的奶油蛋糕和花又送了过来，然后又离开，心里有一种莫名的失落感。我想他，很想见他，可我必须通过赌气和冷战来化解我对海博和他父母的积怨。与此同时，法孜里雅也会时不时地提醒着我，海博那天说过的话，她总是对我说一些让我觉得敏感的话题，这让我更加多疑，更加不知所措。

"我告诉你，乔丽梵，他根本就不是认真的，他答应我很快会安排你和他父母见面的事儿，现在都四月了，他父母就是在外国也该过来了吧！他不会是骗子吧？他不会已经结过婚，有了老婆孩子？你了解他吗？你除了知道他在酒吧里唱歌弹吉他，除了知道他在理工大学读博士，你还知道什么？你知道他家住哪儿吗？你究竟知道些什么？我的傻姑娘，你可不能再被男人骗了，上一段感情给你带来的伤害还不够吗？你怎么总能遇见些骗子呢？"

这些朋友间负面的"关心"有时会压得我喘不上气来，做再多的深呼吸也无济于事，只好将所有的怨气砸向海博，让他去收拾残局，我知道这对于海博来说不公平，但我才是受害者。

五月，外婆住院了，焦躁不安的情绪持续着，而海博就像是个被"耐心"灌满了的瓶子，挠挠头，继续伸开双臂拥抱我的无理和尖叫，形影不离地陪伴在我身旁，时而无微不至，时而又马马虎虎。他会每天换着花样，为我准备各式各样的花束、气球、糖果和巧克力。有时候，这样的糖果会出现在画廊的我经过的某一个角落里，会出现在我卧室玻璃窗外的窗台上，会出现在萨博的驾驶座位旁，可我依旧不为所动，依旧脾气很差，有时，差到我自己都无法忍受。我在想，要有多少的爱，才能够让海博如此迁就我、包容我？

也是在五月的一个夜晚，我和海博的柏拉图式的爱之约再一次被打破。

　　我擦拭着被水蒸气蒙上一层薄雾的椭圆形镜子，失望地凝视着镜中的自己，看着自己白皙的皮肤似乎忽然变得灰暗而失去光泽，看着一头浅棕色的长发被水浸湿而后变成深栗色，我把它们别到耳后，望着自己空洞的眼睛出神。我总感觉 sex 之后的自己的模样会变得面目全非，我也知道这只是我给自己的心理暗示，我大可不必那样折磨自己，但我无法从这种该死的感觉中逃脱，我讨厌自己无法直截了当地拒绝海博的激情，讨厌自己深深地爱上了海博亲吻我的方式和温暖到无法抗拒的怀抱，讨厌自己不能在海博无法自控的时候，伸出手给他一记清脆的耳光，好结束这一切。又或者我一直期待他那么做，只是我无法摆脱我曾认定的柏拉图的永恒。无法否认过去的自己，无法否认自己以为那才是爱，没有性，没有物质，就是纯粹的爱，但也许是我错了。

　　布尔萨的五月是滑雪的好季节，冬日似乎对这个地方恋恋不舍、不肯离开。海博正好想带我出去走走，我想他是想试试能不能通过远行来治愈我、改变我，释放禁锢着我思想的那个古老的精灵。

　　我们坐上缆车，我尽量让自己不要想起海博的言而无信和法孜里雅"魔咒"般的刺耳话语，定睛注视着海博，希望自己能够再一次被他感化、爱他，而不是去抱怨他。也许他不是故意要那么对我，也许他只是控制不了自己的欲望，像很多正常的成年男性那样。也许对于结婚这件事情，他有他自己的看法，也许现在还不是结婚的好时机，也许他还有在我们婚礼以前要完成的事要做，也许他父母现在还不方便来见我，也许，他根本就是在玩弄我的感情，也许他根本没有和他父母提到过我。哦！该死！又来了！我轻轻甩了甩头，让自己忘了最后两个念头。对，也许他有他的理由，我应该相信海博，他爱我，他也在努力用他的行动证明这一切是真的，是的，他爱我，他会对我负责，会对这段感情负责，毕竟我们都是成年人。

我不会滑雪，但海博却能够悠然自得，他兴奋得像个五岁的孩子，那样高亢的情绪也感染了我。我笑了，放声地大笑于海博和我的前仰后翻，大笑海博摔倒的姿势是多么滑稽可爱。我们在雪地里打滚，海博平展地躺在雪地里，而我就坐在他身旁，在雪中作画，我画了一个很大很大的心，把海博包在里面，然后在"心"里画了两只熊猫，脑袋大一点的那一只是海博，小一点的那个是我，写好字母"Mide"与"Qiaolpan"之后，我心满意足地躺倒在海博身旁，望着湛蓝的天空大口地喘着气。

"你要是每天都这样开心就好了，我真不想看到你生气的样子，乔丽梵，我爱你，答应我别再为难自己，让自己难过，如果我做错了什么，轻声地告诉我，不要冲我发脾气，我会改正的，我发誓。如果我说错了什么，那一定没有恶意，我只是很笨而已，这你知道。还有，我答应你的'柏拉图的爱'，我总是做不到，可我太爱你，总想亲近你，我也许愿过，希望自己能够清醒一点，不要总是做出出格的事情惹你不开心，可我总是言而无信地违背自己的诺言。可我对你的心是真的，我没有骗你，你能够感觉得到，对吗，乔丽梵？你那么敏感，如果我骗了你，你怎么会感觉不到呢？"

不知道是冷风刮进了眼睛，还是因为什么，我哭了，海博摘下手套，捧着我的脸，替我拭去了眼泪，然后站起身，把我也扶了起来，他替我拍去了身上的雪，然后背过身，撒娇让我也拍拍他身上的。

傍晚时分，我们回到了被霓虹灯围绕的城市中，海博带我去了 I Kriti 餐厅吃了些鱼子泥沙拉、平底锅羊腿肉和蜜糖雪梨泥，事实证明，运动会让人的肚皮瘪得更快些，我和海博的食欲都大增了，不一会儿，桌上的盘子就都空了，我们心满意足地看着彼此，然后不知所以地开怀大笑。这种快乐能够一直持续该有多好，我要是能够不再悲观不再多疑，懂得享受爱情该有多好啊！

月色朦胧，夜晚的雾霾几乎把月光都遮住了，天气很冷，我站在餐厅的门廊前，望着海博。一头乌黑的鬈发，就好像刚刚被修剪过羊毛的小羊羔的脑袋，笔挺的鼻梁上，一双修长而炯炯有神的眼眸，那双眼睛似乎总是用它 50 摄氏度以上的炙热和温暖深情地望着我，弯弯的睫毛一眨一眨的。有时候，那些睫毛会让我觉得海博更像个小女孩，海博牙齿很整齐，没有一颗多余，也没有一颗是参差不齐的，不像我，有两颗虎牙，笑起来有点像吸血鬼的样子。海博的皮肤不是很白，是那种麦穗的颜色，那种肤色显得他很健硕，当然，他的肤色要比麦穗的颜色浅一点，他长得很高，足足有六英尺，所以我看海博的时候通常都会仰着脑袋，这让我有种自豪感，海博的肩膀很宽，也很厚实，他不是那种单薄的身材，说实在的，我也实在不怎么喜欢那种单薄身材的男生，感觉弱不禁风的。像这样不用端详着海博的脸庞，就能够描述出他的样子，让我惊讶不已，这就好像板上钉钉一般，他的模样早已在我心底里铭刻，而海博这颗钉子，如果被不小心拔了出来，那必定会在我的心底留下一块无法填补的空洞，让我永恒地饱受痛彻心扉的痛苦。

阳光赶走了躲在街道上冬日里的积雪，催着装满一肚皮雨滴的云朵一次次冲刷地面，好让绿意快点冒出来，周围的一切仿佛都在努力升华中。草，似乎是在一夜之间就长出来的，桃花也不再是花苞的模样，肆意地绽放开来。

海博送来的花束、糖果和气球堆满了我的屋子，为它带来了别样的生气和温暖。

我戴着耳机，捧着一本《辛德勒的名单》，透过白色蕾丝窗帘，观望着窗外的细雨和被雨淋湿的世界，心平静得就好像没有波澜的湖面一般。眼前忽然浮现出海博在 Nar Lokantasi（译：石榴餐厅）里的模样，我告诉海博这家餐厅的名字总能让我想起中国的一句俗语，叫作"拜倒在我的石榴裙下"，多么迷人。我把这句话的含义讲给海博听，我说就像你爱我爱得如此之深，愿意跪倒在我的裙摆下的意思。可不知道从什么时候起，海博对我说话的表情变了，那种害怕自己因为说错一句话，甚至一个词语而使我不开心的担忧，那种小心翼翼、仿佛在绳索上走路时的表情，我看得出来，他真的很在意也很担心，担心我会突然地发怒，猛然地站起身，然后崩溃似的离开，担心自己又要因为这样的小事再多哄我几日。这让我既心疼又温暖，也很感恩。心疼我怎么会将他逼到如此地步，温暖于他就算被我折磨至此也不肯离开，默默地守护着我。感恩命运能够让他爱我爱得如此深沉而铭心刻骨。

低沉的小提琴音持续着，我把目光从白色蕾丝窗帘下的那棵松梅中拉了回来，重新落定在了那本《辛德勒的名单》上，置身于二战时期的营救里，伴随着奥斯卡·辛德勒一同冒险去营救那些无辜的生命。

七月的一个黄昏，我在画廊里手握着画笔无从下笔，透过办公室百叶窗的缝隙观望着那两位赏画人的背影，直到海博的出现。

"该回家了，我的公主，快去洗洗手。"海博推着我走向水池的方向，吻了吻我的脑袋，说。

我喜欢海博在我洗过手后，拿着纸巾替我擦手的动作，也喜欢我们在户外没有手帕和纸巾时，他将我的双手放进他口袋里擦干的样子，喜欢他开车时，握着我的手替我取暖，喜欢我们将剥好的鸡蛋，放进彼此手心里然后甜蜜微笑的模样，爱极了他那些充满爱意的举动。

"表哥说他想见你，可我在犹豫到底要不要带你去见他，我希望他会喜欢你。"

夕阳西沉，街灯很快就亮了起来，我们走出阿拉夫餐厅，漫步在花园里宁静的小道上，一轮皓月挂在夜空中，有几片云朵相伴。表哥脸上的表情很不自然，我看得出来，他不喜欢海博，我也知道，海博很紧张表哥，希望能从表哥那里拿到高分。

表哥对海博的评价并不是很高，只因为海博没有主动去埋单，对我来讲，这个理由不够充足，因为只有我知道，海博他自始至终都是一个慷慨的男朋友。表哥不断给我灌输应该离开海博的思想，说他并不是合适的结婚人选，而我却无动于衷。

"表哥他是不是不喜欢我？"海博低着头，不自信地说。

"不是啊！他很喜欢你。"那一刻，我能从海博的神情里捕捉到喜悦，那是一种被认可的快乐，他希望被我的家人所认可。

金色的晨曦从窗帘的缝隙里努力探头，挤进屋里。我伸伸懒腰，环顾四周，自言自语："又是一个明媚的早上。"伸出手去摸索手机，看到屏幕里来自海博的短信，心里不由得冒出一丝温暖。"早上好，我的小熊猫公主"，和一个可爱的"亲吻"表情。"早上好，我的大熊猫。"我在电话里"回吻"海博。

那些日子，海博总能找到理由从公司里偷跑出来，带我去周边的小镇游玩，因为是读博期间的临时助理工作，所以他并不在乎他的上司会不会对他不满。

每逢周末，我们都会去固定的几间音乐餐厅，海博负责赚外快——吉他演奏，而我则负责点一杯花茶，在一旁观看，我知道大多数时候，他那些曲子是专为我而演奏的。

　　周围的灯光是暗暗的橙色，我目不转睛地望着台上的海博，而海博的眼神也总会越过听众，落在我的座椅上，虽然有时他情绪紧张到不敢直视我，可我却了解他的一颦一笑，而他也很清楚，我的情感比台下在座的每一位听众，都还要激烈、感动。

　　八月黎明的曙光从东边落地窗的白纱窗帘里洒进屋里，温暖而明亮，令这个季节既像是仲夏又像是金秋，叶子并没有变红，但已不再是夏季那种深绿色了。我站在床边，伸伸懒腰，期待着海博的惊喜和来电，想着这是我和海博共度的第一个生日，我就很兴奋。

　　上午十一点，期待已久的电话铃响了，那铃声清脆而悦耳。

　　"早上好，海博？"我接起电话，轻快地说道。

　　"起床了吗，我的公主？我去接你吧！"海博神秘地说道。

　　"那我应该穿漂亮的连衣裙还是运动装？"我咯咯地笑着，以此来引诱海博说出那个神秘的地方。

　　"今天你是寿星，你想穿什么都可以！"

　　我打开衣橱，抚摸着每一条连衣裙的衣袖，最终决定要钻进一条星空般藏蓝色底、印满大朵依米花的短袖高腰拿破仑帝国女裙里，站在全身镜前，拿着那支棕色的眉笔，微微抬起头。电话铃再一次响起时，海博已经等候在家门口了。

　　旅行刚开始，我和海博因为一罐牛奶的事发生了不愉快，此刻，我不依不饶的这张嘴，像足了一挺不断发射子弹的机关枪。

　　"你没有想到，你当然想不到，因为你自私又自利！你心中只有你自己！"我从来不会就事论事，遇事总要把他的人格也拿来诋毁一通。

多年以后，我在《幸福的婚姻》里读到，争吵也是需要技巧的，但恋爱时，我哪里会懂那些所谓的技巧呢？我们有赖于爱情，喜欢无理取闹，习惯不依不饶，总以为那样的任性，会被无限度地包容，但后来我们才明白，所有人的忍耐都是有限度的，而所有的爱，也都会被无尺度的责难和争吵消耗殆尽。

很多时候，我们劝告别人要见好就收、适可而止，不要在争吵的时候翻开旧账本，旧事重提，自己却做不到。"你忘了，我可没有忘记，上个星期，我让你夜里去画廊接我，你竟然说你睡着了！你让我半夜三更自己搭上计程车回家，我吓得差点就晕过去，我在你心目中的位置只有那么多，所以你才会那么不在意？"我戴上墨镜，望着窗外，不想看海博一眼。

"那天我真的睡着了。"那时，我总觉得只要他在乎我，就会记住我说的每一句话，我无法理解那些生理需求，比如半夜三更他得睡觉，他不像我，他不习惯熬夜，也从不熬夜，但是为了我，他却在车里度过了无数个夜晚，为了能在我完成工作时来画室接我回家，他得睡在车里，因为他回不去宿舍，因为宿舍的楼门早就关了，而我却觉得那是他爱我的表现。也许，我才是那个自私的人，因为我从未真正理解过别人的感受。

"对不起，我以后不会再那样了，我会调好闹钟的，我保证。今天是你的生日，我不该让你生气，你也不该想起那些不愉快的事，我改掉自私的毛病，我会改正的。"海博挠了挠他那个大大的脑袋，温柔而耐心的语气，让我再也无法继续无动于衷于他的态度和热情，终于成功将内心的魔鬼和火焰驱走，平复了激动的情绪。"那你现在可以坐在我身边了吗？"汽车加完油，上路之前海博问道。

"来吧！"

我推开后车门，坐回了海博身旁，却始终不肯取下墨镜，以示严肃。

六百二十八公里的距离，就算以最快的速度前行，也至少要花掉七八个小时，我抱怨他应该让我们早一点出发，这样就不会在夜半三更抵达这座可爱的小镇，他又是那副挠挠他那颗大脑袋的可爱模样。海博让我把头靠在他的肩膀上，旅程还没到一半，我就睡着了，等到一觉醒来，已经快到目的地了。

"我们到了。"

我睡眼惺忪地抬起脑袋，望着群山环绕，被橘黄色夜灯照亮的老城，眺望远处被黑夜染上一层神秘色彩的小房子和几艘孤独的轮船。

海博推开车门，走下车。"我知道你已经不累了，所以说，我们的生日宴会现在才要开始呢！"

海博牵着我的手，走到汽车前。"小熊猫公主，你可不许偷看喔！"海博绕过我身后，走近后备厢的位置，打开了存放了一整天神秘礼物的车厢后盖，拿出一个圆形的蛋糕盒。"请允许我隆重介绍小熊猫公主的生日蛋糕！嗨！"他提起蛋糕盒，冲我笑着，那感觉灿烂得就好像是黎明时的曙光。"走吧！"他一只手提着蛋糕盒，一只手温柔地牵着我，向海湾走去。

那艘写着"维纳斯"的船就好像是特地等在那里，专门为我的生日而准备的。海博和船夫交流了几句，就高高兴兴地把我领上了船。

船开动了，深蓝色的海水里跳跃着点点星光，不知道海博什么时候从哪里变出了一枝玫瑰，举到我面前，那玫瑰点缀了他跳动的心房，在他胸口的位置上温柔地竖着它那抹艳丽的红色。这是一个多么令人难忘而浪漫的夜晚！

海博清澈的眼中充满了爱意，他望着我，目光此刻似乎能够穿透我的灵魂一般。

"真想吻你啊！"他自制地说道，"可我答应你要给你柏拉图式的爱的。"他拿出一个心形的红色天鹅绒礼物盒。"生日快乐！我的公主！"盒子被打开了，一条玫瑰金项链优雅地躺在盒子里，像一连串北斗星那样耀眼地闪烁着，静静地等着我伸出手去抚摸它。

"喔！真漂亮！"我望着海博，我知道此刻，我的眼中也噙着像星光般闪烁的泪水呢！

"我帮你戴上它好吗？"

我点点头，转过身，面朝闪烁着夜灯的海岸，背对着海博。海博取下了我项上的链子，换上了他为我选的那条，我抚摸着它，心想他会向我求婚吗？就在今晚，如果会，该有多好！

和海博在一起九个月的每一个日子里，我都努力勾勒出他性情中的新的笔触，犹如我画过的油画里的每一笔，手持着那样深情款款的笔，盼望着能够将我和海博绘画成一幅无可挑剔的杰作。我想起和海博初次相遇时，我们的汽车里都各自播放的那首曲子，歌词里写着"当我韶华已逝，你是否爱我如初"。我此刻便祈祷命运能够将这份爱永恒地散播给海博，让他能够在三年后，三十年后，甚至当我们抵达另一个世界以后，也爱我如初，即便在我白发苍苍、脸上布满皱纹的时候。

我沉入辽远的玫瑰色幻想中，望着远处，海博在我耳畔说些什么，我已经听不大清楚了。

迪里的婚礼在米岛的帕拉波尔提雅尼圣母教堂门外的空地上举行，在这里，周末晚上的七点是个理想的结婚时间。一切都是按照这里的习俗，和其他的婚礼并没有什么不同，只是此刻我的心境有了变化而已。

荷拉西侧的弧形海湾被人们称为小威尼斯，因为她的景象酷似意大利的水城威尼斯,所以人们给她起了一个新名字。黄昏时分,沿着海湾亮起来的一盏盏灯火,为这个小威尼斯增添了不少浪漫的气氛。

没等到婚礼结束,我就偷逃了出来,当我发现自己无法去驾驭我的面部表情,发现那些表情竟公然违抗我的意志,要把我决心掩饰的东西表露出来时,我只好逃之夭夭,提早离开那场婚礼。

海博像是被宇宙定了位的恒星,永远都没有变化,他能够面对任何一场婚礼,或者是面对和婚礼相关的事情、言语时泰然自若,而我就快要坚持不下去了。我不想祝福别人,更不想参加那些该死的婚礼,我不想含着泪听着新人的《婚礼进行曲》,也不想再假装用感动去掩饰我破碎的心。我无法再让自己继续去目睹,去忍受那种承诺被准时准点履行的痛苦,那种比较对我来说是残忍的,我不断去比较被命运一次次拖延的诺言,不,那也许不是命运在拖延着海博的诺言,是海博和他那不守信用的家人在拖延,他们在故意拖延,他们在惩罚我,借助命运之手惩罚我的傲慢。

我恶意地揣测海博以及他的家人,把所有的过错都强加在他们身上,可我从未想过的是,也许是因为我自己的过错,我自己的倔强,是我紧紧地逼迫海博和我自己,是我从未想过要好好享受这段爱情,是我从不纯粹地面对这段感情。我翘首等候着一场久违而浪漫的婚礼,不,也许不是久违,也许我们之间根本就没有婚礼。

"为什么逃跑?你把我丢在这里一个人逃跑有点太不够意思了。"

"你知道那些风车是干什么用的吗?"米岛的海风强劲,我们在周围不绝于耳的嘈杂声中有一句没一句地交谈着。

"磨麦?"海博不确定地说。

我漫无目的地望着不远处风车圆拱形的稻草顶。"你想喝杯鸡尾酒吗?"我转过身,才发现他今晚穿着一身深色的西服,外套里是一件白净的衬衣，衬衣最上面两颗扣子没有扣。他修长的眼眸依旧温柔地凝视着我，月光洒下宁静的光辉，招来了我们对昔日那段欢乐的回忆。他的目光执拗地搜寻着我双眸里的爱意，而他的手也一直在找寻着我的。

"别再折磨我了，乔丽梵，你明明知道我有多爱你。"语气中多了一份无奈和怅然若失，说完，他轻轻地吻了吻我的额头。

酒吧里的空气已经变得污浊不堪，灯光昏暗，几只空杯子亮晶晶地倒挂在吧台上方，酒保正在调酒，我喜欢架子上摆着整齐的酒瓶和酒杯，尤其喜欢优雅而高挑的香槟酒杯，我喜欢酒保调酒时的样子，让人产生一种期待，一种对他能调出什么独特味道的期待。我不喜欢鸡尾酒的味道，但却很喜欢它的色泽。

"玛格丽特的口感浓郁，带有清鲜的果香和龙舌兰酒的特殊香味，入口酸甜，所以很清爽。血腥玛丽的历史就太悠久了，这个名字可以追溯到十六世纪中叶的英格兰，当时女王玛丽一世在位，她为了复兴天主教而迫害了一大批的新教教徒，人们就叫她血腥玛丽。"酒保调好了第三杯酒，把它放在杯垫上，推到了我和海博面前，那是一种诱人的奶白色。"这杯叫'琴费士'，它又称杜松子汽酒，有一种碳酸饮料的味道。"他顿了顿，继续说道，"干马提尼是最传统的鸡尾酒之一，可以很烈也可以很甜，就看这位女士你想要我调出什么比例的马提尼了。"他挑衅地看着我。

"这位女士只能喝点甜的。"海博深情地看着我，那双眼睛里满是情感的阳光，而此刻他已将那光点洒遍我全身。

Hotel Philippi 与其说是酒店不如说是公寓，两排建筑围着鲜花盛开的中庭，那是与街景的嘈杂截然不同的一种宁静，我和海博都处在一种微醉的状态，这种感觉很奇妙，海博办理好入住手续，就牵着我的手径直走向了通往房间的走廊，我喜欢他温暖的掌心，我喜欢海博的手。走廊的这一端摆着一张长方形的传统沙发，沙发上的刺绣和蕾丝都是当地著名的手工艺术，再向里走就是客房了，相隔几个客房的墙上挂着几幅费拉的油画，白色的城市坐落在悬崖顶端，画里的房舍可爱而精巧，像落在爱琴海边沙滩上的积雪。

房间简单但非常干净，空间不是很宽敞，但采光很好，月光能够透过绣有花朵的白纱窗帘映射进来，在没有开灯的屋子里，我和海博也能够看得到彼此。我脱掉礼服钻进海博的被窝里，仰着头，我似乎从未这样仔细地端详过这张面孔。

"我在想我好像从没仔细看过你。"

"我不好看，但命运把漂亮的你给我做未来的伴侣，你看这世界多么公平！"

"你的眼睛很长。"

"你的眼睛才漂亮，像爱琴海那样。"

"深不可测吗？"

"像爱琴海那样迷人，那里面有星辰的光芒。"他的甜言蜜语和那些不经意间表露出的疼爱，无数次地打开我的心锁。他有钥匙，那把钥匙一直握在他手心里，他想要的时候就可以打开。

钟楼下的小贩在热情地推销着手推车里的马甲和旅游纪念品，几只懒洋洋的猫咪在晒太阳，有一只已经爬到了游客的腿上，街道两旁盖有红瓦的木结构房屋错落有致，小巧的庭院里栽种着绚丽的三角梅，玫红色的花瓣和绿叶穿墙越巷，把整条街道点缀成了一条"鲜花大道"，跟随着蜿蜒的街道，踩在古老曲折而狭窄的石板路上，望着不远处长笛形的伊弗里尖塔，这里到处充满了古典韵味的民居，还能见到石质城墙和石质的房屋。建造过欧迈尼斯柱廊的那位国王，在这里也建造了一座贝尔加马图书馆，那是他最伟大的成就之一，也是他率先推广了用羊皮纸来记录文献。

一群灰色的和平鸽，在城堡前的空地上觅食，颈边的羽毛在阳光下闪耀着彩虹般的光芒，两个留着胡子的男人在街边弹着木吉他，在他们面前的地上摆放着一个大箱子，好让路人掏些零钱为悦耳的音乐埋单。我和海博走在迪里亲朋好友的队伍当中，吹着清新的海风，嗅着小摊上散发出的柑橘那甘甜的味道，穿过城堡步行街，来到了那座有着橙色的屋顶和乳白色墙面的大房子。一扇扇圆拱形带尖顶的窗户向外开着，窗台上的梅花从花盆里探出头。明天，我们要在这座大房子里为迪里和亚特举行另一场乡村式的婚礼。这里的习俗和在大城市里的不同，新娘要在结婚前一天沐浴一次"新娘浴"，新郎也是如此。沐浴仪式开始前，亚特带着几个小伙子为我们送来了烤羊肉串。用清水沐浴七次后，迪里的脚丫被姑娘们染成了红褐色，迪里的妈妈和姐姐往迪里的头上抛撒金子和钱，寓意祝福，姑娘们拿出了早些日子就准备好的礼物，把它们递到了迪里的手中，然后，欢快地在音乐声中起舞。

门外的"争吵"开始了，按照习俗，新郎要和新娘的家人抢新娘，新娘的家人负责搬椅子柜子，把所有能把新郎挡在门外的东西搬来，为的是表示对新娘的不舍。婚礼在世界上任何一个国家都表现得大同小异，新娘身穿白纱手捧鲜花，在众人的欢呼声中挽着新郎的手入场，就是这样，比起在米岛的婚礼，迪里的眼中少了一分拘谨和害羞，她已经能够驾驭这样的情景。镇上所有亲近的人都来了，穿着红袍的主婚人让新人在众人面前宣誓，发誓要把对彼此的爱带入坟墓里，哦，也许我的嘴不该这么毒。他们在交换戒指，摘下第一场婚礼用过的那对戒指，然后在这一场婚礼再重新戴上,人们总是为了习俗、章程去做一些无谓的事。按照流程,接下来是深情一吻,然后我们拖着厚重的礼服要一直跳舞到天黑、到凌晨。浪漫的情歌,供姑娘们和隐秘的爱人跳一段优美的华尔兹,欧美说唱,供一些街舞爱好者疯狂一小会儿,至于民谣,可以让人们打着响指,围成圈,挽着手跳舞,一拨跳累了就换另一拨。

染指一般在天黑时举行,亚特的妹妹把迪里的右手染成了石榴的颜色,以示吉庆,据说颜色染得美不美,喻示着今后婚姻生活的美满程度。婆家的礼数就由娘家一同完成了,因为两家的距离实在太远。伴娘们扶着迪里让她换了身漂亮的新裙子,以表示新生活的开始旧生活的结束,然后把迪里从一间屋子送到另一间屋子,在那间屋子的门口放上一张羊皮,迪里要踩着羊皮才可以走进屋子里,那间屋子里,亚特正巴巴地等着迪里。这张羊皮的寓意可不小,它喻示着迪里以后要像一只小羊羔那样,对亚特那个大男子主义百依百顺,喻示着迪里的幸福要像羊毛一样地多。后面这条寓意我倒是可以接受,但是要让我像一只小羊羔那样对我以后的伴侣百依百顺,哦,算了吧!还不如让我孤独地在我的画室里了此残生。

一枝粉色的野玫瑰背靠在一块写有黑色字体"ARMA"的透明玻璃上。白色的建筑里环绕着白色的扶梯,像小亚细亚雪山上的白雪那样洁白,屋顶的边缘有一圈深蓝色的条状点缀,墙面上用斜体写着"RESTAURANT",露台边上的美人鱼雕像栩栩如生,海博坐在面对着我的那张白色餐桌旁,地中海的蓝色,在这样一片洁白的色彩里显得更加湛蓝,真该带上我的画笔。

我把刚刚在海边捡到的彩色石子儿整齐地摆在桌面上,决定回去以后,要把这些石头藏在一个带有丝带的漂亮盒子里。今晚,要和海博一起在岛上过夜了。

我和法孜里雅约在 Metropol 咖啡店见面的那个下午，本来是很令人惬意的，我们坐在绿荫下的露天靠椅上，我要了一份慕沙卡[①]和一杯奶昔，法孜里雅则点了一杯热茜娜[②]和一份菲塔乳酪沙拉，我本以为能够和她度过一个极其舒服的下午茶时光，却不料她总能说些不合时宜的事情，来破坏这美好的气氛，而那些"不合时宜"却是我最为敏感的那部分。

"那项链真漂亮，他向你求婚了吗？"

"谢谢，法孜里雅，还没有。"我摸了摸那条挂在我脖子上的项链，感觉甜蜜里带着一丝苦涩。

"他妈妈究竟什么时候来订婚？海博答应我五月就会和你订婚的，你不会忘记了吧，乔丽梵？"

"我当然没有忘记。"

"他到底是怎么回事？我收回上次跟你说过的话，他可能真的是爱你的，可他为什么就不想和你订婚，和你结婚呢？那样不是更好吗？"

"也许我没有那么大的魅力使他能够有和我结婚的欲望吧！"我灰心地低下头，玩弄着手中的长勺。

"别那么说，如果你没有魅力使他神魂颠倒，他会为你准备轮船和玫瑰金的项链给你庆生吗？别傻了，乔丽梵，这世上，男人才不会平白无故为你付出那么多，除非是想和你结婚。但是我就是不明白，他为什么就是不着急呢？而且那是诺言啊！他当着我的面答应你五月就会有人来提亲的，现在都八月了，真不知道他和他的家人都在想什么！"法孜

[①] 开胃菜。
[②] 这里著名的酒精类饮品。

里雅坚定地审判着海博，就好像这"罪恶"必然要由海博来承担那样。

"好吧，亲爱的！我可能只能遇见这样的人，度过我的余生。"我把目光移到了没有法孜里雅的方向，望向远处广场上那些晒着太阳的人群，他们有的在说笑，有的在阅读，还有的在长椅上耷拉着脑袋打盹，多么无忧无虑，我多想参与其中，捂上耳朵，不再听法孜里雅口中那些诋毁海博的言词，我宁愿自欺欺人地为海博的言而无信找借口，好让自己不再为逝去的时光懊悔。

"别那么说，乔丽梵。你很优秀，你的条件那么好，你有一间属于自己的画廊，在这座大城市里也算是名人了，家里条件又那么好，别说是海博，就算没有他，你不也有很多追求者吗？别灰心，乔丽梵，如果不是海博，我更开心，我总觉得他配不上你的爱。"

"别那么说，亲爱的。这世上没有谁配不上谁，我们都是平等的。我可不会为了我身上那些条件去做比较，贬低海博。"

"你太善良了，可他的确不是在大城市里出生的，你得承认他是个异乡人，天知道他家里条件是怎么样的！卡雷奇可是个很小的地方！"

"那是一座繁华的小镇，是个很美的地方。"我心不在焉地望着远方。

期待的落空和被不断消耗掉的耐心和热情、无止境的欺骗与拖延，这段感情的意义究竟还在不在，如果在，那么在哪儿？如果爱情不是一段神圣而永恒的婚姻的开头曲，那么我们为什么要恋爱？

然而，我一次次地退让、感受着困惑和纠结的交替，是为了要留在这段情感的原地，毫不前进吗？而现在就算我睁大双眼也看不到前方的路了，我听不到也说不了了，这就是作为"夏娃"所应有的腼腆和胆怯，因为是女人，所以我甚至都不能大声问问海博，他究竟为什么不着急和我结婚，是不是他一开始就没有和我结婚的打算，所以他才会一遍遍地欺骗和拖延。看不到远方的感觉太令人绝望了。命运啊，你能派遣一个天使给我吗？让我能够渡过这迷雾，赐予我一双明目去眺望未来，请告诉我，海博，他究竟只是命运的考验，还是印刻在我额前的宿命里的那个"亚当"？而我，是不是因为他的那条肋骨而存在？

八月下旬，所有的甜蜜止于一场我期盼已久的、和海博家人的会面，如果说海博在这中间扮演了导火索的角色，而我则是那枚欲爆、欲裂的弹火。

在这以前，对于和他父母的第一次会面，我从法孜里雅那里已经受到过太多负面的信息的影响，我无法开开心心、简简单单地换上漂亮的行装去和他妈妈见面，我早已对整件事心存芥蒂了。从二月起，海博就在给我和法孜里雅传递他妈妈会在五月来见我的消息。当五月来临，海博却说他妈妈想五月结束后再来见我。五月也过了，海博又说家族里的某一个亲戚的儿子要结婚，他妈妈因为必须要参加那场婚礼而暂不能来见我了。多么牵强的理由！这些无法遵守的承诺已经足够折磨我的了，而法孜里雅却在一旁不断地提醒着我，海博是多么地言而无信，他妈妈又是多么地不想见我，说海博的妈妈也许根本就不想同意我和海博的婚事，根本就没有想过要来见我。这样三番五次地欺骗以后，我怎么还能保持着一颗愉悦的心去迎接他妈妈的到来呢？就算海博此刻恭敬地来接我们去见他的家人，我也不会快乐，可是他又做了些什么？

"我不去了。"我握着手机，看着屏幕里海博的信息，上面写着：你和法蒂曼妈妈搭个车过来不行吗？

"不要再说傻话了，乔丽梵，海博和他妈妈在等着你呢！你现在不去，置他于何地？你想让海博在他妈妈面前颜面扫地吗？"

"妈妈！他开着我的车，去接送他的母亲！现在让我和你搭车去见他的妈妈！这太离谱了吧！那到底是谁的车？！"我变得歇斯底里，无法控制自己激动的情绪，怒气像恶魔的火焰一般，越烧越烈。

"乔丽梵，这没什么，我们现在出去搭一辆计程车，五分钟就到了，现在已经和你们约好的时间超过了半个多小时，第一次见面你就迟到，你觉得这合适吗，孩子？"妈妈焦急地望着我，试图说服我。

"我已经回复了他的信息，这顿晚餐，你们自己吃吧！"我奋力扯掉了固定在头发上面的珍珠发卡，脱掉礼服，红着双眼，负气地坐在床沿上，泪水滴滴答答地落在卧室里的红色木地板上，我听到妈妈和海博在通电话。

"你为什么要惹她生气呢？你明知道她在这件事上已经受了太多负面的影响，你开车从餐厅到这里接我们，要很久吗？"这是我第一次听到妈妈责备海博。

五分钟后，我听到门外萨博的鸣笛声，可我依然倔强地坐在床沿上，不愿意出门。妈妈把法孜里雅也叫来了，她们一个个蹲在我身旁，劝我不要那么任性，这时，离我和他妈妈约定好的见面时间，已经过了一个多小时，而海博仍然在门外耐心地等候着，他后悔极了，后悔不该给我发信息说让我和妈妈自己搭计程车去餐厅见他家人，他不知道这会伤害到我的自尊。

"我是商品吗？他妈妈想什么时候见就什么时候见我？女孩就该这样卑微吗？"我愤怒地看着蹲在一旁的法孜里雅说道。

"你别任性了，真的，乔丽梵，你忘了你是多么期待他妈妈来这里见你了吗？我们等了那么久，现在他妈妈终于来了，你却在幼稚地耍着你的大小姐脾气，坐在这里像一尊雕像那般冷酷无情，乔丽梵，难道你想和海博分开吗？就因为他让你自己搭一辆计程车去见他妈妈，就因为他卑微地开着你那辆尊贵的萨博，去接送他自己的父母亲？海博在门外等着你呢！他承认自己错了，他没有想那么多，男人的脑袋里装着和我们不一样的东西，我们吵架都吵不到一个点子上。他只不过是想路上车多、拥挤，你和法蒂曼妈妈能搭车早一点到餐厅而已，他很后悔一开始没能来接你，叫你搭车去餐厅。他妈妈在餐厅里已经等你足足有两个小时了，好了，别闹了，快去梳妆打扮，快起来，我的好姑娘，我可不想看到你后悔莫及的样子。"

我被法孜里雅拉了起来，跟着她走到镜子前，看着自己早已哭肿的双眼，漫不经心地化上淡妆、盘起头发，重新将那枚银灰色的珍珠发卡别在了头上，我换上了一条鲜艳的红色礼服，蹬上一双黑色的鹿皮高跟，挽着妈妈的手，出门了。

一路上，我没有去看前排座椅上的海博，内心萌生出一种极其厌烦的感觉，我讨厌海博，讨厌极了，我讨厌看到他那副伪装的可怜兮兮的面孔，我认定这一切都是被他搞砸的！

我们走进餐厅，走近了一张可以容纳六人的长方形餐桌旁。妈妈今天穿着一条海蓝色的过膝长裙，蹬上了一双鱼嘴高跟，那头深棕色的头发披在她白皙的肩上，那样子优雅而高贵。我抬起头，遇见的第一张面孔是一个有着黑色皮肤，和一双并不那么友好的黑色眼睛的女人，她在头上松垮地系了一条枣红色的纱巾，脖子上戴着一条玫瑰金的条形项链，穿着不搭配的套装，撇着嘴，正站在那里审视着我们。"不能是这个女人吧！"我移开目光，看到座椅右侧站着另外一个女人，她有着和我一样的白皙皮肤，脸上挂着一副和海博一模一样的微笑，她的微笑因为我的迟到而变得不自然，但却透露着一种谦和。"是的，一定是她，她才是海博的妈妈。"我拉开座椅，坐到了我认为是海博妈妈的那个女人对面，除了一声问候以外，我就再没有开过口，无论是吃东西还是说话，都没能使我糟糕的情绪缓和多少。

那个黑皮肤的女人滔滔不绝地介绍起自己来,她的眉毛随着她的表情而上下跳动着,她严厉的眼神时不时地落在我身上,以为能够让我退缩,却不料遇上了我从容面对的微笑。我的直觉是对的,她并不是海博的妈妈,而是海博的大姨母。所以,我更加不必理会她那犀利的、充满挑剔的目光。

"我在这里足足坐了两个小时,都快跟着比萨师傅学会制作比萨了。"她横眉竖眼地望着我,说道。我侧过脸,看到她右侧一处开放的比萨制作工作台,比萨师傅正在认真地制作着几份薄皮比萨,我微笑着回馈她,端起茶抿了一口。妈妈则优雅而端庄地坐着,在我的左侧,和我一样,一副淡雅的笑容。

"很抱歉让你们久等了,乔丽梵因为画廊的一些事情抽不开身。"妈妈替我解释道。

海博的妈妈把菜单推到我面前,微笑着说道:"孩子,你点一道你自己喜欢吃的吧!"

"不用了,你们点吧!"我把菜单交还给了海博的妈妈。

"听海博说乔丽梵喜欢吃比萨,那我们就点一份比萨吧!"她掩饰住了尴尬的神情,继续说道。

一份比萨,四份阿达纳烤肉,和四份酸奶汤。菜品简单到使我有了种被冒犯的感觉。

这是一场关于海博以及他家族的"夸耀会",我和妈妈除了能听到海博的姨母絮絮叨叨地说起他们在卡雷奇老镇拥有的两个住所和汽车以外,除了听出海博的舅父是一家银行的行长之外,就只能听到海博是多么优秀的孩子的这些话语。我深感低俗蔓延在餐桌上方,想到我来到这里是多么错误的一个决定,我转动着桌布的一角,把它们的毛须缠绕在我的食指上,不断地重复着这个动作,好让我的焦虑得到缓解,直到我听见餐桌一旁传出的那缺乏修养的比喻和修辞。

"姑娘啊！就好比一座桥，驴也过，马也过。"我猛然抬起头，将目光落定在了海博的姨母所坐的方向，忽然意识到该收起自己愤恨的目光，接着刻意在那神情里掺杂了些许的友好，我倾听着那些伪善的话语，抑制住想要作呕的感觉，告诉自己要做到心平气和。"我们本来想为海博找一个卡雷奇的姑娘，但是，谁知道海博到了城里就遇见了乔丽梵，两个孩子情投意合，我们作为长辈，也不好再说什么，海博可是我们家族里第一位博士。他的外公，也就是我们的父亲，过去也是一个了不起的老人，他在卡雷奇，可是医学界很有名的一位医生呢！海博的舅舅现在是银行的行长了，备受尊重。"她端起茶杯抿了一口茶，在杯沿上面留下了半月形深红色口红的印痕，继续滔滔不绝，"我们在卡雷奇有两个住所！夏天住在凉快一些的那一处，冬天就住在暖和一点的公寓里，别人问我，你都忙什么呀，阿伊夏？我就说，我能帮什么呢？我除了打扫我那偌大的屋子以外，还能忙些什么呀！海博的父亲和我的爱人啊，平时都不怎么出门，每次出门就带着我和海博的妈妈，开着我们家的汽车到周边的城市去转一转，我说，你们两个大男人也出去逛逛呗，别总带我们俩，他们说老了老了，和夫人一起出去那才有意思呢！"

妈妈自始至终都是一副高雅的坐姿，好像这样才可以把自己和她们区分开来，微笑着忍受这一切低俗的字眼：把我比作是一座桥，还说驴也过，马也过，说她外甥应该找个卡雷奇的姑娘？还吹嘘说什么舅舅是大银行家？

时间一分一秒地过去了，对我来说这场晚宴已经变成了煎熬，放在餐桌一旁的手机屏幕时不时地出现着来自海博的信息，他很担心我，担心这一次的会面会带来什么不好的后果。可是，怎么办呢，海博，我已经决定从这里走出去后，就要和你分手，在我听到你妈妈默许你那位尊贵的姨母的猖狂之后，我想我必须和你分开，我无法走进这样的家庭，更无法接受这样毫无尊重可言的对话，此刻，也实在无法再忍受她们的只字片语了。

"我们这一次来，听到乔丽梵和海博的事也是很突然，海博妈妈本来是想看看海博他读博的大学环境，后来听到海博说起乔丽梵的事，就想顺便来看看乔丽梵这孩子，安排一下长辈们的第一次见面什么的。嗯！所以，你们觉得婚礼应该什么时候进行才合适呢？"海博的姨母抬起她高傲的头，对妈妈说道，就好像此刻我和海博的婚约和命运都掌握在她手中，而之前海博说从二月起他的妈妈就准备来见我，准备订婚的事，全都是谎言？！是海博在撒谎？还是他妈妈和他那尊贵的姨母？

"我们的家庭比较保守，我和我爱人双方的老人都还在世，乔丽梵又是长孙女，所以我们当然希望，婚礼越早越好，这样，两个孩子也可以避免一些不必要的错误。"妈妈温和地说。

"乔丽梵妈妈，我们海博现在在读博，这才一年级，他肯定需要时间去适应校园的生活，不过我们会尊重海博的意见，他想一个月以后结婚，我们就一个月以后举办婚礼，他想等到博士毕业后再结婚也可以，当然，那是两年以后的事儿了。"她自信满满地高昂着头，轻蔑地微笑着。

"他想什么时候结婚，我们就什么时候安排婚礼，当然，那是两年以后的事儿了。"多么强大的优越感，多么傲慢无礼的态度，多么高高在上的感觉，就好像在炫耀自己拥有男方家人的身份是多么尊贵无比的事情，而我和妈妈就该卑躬屈膝地在他们面前乞讨，祈求她们能早一点赐给我们一场该死的婚礼。

我把桌布角的毛须绕得更紧了，似乎只有让手指勒出了印痕，才能说明我有事可做，才能使这种令人窒息的感觉终止。妈妈静静地坐在原地沉默着，看看面前摆放着的酸奶汤，拿起汤勺没喝便又放在了一边，接着又无助地看了看我，转而用一种母亲所特有的温和说道："乔丽梵，你把带来的礼物拿给海博妈妈吧！"我拿出两个精心包装过的礼物盒，想起这两个礼物盒已经在我的储物柜中搁置了近半年之久，想起来这里以前，妈妈还拿了湿纸巾将它们一一擦拭过。我淡然地微笑着，把盒子分别放在了海博的妈妈和他姨母的面前。

"喔，怎么还带来了礼物啊！谢谢你啊，孩子。"海博的妈妈拿出一个红色底镶金边的饰品盒，和一个透明的袋子，放到了我和妈妈的面前，然而我无暇去看那些虚伪的礼物，只想要快点离开这该死的地方，我已经再也无法和她们一同呼吸这里闷热而黏稠的、那令人作呕的空气，也再不想听到她们口中说出的任何只言片语。

海博的妈妈对这一次会面，做了个简单的总结，宣布了"家族夸耀会"的结束，我缓缓起身，抬头挺胸，高昂起头，拿起包和那袋毫无意义的礼物，跟着妈妈走出了餐厅。

几分钟后，我们站在餐厅的门口道别，我仍然是那副神圣不可侵犯的模样，站在妈妈身边，一句话也不愿意说，我能够看得出来，海博的妈妈想要和我吻别拥抱的神情，真希望我想得太多了，可她明明向前迈了一步呢！

海博并没有把萨博留在餐厅门外，我和妈妈搭车离开了那里，我不想再多待一秒，这一点，妈妈她也心知肚明。

我坐上计程车，冲动地拿出手机，发了一条简讯给海博，想让他感同身受，想让他也品尝一下痛苦和备受屈辱的滋味。

"我们分手吧！你妈妈走后，我会把这枚戒指和你妈妈送给我妈妈的破布[①]还给你们，你先好好安顿你们家里人的事儿，其余的等你妈妈走后，我们再说。"

---

① 海博妈妈送给我妈妈的是一匹布，是用来做礼服的布匹。

"小熊猫,你怎么了?发生什么让你不开心的事了吗?我现在去找你好吗?你别这样说,我不会和你分手的。小熊猫,我现在去找你。"

"离我远点!也不要靠近我的家门!我们不欢迎你。"

计程车停在了家门口,我推开车门,愤怒地迈着因为穿了高跟鞋而显得局促的步伐,推开门见到外婆的那一刻,号啕大哭,耳畔断断续续的是外婆苍老而慈爱的声音,我无法自控,镇定下来告诉外婆这屈辱的晚宴是怎么开始的,又是怎么结束的。

"她怎么了,法蒂曼?"外婆抱着我,质问妈妈。

妈妈叹了一口气,什么都不肯说。

"他想什么时候结婚就什么时候结婚?他算什么?她们又算什么?一枚薄如铁皮的戒指!她还逛了一天,累的,好不容易才买的!我看他妈妈是因为找不到更小更薄的金戒指,才不停地逛,好不容易遇见了这一枚吧!"我打开戒指盒,把它狠狠地扔到了地上,"姑娘好比一座桥!马也过!驴也过!她的意思是谁都能践踏我,是吗?我是万人践踏的桥吗?我身上过过谁?是她儿子!是海博!妈妈!她儿子是什么?是马吗?是驴吗?对于第一次见面的人就敢这样放肆!一点教养都没有!她们多么尊贵啊!作为男方的长辈,就可以这样侮辱我们吗?作为姑娘,我没有权利像她们那样猖狂!可我有权利去选择我要不要走进这样一个糟糕的家庭里,践踏我的一生!"

"什么?姑娘好比一座桥?法蒂曼,你就那么呆呆地杵在那里做一根木头吗?你女儿被别人那样侮辱,你就听着吗?你是怎么做母亲的?"外婆松开了怀中的我,站起身,愤怒地走到妈妈身旁,指着妈妈说道,"有儿子的人家就很了不起吗?你是怎么把这孩子捧在手心里带大的?我们是怎么宠爱她的?怎么还没怎么样呢,就受了这样大的委屈?你是做什么的?"

妈妈沉默着，为她刚刚努力保持的风度和优雅而深感惭愧，我歇斯底里地发着疯，却不知道海博早已站在了门外，从敞开的窗口听着屋里倾泻而出的一切。

屋里终于安静了，外婆也停止了责备，我也不再抱怨什么。这时，妈妈的电话铃响了，是海博打来的，妈妈解释完就出去见海博了，由于是秋天，窗户都开着的缘故，我也能清晰地听到窗外妈妈和海博的谈话声。海博都听到了吗？"轻薄如铁皮一般的戒指？她们算什么？"这些话，海博都听到了吧！我忽然开始为自己的口不择言羞愧起来，脸庞就好像火烧一般。可我知道这一切都无法再弥补了，无论是他妈妈和姨母对我们的羞辱，还是我回到家卸下优雅的盔甲之后，让海博忧伤地站在窗外，听着我对他家人的批判和贬低，我知道今后我们再做什么也都于事无补。

那一晚，我留在了外婆家。我不知道当晚海博和他妈妈之间都发生了什么，只听说，第二天一大早，妈妈就接到了海博妈妈的致歉来电，他妈妈不断地抱歉于那顿晚餐的失礼，说婚礼会安排在十月举行，承诺她们一回家，就会为我和海博的订婚做准备。

然而，在我再一次冲动地从手机里删除了关于海博和我的记忆以后，他出现了。

"乔丽梵，我为我妈妈和姨母对你带来的伤害，道歉。"海博走下车，跪在车旁低下头对我说道。

"不用这样，我要和你分开，无论你说什么，海博。"我毅然决然地扭过头，不去看他。

"不要这样，乔丽梵，你知道我爱你，我们要结婚，我不会放手，绝不。"

"姑娘好比一座桥？驴也过？马也过？"我一遍遍重复那句让我浑

身颤抖的话语，一次次感受字字句句如针锥一般刺痛我的心，我敞开淌着血的伤口，好让海博看个究竟。"你以为你是一匹马吗？你是一头驴，海博！在我眼里，你连一头驴都比不上！"我把他姨母给我的侮辱转嫁给海博，好平息我心中因耻辱而燃烧的怒火。

"对不起，乔丽梵，她们不该那么对你说话。"海博耷拉着脑袋，抱歉地说。

"是你根本就没有告诉过你的母亲、你的家人，我在你心目中的位置，海博。我对你有多么重要！你根本就没有向你的家人提起过，所以，你的家人才能这样肆无忌惮地对我说这些话，所以我才会被她们羞辱。"我推开海博，走下车。

"乔丽梵，我和我妈妈的关系，不像你和法蒂曼妈妈那么亲密，我从小就很尊重她，在我心里，妈妈就是妈妈，不是知心朋友，更不是心理指导师，她就是妈妈，我也不会像你那样把自己心里想的、感受到的都告诉她，就连这次安排她和你见面，我也是想了又想，不知道怎么开口，好不容易才说出来的。"海博站在我身后，面对着我的背影，沉重地说着他从来没有对我坦白过的一切，"你很清楚你在我心里的位置有多重要。我昨晚和妈妈谈过了，她很清楚我对你的爱和决心，所以，今天一大早她就给法蒂曼妈妈打了电话，她很抱歉姨母昨晚说了那些不该说的话，我也替她向你道歉，好吗？乔丽梵，原谅我这一次，我不会再让你受委屈了。"

我转过身，泪流满面地望着海博，夹杂着一切委屈和心痛。他抱住了我，就好像抱着他的整个世界一般那样用力而深情，我听到他均匀的呼吸音，因害怕被拒绝和否定而慌乱，我把头深深地埋进了他的臂膀，因为嗅到他身上熟悉的雪松和橡树苔薄荷油的味道而倍感镇静，我在想，这个拥抱来得那么是时候，那么温暖，在此刻已经盖过了千千万万。

我清楚地记得，那是九月二日的黄昏。也清楚地记得当我推开画廊的大门走出来时，望着远处瑰丽的落日是多么难过，我嗅到空气中弥漫着的潮湿味道，低下头，扫过路边因秋季的到来而卷曲的虞美人花瓣时，我情不自禁地流着泪，却找不出理由。

屋里安静得能够分辨出每个人的呼吸音，外公的床前围满了人，妈妈坐在一张圆凳上，像极了一个忧伤的少女目不转睛地望着她的父亲，仿佛只要少看一眼，便会让他悄然离开，海博在客厅里忙碌着，我知道他在和爸爸一起准备包裹外公的白色棉麻布子。妈妈让我换上一条黑色的长裙，可我不愿在外公还在的时候穿黑色的裙子。

妈妈以一种最大的冷静承受着这一切。我捧着一本外公在他意识还清楚的时候最爱的那本书，念给外公听，我不想停下来，我不能停，我看到外公在流泪，他还在流泪，真好，这表明他听到了我的声音，他舍不得我们，可是为什么，在我故意念错他教给我的词语时，他却没能像前几日那样，坐起身来指正我呢？他显得脆弱而苍白，他有力的手掌不再握着我的手，告诉我："这不对，你应该这样念，我的姑娘。"

我时不时地摸一摸外公那越来越微弱的脉搏，倾听他沉重而深远的呼吸，他睁开眼，望着天花板的那盏灯，那应该是他最后能记得的，他将带着那最后一幕离开我们，我知道，我一直都知道，他舍不得我，舍不得我们。外公哭了，布满皱纹的脸上，泪水分支又合流，显得苍老而心力交瘁。

钟摆走动着，宣告死亡的降临，外公轻轻地闭上了眼睛，深深地呼出最后一口气，然后安详地离开了，在场的每一个家人都见证着死亡的过程，那是多么残酷而无情，我不能用"剥夺"这一词，因为这生命本身就来自宿命，所以最终当他归顺宿命，再重新将肉体和灵魂一并交出的那一刻，我不能用"剥夺"一词去形容这无情的时刻，但死神却真真切切夺走了妈妈的父亲和我们深爱的家人。

我终于穿上了那条我不情愿穿在身上的黑色长裙，那颜色真令人心痛，像身着冬日里的黑夜，显得我们和它一样苍白无力，我终于可以放声痛哭了，不用再害怕惊扰到谁，我可以尽情地哭泣。我抚摸着外公的手，那双曾为我和海博做过许愿的手，那双祝福过我的手，为我的舞蹈而拍掌的双手，那双手曾经多少次地牵着我，走在路上，为我指明道路。那个睿智而可爱的老人了，他真的走了。

我走到妈妈身旁，拥抱了她，我失去的是外公，可妈妈却失去了她的父亲，她该有多难过。

"我再也没有爸爸了，从今往后，我再也没有爸爸了。"妈妈重复着那句令人撕心裂肺的话语，那句"爸爸"像针尖似的插进了我们每一个人的心，令我们痛彻心扉。而我除了陪着她流泪，便手足无措。

我走进外公的房间，告诉外公我也会离开，我们都会离开这个世界，叫他不要害怕，不要觉得孤单，我们都会离开，会跟上他的脚步，我们会很快相聚，在另一个世界。

我们为了洗净自己曾经有意无意间犯下的过错，为了伸出手去帮助需要我们帮助的人，为了实现一个又一个美好而遥远的梦，我想这也许就是生命的意义。

夜晚的味道从门外飘进来，妈妈让所有的房间都亮着灯，她说离世不久的幽灵害怕黑暗，所以至少在接下来的四十天里，我们都要开着灯，等待灵魂不舍的回望。

一整夜的守候换来了曙光从苍穹的降临。

人们拿着一块印有藏蓝色花纹图案的盖布,走向埋体匣子,外公在里面平静地躺着,已经没有了心跳、呼吸和温度,妈妈扑倒在亲人们的怀里,放声痛哭,我泣不成声地站在一旁,望着那个金属埋体匣子,仿佛能够穿过那块生铁望见里面外公平和的样子。

夜晚瞬间降临,很快,浓厚的夜色笼罩了屋顶,月亮又往天空的正上方迈近了一步,北极星就好像是一朵盛开的水仙,明亮地闪烁着,可是所有这美好的景色,却没能让我的哀伤得以缓解,新添的伤口还是一样很痛。

海博陪着我和妈妈,很晚才回去,而此刻屋里的气氛沉重到足以令人窒息,妈妈几乎每隔半个小时就会放声痛哭,靠在来慰问家人的那些亲友身上,来探望的每一双眼睛都能够让妈妈重新想起失去父亲的悲恸。

"你去睡一会儿。"妈妈用已经哭哑了的声音说道。

"我想陪着你。"我关切地望着这个优雅的女人,望着她哭红了的双眼依然那么美丽动人,心想着我该怎么做才能安慰她呢?

我躺在长夜的静谧里,感受孤独和疲惫的交替冲击,侧过脸,看了看床旁的台灯发着微弱的光,奇怪这样微弱的亮光却能把整间屋子照亮,就像一个花蕾能够暗藏着整片春光那样。我背对着窗户,面朝妈妈守灵的房间的方向,半掩着门,好让自己不要睡得太沉,能够在她需要我的时候,听到她的呼唤。白日里用力哭过的双眼因疲倦和酸痛而不得不合上,一股睡意向我袭来,很快地,我便进入了一个让人心碎的梦乡:沿街矗立的橡树顶端,天空纯净无云,一整片的淡蓝,和现实一样,梦里也是秋天,心,仿佛停留在了那个季节的某个点上,到哪儿都一样能感受到失去至亲的悲怆。外公出现的时候,似乎是飘在空中的,慈爱的脸上皱纹的凹陷处发着黯淡的微光,一身庄重的白色装扮,周围的光晕非常强烈，而我却像现实里那样，表现出的除了思念还是思念。

"要我替你去说吗，孩子？"我看不清外公的口型，只能听到那声音从遥远的地方传来。"我去替你说。"外公望着我的眼神里满是怜悯，"我去告诉海博的家人，让他们快一点来和我的宝贝孙女订婚，好吗？我的孩子，你别担心，我替你去说。"我没有机会和外公对话，我不知道是外公先离开的，还是我先回到了现实中，只记得他说完那些话后，那个梦便醒了，清醒后的心痛用文字去描述会显得匮乏，我无法压抑此刻阴郁而消沉的心情，我把脸埋进被子里，无声地啜泣，害怕妈妈听到我的哭声会更加心痛。

"外公，您在担心我吗？"我双膝下跪，望着印花的墙壁，仿佛能看到外公的脸和他担忧的灵魂。

黎明的曙光从白色纱帘的缝隙里钻进来，我却一点也感觉不到那阳光的温暖，此刻，我所能感受到的除了刺眼的光芒便是绝望，终于，我发疯似的拿起了手机，发了一条信息给海博："我恨你，海博。我不想再和你有任何关系！拜托你别再拖着我的人生，我已经快要被你拖垮了！你究竟知不知道你那该死的拖拉的病症对我有着偌大的毁灭性，你会毁了我和我的家庭！我梦见外公了，所有的后果都会比现在好！所有的坏我都能够接受，除了让你继续待在我身边折磨我和我的家人。"

"早安，我的公主，肚子饿了吗？我带你去吃早餐好吗？我们顺便把爸爸妈妈的那一份也带回去，我知道家里现在很乱，爸爸妈妈肯定不会自己动手做早餐。"两个小时后，他发来了一条无关痛痒的短信。

"海博，你没有心吗？你凭什么这么折磨我？"我不知道为什么我每一次都会把所有的错误和罪孽都强加在海博的头上，包括那句"我的家人"，我知道他没有直接地伤害过我的家里人。可是，我也知道我那因为海博的折磨而渐长的暴躁脾气正在深深地影响着他们。

"你准备一下，我现在去接你。"他发来信息。

"我不想见你！"

"那我就直接去你家找你，反正现在是服丧期，我可以自由出入你的家门。"

他走进门，若无其事地问候过家里的每一个人之后，把手里的一盒奶油蛋糕和甜点递到了我手上。

"我爱你，我不可能离开你，所以，以后不要再想说什么就说什么了，真希望你能快点长大，乔丽梵。"他用他所能发出的最小音量，对我说道。

"你的脸皮可真厚！真希望我永远都不用再见到你。"

"你会嫁给我，然后每天见到我，后悔自己跟我说过这样让人心痛的话。"

"我才不会后悔！"

"那我们就等着瞧吧！"他平静地说。

"怎么？你想复仇？"

"当然不是，我只是觉得你会后悔现在用这样尖锐的措辞伤害我，乔丽梵！"

十一月，初雪已经下过了，周围却是金秋留下的一排排印记。黄昏柔美的阳光充斥着天空，清新的空气里透着小鱼的味道，远处的天际泛着艳丽的金红色的光芒，蜿蜒的小道边上的海湾里掀起的涟漪跳跃着，像一丝丝的阳光，浪花用力地拍打着岩石和我们脚下的海岸线，淹没了贝壳，把海螺冲碎，把它们推到了岸上，那是一个金色的午后。

"为什么带我来这儿？"我背对海博，越过色彩斑斓的帆船向远处望去。

"我想让你安心，想让你不要再折磨我，也不要再折磨你自己，乔丽梵，相信我，不要再怀疑我对你的真心。"海博的声音像是夹杂着哽咽，他在紧张，"乔丽梵，今天是 11 月 10 日，是我们在一起一周年的纪念日。"

"乔丽梵，你看着我。"

当我的回眸和海博的单膝下跪，在一米阳光的距离相遇时，我承认那一刻，这种感受让我再度坠入爱河，使我仿佛置身于丘比特的百花园中。周围的空气变得凝滞，时间仿佛静止了一般，我胸口里的那颗脏器在跳动，尽它所能，以有力、最快的速度在跳动。海博的左手拿着一只穿着白绿色格子布连衣裙、戴着相同布料制成的蝴蝶形头绳的泰迪熊，右手捧着一束鲜红色的玫瑰花，那颜色好红，就像血一样，让我想起海博常说的那一句：你是流进我血液里的灵魂。

海博把花束放在一旁，把那只面部表情温和的泰迪熊交到了我手里，索性双膝着地，跪在那里，他的目光里显现着一种不顾一切的坚定，他用手紧紧地拥抱着我，把头埋进了我的怀抱里，像个大孩子似的，求我嫁给他。我让海博告诉我，让我愿意嫁给他的九十九个理由。很可笑，这段愚蠢的台词，是我在一部无聊的肥皂剧里看到的。他在那块冰冷的水泥地上跪了很久，在脑海中小心翼翼地搜索要对我说的话，他语无伦次地说了很久，用了长达一个小时的时间，说完了那九十九个理由，最后扶着我慢慢起身，他的双腿已经麻木了，他好不容易站在我面前，努力克制面部痛苦的表情，他把一枚戒指戴在了我的中指上。（后来，我想起这件事，觉得自己太可恶，竟然让他跪了足足一个小时，他的膝盖该有多疼，但他却仍然跪着，就只是因为那么做会让我安心，会让我开心，我多么没有水准，才会拿自己爱的人去消遣，找理由去为难他，折磨他。)

回去的路上,海博羞涩地微笑着,交给了我一个印有大笨钟图样的红色信封,上面写着海博那特有的工工整整的字样:"For my Queen"。

"我可以打开它吗?"

"回家再看吧!我会害羞的。"海博温柔地说。

我合上了那封信,忆想在一起多少个分分秒秒才能够集合成这样的感动和深情,我把信纸按照原来的印记折叠好,放进了那个印有大笨钟图样的红色信封里,把泰迪熊安顿在了书房里的一张靠椅上,因为害怕那束玫瑰会凋谢(我知道所有的玫瑰必然会凋零),我取下了那束玫瑰中最幸运,也是我认为最鲜艳、最完整、最孤独的一片花瓣,把它夹在了我的日记本里,在那一晚的日记里,我记载了丘比特的第二支箭射入情人心房的时刻。

汽车在昏暗的街灯照耀下的大街上颠簸前行,树影在前窗上移动着,好似无数个寂寞的幽灵,灰暗的苍穹上积满了云朵,天空伴随着一声闷响的雷鸣下起了一阵细雨,雨点滴滴答答地落在车窗户上,像泪水充满眼眶时那样模糊了驾驶人的视线。

"这个时候,海博应该已经下飞机了。"我喃喃地说着,望向前方湿漉漉的地面和被雨水洗礼过的远方。

"你为什么没有去接他?"迪里关切地看着我说。

"不知道为什么,他不想让我去机场。"我像是被什么堵住了喉咙似的,声音也变得哽咽了。

"你没有问问他?"

"我不想和他讲太多话,我觉得他也是同样的感觉。迪里,你知道吗？我发现在他身上发生了一些变化，可我说不清楚是什么，我只知道从他回到卡雷奇的那一天起，这种变化就产生了，海博在折磨我，迪里，你说他会不会是故意的？或者他变心了？他也想和他姨母为他安排的那样，娶一个卡雷奇的农村姑娘？"我把车停靠在路边上，关上了雨刮器，任由雨水无情地打在车窗上，让霓虹灯渐变成一种神秘的红绿色幻影。

"变心？应该不会这么快的，乔丽梵，你别胡思乱想了，自从海博离开这里，你就变得这样疑神疑鬼了，你让我想起了你和前任在一起时，他每每离开这里出差时你的模样。"迪里意识到自己说错了话，立刻说道，"对不起，乔丽梵，我不该提前任的。"

"没关系的，迪里，那个人他已经伤害不到我了。只是你不觉得我的直觉一直都没有错过吗？"悲伤像是暂时离我而去的亲人那样又回来敲了敲我的门。"我不喜欢机场，从来就不喜欢，我也不喜欢去机场送别，我到现在为止都仍然记得，我最后一次送那个人去机场时的情景，它让我感到窒息，迪里。每每想到那情景，我就会感觉胸口被什么压住似的，我呼吸困难，迪里。我恨透了在机场发生的每一幕，对我来说，那每一秒钟都是煎熬，我恨它最终还是让我和那个人分开了。而现在，我开始讨厌起卡雷奇和这座城市之间的轮渡、码头还有机场，我知道可能会有那么一天，它也能使海博离我而去，离开我，离开这里回到卡雷奇，海博，他毕竟不属于这里，也许，他也从未属于过我和这座冰冷的城市。"我愤愤地说完，用一种悲戚的目光看着迪里，希望能从她口中得到些许安慰，可我也知道，像现在这样的时刻里，是任谁也无法宽慰我的。

和绝望抵抗的那个夜晚，我盼望着天能够快点亮起来，祈祷藏蓝色的星空能够快点褪色,让金色的阳光重新房获到天空冲破黑暗。一整夜,我都是那样奋力地与绝望对抗着,但它似乎总有着无穷无尽的力量,将我一次次拉入它怀中,紧紧地困住我,让我脱不了身。终于,我坐起身,翻身下床跪在了床边的那张红色波斯地毯上,我十指相扣,想要许一个愿望,但是关于海博,我却不知道我该向命运讨要些什么。后来,我想我可能只是想在天亮时要到一个答案,一个能够解释海博"突变"的、明确而丝毫不带含糊的答案,不是来自命运,而是来自海博的答案。

远处的落日快要沉入海底,码头边上泊着几艘小船,海博沿着公路不知疲倦地,长时间地开着那辆萨博兜圈,穿插在不同的街道上,但总也离不开这座城市。与此同时,我身后的一切都将隐去,连同我和他经历过的那些热烈的情感。

"你要干什么?这样漫无目的地兜圈子,你觉得你在通过这种方式给我演示你过的悲惨人生,还是你和我之间的这段感情,你是想诠释这个吗?"

"你的话里总是有一把尖亮的刀子!乔丽梵,是从什么时候开始的?你想要杀了我,用你那些锋利的言辞?我知道你读过很多书,但这不是小说,不是剧本,这是人生,人生总有一些不如意,不是你想做什么就可以做什么,你要知道,不是每个人都像你一样,一出生就住在有花园的别墅里,这世上有人没有工作,有人没有东西吃,还有人无家可归,很多人都有自己的难处!"他指了指我右边的那栋简陋的三层楼,说道,"我以前在这里住过。"我记得曾经,在城市的另一端,他也是指着那样一栋破败不堪的房屋或建筑,告诉我,他曾在那里或者是这里租过一间屋子,那屋子里有很多会咬人的虫子,他还买过杀虫剂,去对付它们。后来,他搬进了他的一个同学那里,住了一段时间以后,又搬了出去,但他没有告诉我原因。再后来他住进了他另一个朋友家里,那位朋友三十五岁,单身,在海博免费在他家里住了两个月以后,那位朋友突然告诉海博他要结婚了,那意味着海博的免费住所就到此为止了。再后来,他和三个大学同学一起,合租了一栋两室一厅的房子,没有经验的他们,总被房东欺负。"房东是个老女人。"这是海博的原话,"她还有个女儿,她们毫无同情心,一点也不善良,她们只管按时收租金,她们对我们很刻薄,乔丽梵。有时候她们还会没事找事,我记得客厅里有一张又脏又旧的地毯,那地毯是波西米亚风格的那种花毯子,她非得说是我们把地毯弄脏弄旧的,还叫我们花钱请人把它洗干净,还有那地毯下面的木地板,那木地板是红色的,在我们搬过去以前就翘起来了一块,但是她非得说是我们弄的,还要从我们交给她的押金里扣。"一个冬天的早上,他们在睡懒觉时,遭到了房子女主人和她女儿的驱赶,她们叫海博立刻付清租金,不然就要把他们从那间屋子里赶出去,她们恶毒地把门开着,让外面的冷风钻进屋子,海博冻得瑟瑟发抖,但同时也因为无法立刻拿出钱去交清租金而脸红,而这样的"搬来搬去"总共发生了九次。有时,他靠着家里寄来的特产食品度日,有时候连那些都没有,他从不问家里要什么,除非他父母自愿给他。他是名牌大学毕业生,但是阴差阳错地被人介绍到了销售公司(后来我才得知,那份他坚持了数年,却没能为他的人生带来任何价值的销售工作,是他那位尊贵的银行家舅舅给他介绍的),做销售经理,其实就是做商品推销,卖得出去就能挣到钱,卖不出去就没有收入,就是这样。这些年来,他没有归属感。在这偌大的城市里,没有一个地方能够长久地收留他,即便是他现在住的学生公寓,也不是他的长久住所,等到哪天他毕了业,那间宿舍也得让他腾出来,交给下一个研究生去住。那时的海博和我无话不谈。那时的我，也很想告诉他说"你受苦了，现在我们在一起，就不会再发生那样的事，我们会结婚，然后拥有一个属于我们自己的大房子，房子里不会再有咬人的虫子，也不会再有人驱赶你，你会永远属于那栋房子，那个家也将永远属于我们"。但我无法说出口，因为那时我还很担心那会触痛到他的自尊，可是现在呢，现在的我却只会选择用那些最恶毒的方式和他交流，句句都要像一把刀那样，绞进他的心里。

"真是冠冕堂皇，那你的难处是什么？你告诉我啊！你躲躲藏藏的背后是什么？为什么就是不能和盘托出？"我们总是把最柔软的那部分隐藏起来，针锋相对。

"你以后会知道的！"他总在敷衍我。

"我不想以后知道！要么现在，要么永远闭上你的嘴，我不想再听了！"

一通迟来的电话中断了这场辩论。海博像往常那样接起电话，恭恭敬敬地回答着："嗯，好的，好的，我马上就去，好的。""我马上就去"？又是"马上"。

"我们要去哪？还是你要先把我送回家，然后去侍奉你的'上帝'？"我习惯性地摩挲着脖子上的那条项链，海博和我都知道那动作里包含着一种挑衅。我想起那次他接到他那位尊贵的表哥电话时的场景，那一次他也是这样，匆匆把我送回了家，而我半小时前才被他约出来要去吃晚餐，我失望地回了家，然后被外婆拿来开玩笑说我是被海博赶回来的。还有一次，他在我们正在吃午餐时，被他的一位表妹叫走了，她用的词是"立刻"，请他立刻前往某家医院，理由是她流产了，而他给我的理由是：因为他表妹的丈夫在外地工作，所以无法赶过来。于是，就必须得由我这位热心的恋人负责"立刻"跑去那家医院的妇产科，陪伴在他表妹身旁，守护着她和她那颗受伤的心灵，把我一个人留在那间餐厅里吃独食，毕竟比起流产和手术，吃饭这件事情显得很次要。

"他不是我的上帝！"海博目不转睛地盯着前方的路，对我的侮辱不为所动，"是我表哥，他让我……"

"我没兴趣知道他又差遣你去做什么，这和我没有关系，海博，你究竟有几个尊贵的表哥，有几个被宠坏了的表妹，个个都能让你对他们唯命是从！你不是告诉我说他在卡雷奇吗？"海博这个骗子！

"是我舅舅家的孩子，这是我在这里不多的几个亲人之一，我告诉过你。"他笨拙地解释着他那个大家族里的亲戚关系。

"不，你没有。"

"有一次，你们在咖啡厅里见过彼此，就是那个一直盯着你看的男人，我跟你提到过。"

"我没有印象了。"我在说谎，我记得那个不怀好意的眼神，那时我坐在餐厅里一架黑色钢琴旁边的餐椅上，海博背对着他的表哥。那位表哥就坐在我们的对面，钢琴另一侧的一张红色的长沙发椅上，和他怀着孕的妻子一起，他不安地起身又坐下，然后起身去洗手间，或者去任何一个他可能会在这间餐厅里要去的地方，只为了躲在海博身后，多瞟我几眼。那顿晚餐，海博一直都带着一种惊慌失措和腼腆的表情，和我有一句没一句地搭着话。而那些时刻，我暗自庆幸自己比以往任何时候都要美丽优雅，庆幸自己出门前的精心打扮，庆幸自己曾用几颗淡水珍珠点缀了发圈，盘起了长发，钻进了一条黑色的法式连衣裙里。我淡定而从容地坐在海博的对面，对那些异样的眼光视若无睹，也根本不在乎他们正用一种惊叹和怀疑的眼神，观察着我们的一举一动，我微微地笑着，回应海博的提问，用最温柔的眼神和一脸的包容与爱凝视着他。

那一晚，在我的脑海中，形成了一种不怎么美好的初次印象，而那无非是一些不想看到海博在这座城市里一帆风顺、找到真爱，充满嫉妒之心的、烂透了的远亲而已！

"那我带你去，证明我没有撒谎。"

"我没有说你在撒谎。"

"在你的眼里我就是一个骗子，乔丽梵，一个十足的骗子。"

路上的行人熙熙攘攘的，打着各种颜色的雨伞，匆匆地踩着地上的水洼穿过街道，一些孩子穿着黄色的透明雨衣，紧紧地握着大人的手。萨博的风挡玻璃上留下了水印，雨刮器正奋力地将雨水扫出我们的视线，车窗紧闭着，沉默的气氛让车里的空气都变得沉闷了。

突然，我被一道突如其来的强光刺得眯起了眼睛，在我准备抬起手去遮挡的前一秒，海博已经空出了一只手来替我遮挡住了那道强光（那是他一贯的体贴作风，在看到一些不雅或者恐怖的事情时，在保护我的时候，会腾出手帮我遮挡住那些他不愿意让我看到的东西），让我的双眼得到了暂时的缓解，他气愤地打开了萨博的远光灯，准备和对面开着远光灯的司机较量一番，但很显然那司机并不想和海博一决高下，他悻悻地关掉了车灯，迅速地把车开走了。这时，海博的气也消了，他娴熟地右转，然后把车拐进了那条通往我家的街道上，他就像开车回自己家那样自然熟练，仿佛闭上眼睛也能够找到那条路。

"你要送我回家？"

"不，我要带你去见我表哥，你可以不下车，如果你不想下车的话。"

"可这是回家的路。"

"他就住在那里。"海博说话的声音变得很小，我猜那句"他就住在那里"，就连他自己都没有听清。

"住在哪里？我们家附近吗？"

"我舅舅和你同住在一个区里。"

"我们认识？"

"或许你听说过他，他掌管着几家银行，是行长之类的职务。"我们的邻居大多数都是在银行工作的职员，还有一些是他们的领导。几年前，我们带着外婆搬进了这个住宅区，所以对于这位海博口中的"银行家"和"舅舅"，我们了解得并不多，外婆因为早年离异的缘故，有点孤僻，除非有人主动和她搭话，不然她是不会放下身段去和别人聊天的，而爸爸妈妈每天忙里忙外，根本没有时间去了解住在这里的哪一个居民是领导，哪一个居民是普通人。我就更不用说了，除了在画室，其余的时间都被我用在了读书和文学上面，哦不，那是在海博出现以前的事了。现在，我的大多数时间都用在了折磨海博和我自己上面。

　　"哦？真是个有趣的新闻，你还有其他要说的吗？"

　　"暂时没有了。"

　　海博的表哥已经等在楼下了，海博停好车，恭恭敬敬地走到他身边，摆出一副唯命是从的样子，最让人恼怒的是海博那双手，放在身前，简直奴性十足！他就差给他表哥鞠躬了！我透过车窗失望地看着这一幕幕，感觉被羞辱的不是海博，而是我身体的一部分。为什么他不拒绝呢？他就真的那么想听他的差遣吗？

　　海博上了车，打开前灯，发动车子。

　　"你可以回家，也可以和我去转一转，如果你愿意的话。"他说这话的时候没有看我。

　　"开车吧！"我的语气里还残留着恼怒的余温。

　　"我没有骗你。"

　　"我生气的不是这个。"

　　"那你怎么了？"他完全不知情，对自己的唯唯诺诺，对自己与生俱来的奴性！对！那种奴性，或许就是他生来就有的！

　　"你表哥让你做什么？"

"他让我把他的车开去保养一下，然后还给他。"他说得那样自然，就像"今天中午我吃了三明治"那样，他不以为意，他觉得那只不过是在帮别人一个忙而已，他不觉得大晚上他表哥一个电话把他叫到这里，让他拿走自己的车钥匙，让他把车开去修理厂保养这件事情有什么不对之处。

"为什么？"我尽量平复自己的情绪，让自己冷静下来，跟他分析这件事情的原委。

"没有为什么，就是帮他个忙而已。"

"他自己为什么不去保养，那是他的车。"

"我也帮你保养过这辆萨博啊！乔丽梵，这没什么。"

"可我没有叫你去保养，是你自己去的，我没有支使你，也没有盼咐你要那么做，是你自己愿意的，你不是被要求的。"

"我知道你在说什么了。"

"你觉得这正常吗？他自己的事情为什么要你去做？你是他的仆人吗？你是他雇来的奴隶吗？"

"我送你回家吧！乔丽梵，你太激动了！"

"海博，我不是要挑拨离间你们之间的感情，因为这和我无关。我要告诉你的是，作为一个旁观者，我早就看不下去了，他是你的领导吗？你的导师？还是你的父亲？不止一次了，他们这样打电话找你，让你去做这样或那样的事，可是我没有一次听到过你的拒绝，你为什么不拒绝？你没有自己的事吗？还是，他们都觉得你无事可做？你是个无所事事的人？为什么你不让他自己去解决自己的问题？他给你工资了吗？还是你是他免费的劳动力？海博，我不喜欢这样。我不喜欢他们那样对待你，就像对待一个下属那样，你们是表亲！不是上司和下属的关系，我希望你能够搞清楚这一点。"其实，还有一些话是我必须要咽进肚子里的，我很想告诉海博，我厌倦了他对待那些堆满需求的电话时，那低三下四的语气，看腻了他在遇见任何一个在他心里比他地位稍高一点的人时，那双交叉在身前的奴性十足的手，那没有信心的模样！那差点就给别人鞠躬的身体！那弓腰的角度！这些画面都让我恶心。我更想告诉他，我没想过自己竟然会爱上一个懦夫，一个十足的奴隶，一个别人招之即来挥之即去的男仆！我想说我不会双手交叉放在我的身前，用我的热脸去贴别人的冷屁股，即便是去参见一个王国的国王！我真想让他看看他那位尊贵的表哥站在他面前那傲慢无礼、不可一世的样子！他应该再照照镜子看看他灰头土脸、倒霉透顶的样子！他们真的是表亲吗？不，我看更像是一个有钱人和他不花钱就白白捡来的一个奴隶！"你现在明白我在气愤什么了吗？我，不求别的，只求能够活得有尊严！即便我没有别人那样的身世，没有一个掌管着几家银行的父亲！也要活得有骨气！"

"乔丽梵！"

"我没有侮辱你的意思，我希望我爱的人，不会是一个不会拒绝别人恶意差遣的男人！我希望你能够维护自己的威严和底线！去对抗那些不怀好意的人！"

他紧皱着眉头，沉默着静静地凝视着远方的路，他的心此刻似乎也被一种无形的怪物噬咬着，我知道是我说的那番话让他陷入了这样的静默。我暗自庆幸自己能够及时住嘴，没有把最伤人的那段讲给他听，因为对他来说，那是我对他的侮辱和贬低，它只会让他变得更加可怜、可悲，它并不能激励他，使他在今后的人生路上，懂得如何去拒绝和抵抗那些恶意。

渐渐地，我发现他变了。我以为我的话不过是一阵耳旁风，但是我错了。因为，从那一次谈话以后，海博似乎明白了该怎样对待他的那些亲戚。我目睹他的变化，他不再把手交叉在身前，在见到那些所谓的"达官贵人"时，他会尽量放松，把手放进口袋里，或者自然地垂在身体的两侧，慢慢地，他学会了拒绝，不再对别人的吩咐言听计从。然而，从他学会拒绝的那一刻起，他也开始将这些我教会他的用于我身上。

和海博在一起的近两年里，我们之间究竟发生了多少次关系，我已经无法再去像数数字那样，把它们一一记在脑海里，在海博一次次问我是不是要做好安全措施的时候，是我愚蠢地拒绝了那个叫作安全套的东西，只因为自己单纯的好恶，就是觉得那东西很恶心，可事实证明，没有安全措施后的性关系所带来的恶果才更加令人恶心。对我来说，怀孕不是偶然而是必然的结果，在那么多次我们侥幸逃过的命运里，我欣然地接受着命运之神送给我的好运，却从不知悔改、不知感恩，一直到我真的像"中了奖"似的拿着试纸，明白自己终于未婚先孕，也一直到我用"怀孕"一事测试出了海博是个多么"注重承诺"、多么"体贴"的男人！在他眼里，那个孩子一定也是个恶性肿瘤，是用力过猛之后突发的疝气，是他急于去解决的一个问题，可我想告诉海博，那个孩子他有灵魂，从他有了心跳的那一刻起，即使那时他还没有成形，他也已经有了自己的灵魂和肉体。

六月十五日，在我第二次走出手术间后的某个夜晚，我发现了汽车后备厢里的一件还未干透的泳衣，那是海博的。也是在那一晚，我终于心灰意冷，全权放弃了海博。也是在那一刻，我无法再为海博继续找逃脱的理由。它让我想起《无声告白》里，那段詹姆斯在出席过他挚爱的女儿莉迪亚的葬礼后，依然能够和另一个女人在床上做爱的片段，让我感慨这世上不乏没心没肺之人的存在。而这种冷漠也是这世上绝无仅有的。

　　我想不明白一个人的变化，怎么能以这样让人无法接受，且如此飞快的速度来发展，我想问问海博可否再慢一点，就算转变方向，也让我能够跟得上他坚决的脚步，即使最终让我面对的是分离的诅咒。

　　我也无法揣度这种冷漠来源于什么，我也不明白那样一个曾深爱着我的人，怎么能够在我痛苦不堪、像死尸一般平躺在床上，备受绝望折磨的时候，跑去娱乐、去游泳？难道他不知道就算是泳池里的消毒水也无法将他的罪恶洗清洗净？从那以后，我便陷入了一个抑郁的旋涡，我不断地钻进一个牛角尖里，陷入一片没有尽头的沼泽中，我深陷其中，我更无暇去挣扎，我发现我根本不想从那片折磨着我的沼泽中逃脱，我认定那是我应得的报应。

　　我翻看那本叫作《不存在的孩子》的书，打开电脑，搜索那副雕像的相片，搜索所有有关于胎儿死亡和堕胎相关的文献和书籍，我一遍遍地翻看那个雕塑里的婴儿，仿佛能通过它们看到我自己和那两个我失去的孩子，我甚至像要写一篇论文、一部论著似的，研究和苦读书里面的内容，然后，我会放声痛哭，捶胸顿足，懊悔不已。我在心里呐喊，我想告诉全世界的女性，不要做像我一样愚蠢的决定，如果无法避免婚前性行为，那么就好好避孕，如果不能，那么，就在怀了孕之后，对自己和孩子负责，让那个无辜的小生命降临于世，不要去伤害他们，不要试图夺走他们出生的权利。

　　智慧往往出现在我们老去以后，在它毫无用武之地的时候，才悄然到来，真该死，或者我们这一辈子都无法等到它。

　　六月十七日，我躺在海博的怀里，生平第一次看到他彻底放下了对肉体的欲望，用心和我进行了一次真正的谈话。而此刻的我也剥开了躯壳，和他像一对归巢的倦鸟般温暖地依偎在一起，用我的灵魂对峙着他的灵魂。我告诉海博我即将离开他，我告诉他这一次我是认真的，我接受不了自己身上发生的变化，也无法做到不去恨他。

"我怎能抛弃你呢？"此刻的海博显得心事重重，怅然若失。

我背对着海博，心想这应该是最后一次躺在这曾让我几度感到温暖的怀抱中，在空气里的众多味道中，辨认出海博口中呼出的热度。

"乔丽梵，我该对你负责，对你接下来的人生负责，我做了很多必须要对你负责任的事情。"他起身，从抽屉的一个角落里拿出了那枚金戒指，那枚被我在愤怒之下扔在地上的戒指，它竟然还在！他静静地走到我身边，蹲下身，把戒指重新戴在了我的中指上。而这些温暖此刻正无声无息地跃跃欲试，想要将我重新拉回它温暖的怀抱中，让我迟疑，让我对自己的决定懊悔。

"本该负责的事情已经过去了，海博，你没有机会再对我负责，别再对我承诺。"

"你记住，无论我做过多么无耻的决定，我都会在将来的某一天，对你负责，你要相信我。"

"不，海博。我希望接下来的人生，我可以自己去走。"我口是心非地说。

海博答应我要和我分开一个月，等这一切结束就回来找我，他说他不会离开我，也不会答应我的分手请求，他断定他能够为我后来的人生负责。

离开海博的那些日子，我在途经的每一条大街小巷里做施舍；去医院帮助需要帮助的病人，为他们组织募捐，因为遇见需要自己帮助的人而备感欣慰，我试图让自己的灵魂归位，试图将失去的坚定和善良找回来。

我始终在努力做着这些让自己感到欣慰的事。

一个月有三十天，而海博口中的"这一切"还有一半的时间就要结束了，我的情况却时好时坏，我时常失眠，时常走进各式各样奇怪的梦境里面，分不清现实和幻觉，变成了一具无欲无求的木偶。经历过最痛、最令人愤恨而幸福的事，将生死也置之度外，失去了爱和恨的能力，我忽然发现内心被一种莫名的力量用一层无形的保护膜，封锁了起来，它让我真切地感受着麻木感带给我的平静，让我空洞而没有知觉。

持续不断晴雨交替的天气，和紧随其后的阳光明媚的早晨，黑夜与白昼相互轮换。在度过一个个只有星空才能够窥探得到我悲痛痉挛的夜晚后，七月，在一个能够让我稍稍振作的夜晚，我终于愿意坐下来，翻开日记，鼓起勇气提笔把从四月起经历的两个季节里所发生的一切记录下来。

日记：

我想起数年前，在微博里看到的一幅雕像图，那是斯洛伐克的雕塑作品，名叫从未出生的孩子，跪在冰冷的地面上捂住脸痛哭的母亲，和透明雕塑期盼来到世间，但终究变成一缕孤独灵魂的孩子，轻轻地抚摸着痛苦的母亲，仿佛在轻声地诉说着什么。那尊雕塑的下面有一块黑色的大理石，石头上刻着一行字："亲爱的妈妈，无论我有没有出生，是否死去，因为你记得我，我永远是你的宝贝，所以你不要难过，我不会难过。"

我拿起画笔，画下那幅雕塑，在那个只有灵魂的孩子的身体里，我画上了一颗心。我想起因为那幅雕像图而买下的一本名叫《不存在的孩子》的书，我疯狂地翻看着书房里的每一个角落,终于在书桌旁的底柜里发现了它,我怀抱着那本书,陷入沉思,就好像我怀抱着的不是一本书而是我的孩子。我唏嘘这一切就好像是早已注定要如此,我为什么会鬼使神差地买下那本书,为什么我既然买了它,却没能及时地阅读,书里那一切似乎与我无关的内容,却在此刻和我紧密地关联起来,多么荒诞。最终,我被海博亲手送进了手术间。

日记写到这里,便收了笔,我写不下去了,这感觉就好像但丁《神曲》里的十八层地狱,像一部通往黑暗的阶梯,把我推进万劫不复的深渊里,让我再一次重温那些我所熟悉的苦痛。

独立大道上的法式蛋糕坊、美食餐馆和周围的茶馆,拥挤喧闹的人流,繁华无比,到处都充满了生气和活力,我想起上一次来这里的情形,那时我身边有海博,我跟海博说我喜欢"独立大街""鲜花大道"这些名字,因为那听起来很浪漫,而那时恰逢黄昏时分,夕阳也十分美丽。

那是一栋三层楼住宅建筑,波鱼奶奶住在二层,听奶奶说剩下的屋子里,都住着她的孩子们。五个孩子里,只有一个是奶奶的亲生骨肉,其余的孩子都是奶奶去世的丈夫托付给奶奶的,包括这栋楼房也是如此。奶奶让我把我的故事都告诉她,我如实地说了,除了那两个孩子的事,那让我难以启齿。

能够说得出口的不算是痛,真正折磨你的是那些你无法倾诉的悲痛。我记得过去我能够和任何一个好朋友或家人一同分享我在生活中遇到的那些小小的"伤害"和"挫折"。有时我会为此感到很懊恼,我幼稚地以为那就是所谓的"痛苦"。妈妈总说:"说出来,你就会感觉好很多。"

你会发现每当你说出你经历的痛苦，那些痛就会减少一分，你每讲一次，痛苦便少了一分，直到最后，你发现自己已然将那些伤痕，坦然地放在了许多人面前，而你的口中再也无法生动地描绘出当时的情景时，你会真切地感受整件事情变得乏味而毫无意义，而当你再回望那些记忆时，你会发现，那些痛，其实根本不算是痛。有时候我很希望海博带给我的伤害，也是能从我口中分享给他人的，我希望有人能够和我一同分担，替我的痛苦减分，可我就是做不到，也始终无法说出口。

我告诉奶奶这一年来海博的变化和我的绝望，激动地诉说着自己和海博所经历的一切后，看见的却是奶奶脸上始终如一的、一种令人舒适而欣慰的神态，我望着岁月在这张慈祥的脸上留下的印记，洞察那一条条皱纹，感受她带给我的安全感，和我无所顾忌地吐露心声时的感觉，这一刻，我不害怕我的秘密会被谁知晓。

回家的路上，我的心情格外晴朗，我拧开车里的音响，打开车窗，高速飞驰，就好像在大热天里跳进了凉爽的海水里那样。真的有魔法吗？真的会有一种魔法能够让一颗变黑了的心重新变得善良？真的能有一种魔法让我找到自己的灵魂，让海博也不再那样可恶而令人憎恨吗？如果我相信有，就一定会有是吗？

快到家的时候，我意外地接到了海博的来电。我异常平静地接听了那通难得的电话，得知了这半个月以来，他第一次想要见我的消息后，把车掉头过去找他。在这以前，我从来不会独自开车去见海博，一直以来都是海博跑来见我，这无疑在我的伤痛上又多加了一份卑微和不堪。

我把车停在了教学楼前最显眼的位置上，不慌不忙地下了车，忽然想起泰戈尔的那句："长日尽处，我站在你的面前，你将看到我的疤痕，知道我曾经受伤，也曾经痊愈。"我的痛和伤，海博又怎么会不一目了然？余光望见自己和萨博备受瞩目的目光，那样的瞩目里也有海博的。

我的手紧紧握着波鱼奶奶给我的那颗有魔力的椰枣，张开手看了看它红到发黑的色泽，心想着海博吃了它后，会发生什么样的变化呢？真的会像波鱼奶奶说的那样，使海博对我的爱重新燃起吗？而我真的希望他能重新爱我吗？我自己呢？我还爱海博吗？

我们在教室里待了大约有一个钟头的时间，然后离开。我一个人来找海博，再一个人走，拖着疲惫不堪的身体挪出教室，看着海博的背影留在教室里的样子，我除了觉得自己变得越来越卑微以外，没有其他任何感受。我承认我习惯了海博的付出，习惯了他的主动，我承受不了我们彼此的相处模式，我承认这很新颖，但我无法接受。

第二天是周末，按照和波鱼奶奶的约定，我坐了轮渡又租了一辆汽车，长途跋涉来到了贝伊奥卢。数月以来，悲痛像徘徊在我身旁的巨人一般威压我、胁迫我，让我不得不低头于消极的情绪和无可奈何的压抑感，而我早就该挣脱那样的压制了，老人解铃人般的接纳和鼓舞，让我将一切看得风轻云淡，让我不再迫切地强求窥探到海博那不明朗的态度究竟预示着什么，让我渐渐将我和海博的未来归于顺其自然。

黄昏时分，女巫的魔法仪式结束了，波鱼奶奶拿出了裹在红色绸缎里的椰枣，此时那圆盘里的椰枣仿佛被附上了一层魔法的七彩色，那面镜子，平静地躺在一块黑色布块里，背对着大家，仿佛它是有意翻过身去，不让大家看到镜中的映象。它变成了一面魔镜，对吗？那么，我能偷偷用那面魔镜去窥视海博那颗变幻莫测的心吗？

等待，是另一种令人畏惧的惩罚。

去贝伊奥卢的每一次出发，都让我忐忑不安，这像是一种只属于我一个人的朝圣。我带着希望和平静，更多的时间里，我带着一颗焦灼的心，我期待那些魔法像一剂镇痛剂般，令我的疼痛得到片刻的缓解，又害怕事与愿违，害怕因为某种原因，我可能没有办法得到老人们的祝福，我生怕爱神并不在天宫倾听这真挚的愿望，我甚至害怕波鱼奶奶会发生意外、会生病，从而妨碍那些神奇的魔法，让它无法顺利进行。我无数次在心中默念，希望宇宙能够愿意将那场迟来的婚礼的祝福赐予我和海博，让我有机会和他共度余生，一同洗清我们的罪孽，希望这一次次的"朝圣"，能够撼动我不幸的命运和海博那颗坚硬的心。

一颗心，被希望和绝望轮流冲击，心力交瘁。

九月，在我无数次往返贝伊奥卢，在那神秘的魔法仪式举行过七次以后，渐渐地，我开始隐约感受到海博所向我表现出的一种真诚和迷茫，他似乎回来了，愿意面对我，面对罪孽与错误，面对他自己，他不再逃避，而我却开始退缩了，准确来说，是我累了，我也不愿再为他无休止地做指南针了。

我听从了波鱼奶奶的劝导，心平气和地将爱和这一切复杂而甜蜜的情感，交付给命运，不再做任何挣扎和努力，去挽回那颗或许会在某一天丢掉我的心。

椰枣树的果实都快被我们摘光了，"魔镜"我也贴身带着，却从来无法用它去窥探海博的心，魔法也快要用尽了吧！如果海博的心是一块石头做的，也该被我感化动容！但是，如果他执意转身，我又有什么办法能让他回心转意呢？如果命运注定如此，我又怎能去掌舵，去改变风向呢？但是，我知道，无论是为我爱的人，还是我想要做的事，我都问心无愧，我没有轻言放弃，我曾做过所有的尝试，试着去挽回那颗金刚石一般的心。

我该道别了，向海博和关于他的一切道别，和他的温顺和柔情蜜意道别，和自己的执念道别，我告诉自己，就是这几天了，如果海博仍然无法履行他的诺言，我就必须彻底离开他。

然而，人生总是有那么多突如其来的转折。

四月的最后一天，海博突然发来短信通知我，说他母亲此刻已经在街对面的 Dimokritos 餐厅等候我了，他希望我可以现在准备一下，然后去见见她。我从舒适的仰卧姿势一下子坐了起来，然后打了个冷战，先是感到震惊然后是惊慌，后来不知道是该生气还是该欣慰，欣慰于海博终于在最后的期限里履行了诺言，最后我渐渐恢复了理智。我用最快的速度套上了一件简洁大方的米色连衣裙，一边和妈妈说话一边照着镜子扬着下巴化着妆，我要迅速出发，这一次我不能再让她等我两个小时了，因为我知道再错过就不是两年，而是要一辈子。我带上了妈妈临时替我准备的一份礼物（那是一枚非常精美的胸针）。在路边的花店里，我挑了几枝戴安娜玫瑰和白色桔梗，又加了些大叶的尤加利做点缀，让店员帮我包了起来，系上了丝带。那是妈妈提醒我要那么做的，她说有些女人一辈子都没有收到过鲜花，她说海博妈妈一定会喜欢的，然后她祝愿我这次的会面不要像两年前那样悲惨，而我正在许愿海博千万不要带上他那个（毒妇）姨妈。

我到达餐厅门口时没有着急进去，而是从包里拿出那块我随身携带的镜子（那是波鱼奶奶送给我的），照了照镜子中的自己，我摆出了一个近乎扭曲的"甜美"笑脸，心想人在紧张和不自信的时候，怎么会变得这样难看？但是我的心理仅仅只是紧张和不自信这样简单吗？我的心脏几乎就要停止跳动了，或者可以说心跳加速到快要从嘴里蹦出来那样。你无法想象我是多么地混乱。我甚至怀疑自己一定是得了"被害妄想症"。我的脑海里浮现出一百万种自己即将面临的难堪场面，和我去波鱼奶奶那里经历过的种种艰难，我想起第一次和海博他妈妈还有他姨妈一起会面的场景，想起她那副充当宙斯掌控命运的样子（是的，她的确掌控了我们的命运,至少在这两年期间,她成功地吹了耳边风,无论是对海博还是对他妈妈,最后让这场会面延迟到了今天),还有那些傲慢无礼的言词……我害怕自己一踏进这个门,就会像上次那样落个万劫不复的下场,我害怕会再次受到羞辱,我想起她说的那句"女孩就是一座桥,驴也过,马也过",想起了两年前会面时,那两小时的执拗和无知,换来的这两年残忍而漫长的等待,不,那不是"等待",是"惩罚"。

"为了自己,我必须要饶恕你。一个人,不能永远在怀里养着一条毒蛇。更不能夜夜起身,在灵魂的花园里栽种荆棘。"奥斯卡·王尔德在《自深深处》里那诗歌般美妙的语句,用于此时的场景,是多么恰到好处。我必须放下"第一印象"给我带来的伤害和耻辱,我必须原谅自己和过去发生的一切,我必须饶恕那些对我和海博的未来带着偏见与成见的人,我必须这样,才能踏进这扇门。

最后,我概括了即将面临的一系列恐怖事件,我压低了音量,悄悄地告诉自己:"是我选择让这一切发生,是我让海博在一个月之内请他母亲过来面议结婚事宜。当初也是我没有考虑到教养和礼貌的问题,让两位长辈等了我足足两个小时,只因为我在和海博赌气,所以这一切都是我自找的。"然后我鼓起勇气,大步地迈进了餐厅的大门。

什么也没有发生,我所想象的和惧怕的一切都没有发生。我没有受到羞辱,也没有见到他那个恐怖的姨妈,还有就是刚刚出现在我脑袋里的那一百万种被害妄想症的受害者情景一个也没能实现。而就在刚刚,她欣然地接受了我的礼物和鲜花,然后笑着告诉我,那是她平生第一次收到的花束。这印证了妈妈说过的那句:"这世上有很多女人是从来没有收到过花束的。"此刻,我平心静气地坐下来,坐在了海博和他妈妈对面的位置上,开始想是不是应该对他的家庭也敞开心扉,去接受和了解不同的文化与背景。

　　他妈妈是个很直白的女人，有什么就说什么，不藏着掖着，至少比海博要透明得多。她向我解释上一次见面时的"误会"，说自己不该带其他人来和我们会面，还说她姐姐是个心直口快的人，本没有恶意。她告诉我，因为经济问题她没有办法准备新房给我们，让我们先租房结婚，或者希望能在举办婚礼以前，找到更好的方法来解决这个问题。她说希望明天能和我妈妈见面，定下婚礼的确切日期，还问我们想什么时候结婚，然后她亲切地和我讲了许多关于海博儿时的故事。而在此之前，我从未奢望过这张餐桌上会有如此温暖的画面，我一如既往地微笑着端坐在那里，但是这一次，我没有再戴着那副冰冷的面具努力挤出一个微笑的面孔，我发誓我所有的笑容都是发自内心的。我出乎意料地发现她在我心中形成的印象已然更新。隔着餐桌上的鲜花礼物和美食，我看到她的神情里竟藏着海博的面孔，笑着感叹血缘竟是如此奇特。我自问是否真的对过去的一切都释怀了，我想是的，如果眼前发生的一切都是真实存在的，如果真如她所说的那样，我们就要定下婚礼的日期，举行婚礼了。我想我真的放下了，也原谅了一切。

　　婚礼定在了十月十日。
　　圣托里尼美得像阿尔卑斯山的白雪那样，到处都能见到白色的屋顶。我和海博手拉着手，像两个兴奋的孩子，一起去看 Orthodox Cathedral 大教堂，我们要在这里举行我们的婚礼，海博知道那是我儿时的愿望，真是令人难以置信。我们和负责人约好了日期和时间，确保婚礼能在那天顺利举行，教堂的负责人还为我们介绍了当地的小提琴手、手风琴手、吉他手等乐队成员，让他们承诺那天务必到场为婚礼助兴。海博还为我预定了一位法国留学回来的化妆师，在婚礼当天跟着我帮忙补妆，安排好婚礼要用的车队后，我终于替他松了口气。他认认真真地做着功课，像个好学的中学生，手里拿着一支笔和笔记本，做完一件事情就在旁边打个对钩，以防自己忘记或者遗漏掉什么。我在一旁注视着海博，我从不知道他是这样细心周到的一个人，也从未想过原来他和我一样，是那样期盼着这场婚礼的到来，是那样希望能有一个属于自己的小家，是我一直在错怪他。他是那么想能够亲手准备好关于婚礼的一切，不依靠任何人，包括他的父母和我。

下午时分，我们坐上了一辆没有窗户的黄色巴士，来到了卡马利海滩，这里到处都是火山爆发后留下的黑色卵石。

成排的酒吧都紧闭着门，担心门外的阳光会扰乱里面的昏暗。旁边是列满美食的橱窗，有几家餐厅里不时地播放着各种美妙的音乐，音乐声有时混淆在一起，让你不知道它在唱什么。海滩上，来自各国的游客在晒着日光浴，还有几个小孩子在玩水。海博紧紧地拉着我的手，像是怕把我弄丢似的，而他的笑脸像爱琴海金色的阳光那样可爱。他神秘地把我留在了一间酒吧的门外，然后独自溜进了那栋可爱的建筑物里，我不知道他要做什么，但我能确定的是，他绝不会端着一杯鸡尾酒出来。

"你做了什么？"我忘了自己有多久没有像这样挽着海博和他撒娇了。从五月的第一天起，我和他又重新恋爱了。我们陷入了热恋的高潮，我们紧紧地相拥，深情地相吻，十指相扣着牵彼此的手，做什么都觉得不足以表达内心强烈的情感。再也没有什么可以让我们分开，我们得到了父母的祝福，我们是未婚夫和未婚妻的关系了，我们不再是摇摆不定的恋人，不再孤苦地眺望着那遥不可及的未来。

"秘密。"说完，他搂住了我的腰，吻了吻我的脑袋。

北端的伊亚，有着全世界最美的朝阳和落日，我和海博约定好要在婚礼那天一起去看夕阳。第二天也要早起，一同去看初升的太阳。我们在镇上订了悬崖民宿作为新婚之夜的爱巢，那是一栋白色的小房子，房子周围被篱笆包围着，前面还有一个小小的院子，里面种着两株爱神木和一些红色和白色的玫瑰。房主是个可爱的阿姨，中等身材，有点中年发福的迹象，她笑眯眯地看着我们，热心地给我们介绍了房子里的设施和周围的环境。

"为什么只有白色和红色的玫瑰？"海博看着那两株爱神木和院子里稀稀落落的花丛，说道。

"爱神阿芙洛狄忒为了寻找她的情人阿多尼斯，奔跑在玫瑰花丛中，玫瑰刺破了她的腿，她弯下腰去抚摸受伤的腿时，玫瑰又刺破了她的手，她的鲜血滴在了玫瑰花瓣上，白玫瑰被染成了红色，成了红玫瑰，因此玫瑰有了坚贞爱情的象征。"说完，房主留下我们，微笑着走开了。

幸福是无法藏匿的一种感受，它会通过你的嘴角、你的双眸，甚至是你的灵魂被表达出来，让你想藏都藏不住。此刻，海博是不是也能像我发现他目光里的深情那样，发现我眼里那无限的爱意呢？

五月的阳光照在屋子里，让空气里弥漫着一股温暖的味道。落地窗上的淡蓝色窗帘被海风吹起又落回了地上，窗前摆着一张很小的双人床，如果你的身材再胖一点估计就得侧身睡了。床边上摆着一盏米色的台灯，床尾那里放着两张白色的藤椅和一张圆形的铁艺桌子，桌面上平放着一朵初开的玫瑰。双人床侧边的墙上挂着一幅油画，是西班牙画家萨尔瓦多·达利的那幅《记忆的永恒》。烈日无情地照射在一片平静的大海和一座孤独的山峰上，死寂般的沙滩上躺着一个似人似鬼的怪物，那怪物身上也摊着一块变了形的挂钟。一棵枯树上挂着一块像是下一秒就能融化成液体状的时钟，那棵树似乎是长在了一张棕色的桌子上，桌子上除了那棵树以外还摆着另一块变了形的挂钟（时间像是七点差五分那样）和这里唯一一块没有融化掉的钟表。

"那是他最棒的一幅作品，至少在我看来是这样的。你看，他疯狂的画法让很多人都为之着迷。"我更像是在自言自语，对于鉴赏油画，海博总是表现出一副敬而远之的样子。

我们相邻坐在了那两张舒服的藤椅上，越过落地窗，看着院子里的玫瑰和天空。想象着十月十日那个宁静的夜晚，想象着漫天的繁星和银河，想象着我终于可以心安理得地躺在他的怀中，任由他拥抱亲吻，想象着我们带着甜蜜的微笑走进梦乡。再也不会有负担，再也不会感到自己违背了什么，再也不会充满罪恶感迎来早上的太阳，再也不会无休止地争吵和道歉，因为这一切终于都变得合情合理。

我们搭乘末班飞机回家，海博把我送到家门口，依依不舍地松开了我的手。

天快黑了，我站在空旷的大路上，身边空无一人，天空是灰色的，像快要下雨的那种天气，我不喜欢这样的天气，它让我想起了伦敦。我周围的一切似乎被染上了一层浅灰色，在记忆里，这样的色彩带着一点忧伤的味道。我不知道自己为什么会站在这里，为什么要低着头盯着自己的手，不停地转动着套在手指上的戒指，那动作又是那样熟悉。我像是正在等待着某件事情的发生，直到吃惊地睁大眼睛，看到那枚套在无名指上的结婚戒指正在无声地断裂、破碎，像一个被我失手掉落在地上的水晶玻璃那样，碎裂了。我开始惊慌，我不喜欢这种沉甸甸的感觉，像是心脏下移到了胃那里，它预示着一种我们不愿去承受的未知。然后，我在一阵心悸中醒了过来，发现原来那是一场梦，一场我无力挽回的梦。

我抬起手在黑暗中检查手指上的戒指，它完好地套在我的手指上，可是为什么那个梦是那样真实呢？外婆说梦是个奇怪的东西，解梦者也是要分人的，你把它告诉了善良的解梦人，善良的人说那是个好梦，它就会变成一个好梦，你把它告诉了心怀恶意的人，它就可能会被译为不好的梦。而我却不敢把这个梦告诉任何人，因为一枚断裂的戒指，即便是被善良的解梦人听到了，也不可能把它译为好梦。

这些天我们一直在找合适的房子，毕竟不是像买画笔那样简单的事，而且我和海博都是第一次买房子，所以难度有点大。我很快就忘了那个可怕的梦，在忙忙碌碌中度过每一天，直到七月，我们终于找到了房子，它没有独立花园，也没有书房，在一个很普通的居民区里，那一连串居民楼外面连一扇像样的大门也没有。但是时间已经来不及了，距离我们的婚礼就差三个月的时间了，我们要在这三个月里把房子装修一番，然后往里填满所需的东西，时间紧迫，只能这样了。海博却很满意它，说这是他看过的那么多房子里最棒的一个，他告诉我不能再挑下去了，再这样下去，可能婚后就要去住酒店了。然而在财产问题上我们出现了分歧。海博坚持要把房屋产权写在我的名下，但是我并不想那么做。他来自另一个地方，我知道那对他意味着什么，那房子不是财产，而是一种归属感，是他与这座城市之间的一种连接，是除了爱以外，我们能共同拥有的第一个礼物，是我们的父母赠予我们的。

三

我喜欢猫，曾经养过几只，最后它们都跑了，然后突然有一天，我开始对猫毛过敏,是那种严重到引起喉头水肿、呼吸困难的程度,从此,我和猫保持了一定的距离。我喜欢吃芒果,从小就喜欢,但是突然有一天,我发现吃完芒果以后我就会口周溃烂,我去医院,医生说我得了口周炎症,那是因为我缺乏维生素 B12,但是后来我知道并不是那样,我只是在吃完芒果后,才会突然犯口周炎,于是,我对芒果就产生了一种敬而远之的感觉。我爱上了海博,还有很多年前的前男友,我也爱过他,但是后来我都为此付出了很大的代价,我发现成长是一件非常严肃而残酷的事情,而此刻,我正经历着不同寻常的成长,医生说成长速度太快骨头会疼,现在我正在经历这个。

虽然对这一类的反悔,我早已不陌生,几年来这样的重蹈覆辙我也经历了那么多次,应该早就不新奇才对,但是此刻,我才真正有所体会。

我费了很大的劲才推开汉堡店的门,我的双手仍然在不由自主地发抖,我把两个看起来像魔鬼一样的女人留在身后,迈着大步像逃荒似的从那个令人窒息的环境里逃脱。在将近半个小时的漫长的时间里,我始终保持着我一贯的风度,笑不露齿,像个训练有素的空姐那样端坐在自己的位置上,聆听"命运"的警钟,而现在我终于不用再伪装了。

我轻蔑地俯视着台阶下看似无辜的海博,可能只有那么几秒,然后我们擦身而过。

我曾跟海博谈到过三思和良知,在他为我诵读过那么多次"一言九鼎"的典故和"君子一言,驷马难追"的故事,仍然失信于我之后,我告诉海博其实这两者之间有着密切的关系。而所谓三思而后行,所谓良知是你在准备行动以前,坐下来冷静地想一想,你做的这个决定到底会不会对他人带来影响或伤害。而经历过汉堡店里的那一幕以后,我发现事实上,这可能无关乎善良,而只是做人最基本的原则罢了。

我目视着前方，步伐坚决而慌张。在无数次尝试着把脸上痛苦的表情和眼泪都抑制住之后，我失败了。我又尝试着放空脑袋，什么也不去想，或许有那么一会儿，我做到了。我站在路沿石上看着来来往往的车辆，一种想要走向高速驶来的某辆汽车的念头一闪而过。我轻轻地摇了摇头，快步穿过马路，发现自己已经走到了家附近的那座白色的教堂，我抬起头绝望地看着教堂的塔顶，忽然间我想起了就在刚刚那间汉堡店里被突然取消的婚礼，想起我为什么会在大街上泪流满面。而此刻，再去追究谁是这整件事情的罪魁祸首已经无济于事了。因为年轻，我们别无选择，只能被迫就范。但身为长辈，如果连对自己亲口说出的话都无法负责，对自己决定过或许诺过的事情随意反悔，无论是因为什么，都是不值得被原谅的。

一瞬间，数以万计的思绪开始在我脑海里膨胀、盘桓、交错，像一个巨大的树怪那样，粗鲁地推搡我，用过去的记忆和所有我做过的关于未来的梦，还有这残酷的现实，面对这些力量，我最终因为无法抗衡而被残忍地推下深渊。我究竟为什么非要经历这些不可？我做错了什么要忍受这样的痛苦？我是否能经得住这样反反复复的折磨和严峻的考验？海博在做什么？他也希望这样吗？他努力尝试过阻止这一切的发生吗？但即便海博能够做出一个力挽狂澜的抉择又能改变什么呢？何况他什么都不能做，只能像我一样听从他母亲的安排。好了，现在我们又能重新把话题扯到男女平等这个问题层面了，几年前不也是这个场景吗？作为男方的长辈，她是那么尊贵，尊贵到能够用一个简单的决定，去改变别人的命运，去摧毁两个家庭的幸福。

"你是怎么想的？"那两个女人，她们竟敢瞪着眼睛直视我，理直气壮地问我对于婚礼被取消是什么想法！你觉得呢？我多想破口大骂！你无法想象，我有一卡车的话来对付眼前这两个女人，但我说不出口。我的喉咙像是被鱼刺卡住了似的,一句话也说不出来了。"你说话啊!你别一直不说话!我们今天叫你来,也是为了听一听你的意见。上帝作证,我们不是不举行婚礼了,是我们暂时要延期,我们也是没办法。"我笑了,笑这两个为我带来毁灭性伤害的无知者此刻竟和上帝站在同一边。她们不知道我曾为那悄无声息消失了的清白忏悔了多久,我曾跪在红色的羊毛地毯上,细数着上面的花纹,把它们深深地记在我的脑海里。她们不知道我和海博那两个无辜的小生命是怎样流逝的,我是怎样经历那场生死之战,她们不知道我翻山越岭,走过了多少坎坷和艰辛才走到今天这一步,她们什么都不知道,竟然敢说上帝作证,真是讽刺。"我们也是考虑了很久才做出这个决定,我们也不想这样。"你考虑什么了?考虑到我现在除了离婚以外,想不到更好的办法去解决婚礼延期这个问题了吗?你知道对于我这不是什么艰难的抉择,我早该这么做了。(我忍辱负重,现在也无须再忍了,我早就该爆发,像一颗行星那样,彻底爆发。)只不过以前叫作"分手",现在多了一道法律程序,被称作"离婚"罢了。

"现在,我所有的家人、远方的亲人,还有我的同事都已经知道我要在十月十日这一天举行婚礼,所以这样延迟婚期会让我很难堪。"这是我端庄地坐在海博他妈妈还有他嫂子面前,开口说出的唯一一句话。事实上,我也无话可说,我得戴上面具,抑制住任何可能会在下一秒爆发的激烈情绪,保持着永恒的优雅和风度,正因为坐在我面前的是我爱人的母亲和家人。我回答不了她们的问题,不能替自己辩解,不能去拒绝她们荒诞的请求,只能被迫接受。语言已经匮乏到无法去形容我那时的感受。我的嘴唇在发抖,我不敢伸出手去握住摆在我面前的水杯,其实我需要一个我可以握得住的东西支撑我,我怕被她们看到我颤抖的双手,那样会很丢脸,我更怕自己会在站起来以后摔倒,因为没有什么能够支撑现在的我。

"那有什么呀！那你就告诉他们，我们又不是不结婚了，只是要推迟就好了，这没什么，反正请帖也没有发出去。礼堂那边取消就好了。"我满脑子都是我们的对话，我想把每一句都印刻在心里，然后复述给我的家人，我不想遗漏掉任何一个词语。"你先别跟你妈妈说，我明天会亲口告诉她婚礼延迟的事情，你回到家以后可千万别说。"这怎么可能，这个恶毒的消息只能由我来转告给我的家人，我不允许她们去惊扰我的家人，由我来说，会比从她口中得知要好得多。我加快速度，快步地向家的方向走去，那个噩耗在慢慢吞噬我，我必须快一点把这些事情分担出去，我就快要承受不住了。我多么想摘掉自己脸上那张故作优雅的虚伪面具，然后号啕大哭，如果不是因为怕丢脸，不是因为要担心遇见某个热心的熟人，担心他们会抓着我问东问西，我就会毫不顾忌地放声大哭。我忘了自己是怎么走回家，路上又经过了什么，我是怎么摁下门铃的。我只记得我能开口说话的时候，已经把头埋进了外婆的怀中，我哭喊着跟她们讲我们的婚礼被取消了，我不会结婚了，我不想再结婚了。我无暇去顾及家人的情绪和感受，我是那么自私，自私到要用自己的悲伤去生生撕裂他们的心和他们的伤口。

傍晚，待我抚平情绪，平静下来以后，我拿出手机，编辑短信给海博，告诉他我们得尽快把离婚手续办掉，房子的装修就停下来，各自的损失各自承担。我说我承担得起一切后果，承担得起没有结婚就变成离异女人这个后果，他没有回复我。

第二天，海博的家人打电话给妈妈说有话要对她讲。

"你想让妈妈为你做什么？"妈妈依然是那副坚不可摧的样子。

"您只要去把婚约取消，告诉他妈妈，这是我们全家人的决定就好。"我平静地取下我无名指上的戒指交给妈妈，让她转交给海博，因为我这辈子都不想再见到这个软弱无能的男人。

我不该对你说那么多次分手,我不该那么做,以至于我现在真的要和你分手,你却听不懂。你不该承诺我那么多,许诺那么多次同样的事后,却无法为我做,你不该那么做。而爱就像是阶梯一般,你越带我往下走,我就越害怕,越不知所措,我害怕你明知道我怕黑,还是会在某一天丢下我,在那十八层地狱里,独自在焰火中燃烧,烧成灰烬。

他们说:爱像一群色彩斑斓的候鸟,那恨呢?恨像什么?像不像那地狱里幽怨的黑色曼陀罗?

有很多个夜晚,我坐在衣柜边的角落里,望着窗外一个又一个的残月,目光游弋,记不起自己究竟在想什么,我几乎足不出户。深夜里,我蜷缩在被子里,绝望地痉挛、抽泣,像经历了一场狂风暴雨后的美人鱼那样滴着水,狼狈不堪,身边有的只是无尽的黑暗。发现黑暗不过是光影的交替,所有的色彩都会随着日落而褪尽。我会在那一晚的眼泪流干后踮起脚,静悄悄地走进洗手间,小心翼翼地打开水龙头,洗把脸。而更多的时候我会哭着哭着,然后疲惫地睡去,忘了洗脸。我是那么感激家人之间那种默契的缄默,好让我有时间忘了这一切,然后渡过难关。

我编辑了数百条信息给海博,告诉他我的本意,把戒指还给他,让他死心,告诉他我彻底放下了,无济于事地做着一些让海博不为所动的事情。我不接他的电话,不回复他的信息,不赴约,不理会,为了让他能顺利和我办理离婚手续,那可笑的离婚手续,我们就连一场像样的婚礼都没有,真是可悲。我打电话给波鱼奶奶,把发生在我身上的事情告诉她,让她为我用魔法对付这一切不幸,但那些魔法里再也不会出现"海博"和"婚礼",那种在他身边度过余生的愿望已经消失得无影无踪。"你去用大麦的面粉做一碗糊糊,然后在里面放些白糖去喂狗,狗吃了你的糊糊,嘴巴自然会甜些,我们就能让那些进谗言的'狗'嘴里吐出象牙来!如果狗不愿意吃,你就再扔点肉在里面,它准会吃的!"波鱼奶奶在电话那头用她充满魔力的声音指导着一切。像过去两年里我一直深信不疑地喂海博吃椰枣那样,像我一直贴身带着的魔镜那样,对波鱼奶奶说的一切,我都深切地抱着希望,我总觉得那样会化解一切困难,会有转折,但是,婚礼的延期看起来却是那样令人绝望。

妈妈做好了面糊糊,在上面撒了些白砂糖,端着碗出门去找流浪狗,结果灰溜溜地跑回来说狗不吃,就又往碗里丢了些肉,然后,把放有白糖的面糊糊和肉搅在一起,端着碗又走了出去,半个钟头过去了,妈妈端着空碗回来了,欣慰地笑着说狗吃光了,还说这事有点不可思议,感觉像是自己去外面施了个魔法回来。

那一晚,妈妈带着我那位伶牙俐齿的舅母去面见我未来的婆婆,她们鼓足勇气决定不再忍气吞声、不再温文尔雅地解决那些棘手的问题,那些困扰了我们多年的被羞辱的回忆,连同两年前第一次的会面开始,连带"合不合适""把别人家姑娘比作驴马都过的桥"的那些恶语,连同那通八月的电话里,承诺说第二年五月会举行婚礼的事,逐一解决,最终是妈妈和舅母赢得了那场关乎尊严的战役。妈妈告诉我们她和舅母是如何叫海博他嫂子闭嘴的,是如何把惯于失信的人贬得一文不值的。"海博像疯了一样,只想结婚,说如果不能和乔丽梵结婚,那这一生宁愿孤独终老,不再提婚礼。他威胁我说他都不想活了!您说这像话吗?他从来没有这样对我,我是他妈妈呀!您说我能不伤心吗?"

据说那一晚妈妈是被海博妈妈的眼泪和真诚所感动的,女人的眼泪总能打动一切，大人、小人和男人，当然不外乎那些善良的人，妈妈妥协了，也退让了，没有像我要求的那样为我和海博取消婚约，而那些退让和妥协中夹杂着更多尊严的成分。

那些日子，婚礼被推迟的消息像野火般在我的亲人和熟人间传开，大家都心照不宣地对此只字不提，来减少对我的痛苦和折磨，于是，在那样的缄默里，我渐渐地淡出了这件事对我带来的伤害。然而海博却像个孤独的灵魂那样，一个人游荡，一个人准备着那场无期的婚礼，守护着正在慢吞吞地被装修着的婚房，一个人采购家具和大大小小的电器，然后一个人坐在没有椅子的空房子里，吃外卖便当盒，为了这些，他不再准备博士论文，决定要延期毕业一年。我心疼海博，但更多的是心疼自己。妈妈告诉我，其实错不在海博，海博也是受害者，她告诉我海博是如何在他妈妈面前维护我们时，我很感动。在那以后，我停止了对海博的人身攻击，因为我发现我在折磨他的同时也在惩罚我自己。我彻底放下了婚礼、爱情，能够淡然处之。我抱着一种不夹杂任何多愁善感情绪的冷漠的客观态度，我告诉自己我的父母给我生命，不是让我去虚掷的。我一头栽进事业里，把婚期抛到脑后，准备彻底遗忘这件事。

幸运的是：命运在为你关上一扇门的同时，会为你开一扇窗，窗外一定会有美景，那是真事儿。

九月，我举办了一场期盼已久的画展，变得小有名气，很多媒体都报道了这件事，我也因此而认识了很多美术界的新人和一些有名望的美术老师，这些开朗而健谈的人暂时帮我遗忘了伤口的剧痛，而柏图勒像是闻到烤鱼香味的猫一样，捧着鲜花重新出现在了画廊里，祝贺我的同时，不忘提醒我，我还有他这个不离不弃的朋友，或者可以说是一个有风度的追求者。在他看来，没有举办婚礼，那就不叫结婚，即便是签订了婚约又如何。

十月的天空，一如既往地湛蓝，树上的叶子被海风吹落，为大地铺上了一层金色的毯子。有时我会去新房子看望海博，像看望一个老朋友那样。但更多的时候，我会为我的画廊，和第二次要举办的画展而奔波，忙碌得都快要忘了已经到了该穿毛衣的季节，但我不会忘记今天是什么日子。十月十日，本该是我和海博的婚礼，如果没有那段荒诞的故事（那件事不过才过了两个月，我却好像过了两年那么久），此时此刻，我本该穿上海博送给我的那件织满皓石和珍珠的拖尾婚纱，出现在圣托里尼的大教堂里。然而，今早我却只能像个服丧的女人那样，穿着一身黑色的睡袍，拉上厚厚的窗帘，躲在角落里，喝着一杯浓郁的咖啡，暗自祈祷不会被人发现，不会被人想起这个可能会成为人们茶余饭后闲聊话题的日子，我不会出门，不会去赴约，任何人，也别想打扰这一切。我想起了那个被我遗忘了很久的梦，想起了梦里那枚断裂的戒指。啊，原来那个梦是这个意思啊！在那么久以前我就被警示过，我的婚礼会出现变故，而我却毫不知情，后来竟忘了那个梦。可是就算我提前预知到了，又能怎样呢？我能阻止一个贪污犯去犯罪吗？我能阻止警察去破案，阻止他们抓走海博那个贪污犯舅舅吗？我能阻止那三个女人的荒谬决定？我不能理解的是，他舅父的事情是在我们买婚房、签婚约之前发生的，为什么海博的妈妈不在那个时候就告诉我们，我们不能如期举行婚礼，为什么要等到生米煮成熟饭，再告诉我们她的决定是多么地错误，她本该如何如何去做，她必须要等到他那位贵亲出狱了，才可以举办婚礼。如果是有人离世了，我都可以理解，我只会认为那是命运，但是这不是命运，是人为的破坏，是故意为之。

"你妈妈为什么不早说？"这一天，我又神经质地拿起了电话，开始疯狂地攻击海博，我发出的每一条信息都让他备感屈辱和折磨。可能这就是我所想达到的目的吧！想要把自己的那份羞耻投掷到他的身上，让他陪我一起痛苦。"你不觉得你妈妈是故意的吗？要我们先把房子买了，然后把婚约签掉，最后突然跑来告诉我，我们的婚礼要无限期地往后延迟了。你们是诈骗犯吗？骗婚？""为什么不在你舅舅入狱的时候就取消婚礼，这样我们就可以不买房子，不签婚书！你和你全家都是彻头彻尾的骗子！""如果你妈妈是故意对我们做这些的，我会诅咒你们，我发誓，海博，我会诅咒她。诅咒她能够长命百岁！亲眼看着自己亲手抚养长大的孙女被人厌弃！被人玩弄感情，然后望眼欲穿地经历一场漫长的等待！期待着她们的婚礼，就像我的外婆期待着我的婚礼那样，她会得到同样的痛苦和惩罚！到那时，她会捶胸顿足地懊悔！会痛哭流涕！会懊悔今天对我和我的家人所做的一切！"

"乔丽梵，你又怎么了？你出来，我们聊聊好吗？"

"我不想见到你，我恨你。"

"我知道，我们会结婚的，乔丽梵。我们一定会结婚的。"

"我不在乎。我只想把婚约作废，和你离婚。你为什么不和我分手！你再怎么坚持，我也已经不爱你了，你留一个不爱你的女人在身边做什么？我说了我不想让你负责，你为什么就是纠缠不休呢？我现在想嫁的人是柏图勒，那个心理医生，你还记得吗？他很爱我，而他的人格魅力也足以让我为之倾倒，我已经要爱上他了，拜托你成全我们，和我分手吧！"

"我不会和你分开的。我们没有必要为别人的错误埋单！"

"别人的错误？呵呵，那是别人的错误吗？那是因为你的无能！如果你可以替自己做主，替我们做主，如果你能够说动你的父母改变主意，不延迟婚礼，我们此刻就已经在教堂里结婚了！海博，你真以为是别人的错误吗？这一切都是因为你！全部都是因为你！是你的错！你最好祈祷我的奶奶爷爷还有外婆都可以健健康康的，能够亲眼看到他们深爱的孙女的婚礼，否则我一辈子都不会原谅你！"

"我一定会为他们祈祷，乔丽梵，他们也是我的奶奶爷爷。"

我安慰自己，过了今天我就会好一点，我感觉自己快要生病了，我的精神还有我的身体，都快要倒下了，我感觉自己的神经一直紧绷着，一种快要到断裂的程度，我得睡觉了，我太需要睡一觉了，哪怕能得到的只有片刻的安宁。

冬日里的银色树顶宛如云烟，二月，在一个挂满星河的夜晚，我梦见自己和妈妈一起站在橄榄树下，我们抬起头望着树上的果实，那些果实掉进了我们手里提着的竹篮里，看起来又香又可口。波鱼奶奶说：那预示着在现实中我们即将收获耕耘的果实，预示着所有的努力将会有好的结果。几天后，海博的妈妈打电话询问我们，说她想要婚礼在三月举行，还问我们的意见如何。

时间沙漏里的沙子正快速流光，那是爱神阿芙洛狄忒为我和海博的婚礼准备倒计时用的。而此刻我却有一种不真实的感受，我不再像十月以前那样期待着我和海博的婚礼，也许这就是被无数次毁约之后该有的姿态。

那是我最后一次听柏图勒讲故事给我听，我知道这样的机会不会再有了，过了今晚我不会再听到那些有趣的民间故事，不会再允许自己背着海博接听柏图勒的电话、回复他的信息，过了今晚我就要嫁给海博了。而这场久违的婚礼，让我对柏图勒之间的友情，产生了一种不知从哪里冒出来的背叛和负罪感。不知道从什么时候开始，对于柏图勒我有了一种责任,就像他一直以来默默地引导我,陪伴我,为我梳理那些糟乱的情绪那样,他对待我何尝不是带着一种责任。

四

你要承受你心天的季候,如同你常常承受在田野中度过的四时,你要静守,度过你内心里最凄凉的冬日后,春,便不再遥不可及。——摘自纪伯伦的《先知》

我在脑海中无数次地想象过这一天,在梦里,我钻进那条像安纳普尔娜群峰那样洁白的婚纱里,我羞涩地低着头,露出似笑非笑的面孔。在梦里,我挽着海博宽阔而厚实的臂膀,缓步走向祝福我们的人群中……

我和伴娘团里的七个姑娘一起花费了三个小时上妆换衣、整理发型,我的化妆师本来是一个在法国留学回来的准妈妈,但是两天前因为妊娠子痫被送进了重症监护室,希望她们母女平安。现在,这位化妆师是法孜里雅临时为我找来的,是个叫热娜的姑娘,她在伊朗学过化妆,换上婚纱以前,我觉得那妆容太突兀了,眉毛显得很长,眼窝也很深,但是当我们大家都换好衣服之后,那种圣洁和端庄的美是无法用语言去描述的,是的,太美了。我站起身,面对椭圆形的全身镜,心满意足地走下台阶,缓步迎向海博。他没有表现得像那些我曾看过的视频里的新郎那样捂住眼睛感动地哭泣,也没有激动地抱起我转圈,只是平静地面带微笑地靠着车门站在那里,他的西装是藏蓝色的,里面穿着一件白衬衣,他打了领带,是枣红色的,他把皮鞋擦得锃亮,他的情绪很复杂,但是他试图在掩盖它,他的嘴唇告诉我他很紧张,他好像从没这样紧张过,他目不转睛地凝视着我。这一刻,让我想起里尔克的那首诗《一切寻找你的人》:"一切寻找你的人,都想试探你,那些找到你的人,将会束缚你,用图画,用姿势。我却愿意理解你,像大地理解你,随着我成熟,你的王国也会成熟。"四年以后,我在想那个愿意像大地一样包容我的人已经找到了我。这一秒,他凝视着我,他的眼中是一种因长时间的寻觅,而最终找到彼此时的喜悦之情,他带着爱,来到了我的身旁,他一直在等我。

我们坐在车里穿越城区和海滨大道,向全世界宣告我们的决定和我们的爱情,向大地,向蓝色的爱琴海,向宇宙万物宣布:我们终于结婚了。

三月的海风有点冷,但我们丝毫察觉不到,因为你全程都牵着我的手,像牵住了你的星球和整个宇宙,我就在你的掌心里,被你紧紧地握着,你知道我又重新爱上你了,那些情感比以往更加强烈,更加纯粹,更加深刻。

在婚礼中,你藏了两个我不知道的惊喜。后来我才得知那场表演了长达三分多钟的、激动人心的民族舞蹈穿插表演,是我的七个姑娘在我不知道的情况下偷偷排练好的。在我离开这座城市去巴黎举办画展后,你就在"预谋"这场惊喜,为了给我一个不一样的婚礼。我提着裙角在伴娘团里的七个美丽的姑娘们的环绕下翩翩起舞,在那些人间烟火中,从不喜欢热闹的我却是那样难掩我的喜悦之情。"我有话要说给你听,我有甜言蜜语要讲给你听,你为什么不让我看看面纱背后你天使般的面孔,我有话要说给你听,我要把爱讲给你听,你的梦总是那样遥远,你的眼光也是那样地遥不可及,你总是不相信我炽热的爱,你总徘徊在我的脑海,我有话要说给你听,我要把爱讲给你听……"你抱着那个芒果色的吉他，卷曲而黑色的头发让你像极了一个小羊腩，你生性腼腆，微红的脸庞，像一轮冬日里初升的太阳。你坐在酒吧里的高脚凳上，我站在最正中的位置，在亲友们的簇拥下，舞台的灯是一种暮色的昏黄，你用最深情的目光注视着我，此刻你只为了我一个人歌唱，此刻，你瞳孔里的倒影中，只有我。

舞台下，摆着一块三层的奶油蛋糕，蛋糕的顶部放着两个小蜡人，分别代表着我和海博，长形餐桌上零零散散地放着几瓶香槟和层层的高脚杯，高脚杯的周围撒满了鲜红的玫瑰花瓣，屋顶下飘满了彩色的气球。你握着我的手，和我一起为朋友们倒香槟，一起切蛋糕，一起分蛋糕给大家。在优美的旋律中和我一起跳双人舞、跳浪漫的华尔兹……我头上的皇冠沉甸甸的，告诉我这一切都是真实的，我不是在做梦，即便这场梦我已然做过无数遍。

爸爸站在最前排，他喝醉了，他的眼眶中闪烁着泪光，满含爱意地望着站在海博身旁的我。婚宴结束了，我要回家了，但是却再也回不去有爸爸妈妈的那个家中，我长大了，已然长成了大姑娘，我出嫁了，我嫁给了那个我一直在寻找的人，那个人他坚持了很久，他很爱我，我们有了自己的小家，从今往后，我就要回那个家了。我缓步走到爸爸身边，发现他的手正微微地颤抖，我紧紧地抱住他，突然感觉他好像变老了，也变小了，这真令人难过。这样的悲伤和不舍把之前所有的幸福和喜悦全部淹没，我就好像是突然掉进了大海那样。妈妈全程都优雅地微笑着，努力克制着眼泪，她温柔地看着我，就好像在看一块她心爱的宝石，她握了握我的手，像是在传递一种坚定坚韧的力量给我。

"快走吧！快回去吧！太晚了，早点回去休息。"爸爸说得就好像我们大家正身处在家中的客厅里，我似乎只需走几步就能回到卧室里休息，就好像此刻我们只是在互道晚安那样稀松平常，但是他的声音明明在颤抖。

房间里挂着绣有花纹的白纱窗帘，地上铺着一层红色的波斯羊毛地毯，地毯上零散地放着玫瑰花和金色的气球，在那张软绵绵的双人床上摆着一些心形的玫瑰花瓣，窗帘背后隐约能看到我和海博恋爱时的相片，在窗边的小茶桌上放着几本我们珍藏的书，放着烛台，那里有烛光，有情人间的耳语，还有爱。在窗外，还有我们栽种的盆栽和吊兰。

海博在冲澡，他比我更像是这个家的主人，他表现得很自在，就好像很久以前他就住在这里那样，我感觉有点累，还有点紧张，还有一种陌生感和不归属感，我有点想家，即便那个我回不去的家离这个家只有十分钟的车程。我们冲过热水澡，坐在床边上，他有点严肃，像是在思考，后来我才知道，他是在忏悔，他温柔地握着我的手，郑重其事地看着我的眼睛，然后说道："你原谅我了吗？在今天以前，所有我做过的错事，所有我伤害过你的事，所有我答应你却没能为你及时做到的事，我所有的过错，你原谅了吗？"我轻轻地点点头，然后抱住了他，再抬头已经是满脸泪痕。他替我擦干眼泪，然后轻柔地吻着我的脸庞，那些深情的吻印在我身上所有的地方，他脱掉衬衫，轻轻地解开了我系在胸前的系带，用十指扣住了我的，我被覆盖在他的身体之下，回吻他。我在那无与伦比的金色的时间里，被一种令人舒适的甜蜜感和安宁感所包围着。我们仰面朝天，看着淡蓝色的天花板微微地喘着气，我躺进他怀里，抚摸着他的肋骨。我问海博："为什么上帝从亚当的肋骨上创造了夏娃，而不是从其他地方？"海博说："没有取亚当的头骨，是怕他控制她，没有取亚当的踝骨，是怕他奴役她，他在亚当半醒时，在他还能感到轻微疼痛的时候，取下了他的肋骨，那条肋骨是最靠近亚当心口的一条肋骨，从肋骨上创造夏娃的寓意，是她对他的依偎，是让他对她的保护,从靠近心口的位置创造夏娃,使他日后钟爱于她。"

当所有的过往温热地拍打着我的胸膛,当那些神圣的仪式拂去了往日覆盖在那段爱情上的尘埃,在我们把爱当作一种契约来守候,就算经历千辛万苦也要履行对彼此许下的诺言,在你给了我这样一场独特而令人振奋的婚礼过后,我知道从此我再也不会去羡慕任何人了。

五

一年后,在一个温暖的午后,透过隔着小厨房和书店的玻璃窗,我望着海博,他手里拿着一本新书,正在给读者介绍那本书里的内容,橱窗里陈列着我烤好的饼干和奶油蛋糕,墙上挂着几幅我们珍藏的油画,几乎每一位读者面前都摆放着一杯我亲自煮的花茶或者是咖啡,他们有的在独自阅读,有的在低语,还有的在给小孩讲故事。

我在书店最显眼的地方,成功地摆上了我自己写的书,我给它取名叫作《永恒的刻度》,在那个温暖和煦的午后,我悄悄地告诉海博,我和他即将拥有一个属于自己的孩子,一个真正存在的孩子。

图书在版编目（CIP）数据

永恒的刻度 / 瑞朵·海瑞拉著. -- 北京：作家出版社，2023.11

（中国少数民族文学之星丛书·2023年卷）

ISBN 978-7-5212-2514-3

Ⅰ.①永… Ⅱ.①瑞… Ⅲ.①中篇小说-小说集-中国-当代 ②短篇小说-小说集-中国-当代 Ⅳ.①I247.7

中国国家版本馆CIP数据核字（2023）第179336号

永恒的刻度

作　　者：	瑞朵·海瑞拉
责任编辑：	李亚梓
特约编辑：	赵兴红
装帧设计：	孙惟静
出版发行：	作家出版社有限公司
社　　址：	北京农展馆南里10号　邮　　编：100125
电话传真：	86-10-65067186（发行中心及邮购部）
	86-10-65004079（总编室）
E-mail:	zuojia@zuojia.net.cn
http://	www.zuojiachubanshe.com
印　　刷：	唐山玺诚印务有限公司
成品尺寸：	152×230
字　　数：	253千
印　　张：	21
版　　次：	2023年11月第1版
印　　次：	2023年11月第1次印刷
ISBN	978-7-5212-2514-3
定　　价：	52.00元

作家版图书，版权所有，侵权必究。

作家版图书，印装错误可随时退换。